中印经典和当代作品
互译出版项目
CHINA-INDIA TRANSLATION PROJECT

鸟

尼尔莫勒·沃尔马短篇小说集

Parinde

［印］尼尔莫勒·沃尔马◎著
任　婧◎译

中国大百科全书出版社

图字：01-2020-0824

图书在版编目（CIP）数据

鸟：尼尔莫勒·沃尔马短篇小说选 /（印）尼尔莫勒·沃尔马著；任婧译. — 北京：中国大百科全书出版社，2022.4

中印经典和当代作品互译出版项目

ISBN 978-7-5202-1102-4

I. ①鸟… II. ①尼… ②任… Ⅲ. ①短篇小说—小说集—印度—现代 IV. ①I351.45

中国版本图书馆CIP数据核字（2022）第048708号

责任编辑 易希瑶 于淑敏

封面设计 许润泽 叶少勇

责任印制 魏 婷

出版发行 中国大百科全书出版社

地　　址 北京阜成门北大街17号 **邮政编码** 100037

电　　话 010-88390636

网　　址 http://www.ecph.com.cn

印　　刷 中煤（北京）印务有限公司

开　　本 710 毫米 × 1000 毫米 1/16

印　　张 23

字　　数 265千字

印　　次 2022 年 4 月第 1 版 2022 年 4 月第 1 次印刷

书　　号 ISBN 978-7-5202-1102-4

定　　价 88.00 元

中印经典和当代作品互译出版项目
中方专家组

总序：印度经典的汉译

一、概念界定

何谓经典？经，“织也”，本义为织物的纵线，与“纬”相对，后被引申为典范之作。典，在甲骨文中上面是“册”字，下面是“大”字，本义为重要的文献，例如传说中五帝留下的文献即为“五典”[①]。《尔雅·释言》中有“典，经也”一说，可见早在战国到西汉初，“经”“典”二字已经成为近义词，“经典”也被用作一个双音节词。

先秦诸子的著作中有不少以“经”为名，例如《老子》中有《道经》和《德经》，故也名为《道德经》，《墨子》中亦有《墨经》。汉罢黜百家之后，“经”或者“经典”日益成为儒家权威著作的代称。例如《白虎通》有“五经何谓？谓《易》《尚书》《诗》《礼》《春秋》也”一说，《汉书·孙宝传》有“周公上圣，召公大贤。尚犹有不相说，著于经典，两不相损”一说。然而，由印度传来的佛教打破了儒家对这一术语的垄断。自汉译《四十二章经》以来，“经”便逐

① “典，五帝之书也。”——《说文》

渐成为梵语词 sutra 的标准对应汉译，“经典”也被用以翻译“佛法”（dharma）[①]。随着佛教在中国的传播和发展，类似以“经典”指称佛教权威著作的说法也多了起来。[②] 到了近代，随着西学的传入，“经典”不再局限于儒释道三教，而是用以泛指权威、影响力持久的著作。

来自印度的佛教虽然影响了汉语“经典”一词的语义沿革，但这又可以反过来帮助界定何为印度经典。汉译佛经具体作品的名称多以 sutra 对应“经”，但在一般表述中，“佛经”往往也囊括经、律（vinaya）、论（abhidharma）三藏。例如法显译《摩诃僧祇律》（*Mahasanghika-vinaya*）、玄奘译《瑜伽师地论》（*Yogacarabhumi-sastra*），均被收录在“大藏经”之中，其工作也统称为“译经”。来华译经的西域及印度学者多为佛教徒，故多以佛教典籍为“经典”。不过也有一些非佛教徒印度学者将非佛教著作翻译为汉语，亦多冠以“经”之名，其中不乏相对世俗、与具体宗教义理不太相关的作品，例如《婆罗门天文经》《婆罗门算经》《啰嚩拏说救疗小儿疾病经》（*Ravankumaratantra*）等。如此，仅就译名对应来说，古代汉语所说的“经典”可与 sutra, vinaya, abhidharma, sastra, tantra 等梵语词对应，这也基本囊括了印度古代大多数经典之作。

然而，古代中印文化交流也有一定的局限性，若以现在对经典的理解以及对印度了解的实际情况来看，吠陀、梵书、森林书、奥义书、往世书等古代宗教文献，两大史诗、古典梵语文学著作等文学作品，以及与语法、天文、法律、政治、艺术等相关的专门论著都是印度经典不可或缺的部分。从语言来看，除梵语外，巴利语、波罗克利特语、阿波布朗舍语等古代语言，伯勒杰语、阿沃提语等中世纪语言，印地语、孟加拉语、乌尔都语等现代语言，以及殖民时期被引入印度并在印度生根发芽的英语都在不同的历史时期承载了印度经典的传承。

---

① “又睹诸佛，圣主师子，演说经典，微妙第一。”——《妙法莲华经》卷一《序品》（T09, no. 262, c18-19）

② “佛涅槃后，世界空虚，惟是经典，与众生俱。”——白居易《苏州重玄寺法华院石壁经碑》

二、古代中国对印度经典的汉译

经典翻译，是将他者文明的经典之作译为自己的语言，以资了解、学习，乃至融合、吸纳。这一文化行为首先需要一个作为不同于自己的“他者”客体具有足以令主体倾慕的经典之作，然后需要主体“有意识”地开展翻译工作。印度文明在宗教、哲学、医学、天文等方面的经典之作具有较高的知识水平，在不同时代对中国社会各阶层产生了独特的吸引力。中印文明很早就有了互通记录，有着甚深渊源，在商品贸易、神话传说、天文历法等方面已有学者尝试考证。① 随着张骞出使西域，佛教传法僧远来东土，中印之间逐渐建立起“自觉”的往来，古代中国对印度经典的汉译也在汉代以佛经翻译的形式得以展开。

1. 佛教经典汉译

毫无争议，自已佚的《浮屠经》② 以来，佛教经典汉译在古代中国对印度经典的翻译中占有主流地位。译经人既有佛教僧人，也有在家居士，既有本土学者，也有西域、印度的传法僧人。仅以《大唐开元释教录》以及《贞元新定释教目录》的统计为例，从东汉永平十年至唐贞元十六年，这 734 年间，先后有 185 名重要的译师翻译了佛经 2 412 部 7 352 卷（见表 1），成为人类历史上少有的翻译壮举。

---

① 季羡林：《中印文化交流史》（北京：新华出版社，1993 年）及薛克翘：《中国印度文化交流史》（北京：昆仑出版社，2008 年）中部分内容均介绍了相关观点。

② 学术界关于第一部汉译佛经的认定，历来观点不一。不少学者认为，《四十二章经》是第一部汉译佛经；但有学者经过考证发现，西汉哀帝元寿元年（公元前 2 年）大月氏使臣伊存口授的《浮屠经》应该是第一部，可惜原本失佚，后世知之甚少。目前，学术界基本倾向于认为《浮屠经》为第一部汉译佛经，并已意识到《浮屠经》在中国佛教史及学术史上的重要地位。参见方广錩：《〈浮屠经〉考》，《法音》，1998 年第 6 期。

表 1　东汉至唐代汉译佛经规模[1]

朝代	年代	历时	重要译师人数	部数	卷数
东汉	永平十年至延康元年	154 年	12	292	395
魏	黄初元年至咸熙二年	46 年	5	12	18
吴	黄武元年至天纪四年	59 年	5	189	417
西晋	泰始元年至建兴四年	52 年	12	333	590
东晋	建武元年至元熙二年	104 年	16	168	468
前秦	皇始元年至太初九年	45 年	6	15	197
后秦	白雀元年至永和三年	34 年	5	94	624
西秦	建义元年至永弘四年	47 年	1	56	110
前凉	永宁元年至咸安六年	76 年	1	4	6
北凉	永安元年至承和七年	39 年	9	82	311
南朝宋	永初元年至升明三年	60 年	22	465	717
南齐	建元元年至中兴二年	24 年	7	12	33
南朝梁	天监元年至太平二年	56 年	8	46	201
北朝魏	皇始元年至东魏武定八年	155 年	12	83	274
北齐	天保元年至承光元年	28 年	2	8	52
北周	闵帝元年至大定元年	25 年	4	14	29
南朝陈	永定元年至祯明三年	33 年	3	40	133
隋	开皇元年至义宁二年	38 年	9	64	301
唐[2]	武德元年至贞元十六年	183 年	46	435	2 476

自东汉以后的约 6 个世纪中，大量佛教经典被译为汉语，其历程与佛教在中国的传播历程基本同步。在这一过程中，涌现出许多重要译师，仅译经 50 部或 100 卷以上的译师就有 16 人（见表 2），其中又以鸠摩罗什、真谛、玄奘、义净、不空做出的贡献最为卓越，故此他们被称为“汉传佛教五大译师”。他们的生平事迹和具体贡献在许多佛教典籍中均有叙述，此不赘述。

① 本表主要依据《大唐开元释教录》整理而成，其中唐代的数据引用的是《贞元新定释教目录》。

② 唐代数据至德宗贞元十六年（800）为止，并不完整。但考虑到贞元年后，大规模译经基本停止，故此数据亦有相当高的参考价值，至贞元十六年，唐代已经译经 435 部 2 476 卷，足以确立其在中国译经史上的地位。

表 2　译经 50 部或 100 卷以上的译师

时代	朝代	人名	译经部数	译经卷数
三国西晋	吴	支谦	88	118
	西晋	竺法护	175	354
东晋十六国	东晋	竺昙无兰	61	63
		瞿昙僧伽提婆	5	118
		佛陀跋陀罗	13	125
	北凉	昙无谶	19	131
	后秦	鸠摩罗什	74	384
南北朝	宋	求那跋陀罗	52	134
	陈	真谛	38	118
	北魏	菩提留支	30	101
隋唐	隋	阇那崛多	39	192
	唐	玄奘	76	1 347
		实叉难陀	19	107
		义净	68	239
		菩提流志	53	110
		不空	111	143

自唐德宗之后，译经事业由于政局等多方面因素影响而受阻，此后又经历了唐武宗和后周世宗两次灭佛，佛教在中国的发展受到冲击。直到 982 年，随着天竺僧人天灾息和施护的到访，北宋朝廷才重开译经院，此时距唐德宗年间已有约两百年，天灾息等僧人不得不借助朝廷的力量重新召集各地梵学僧，培养本土翻译人才。在此后的约半个世纪中，他们总计译出五百余卷佛经。此后，汉地虽有零星译经，却再也不复早年盛况，古代中国对印度经典的汉译逐渐落下帷幕。

2. 非佛教经典汉译

佛教经典汉译占据了古代中国对古代印度经典汉译的主流，除此之外，其他一些印度经典也被译为汉语。这些文献大致可以分为两类：一类是在翻译佛教经典的过程中无意之中被译为汉语的，尤其是佛教文献中所穿插的印度民间故事等。[①] 一类是在翻译佛教经典之外，有意翻译的非佛教经典，例如婆罗门教哲学、天文学、医学著作等，尽管数量无法与佛教经典相提并论，但这些非佛教经典的翻译在一定程度上体现了古代中华文明对古代印度文明的关注开始逐渐由佛教辐射到印度文明的其他领域，不过从译者的宗教信仰以及对经典的选择来看，这类汉译大部分是佛教经典翻译的附属产品。

3. 其他哲学经典汉译

佛教自产生以来，与印度其他思潮之间既有争论，也有共通之处。因而在佛教经典的汉译过程中，中国人也逐渐接触到古代印度的其他哲学。有关这些哲学派别的基本介绍散见于包括佛经、梵语工具书、僧人传记的作品中，例如《百论疏》对吠陀、吠陀支、数论、胜论、瑜伽论，甚至与论释天文、地理、算术、兵法、音乐法、医法的各种学派相关的记载、注释和批判也可以在这些作品中找到。[②] 很有可能出于佛教对数论派和胜论派知识的尊重，以及辨析外道与佛法差别的需要等原因，真谛和玄奘才分别译出了数论派的《金七十论》和胜论派的《胜宗十句义论》。[③] 这两部经典的汉译在一定程度上拓宽了中国知识界对印度哲学的视野，但其翻译在很大程度上受到了佛教对其他哲学派别好恶的影响，依然是在佛教经典汉译的主导思路下完成的。

4. 非哲学经典汉译

除宗教哲学经典外，古代印度的天文学、数学、医学在人类科

---

① 新文化运动以来，这一领域已有多部论著问世，此不赘述。

② 宫静：《谈汉文佛经中的印度哲学史料——兼谈印度哲学对中国思想的影响》，《南亚研究》，1985 年第 4 期，第 52~59 页。

③《金七十论》译自数论派的主要经典《数论颂》（*Samkhya-karika*），相传为三四世纪自在黑（Isvarakrsna）所作。《胜宗十句义论》的梵文原本已佚，从内容看属于胜论派较早的经典著作。参见黄心川：《印度数论哲学述评——汉译〈金七十论〉与梵文〈数论颂〉对比研究》，《南亚研究》，1983 年第 3 期，第 1~11 页。

学史上也具有重要地位，其中一些著作也被译为汉语。古代印度天文学经典多以佛教经典的形式由传法僧译出。[①] 隋唐时期，天文学著作汉译逐渐出现了由非佛教徒印度天文学家主导的潮流。据《隋书》记载，印度天文著作有《婆罗门天文经》《婆罗门竭伽仙人天文说》《婆罗门天文》。[②] 瞿昙氏（Gautama）、迦叶氏（Kasyapa）和拘摩罗氏（Kumara）三个印度天文学家氏族曾先后任职于唐代天文机构太史阁，其中瞿昙氏的瞿昙悉达翻译了印度天文学经典 *Navagraha-siddhanta*，即《九执历》。[③] 此外，印度的医学、数学、艺术经典也因其实用价值通过不同渠道被介绍到中国，其中一些著作或部分或完整地被译为汉语。

5. 落幕与影响

中国古代的印度经典汉译在唐代达到巅峰，此后逐渐走向低谷，无论是数量还是质量都难以达到唐代的水平。造成这一现象的原因主要有两个方面：一方面，唐代中后期，阿拉伯帝国的崛起以及唐朝与吐蕃关系的恶化阻断了中印之间两条重要的陆路通道：西域道和吐蕃道，之后五代十国以及宋代时期，这两条通道均未能恢复，只有南海道保持畅通。[④] 另一方面，中国宗教哲学的发展和印度佛教的密教化这两种趋势决定了中国对印度佛教经典的需求逐渐下降。在近千年的历程中，佛教由一个依附于黄老信仰的外来宗教逐渐在汉地生根发芽，成为汉地宗教生活不可缺少的一部分，其作为“中国佛教”的独立性日益增强。甚至权威如玄奘，也不能将沿袭至那烂陀寺戒贤大师

---

① 例如安世高译《佛说摩邓女经》、支谦等译《摩登伽经》、竺法护译《舍头谏太子二十八宿经》等。

②《隋书·经籍志》，北京：中华书局，1982 年，第 1019 页。

③ 参见 P.C.Bagchi, *India and China: A Thousand Years of Cultural Relations*. 1981, Calcutta, Saraswat Library, p.212. 此后，依然有传法僧翻译佛教天文学著作的记载，具体参见郭书兰：《印度与东西方古国在天文学上的相互影响》，《南亚研究》，1990 年第 1 期，第 32~39 页。

④ 菩提迦耶出土的多件北宋时期前往印度朝圣的僧人所留下的碑铭证明，宋代依然有僧人前往印度朝圣，且人数不少。法国汉学家沙畹（E. Chavannes）、荷兰汉学家施古德（G. Schlegel）、印度学者师觉月（P. C. Bagchi）等国外学者在这方面均有讨论，具体参见周达甫：《改正法国汉家沙畹对印度出土汉文碑的误释》，《历史研究》，1957 年第 6 期，第 79~82 页。

的“五种姓说”完全嵌入汉地佛教的信仰之中。汉地“伪经”的层出不穷也从某种角度反映了佛教的中国本土化进程。不空等人在中国传播密教虽然形成了风靡一时的“唐密”，但未能持久。究其根本在于汉地佛教的发展受到本土儒家信仰的影响，很难与融合了婆罗门教信仰的佛教密宗契合。此外，本土儒家、道家也在吸纳佛教哲学的基础上有了新的变革。至宋代，三教合一的趋势逐渐显现，源自印度但已本土化的佛教与儒家、道家的融合进一步加深，致使对印度经典的诉求越来越少。由此，义理上的因素使得中国的知识分子不再追求印度佛教的哲学思想；再者，随着佛教在印度的衰落，以及中国佛教自身朝圣体系的建立和完善，前往印度朝圣也失去了意义。

古代中国对古代印度经典的汉译始于佛教，也终于佛教。尽管如此，以佛教经典为主的古代印度经典汉译已经在中国历史上烙下了深刻的印记，其影响是持久和多方面的。在这一过程中，译师们开创的汉译传统给后人翻译印度经典留下了巨大财富：

其一，汉译古代印度经典除早期借助西域地方语言外，主要翻译对象都是梵语经典，本土学者和外来学者编写了不少梵汉工具书。其二，一套与古代印度宗教哲学术语对应的意译和音译相结合的汉译体系得以建立。由于佛教经典的流传，很多术语已经成为汉语的常用语，广为人知。其三，除术语对应外，梵语作品译为汉语需要克服语法结构、文学体裁等方面的限制，其实践在一定程度上影响了汉语的一些表达法。[①] 如此等等都为后人继续翻译印度经典提供了便利之处。

更为重要的是，历史上重要的译师摸索出一套大规模翻译经典的方式方法，他们的努力对于后继的翻译工作来说具有很高的参考价值。经过早期的翻译实践，鸠摩罗什译经时便开始确立了译、论、证几道基本程序，并辅之以梵本、胡本对勘和汉字训诂，经总勘方

① 例如汉语中常见的“所＋动词”构成的被动句就可能源自对佛经的翻译。参见朱庆之《汉译佛典中的‘所V’式被动句及其来源》（载《古汉语研究》，1995年第1期，第29~31、45页）及其他相关著述。

定稿。在后秦朝廷的支持下，鸠摩罗什建立了大规模译场，改变了以往个人翻译的工作方式，配合翻译方法上的完善，大大提高了译经的效率和质量。唐代译场规模更大，翻译实践进一步细化，后世记载的翻译职司包括译主、证义、证文、度语、笔受、缀文、参译、刊定、润文、梵呗等十余种之多。

此外，先人还摸索出一套翻译人才的培养模式，隋代译师彦琮曾以"八备"总结了译师需具备的一系列条件，具体内容为：

> 一诚心受法，志在益人；二将践胜场，先牢戒足；三文诠三藏，义贯五乘；四傍涉文史，工缀典词，不过鲁拙；五襟抱平恕，器量虚融，不好专执，耽于道术，淡于名利，不欲高衔；六要识梵言；七不坠彼学；八博阅苍雅，粗谙篆隶，不昧此文。①

这八备之中，既有对译者宗教信仰、个人品行的要求，也有对梵语、汉语表达的语言技能以及对佛教义理的知识掌握等方面的要求，今天看来，依然有很大的借鉴意义。

三、近现代中国对印度经典的汉译

佛教在印度的衰落及消亡使中印失去了最为核心的交流主题。中国对印度经典的汉译停留在以梵语为主要媒介、以佛教经典为主要对象的时代，自 11 世纪末②至 20 世纪初，这一停滞状态持续了数个世纪之久。19 世纪中后期，印度士兵和商人随着欧洲殖民者的战舰再次来到中国，中印之间的交往以一种并不和谐的方式得以恢复。中印孱弱的国力和早已经深藏故纸堆的人文交往传统都不足以阻挡西方诸国强势的物质力量和文化力量，中印人文交往便在这新的格局中，借助西方列强构建起来的"全球化"体系开始复苏。

---

①《释氏要览》卷 2，T54, no. 2127, b21-29。

② 宋神宗元丰五年（1082）废置译经院，佛教经典汉译由此不再。

由于缺乏对印度现代语言和文化的了解，早期对印度经典的译介在语言工具和主题设置两个层面均在一定程度上受制于西方的话语体系。20世纪上半叶中国对泰戈尔作品的译介便是明证。1913年，泰戈尔自己译为英语的诗集《吉檀迦利》以英语文学作品的身份获得诺贝尔文学奖，这在当时的世界文坛引起了轩然大波，对当时正在探索民族出路的中国知识分子来说同样具有很大的震撼力和吸引力。陈独秀在1915年10月15日出版的《青年杂志》上刊载了自己译自《吉檀迦利》的四首《赞歌》，为此后持续了近一个世纪并且至今依然生机勃勃的泰戈尔著作汉译工程拉开了序幕。据刘安武统计，至1949年中华人民共和国成立止，“我国翻译介绍了印度文学作品40种左右（不包括发表在报刊上的散篇）。这40种中占一半的是泰戈尔的作品”。[①] 泰戈尔之所以在中国受到格外关注固然始于西方学术界对他的重视，但他的影响如此之大亦在于他的作品恰好满足了当时中国在文学思想领域的需求。首先，从语言文学来看，泰戈尔的主要创作语言是本土的孟加拉语，而非印度古典梵语。这引起了当时正致力于推广白话文的中国知识分子的广泛关注，并被视为白话文替代古文的成功榜样。[②] 此外，泰戈尔的文学创作，尤其他的散文诗为当时正在摸索之中的汉语诗歌提供了一个重要的参考对象。其次，从思想上来说，泰戈尔的思想与当时作为亚洲国家“先锋”的日本截然相反，为当时正在探索民族出路的中国知识分子提供了另一个标杆。于是，泰戈尔意外地成为中印之间自佛教之后的又一重大交流主题。尽管中国知识分子对其思想和实践的评价并不一致，许多学者依然扎实地以此为契机重启了中国翻译印度经典的进程。当时中国尚未建立起印度现代语言人才培养机制，因此早期

① 刘安武：《汉译印度文学》，《中国翻译》，1991年第6期，第44~46页。

② 胡适向青年听众强调泰戈尔对孟加拉语文学的贡献时说：“泰戈尔为印度最伟大之人物，自十二岁起，即以阪格耳（孟加拉）之方言为诗，求文学革命之成功，历五十年而不改其志。今阪格耳之方言，已经泰氏之努力，而成为世界的文学，其革命的精神，实有足为吾青年取法者，故吾人对于其他方面纵不满足于泰戈尔，而于文学革命一段，亦当取法于泰戈尔。”（载《晨报》，1924年5月11日）

对泰戈尔作品的汉译多转译自英语。凭借译者深厚的文学功底，不少经典译作得以诞生，尤其是冰心、郑振铎等人翻译的泰戈尔诗歌，时至今日依然在中国广为流传。

与泰戈尔一同被引介到中国的还有诸多印度民间故事文学作品。[①]如前文所述，古代翻译印度经典时就有不少印度民间故事被介绍到中国，但多以佛教经典为载体。[②]近现代以来，印度民间文学以非宗教作品的形式被重新介绍过来。这在很大程度上是因为“中国缺少创作儿童文学的传统”[③]，印度丰富的民间文学正好满足了中国读者的需求。与此同时，印度民间文学与中国文学之间的关系也日益进入中国学者的视野，“中印文学比较研究”这一新的研究领域开始初露端倪，其研究领域最广为人知的课题之一便是《西游记》中孙悟空形象与《罗摩衍那》中哈奴曼形象的渊源，当时许多新文化运动的大家都参与其中，鲁迅、叶德均认为孙悟空形象源于本土神话形象“无支祁”，胡适、陈寅恪、郑振铎则认为孙悟空形象源于哈奴曼。[④]

自西方语言转译印度经典的尝试为增进对印度的认知、重燃中国知识界和民众对印度文化的兴趣起到了积极作用，许多掌握西方语言的汉语作家投身其中，其翻译作品受到读者喜爱。然而，转译的不足也显而易见，因此，对印度经典的系统汉译需要建立一支如古代梵汉翻译团队一样的专业人才队伍。

1942 年，出于抗战需要，民国政府在云南呈贡建立了国立东方语文专科学校，设有印度语科，开始培养现代印度语言人才。1946 年，季羡林自德国学成回国，在北京大学创设东语系；1948 年，金克木加盟东语系。1949 年，国立东方语文专科学校并入北京大学东

---

① 参见刘安武：《汉译印度文学》，《中国翻译》，1991 年第 6 期，第 44~46 页。

② 参见薛克翘：《中国印度文化交流史》，北京：昆仑出版社，2008 年，第 261~265 页。

③ 刘安武：《汉译印度文学》，《中国翻译》，1991 年第 6 期，第 44~46 页。

④ 参见鲁迅：《中国小说史略》，《鲁迅全集》第 9 卷，北京：人民文学出版社，1981 年；鲁迅：《中国小说的历史的变迁》，《鲁迅全集》第 9 卷，北京：人民文学出版社，1981 年、胡适：《〈西游记〉考证》，《胡适文存》第 2 集第 4 卷，上海：亚东图书馆，1924 年；陈寅恪：《〈西游记〉玄奘弟子故事之演变》，《金明馆丛稿二编》，上海：上海古籍出版社，1982 年、郑振铎《〈西游记〉的演化》，《郑振铎全集》第 4 卷，石家庄：花山文艺出版社，1998 年；叶德均：《无支祁传说考》，《戏曲小说丛考》，北京：中华书局，1999 年。

语系。东语系开设梵语－巴利语、印地语、乌尔都语三科印度语言专业，并很快培养出第二代印度语言专业队伍。随之，印度经典得以从原文翻译。第一代学者季羡林、金克木领衔的梵语团队翻译了印度大史诗《罗摩衍那》及以迦梨陀娑为代表的印度古典梵语文学作家的许多作品，如《沙恭达罗》《优哩婆湿》《云使》《伐致呵利三百咏》等，并启动了《摩诃婆罗多》等经典作品的翻译；旅居印度的徐梵澄翻译了《五十奥义书》[①]及奥罗宾多创作、注释的诸多哲学著作。季羡林、金克木的弟子黄宝生等延续师尊开创的传统，完成了《摩诃婆罗多》、奥义书[②]、《摩奴法论》、古典梵语文论、故事文学作品等一系列著作的翻译。与此同时，由第二代学者刘安武领衔的近现代印度语言团队译介了大量的印地语、乌尔都语、孟加拉语等语言的文学作品，其中尤以对印地语/乌尔都语作家普列姆昌德和孟加拉语作家泰戈尔的作品的汉译最为突出。[③]殷洪元对印度现代语言语法著作的翻译以及金鼎汉对中世纪印度教经典《罗摩功行之湖》的翻译也开拓了新的领域。巫白慧等学者陆续将包括“吠檀多”在内的诸多婆罗门教哲学经典译为汉语。[④]文献资料是学术研究的基础，这一系列经典汉译成果打破了古代中国对古代印度经典汉译中存在的“佛教主导”的局限，增加了现代视角，并以经典文献为契机，首次较为全面系统地介绍了印度文明，奠定了现代中国印度学研究的基础。由这两代学者编订的《印度古代文学史》《梵语文学史》和

① 参见徐梵澄译:《五十奥义书》，北京：中国社会科学出版社，1995年。

② 参见黄宝生译:《奥义书》，北京：商务印书馆，2010年。

③ 刘安武自印地语译出的普列姆昌德作品（集）有《新婚》（贵阳：贵州人民出版社，1982年）、《如意树》（上海：上海译文出版社，1983年）、《普列姆昌德短篇小说选》（北京：人民文学出版社，1984年）、《割草的女人：普列姆昌德短篇小说新集》（长沙：湖南人民出版社，1985年）等，加之其他学者的译介，普列姆昌德的重要作品几乎全被译为汉语。此后，刘安武又主持编译出版了24卷本《泰戈尔全集》（石家庄：河北教育出版社，2000年），泰戈尔的主要作品均被收录其中。

④ 其中重要的译著成果包括巫白慧译《圣教论》（乔荼波陀著，北京：商务印书馆，1999年）、姚卫群译《古印度六派哲学经典》（节译六派哲学经典，北京：商务印书馆，2003年）、孙晶译《示教千则》（商羯罗著，北京：商务印书馆，2012年）等。

《印度印地语文学史》等著作成为中国现代印度学研究的必读文献。[①]

由于印度文化的独特之处及其在历史上形成的巨大影响力，以现代学术研究的方式开展的印度经典汉译所产生的影响进一步辐射了包括语言、文学、哲学、历史、考古等多个学科领域，并形成了一些跨学科研究领域：

其一，中印文化比较研究。由胡适等老一辈学者开创的中印文学比较取得了新的进展，其中一部分研究形成了中印文化交流史这一新的学术研究领域；另一部分研究成为东方文学研究领域最重要的组成部分，东南亚、西亚等区域文学研究也受益于印度文学研究的开展和所取得的成就。此外，从具体作品到文艺理论的印度文学译介也从整体上进一步拓展了比较文学研究的视野。

其二，佛教研究。现代中国对印度经典汉译的范围不再局限于传统的汉语系佛教传统经典，在许多领域都取得了新的突破。在佛教文献来源方面，开拓了对巴利语系和藏语系佛教的研究。[②] 由于梵语人才的培养，中国学者得以恢复梵汉对勘的学术传统。[③] 对非佛教宗教思想典籍的译介也使得对佛教的认识跳出了佛教自身的范畴，对其与其他宗教思想之间的互动与联系有了更加全面的认识。

其三，语言学研究。对梵语及相关语言的研究推动了梵汉对音，以及对古汉语句法的研究。一些接受了梵语教育的汉语言学学者结合古代语料，尤其是汉译佛经，对古汉语的语音、句法等做出研究。

---

① 单就印度文学翻译而言，据不完全统计，1950~2005年，中国翻译印度文学作品（以书记）约400余种，其中中印关系交好的1950~1962年约有70种，关系不好的1962~1976年仅有4种，关系改善后的1976~2005年则有300余种。不过，2005年之后，除黄宝生、薛克翘等少数学者仍笔耕不辍外，其他前辈学人逐渐“离席”，这类汉译工作进入某种冬眠期。

② 相关成果包括郭良鋆译《佛本生故事选》（与黄宝生合译，北京：人民文学出版社，1985年）、《经集：巴利语佛教经典》（北京：中国社会科学出版社，1998年），以及段晴等译《汉译巴利三藏·经藏·长部》（上海：中西书局，2012年）等。

③ 自2010年以来，黄宝生主持对勘出版了《入菩提行论》（北京：中国社会科学出版社，2011年）、《入楞伽经》（北京：中国社会科学出版社，2011年）、《维摩诘经》（北京：中国社会科学出版社，2011年）等佛经的梵汉对勘本，叶少勇以梵藏汉三语对勘出版了《中论颂》（上海：中西书局，2011年）。

四、现状和汉译例解

尽管取得了上述成就，但由于印度文明积累深厚、经典众多，目前亟待翻译的印度经典还有很多。其中，以梵语创作的经典包括四部吠陀本集、梵书、森林书、往世书、《诃利世系》《利论》《牧童歌》等；以南印度语言创作的经典包括桑伽姆文学、《脚镯记》《玛妮梅格莱》《大往世书》《甘班罗摩衍那》等；以波罗克利特语创作的经典包括《波摩传》等；以中世纪北印度地方语言创作的经典包括《地王颂》《赫米尔王颂》《阿底·格兰特》《苏尔诗海》《莲花公主》，以及格比尔、米拉巴伊等人的作品等；以现代印度语言创作的经典包括帕勒登杜、杰辛格尔·普拉萨德、般吉姆·钱德拉·查特吉、萨拉特·钱德拉·查特吉、拉默金德尔·修格尔、默哈德维·沃尔马、阿格叶耶等著名现当代文学家的作品以及迦姆达普拉沙德·古鲁、提兰德尔·沃尔马等人的语言学著作等。此外，20 世纪以来，一些印度思想家、政治家、文学家以英语创作的作品也可列入印度现代经典之列，目前中国仅对圣雄甘地、贾瓦哈拉尔·尼赫鲁、辨喜、纳拉扬、安纳德、拉贾·拉奥、奈都夫人等人的个别作品有所译介，大量作品仍然处于有待翻译的名单之中。

这些经典汉译的背后离不开相关学者的努力。进入 21 世纪以来，中国从事印度经典汉译工作的人员大致有两支队伍：第一支是自 20 世纪四五十年代以来成型的印度语言专业队伍，其人员构成以高等院校和研究机构从业人员为主，兼有相关外事机构从业人员，他们均接受过系统、专业的印度语言训练。第二支是 20 世纪初译介包括泰戈尔作品在内印度文学作品的作家和出版业者，随着 80 年代改革开放以来，越来越多接受过英语教育的人或全职或兼职地参与到印度作品的汉译工作之中。相比第一支队伍，这支队伍的人员构成较为复杂，水平也参差不齐，但在市场经济的推动下，一些能够成为市场热点的著作往往很快就翻译过来，例如两位与印度相关的诺贝尔文学奖得主泰戈尔和奈保尔的作品一版再版，四位印度裔布克奖得主萨尔曼·拉什迪、阿兰达蒂·罗伊、基兰·德塞、阿拉文德·阿迪加的作品也先后译出；此外，由于瑜伽的普及，包括克里希那穆提在内的一些现代宗教家的论著也借由英语转译为汉语。一方面，随着市场化改革的需求，第二支队伍日益蓬勃发展，但其翻译质量往往难以保障。另一方面，由于现行科研体制对从事翻译和研究者的不利状况，第一支队伍也面临着诸多问题。如何在接下来的实践中取长补短，或者说既要尊重市场机制的要求，又要以学术传统克服市场失灵的状况等，这也是需要进一步思考的问题。

应该说，印度经典汉译主要依靠第一支队伍，原文经典翻译比通过其他语言转译更为重要。20 世纪 80 年代以来，这支队伍勤勤恳恳，笔耕不辍，为印度经典汉译做出了巨大贡献，取得了丰硕成果。然而，就现状看，除黄宝生、薛克翘等极少数学人外，这支队伍的第一代和第二代学人已然“离席”，后辈学人虽然已经加入进来，但毕竟年轻，经验不足，加之现行科研体制自身问题的牵制，后续汉译工作亟需动力。好在已有些年轻人在这方面产生了兴趣，其汉译意识很强，对印度梵文原典和中世纪及现当代原典的汉译工作的理解也令人刮目。可以预见，印度经典汉译将会迎来又一个高潮，汉译印度经典的水平也将有新的提升。

从某种角度说，在前文罗列的种种有待翻译的印度经典中，印度中世纪经典尤为重要。中世纪时，随着传统婆罗门教开始融合包括佛教、耆那教等在内的异端信仰与民间的大众化宗教传统，加之伊斯兰教的进入，印度进入了一个新的“百家争鸣”时代。这一时期留下了许多经典之作，它们对后世印度的宗教、社会、文化均产生了重要影响。长期以来，中国对印度中世纪经典的译介几乎一片空白，仅有一部《罗摩功行之湖》和零星的介绍。近年来，笔者组织团队着手翻译印度中世纪经典《苏尔诗海》，并初步总结了以下心得：

第一，经典汉译并非简单的语言转换，除需要精通相关语言外，还需要译者具备与印度文化相关的背景知识，以便能够精准地理解原文含义。例如，在一首描写女子优雅体态的艳情诗中，作者直接以隐喻的修辞手法描述了包括莲花、大象、狮子、湖泊等在内的一系列自然景象和动植物，若不熟悉印度古代文学中一些固定的比喻意象，则很难把握这首诗的含义。① 由于审美标准不同，被古代印度诗人视为美丽的“象腿”在当今语境中已经成为足以令女子不悦的比喻。此类审美视角需要辅之以例如《沙恭达罗》中豆扇陀国王对沙恭达罗丰乳肥臀之态的称赞才能理解。

第二，古代中国对古代印度经典汉译的传统在很大程度上为现代翻译经典提供了以资可鉴的便利，譬如许多专有词汇在汉语中已有完全对应的词汇可供选择，省去了译者的诸多麻烦。但是，这也要求译者了解相关传统，并能将其中的一些内容为己所用；同时，还应避免由于古代中国对古代印度经典翻译在视角、理解上的偏差所带来的问题。例如，triguna 这一数论哲学的基本概念已由真谛在《金七十论》中译为“三德”，后来的《薄伽梵歌》等哲学经典的汉译也已沿用，新译经典中便不宜音译为“三古纳”之类的新词。此外，由于受佛教信仰的影响，一些读者在看到“三德”时往往容易将之与佛教中所说的法身德、般若德、解脱德等其他概念联系起来，对此需要给出注释加以说明以免误解。

第三，现代中国对现代印度经典的汉译虽然已经取得了不俗的成绩，但由于时间、人员等条件的限制，在翻译体例、内容理解等方面依然存在不少可改进之处。

笔者以《苏尔诗海》中黑天的名号为例予以说明。黑天是印度教大神毗湿奴最重要的化身之一，梵语经典中通常称之为 Krsna，字面义为“黑”，汉语之所以译为“黑天”，很可能是因为汉译佛经将婆罗门教诸神（deva）译为“天”，固在 Krsna 的汉语译名“黑”之后加上了“天”，大约与 Brahma 被译为“梵天”、Indra 被译为“帝释天”，以及 Sri 被译为“吉祥天”等相当。后世对相关经典文

① 参见姜景奎等:《〈苏尔诗海〉六首译赏》，载《北大南亚东南亚研究》（第一卷），北京：中国青年出版社，2013 年，第 261~262 页。

献的介绍都沿用了这一名称。然而，若实际对照各类经典，可以发现毗湿奴名号繁多。[①]中世纪印度语言继承并发扬了这一传统，在伯勒杰语《苏尔诗海》中，黑天的名号有数十种之多，其中仅字面义为“黑”的常见名号就有四个，分别是 Krsna, Syama, Kanha, Kanhaiya。这四个名号之中只有 Krsna 是标准的梵语词，且使用最少，只用于黑天摄政马图拉之后人们对他的尊称；其他三个均为伯勒杰语词，多用于父母家人、玩伴女友对童年和少年黑天的称呼。因此，汉译中如果仅使用天神意义的“黑天”一名就违背了《苏尔诗海》所描述的黑天的成长情境。为此，结合不同名号的使用情状以及北印度农村生活的实际情况，笔者重新翻译了其他三个名号，即将多用于牧女和同伴对少年黑天称呼的 Syama 译为“黑子”，多用于父母和其他长辈对童年黑天称呼的 Kanha 和 Kanhaiya 分别译为“黑黑”和“黑儿”。此外，还有一些名号或表明黑天世俗身份，或描述黑天体态，或宣扬黑天神迹，笔者也重新进行了翻译，例如：nanda-namdana“难陀子”、madhava“摩图裔”等称呼说明了黑天的家族、家庭身份，kesau“美发者”、srimukha“妙口”等以黑天身体的某一部分代指黑天，giridhara“托山者”、manamohana“迷心者”等以黑天在其神迹故事中的表现代指黑天，等等。

结合以上几方面的思考，《苏尔诗海》汉译实际上兼具深入而系统的研究性质，包括四部分：第一，校对后的原文。到目前为止，印度出版了多个《苏尔诗海》版本，各版本虽大同小异，但仍有差异，笔者团队搜集到影响较大的几个主要版本，并进行核对比较，最后确定一种相对科学的原文进行翻译研究。第二，对译。从经典性和文献性出发，尽可能忠实于原文，在体例选择上尽量保持诗词的形态，在内容上尽量逐字对应，特殊情况则以注释说明。第三，释译。从文献性和思想性出发，尽可能客观地阐明原文所表现的文献内容和宗教思想。该部分为散文体，其中补充了原文省略的内容

① 参见葛维钧：《毗湿奴及其一千名号》（载《南亚研究》，2005 年第 1 期，第 48~53 页）及相关著述。

并清楚地展现出情节的发展、人物的心理变化以及作品的思想内涵。第四，注释。给出有关字词及行文的一些背景知识，例如神话传说故事、民间信仰、生活习俗、哲学思想等，以及翻译中需要说明的其他问题。

试以下述例解说明：

【原文】略[①]

【对译】

此众得乐自彼时

听闻诃利[②]你之信，当时即刻便昏厥。
自隐蔽处蛇[③]出现，欣喜尽情吸空气。
鹿[④]心本已忘奔跃，复又撒开四蹄跑。
群鸟大会高高坐，鹦鹉[⑤]言称林中王。
杜鹃[⑥]偕同自家族，咕咕欢呼唱庆歌。
自山洞中狮子[⑦]出，尾巴翘到头顶上。
自密林中象王[⑧]来，周身上下傲慢增。
如若想要施救治，莫亨[⑨]现今别耽搁。
苏尔言，
如若罗陀[⑩]再这般，一众敌人大欢喜。

【释译】

黑天离开牛村很久了，养父难陀、养母耶雪达以及全村的牧人牧女都非常思念他，希望他能回来看看。牧女们对黑天的思念尤为

① 由于原文字体涉及较为复杂的排版问题，这里仅呈现该首诗的对译、释译和注释三部分，原文略。本诗为《苏尔诗海》（天城体推广协会版本）第4 760首，参见Dhirendra Varma, *Sursagar Sara Satika*, Sahitya Bhavan Private Ltd., 1986, No. 181, p.334.

② 诃利，原文Hari，“大神”之义，黑天的名号之一。

③ 此处以蛇代指罗陀的发辫，意在形容发辫柔软纤长、乌黑发亮。

④ 此处以鹿的眼睛代指罗陀的眼睛，意在形容眼睛大而有神、灵动美丽。

⑤ 此处以鹦鹉的鼻子代指罗陀的鼻子，意在形容鼻子又挺又尖、美妙可爱。

⑥ 此处以杜鹃的声音代指罗陀的声音，意在形容声音甜美悠扬、清脆嘹亮。

⑦ 此处以狮子的腰代指罗陀的腰，意在形容腰身纤细柔顺、婀娜灵活。

⑧ 此处以大象的腿代指罗陀的腿，意在形容腿脚步态从容、端庄稳重。

⑨ 莫亨，原文mohana，黑天的名号之一。

⑩ 罗陀，原文Radha，黑天最主要的恋人。

强烈，其中又以罗陀最甚。罗陀是黑天的恋人，两人青梅竹马，两小无猜，曾经你欢我爱，形影不离。可是，黑天自离开后就再也没有回来过，甚至连信也没有寄过一封。伤离别，罗陀时刻处于煎熬中。为了教育信奉无形瑜伽之道的乌陀，也为了看望牧区故人，黑天派乌陀来到牛村，表面上让他传授无形瑜伽之道，实则置他于崇尚有形之道的牛村人中间，让他迷途知返。乌陀的到来，打乱了牛村人的生活，一者，牛村人沉浸在思念黑天的离情别绪之中，乌陀破坏了气氛，于表面的宁静之中注入了不宁静。二者，牛村人本以为乌陀会带来黑天给予牛村的好消息，但适得其反，乌陀申明自己是为传授无形的瑜伽之道而来，甚至说是黑天派他来传授的，牛村人对此不解、迷茫。他们崇尚有形，膜拜黑天，难道黑天完全抛弃了他们？他们陷入了更深一层的痛苦之中。三者，对牧区女来说，与黑天离别本就艰难，但心中一直抱有再次见面再次恋爱的期望，乌陀的到来打消了她们的念头，从精神上摧毁了她们。其中，罗陀尤甚，她所遭受的打击要比别人更甚。由此，出现了本诗开头提及的罗陀晕厥以及晕厥之后乌陀“看到”的情况，具体内容是乌陀向黑天口述的：

乌陀对黑天说道：“黑天啊，你的恋人罗陀非常思念你，她忍受离别之苦，渴望与你相见。可是，你却让我去向她传授无形的瑜伽之道。唉，她一听到是你让我去的，当即就昏了过去，倒在地上，不省人事。唉，真是凄凉啊！这边罗陀昏迷不醒，那边动物界却出现了一派喜气景象：黑蛇从洞里出来了，它高兴地尽情享受空气；此前，罗陀的又黑又亮的长发辫曾使它羞于见人，认为自己形体丑陋，不得不躲藏起来。已经忘记奔跑的小鹿出来了，它撒开四蹄，愉悦地到处奔跳；此前，罗陀那明亮有神的大眼睛曾使它羞于见人，认为自己的眼睛丑陋，不敢出来乱逛。鹦鹉出来了，它参加群鸟大会，坐在高高的枝丫上，声称自己是林中之王；此前，罗陀又尖又挺的鼻子曾使它羞于见人，认为自己的鼻子丑陋，躲藏起来。杜鹃鸟出来了，它和同族一起，咕咕叫个不停，欢庆胜利；此前，罗陀那甜美悠扬的声音曾使它感到拘束，认为自己的声音难听，不敢开口。狮子从山洞中出来了，他得意扬扬，悠闲自在，尾巴翘到了头顶上；此前，罗陀纤细柔软的腰肢曾使它羞于见人，认为自己的腰肢粗笨僵硬，不敢示人，躲进山洞。大象从茂密的森林里出来了，它一步一昂头，傲慢自大，目中无人，盛气凛然；此前，罗陀稳重美丽的妙腿曾使它自惭形秽，认为自己的腿丑陋不堪，羞于展露，躲进森林。唉，黑天啊，你快救救罗陀吧，如果再不行动，稍后想要施救就来不及了……”

“此众得乐自彼时”是本诗的标题，意思是罗陀晕倒之时，即是众动物高兴之时，它们羞于与罗陀相比，虽然视罗陀为敌，却不敢直面罗陀，纷纷逃遁躲藏。听说罗陀遭到黑天抛弃，晕厥不醒，它们自然高兴，便迫不及待地恢复了原来的自由生活。“如若罗陀再这般，一众敌人大欢喜”，是诗外音，是苏尔达斯的总结性话语。在这首诗里，苏尔达斯主要展现了罗陀的美，但整首诗中没有出现任何对罗陀的溢美之词，没有提到罗陀的名字，更没有提到她的发辫、眼睛、鼻子、声音、腰肢和腿等，甚至没有提到蛇、鹿、鹦鹉、杜鹃鸟、狮子和大象的相关部位，仅以这些动物对罗陀晕厥不醒后的反应进行阐释，这就给听者和读者留下了巨大的想象空间，似形似景，情景交融。这种手法似乎是印度特有的，其审美视角值得深入研究。

上述例解仅为笔者及笔者团队之于印度中世纪经典汉译的一己之见，希望能开拓印度经典汉译与研究的新视角、新路子，以期印度经典在中国能得到更为深入系统的翻译与研究。

五、中印经典及当代作品互译出版项目

2013 年初，笔者与中国大百科全书出版社社长龚莉女士、副总编辑马汝军先生和社科分社社长滕振微先生合作，提出了“中印经

典和当代作品互译出版项目”的动议。该动议得到相关单位的积极回应。2013 年 5 月李克强总理访印期间，国家新闻出版广电总局和印度外交部签署合作文件，决定启动“中印经典和当代作品互译出版项目”，并写入两国发表的联合声明（第 17 条）。2014 年 9 月，习近平主席访问印度，该项目再次被写入两国发表的联合声明（第 11 条）。该项目成为中印两国的重大文化交流项目之一。双方商定，双方各翻译对方的 25 种图书，以 5 年为期。2016 年 5 月，国家新闻出版广电总局印发“关于实施《“十三五”国家重点图书、音像、电子出版物出版规划》的通知”，该项目被列入“‘十三五’国家重点图书出版规划”。在此期间，笔者与薛克翘先生商量组织翻译团队事宜。我们掰着指头算，资深的老辈学人几乎都不能相扰，后辈学人又大多刚刚走上工作岗位，有的还在求学，翻译资质存疑。我俩怎一个愁字了得！然，事情得做，学人得培养。我们决定抓住机遇，大胆启用后辈学人，为国家培养出一支新的汉译团队。因此，除薛克翘、刘建、邓兵等少数几位前辈学人外，我们的翻译成员绝大多数在 40 岁左右，有的还不过 30 岁。两三年的实践证明，我们的决定完全正确。新生代学人知识全面，学习能力强，执行能力更强。从已完成待出版的成果看，薛克翘先生对审读过的一本书的评价最能说明问题：“字里行间，均见功夫。”译文质量是本项目的重中之重。除薛克翘、刘建和笔者外，我们邀请了黎跃进教授、石海军研究员和邓兵教授作为特约编审，约请了尼赫鲁大学的狄伯杰（B. R. Deepak）教授以及德里大学的阿妮达·夏尔马（Anita Sharma）教授和苏林达尔·古马尔（Surinder Kumar）先生作为印方顾问，对译文质量进行全面把关。译者完成翻译后，译稿首先交予编审审校，如遇大问题时向印方顾问咨询，之后返予译者修改。如有必要，修改稿还需经过编审二次审校，译者再次修改。这以后，稿件才会交予出版社编辑进行审读，发现问题再行修改……我们认为，唯如此，译文质量才能得到保障，译者团队才能得到锻炼。

本项目是中印两国的重大文化交流项目之一。因此，印度方面也有相应团队，负责汉译印的工作，由上文提及的狄伯杰教授领衔，由印度国家图书托拉斯负责实施。需要指出的是，双方翻译的作品并非译者自选，而是由双方专家通过充分沟通磋商确定。汉译作品的选定过程是这样的，笔者先拟定了50多种印度图书，这些书抑或是中世纪以来有重要影响的经典巨著，比如《苏尔诗海》《格比尔双行诗集》和《献牛》等，抑或是印度独立以后获得过印度国家级奖项的作家之名作，如默哈德维·沃尔马、毗什摩·萨赫尼、古勒扎尔的代表作等。而后，笔者请相熟的印度学者从中圈定出30种。之后，国家新闻出版广电总局的相关领导、中国大百科全书出版社的龚莉社长和滕振微先生以及笔者本人专赴印度，与印方专家组进行面对面的交流探讨，最终确定了25种汉译印度图书名录。印度团队的印译中国图书名录的选定过程与此类似。具体的汉译书单如下表：

序号	书名	作者	备注
1	苏尔诗海 *Sursagar*	苏尔达斯 Surdas	诗歌
2	格比尔双行诗集 *Kabir Dohavali*	格比尔达斯 Kabirdas	诗歌
3	献牛 *Godan*	普列姆昌德 Premchand	长篇小说
4	帕勒登杜戏剧 *Bharatendu Natakavali*	帕勒登杜 Bharatendu	戏剧
5	普拉萨德作品集 *Prasad Rachna Sanchayan*	杰辛格尔·普拉萨德 Jaishankar Prasad	戏剧、诗歌、短篇小说
6	鹿眼女 *Mriganayani*	沃林达温拉尔·沃尔马 Vrindavanalal Verma	长篇小说
7	献灯 *Deepdan*	拉默古马尔·沃尔马 Ramkumar Verma	独幕剧
8	灯焰 *Dipshikha*	默哈德维·沃尔马 Mahadevi Verma	诗歌
9	谢克尔传 *Shekhar: Ek Jeevani*	阿格叶耶 Ajneya	长篇小说
10	黑暗 *Tamas*	毗什摩·萨赫尼 Bhisham Sahni	长篇小说
11	肮脏的边区 *Maila Anchal*	帕尼什瓦尔·那特·雷奴 Phanishwar Nath Renu	长篇小说
12	幽闭的黑屋 *Andhere Band Kamare*	莫亨·拉盖什 Mohan Rakesh	长篇小说

序号	书名	作者	备注
13	宫廷曲调 *Raag Darbari*	室利拉尔・修格勒 Shrilal Shukla	长篇小说
14	鸟 *Parinde*	尼尔莫勒・沃尔马 Nirmal Verma	短篇小说
15	班迪 *Aapka Bunti*	曼奴・彭达利 Mannu Bhandari	长篇小说
16	一街五十七巷 *Ek Sadak Sattavan Galiyan*	格姆雷什瓦尔 Kamleshwar	长篇小说
17	被抵押的罗库 *Rehan par Ragghu*	加西纳特・辛格 Kashinath Singh	长篇小说
18	印度与中国 *India and China*	师觉月 P. C. Bagchi	学术著作
19	向导 *Guide*	纳拉扬 R. K. Narayan	长篇小说
20	烟 *Dhuan*	古勒扎尔 Gulzar	短篇小说、诗歌
21	那时候 *Sei Samaya*	苏尼尔・贡戈巴泰 Sunil Gangopadhyaya	长篇小说
22	一个婆罗门的葬礼 *Samskara*	阿南特穆尔蒂 U. R. Ananthamurthy	短篇小说
23	芥民 *Chemmeen*	比莱 T. S. Pillai	短篇小说
24	印地语文学史 *Hindi Sahitya ka Itihas*	罗摩金德尔・修格勒 Ramchandra Shukla	学术著作
25	棋王奇着 *The Chessmaster and His Moves*	拉贾・拉奥 Raja Rao	长篇小说

毫无疑问，这些作品均是印度中世纪以后的经典之作，基本上代表了印度现当代文学水准，尤其反映出印地语文学的概貌。我们以为，通过这些文字，中国读者可以大体了解印度现当代文学的基本情况。

就本项目而言，笔者在这里需要表达由衷谢意：

首先，感谢国家新闻出版广电总局的相关领导，没有他们的认可，本项目不可能正式立项。其次，感谢中国大百科全书的前社长龚莉女士、前副总编辑马汝军先生和前社科分社社长滕振微先生，没有他们的奔走，本项目不可能成立。再次，感谢中国大百科全书出版社社长刘国辉先生及诸位编辑大德，没有他们的付出，本项目不可能实施。感谢另两位主编薛克翘先生和刘建先生，两位前辈不仅担当主编、审校工作，还是主要译者；他们是榜样，也是力量。十分感谢黎跃进和邓兵两位教授，两位是特邀编审，邓兵教授也是译者，他们认真负责的精神令人起敬。感谢印度尼赫鲁大学的狄伯杰教授以及德里大学的阿妮达·夏尔马教授和苏林达尔·古马尔先生，他们的付出为本项目的实施提供了某种保障。特别感谢石海军研究员，他是特邀编审之一，可惜天不假年，他于2017年5月13日凌晨突然辞世，享年仅55岁，天地恸哭，是中国印度文学研究的一大损失！最后，感谢翻译团队的诸位译者，他们是新时代的精英，是中国印度研究领域的后起之秀，他们的成就由读者面前的文字可见一斑。

祝福诸位，祝福所有为本项目的立项和实施有所付出的先生大德们!

自《浮屠经》以来，汉译印度经典已有两千多年的历史。这一人类历史上少有的浩大文化工程背后既有对科学技术的追求，也有对宗教信仰的热忱；既有统治者的意志，也有普通民众的需求。印度经典汉译一方面极大地丰富了中华文化，另一方面也保存和传播了印度文化；既形成了自己的学术传统，又推动了许多相关领域研究的发展。时至今日，在中印关系具有特殊意义的大背景下，继续推进对印度经典的汉译在两国关系层面有助于加深两国之间的认知和了解，构建更为均衡、更为深厚的国际关系，在学术研究层面也有助于推动相关领域研究的继续发展。

姜景奎

北京燕尚园

2017年12月31日

2019年12月25日修订

译者序

虽然印地语文学的历史可以追溯至公元十世纪前后，但是很长一段时间以来，只有诗歌一枝独秀，出现在读者面前的印地语小说"大都是一些荒诞的侦探小说、志怪小说和言情小说，没有什么社会意义"[①]。直到普列姆昌德着眼现实社会，将小说创作建立于批判现实主义的基础之上，印地语小说的发展才进入一个新阶段。

独立后，印度的社会经济状况发生了根本性的转变。与之相适应，文坛老将们开始尝试改变自己的创作风格，而新秀们则大胆进行各种创作实验。20世纪50年代，一批新生代的青年作家渴望打破进步主义和现实主义长期主导印地语小说界的僵化状态，主张在技巧上另辟蹊径，试图为印地语小说添加新鲜血液，带动印地语小说朝着新的方向前进。他们的号召得到了各方的积极响应，当代印地语小说史上第一次文学运动即"新小说"运动（Nayi Kahani Andolan）顺势兴起。这场持续十年的文学运动深刻地改变了印地

① 刘安武著：《印度印地语文学史》，北京：人民文学出版社，1987年，第268页。

语小说的面貌，其中涌现出一大批优秀的作家，尼尔莫勒·沃尔马（Nirmal Verma）正是极为突出的一位。

一、尼尔莫勒·沃尔马的生平

1929年4月3日，尼尔莫勒出生于喜马偕尔邦首府西姆拉的一个中产阶级家庭。他的父亲难陀·古马尔·沃尔马(Nanda Kumar Verma)是西姆拉印度英国殖民政府国防部门的官员。在西姆拉附近的喜马拉雅山区，尼尔莫勒度过了童年的大部分时光。年幼的尼尔莫勒性格十分顽皮和急躁，时常惹父母生气，但这丝毫没有影响到父母对他的疼爱。尼尔莫勒自己也常说，他的童年是在家人的百般宠爱和呵护中度过的[①]。童年快乐而美好的日子让尼尔莫勒始终难以忘怀，在他的作品中我们经常可以看到作家对那段时光的回忆。

步出童年，尼尔莫勒开始在西姆拉接受教育。尽管他一直就读于英式学校，但印地语仍是学校课程中十分重要的组成部分，正如作家自己所言，“我的小学就已经向我教授了一些优秀的（印地语）文学作品”[②]。生长于知识分子家庭，尼尔莫勒从小就养成了读书的好习惯。为了激发小尼尔莫勒的读书热情，他的祖父甚至曾经试图用零花钱来“收买”他阅读各种杂志中的文章。然而，通常的情况却是小尼尔莫勒全身心投入到书本当中，以至于完全忘记了与祖父的“交易”。此外，尼尔莫勒还经常从图书馆中借阅图书，熟读了普列姆昌德、介南德尔、阿格叶耶、泰戈尔等伟大作家的作品。尼尔莫勒始终认为，虽然从学校的课程中获益良多，但自己从独立阅读中

---

① Ravinder Sher Singh, *Journey to Another World in the Works of Nirmal Verma*, p51.

② Smitu Kothan, *the Challenge of an Outsider*, The Illustrated Weekly of India, 20 November 1983, p59.

所收获的印地语知识远远多于从学校书本中得到的。

完成基础教育之后，尼尔莫勒1947年进入德里的圣·史蒂芬学院（St.Steven's College）学习。在那段读书的日子里，有两件事情对尼尔莫勒的影响很大。其一，他结识了一些新生代的诗人。与他们的交往过程中，尼尔莫勒对诗歌萌生出强烈的兴趣。其二，随着年龄的增长和阅历的丰富，尼尔莫勒的政治觉悟日益苏醒。虽然作家年少时也曾关注独立运动的进展，但他认为那时的政治意识仅仅是一种"狂热状态"或"理想主义的少年冲动"。直到接触了尼赫鲁等印度政治家的作品以及描述中苏革命斗争的书籍之后，他的"爱国浪漫主义"才逐步转向"较为深刻的激进主义"。大学毕业后，他加入了共产党，他的诗人朋友们也同样热衷于马克思主义。

毕业后，尼尔莫勒留校任教一段时间。不过，他希望能够从事一些与语言和文学联系更为紧密的工作，因此，他向学校递交了辞呈。1952年至1953年间，他受邀翻译了亚历山大·库普林（Alexander Kuprin）[①]的一个故事选集。后来，他又翻译了苏联作家亚历山大·法捷耶夫（Alexander Fadeyev）[②]的名著《毁灭》。这两部译著于1958年出版。此外，尼尔莫勒还在杂志上发表了数篇短篇小说。

五十年代末，尼尔莫勒受到布拉格东方研究院（the Oriental Institute in Prague）的邀请前往捷克，从事将捷克语作品翻译为印地语的工作。虽然在此之前，尼尔莫勒就已经对捷克的文学、文化和政治产生了浓厚的兴趣，但着手进行翻译之前，尼尔莫勒还是必须

① 亚历山大·库普林（1870~1938），全名亚历山大·伊万诺维奇·库普林，俄国著名的现实主义作家，代表作为短篇小说《石榴石手镯》，中短篇小说《莫洛赫》《奥列霞》《火转变》，长篇小说《决斗》和《火坑》。

② 亚历山大·法捷耶夫（1901~1956），苏联革命作家、文艺理论家和社会活动家，主要作品是长篇小说《毁灭》和《青年近卫军》。

先学习捷克语。为此，他在位于布拉格郊外一个小镇上的国际捷克语学校参加了为期十个月的捷克语培训课程。完成语言学习之后，他又在布拉格查理大学（Charles University in Prague）旁听捷克文学相关课程，以求熟悉捷克的文学传统。在他的努力下，卡雷尔·卡佩克（Karel Capek）、米兰·昆德拉（Milan Kundera）、伊凡·克利玛（Ivan Klima）等捷克作家的作品陆续被翻译成印地语。

1962年，尼尔莫勒为了出版自己的作品返回德里。1964年，他重返布拉格继续进行翻译工作。东方研究院的合约到期后，捷克作家联盟向他提供了一份工作，要求他将杜布切克改革运动期间的演讲稿和政治声明翻译为英语。1968年，受“布拉格之春”影响，尼尔莫勒被迫离开布拉格。不过，他并没有马上返回印度，而是先在英国生活了两年。在欧洲的十年中，除完成指定的翻译工作外，尼尔莫勒还游遍四方，并坚持为《印度时报》（*Times of India*）撰写与欧洲文化和政治相关的评论文章。

1970年，尼尔莫勒回到祖国的怀抱。那时，他已经在印度文坛上大有名气了。1972年，尼尔莫勒加入西姆拉印度高等研究院（Indian Institute of Advanced Study），主攻“神话意识”方面的研究。1977年，受美国爱荷华大学之邀，尼尔莫勒以访问学者的身份参加了该校的“国际写作项目”（International Writing Program）。从八十年代初期开始，尼尔莫勒作为职业作家长居德里。2005年10月25日，尼尔莫勒在德里逝世，享年76岁。

二、尼尔莫勒·沃尔马的创作

尽管尼尔莫勒从小就喜爱阅读文学作品，但却从未想过要成为一名作家。根据尼尔莫勒的回忆，“这样说来，我从来没有对将来成为作家有过明确的概念。我很喜欢阅读，并且我也读过罗摩[①]那时候创作的小说，但我从不认为自己有能力进行创作。我偏爱历史，年轻的时候曾一度想写一本有关世界历史的书。这只是孩童的妄想，当时我不曾想过写小说”[②]。除了历史之外，尼尔莫勒还有过其他理想和愿望，他说：“当我还是个孩子，我曾经梦想加入海军成为舰长。长大一点以后，我认识到了自己的不足，于是转而希望成为某个偏远乡村的教师。这个梦想的产生也许是受契诃夫和泰戈尔的小说所激发的。在布拉格时，我常考虑在二手书店工作，而在伦敦，失业的我也曾几次尝试申请图书管理员或其助理的职位，但都以失败告终。尽管如此，已经从事了几年短篇小说创作的我还是没有想成为职业作家。”[③]

尼尔莫勒始终认为自己从事文学工作的初衷是“为了逃避其他工作的纠缠”，因此自己成为作家纯粹是“环境和机遇的混合产物”。对尼尔莫勒而言，写作不仅仅是表现创造的一种方式，它更是一种自我探索的行为。他说：“确定的是，故事为我摆脱日常生活的琐事和压力，进入自己的感情世界提供了便利。”[④]论及最终选择作家作为职业的原因时，尼尔莫勒说：“如果我选择写作以外其他事业，那我就是一个傻子……知道如何生活的人，他们生活着，而不知道如何生活的人，他们只能开始描述生活。如果我已经是一个管理者、承包商或商人，那么可能我就不会进行写作了。”[⑤]

---

① 此处罗摩指尼尔莫勒的兄长罗摩·古马尔·沃尔马（Ram Kumar Verma）。

② 尼尔莫勒·沃尔马：《换句话说》，新德里：印度格杨比特出版社，1997年，第176页。

③ 尼尔莫勒·沃尔马：《换句话说》，新德里：印度格杨比特出版社，1997年，第212页。

④ 尼尔莫勒·沃尔马：《换句话说》，新德里：印度格杨比特出版社，1997年，第176~177页。

⑤ Nirmal Verma, interviewed by Gaurahari Das. See Ravinder Sher Singh, *Journey to Another World in the Works of Nirmal Verma*, p68.

实际上，早在读书的时候，尼尔莫勒就已经开始用英文写诗。然而，“只有一两首诗获得了发表”，并且他对这些早期作品没有什么特殊想法，仅仅将它们称为“个人娱乐”或“与亲密朋友交流的私人途径”[①]。多数学者认为，他第一次认真尝试创作是在圣·史蒂芬学院的时候，其标志是1952年，在兄长罗摩的鼓励下，尼尔莫勒在学校的杂志上发表了第一篇短篇小说。不过，作家本身却认为“撰写评论才是自己创作生涯的开端”[②]。“努力求职期间，我获得了为《印度斯坦时报》（*Hindustan Times*）撰写印地语书评的机会。在此之前，我也曾为英语报纸《政治家》（*Statesman*）写评论。”[③]尼尔莫勒对待自己的创作格外认真。平时不论其他活动安排得多么紧凑，他都会尽量寻找时间阅读和写作。他的日程表中总是包括了上午的写作时间和下午的阅读安排。如同所有成功的作家一样，尼尔莫勒小说中的每一个词语都是经过他苦思冥想、精挑细选的。他的哥哥罗摩曾这样描述他的创作情景：“在家里，尼尔莫勒与我共用楼顶的小屋——那是我的工作室和他的书房。有一天，他坐下来写小说，三个小时只写了四行字。”[④]

1959年，尼尔莫勒出版了自己的第一部短篇小说集《鸟》。这部短篇小说集汇编了尼尔莫勒之前在一些杂志上发表的七篇优秀短篇小说。1965年，他的第二部短篇小说集《燃烧的灌木丛》（*Jalti Jhari*）得以发表。这部集子包括十篇短篇小说，其中《幻镜》（*Maya Darpan*）和《伦敦一夜》（*London Ki Ek Raat*）最为著名。《去年夏天》（*Pichli Garmiyon Mein*）是尼尔莫勒的第三部短篇

① Ravinder Sher Singh, *Journey to Another World in the Works of Nirmal Verma*, p57.
② 尼尔莫勒·沃尔马：《文学的内在真理》，德里：国莲出版社，2006年，第97页。
③ 尼尔莫勒·沃尔马：《文学的内在真理》，德里：国莲出版社，2006年，第99页。
④ Ravinder Sher Singh, *Journey to Another World in the Works of Nirmal Verma*, p76.

小说集，发表于1968年，包括《父亲和情人》（*Pita Aur Premi*）、《阿玛利亚》（*Amaliya*）、《寻觅》（*Khoj*）和《去年夏天》等八篇短篇小说。五年后即1973年，尼尔莫勒出版了第四部短篇小说集《争吵中》（*Beech Bahas Mein*）。这部小说集共收录了四篇篇幅较长的短篇小说，即《假期之后》（*Chutiyon Ke Baad*）、《周末》（*Weekend*）、《两个家》（*Do Ghar*）和《争吵中》。集子还附加收录了一篇名为《回到祖国》（*Apne Desh Vaapsi*）的文章。在这篇文章中，尼尔莫勒表达了自己久居国外回国后所感受到的文化冲击。1983年，他的第五部短篇小说集《乌鸦与黑水》（*Kavve Aur Kala Pani*）获得出版。此外，此外，尼尔莫勒还出版了一些短篇小说选集，例如，《我最喜爱的短篇小说》（*Meri Priya Kahaniyan*, 1977）、《我的短篇小说》（*Meri Kahaniyan,* 1985）、《短篇小说代表作》（*Pratinidhi Kahaniyan*, 1988）、《广被议论的短篇小说》（*Carcita Kahaniyan*, 1994）、《干旱和其他小说》（*Sukha Aur Anya Kahaniyan*, 1995）、《十篇短篇小说代表作》（*Das Pratinidhi Kahaniyan*, 1997）、《蛛网》（*Dhage*, 2003）等。

除短篇小说外，尼尔莫勒还出版了五部长篇小说。60年代初，伴随着文学认识的逐渐深化和写作能力的不断提高，尼尔莫勒开始尝试长篇小说创作。他的第一部长篇小说《那些日子》（*Ve Din*）写于布拉格，1964年出版。为了结合创作时的实际生活背景，尼尔莫勒特意将小说故事发生的场所设定在布拉格。这部小说具有重大意义，因为除阿格叶耶被评论为“西方存在主义哲学拙劣的文学翻版”的小说《各自的陌生人》外，这是印地语文学史上第一部成功地将场景设定在印度之外的长篇小说。然而，尼尔莫勒后来创作的长篇小说还是依照传统将场景设定在印度国内。发表于1974年的《红锡屋顶》（*Lal Tin Ki Chat*）讲述了一个少女的成长故事，它是尼尔莫勒的第二部长篇小说。1979年出版的第三部长篇小说《破碎的幸福》（*Ek Chithara Sukh*）也是一个成长故事，但主角是一个男孩。这部小说被认为是尼尔莫勒最难懂的一部作品，整个故事中充满了时空转换和闪回(flashback)。他的第四部长篇小说《午夜的记者》（*Raat Ka Reporter*）于1989年出版。虽然故事同样发生在德里，但这部作品与《破碎的幸福》属于完全不同的类型。故事设定在1975年的"紧急状态"时期，主要描述了主人公不清楚是自己对周围的世界存有妄想还是将真实的恐惧化为自有的存在危机。小说读起来就像一部推理小说，但最终我们只能意识到这不是一部传统意义上的推理小说，它并没有给出确切的结局，反而向读者展现了无法解答的灵魂奥秘。最后一部长篇小说《最后的森林》（*Antima Aranya*）历时四年完成，于2000年出版，讲述了一群居住在山中避暑地的退休人士努力使自己直面过去的故事。

虽然尼尔莫勒首先以一个小说家的身份登上印度文坛，但是散文体裁从学生时代起就对他具有特殊的吸引力。事实上，他出版的非小说集的数量远远多于小说。这些集子几乎囊括了所有非小说体裁，如游记、散文、访谈、日记、文学评论、社论等。如果说尼尔莫勒在小说中关注的是人的内心世界，那么这些非小说文章则集中记录了作家对社会、政治、文学、文化等各方面的思考。他的非小说集中比较重要的包括：《松树上的月光》（*Cheeron Par Chandni*，1964）、《每个雨季》（Har Barish Mein，1970）、《词语和记忆》（*Shabda aur Smriti*，1976）、《艺术的冒险》（*Kala Ka Jokhima*，1981）、《下坡》（*Dhalan se Utarate Huye*，1985）、《印度和欧洲》（*Bharat Aur Europe*，1991）、《历史、回忆和期望》（*Itihas, Smriti, Akanksha*，1992）、《换句话说》（*Dusre Shabda Mein*，1997）、《文学的内在真理》（*Sahitya Ka Atma-Satya*，2005），等等。

三、译本的选择与艺术特色

尽管与其他“新小说”作家相比，尼尔莫勒所创作的小说数量并不算多，但是作为新小说运动的先锋，他在整个创作生涯中始终秉承新小说运动所提倡的理念进行创作，对新小说运动乃至整个当代印地语小说的发展产生了不容忽视的影响，在当代印地语文学史上占有重要地位。不过，受篇幅所限，本书不可能将作家的所有作品呈示于众，只能从中选择两部短篇小说集——《鸟》和《乌鸦与黑水》进行翻译。

这两部集子之所以重要，主要原因有两个。首先，就文学形式而言，尼尔莫勒是凭借短篇小说登上印度文学舞台的，短篇小说在他的创作中具有特殊意义。而且在他创作初始的20世纪50年代中后期正是印地语新小说运动最为兴盛的时期。所谓“新小说”是由“Nayi Kahani”翻译而来，“Kahani”一词在印地语中特指短篇小说。由此可见，短篇小说是新小说运动中的主要创作形式，相比长篇小说，它具有篇幅短小和内容简单等优势，更适合作家进行求新求变的探索和实验，也更容易突显出作品的新颖和独特之处。其次，就作品选择而言，《鸟》是尼尔莫勒第一部正式出版的小说集，在印地语文坛上广获好评，著名印地语文学评论家纳姆沃尔·辛格（Namvar Singh）甚至认为，“包括了七篇小说的短篇小说集《鸟》尽管不是尼尔莫勒·沃尔马的第一部作品，但却是我们所谓的新小说的第一部作品”[①]，具有划时代的意义。《乌鸦与黑水》则为尼尔莫

---

① 纳姆沃尔·辛格：《小说与新小说》，阿拉哈巴德：洛格帕罗提出版社，1999年，第52页。

勒赢得了印度文学的最高荣誉——印度文学院奖（Sahitya Academi Purskar），其重要性和特殊性可见一斑。

在这两部小说集里，尼尔莫勒一方面在内容上突破了进步主义文学范式的局限，超越了一直困扰着印地语小说家的城市、城镇、农村的界限，将自己熟悉的中产阶级作为作品关注的焦点，详细描述了他们在时代变迁和社会转型时期所面临的种种生存困境，深刻剖析了他们压抑、痛苦、困惑、孤独和迷茫的内心感受，例如，在《鸟》中，作家展现出现代生活中中产阶级的孤独、恐惧、焦虑、压抑、迷惑;《另一个世界》通过两个世界的对比，突显出现实世界的孤寂、斗争和残酷;《一缕阳光》刻画了城市的冷漠、对死亡的哀悼，言语间充满孤寂和疏离。

另一方面，尼尔莫勒善于捕捉、把握意识的流动，常常将大量的笔墨放在人物内心活动和环境气氛的描写上，着意把人物内心的感受、细微的心理活动和详尽的变化过程和盘托出。受西方现代派小说的影响，尼尔莫勒在创作技巧上也进行了大胆尝试，例如：在创作时弱化了情节的连续性和逻辑性，完整地将人物内心展现在读者面前；在视角选择时，抛弃传统小说常用的全知视角，采用内焦点型视角着重刻画了人物的心理活动及周围环境气氛，增强了故事的真实性和感染力；打破时空交替的连续性，采用多维逆时序或者非时序的叙事手法；代替直接介入的说服性修辞因素，大量采用使用象征和隐喻的修辞手法；等等。大家在品读后面的小说时，可以细细体会，慢慢琢磨。

此外，值得一提的是，长期的旅居生活也对尼尔莫勒的创作产生了莫大的影响。作家不仅有时将小说的场景设置在国外，酒吧、餐厅、西方音乐等异域元素更是在作品中经常出现。这种独特的异域风格固然使他遭受了一些负面评价，如“用印地语写作的英语作家”“用印地语写英语”“只为精英、统治阶级创作”等，更多的学者却认为他“为印地语读者带来了一个新世界”。对此，尼尔莫勒自己回应道：“由于长期在国外居住，我的一些小说可能带有少许‘旅居性’，我不知道这会使这些小说变好或者变坏。无论如何，将它们称为‘外国小说’是不对的。……实际上，某个作家所设定的场景是外国的还是本国的，这东西无关紧要。”[①]实际上，笔者认为，这种打破界限和常规的“异域色彩”正是尼尔莫勒作为新小说家的成功之处，因为对读者而言，小说的丰富性和深刻性不在于地域，而在于作家的叙述过程和解剖方法，而尼尔莫勒那种冷静而锋利的描写，真正是精彩纷呈，使人目不暇接。为方便读者理解，对部分有印度特色的词语在相关页面作了脚注。

诚然，一千个读者眼中便有一千个哈姆雷特。本书旨在尽可能忠实地将原作用中文呈现于读者面前，至于如何评判，各位读者心中自有定夺。译时匆匆，本书中不如人意之处在所难免，敬祈广大读者批评指正。

任婧

深圳 香蜜湖

2018年9月

① 尼尔莫勒·沃尔马：《我所喜爱的小说》，德里：罗阇巴尔和森杰出版社，1977年，第7页。

目录

乌鸦与黑水

一缕阳光

我能坐在这张长凳上吗？不，您不用起来。对我来说，这个角落就已足够。您可能会感到奇怪，我为什么不去找别的凳子？偌大的公园，四周都是空凳子，我为什么非要挤在您身边？您别想岔啦，这么说吧——您现在坐的这张长凳，它是我的。没错，我每天都坐在这里。噢，不，您别理解错啦。这张凳子上没有写我的名字。公家的长凳上怎么会有名字呢？人们不过走来，坐一会儿，旋即离开。谁也不会记得，哪一天哪个人在这里坐过。人走之后，长凳又一如既往地空出来。过一段时间，新的访客会来坐在上面，但是他也无法得知，之前坐在那儿的究竟是学校的姑娘、孤独的老妇还是醉酒的吉普赛人。不，不，名字会被刻在人们长期停留的地方，所以房屋有名字，坟墓也有——尽管我总是在想，如果坟墓上不刻名字的话，它们之间就不存在任何特殊的差别。活着的人肯定不愿故意闯入别人的墓地！

您在看那边——马车的方向？不，这没什么好诧异的。如今，举行婚礼的时候，人们仍会使用马车……我每天都能见到，所以，我才为自己选了这张长凳。坐在这里，眼睛可以直接看到教堂——您无需转头。教堂很古老，在里面举行婚礼往往被视作一种莫大的荣耀。人们通常需要提前好几个月去预约登记。然而，订婚和婚礼之间相隔那么长时间是不稳妥的。有时候，在此期间，新郎和新娘产生了矛盾，待到婚礼正式举行，其中一方就不再出现。那样的日子里，这个地方变得冷冷清清的，没有人群，没有马车。乞丐也只能空手而归。正是这样的一天，我在面前的这张长凳上看见了一个女孩。她独自坐着，面无表情地望向教堂。

公园里确实存在这种困境。如此开阔的空间里，所有人都自我封闭地坐着。您甚至无法去跟别人说几句安慰的话。您看着别人，别人也看着您。或许这样也能获得些许安慰吧。因此，当忧愁在孤独的房间中变得令人难以忍受时，人们总会选择外出，街道上，公园里，某个酒吧中。尽管在那里，没有人给您安慰，您的痛苦也不能从一处转向另一处，忧愁的负担并没有减轻，不过，您却可以像苦力搬行李一样，把它从一个肩膀抬起，放在另一个肩膀上。这算得上少许安慰吗？反正我是这么做的——大清早就离开自己的房间。不，不，您别想歪了，我没有遇到麻烦。我是为了阳光才到这儿来的，您或许也发现了，整个公园里只有这一张凳子不在树下。这张长凳上连一片落叶也没有。它还有一个很大的好处，从这儿，我可以直接望向教堂，大概之前我已经跟您说过了吧。

您真是幸运！第一天来到这里，面前就有一辆马车！您再瞧瞧吧，过会儿就会有一小群人聚集在教堂前面。他们之中大部分的人既不认识新郎，也不认识新娘。他们在外面站立数个小时，仅仅为了瞥上一眼。我不清楚您的感受，但是想要窥视某些东西的好奇心大概一生都不会消弭。比如说，您坐在这个婴儿车前，我的第一个愿望就是低头看看里面，仿佛您的孩子与其他的孩子不一样。其实没什么不同。所有这个年龄的孩子都是一样的——嘴里吮吸着奶嘴平躺。然而，每当我从婴儿车前经过，心中都会产生朝里张望的强烈愿望。我想想都觉得奇怪，对于那些一成不变的事物，人们非但不会感到厌倦，反而最想瞧看它们，就像婴儿车里躺着的孩子、新婚夫妻的马车或亡者的棺架。或许您也看见了，人群总是聚集在这些事物周围。无论有意或者无意，双脚总是不由自主地朝向附近迈去。有时候想想，我觉得很讶异，那些有助于我们把握人生的东西常常在自己的掌控之外。对于它们，我们既无法理解，也不能向别人诉说。我问您，您是否能够记得出生的时刻？或者说说自己的死亡？或者在心中精准无差地复刻结婚的感受？您在笑……不，我不是这个意思。谁不记得自己结婚的感受呢！我听说，在一些国家，人们只有烂醉如泥的时候才会决定结婚……所以事后他们对此记忆全无。不，我不是指这种感受。我的意思是，您是否能够记得那个瞬间，当您突然决定结束单身，与某人共同生活……一辈子！我的意思是，您是否能够准确指出那个时间节点，当您将内心的孤独稍稍移开，允许别人进入其中？……是的……就像刚才您稍微往旁边挪了挪，让我坐在板凳上。我现在跟您这样聊天，仿佛我们相识已久。

瞧，现在几个士兵也站在教堂前面。如果人群照这样不断聚集的话，往来的道路将变得拥堵不堪。今天好歹还有阳光，但在冬天，人们即使冷得发抖仍旧会站在那里。我嘛，数年以来，一直前来观礼……有时甚至会产生幻觉，仿佛十五年前聚集在我婚礼上的那些人、那辆马车、那些四处巡逻的士兵如今仍在这里……仿佛这段时间什么都没有改变。没错，我的婚礼也是在这个教堂举行的。但这已经是很久之前的事了。那时候，道路还没有宽阔到能让马车直接行驶至教堂门前停下。我们只能把它停在巷子后方……接着，我和父亲一起步行到那里。人们站在道路的两边，我的心怦怦直跳，在大家面前我的脚可千万别打滑！不知道，那天站在人群里瞧望我的人如今身在何方……您在想什么呢……如果今天他们之中有人看见我的话，是否能认出，坐在长凳上的这个孤独的女人就是十五年前穿着白纱朝向教堂走去的那个女孩？您说实话，能不能认得出来？人嘛，我不知道，但我认为，那天拉我们来的那匹马一定认得我……是的，看到马时，我总是感到讶异。您是否观察过它们的眼睛？我感觉，它们似乎与某种非常亲密的东西分离，但是至今仍然没有习惯自己的离去。因此，它们在人类的世界里活得极其悲伤。没有任何习惯的事物，这是最大的不幸。那些至死都没有形成习惯的人，要么像马一样郁郁寡欢，要么像我一样，为了寻找一缕阳光，不断从一张长凳徘徊至另一张。

您说什么？不，您可能误解我了。我没有孩子——这是我的幸运。也许有孩子的话，我就不会离婚。你大概也明白，夫妻两人即使不再相爱，可为了孩子仍旧会待在一起。我从来都没有这种牵绊。从这点来看，我非常幸福——如果幸福的意思是我们能够自主选择孤独。然而，选择是一回事，形成习惯却完全是另一回事。每当傍晚阳光逐渐褪去，我便动身回家。不过，回去之前，我必定会先到那个酒吧坐一小会儿，过去他经常在那里等我。您知道那个酒吧的名字吗？波拿巴[1]……是的，据说拿破仑第一次来到这座城市的时候光顾过那个酒吧，但是那时我对此一无所知。当他第一次跟我约定在波拿巴前见面，我在城市的另一端傻站了整整一晚，因为那里拿破仑骑在马上[2]。您可曾这样度过自己的第一次约会，整个夜晚，您站在酒吧门口，而您的未婚妻却站在公众雕像下！后来，他的爱好变成了我的习惯。每天傍晚，我们两人不是遇到我之前他常去的酒吧小坐，就是到市区里我欢度童年的那些地方散步。您一点儿不会觉得奇怪，当我们开始迷恋某个人的时候，不仅当前想跟他（她）在一起，还会想了解他（她）没有跟我们在一起的过往。我们正是如此贪婪和嫉妒，甚至每当想到曾经没有我在身边他（她）也一样活着、爱着、睡着和醒着，都觉得无法忍受。然而，假如真的跟那个人一起生活过一段日子，您就不可能再说清，到底哪种习惯是您自己的，哪种是您从别人那里窃取来的……是啊，在您身上，它们就像纸牌一样混合在一起，您即使从中抽出任何一张，也依然无法辨明这张牌是我的，而那张牌是他的。

哎，有时候，我在想，我们每个人死前都应该获得自我剖析的自由，就像剥洋葱一样，一层一层地把过去剥开……您也许会感到诧异，所有人都会前来领取自己的份额，父母、朋友、丈夫……层层鳞瓣都属于别人，您的手中最后只剩下干枯、无用的根茎，等待死后被焚烧，或者被埋入地下。看吧，人们常说，每个人都是孤独死去的。对此，我不同意。人总是伴随着那些深埋心中、或爱或憎的人一同死去。离开的时候，他带走了自己内心一个完整的世界。

---

① 波拿巴，即Bonaparte，为法国皇帝拿破仑（Napoleon Bonaparte，1769~1821）的姓氏。根据后文，由于拿破仑曾经光临过这个酒吧，所以当地人们以他的姓氏来命名此处。

② 此处指拿破仑骑在马上的塑像。

为此，别人逝世时我们所感受的痛苦或多或少是一种自私的痛苦，因为我们觉得，随着他的离去，自己的某个部分也永远终结了。

哎呀！您瞧——他醒了。摇摇婴儿车吧，慢慢地摇。他自己会安静下来的……他嘴里含着奶嘴躺在那里，就像含着小小的雪茄！你瞧，他怎么目不转睛地盯着天空中的云朵看呢！小的时候，我常拿着小棍子对着云朵挥舞，仿佛那些云跟随我的指挥在空中飘移……您在想什么呢？孩子们在这个年纪看到或听到的，往后是否能够记得？应该还是会记得的吧……虽然我们长大之后会将某些声音、某些片段或某些响声遗失在岁月编织的网中，不过，在某些陌生的场合，只要得到一丝暗示，我们便能察觉，这种声音我们曾在哪里听到过，这件事或这类事件之前发生过……接下来，与此相伴随，我们心中积存已久的许多往事就会开始浮现出来，尽管在每日的奔忙中我们没有注意，但是它们就在那里，一直潜伏在角落里——寻找机会——等您走在某条大街上、静候电车或者午夜梦回时，突然将您抓住。那时，无论您如何手忙脚乱，如何张皇失措，它们都不会放过您。我就经历过一个这样的夜晚……

当时我们两人都在睡觉，我听到一个奇怪的响声——与先前一模一样，小时候我独自一人在房间里惊醒，接着忽然产生一种错觉，好像爸爸妈妈都不在另一个房间里，我感觉以后再也见不到他们了，于是就开始尖叫。然而，那一晚，我并没有尖叫。我起床走到门边，打开门向外张望，外面四下无人。回到房间，我看了看他。他面朝墙壁正在酣睡，就像往常睡着一样。他什么也没听到。那一刻，我才恍然大悟，那个响声并非来自外面，而在我心里。不，不在我心里，黑暗中它像蝙蝠一样出现，碰触着我——不在外面，不在心里，它从四面八方扑闪过来。我坐在床边，他躺在那里，我开始慢慢地抚摸他的身体，抚摸他身体的每一个角落，它们在某段时间内曾给予我莫大的安慰。不过，我奇怪地感觉，我虽然抚摸着他的身体，双手却依然空空如也。多年前那个发自他身体、居于我灵魂中的回响，现在已经荡然无存。我在他身体上摸索，就像人们在废墟中寻找多年前自己在墙壁上刻下的名字。只是，我的名字不在那里。还有其他一些印记，我之前从来没有见过，也跟我没有什么关系。我整晚都在他床头，手僵硬地放在他的身上……我有种恐惧的感觉，我们两人之间的空洞，我无法跟任何人诉说。是的，连我熟识多年的律师也不能。

他认为，我头脑糊涂、不明是非。什么样的声响！难道我的丈夫跟别的女人走了？难道他虐待我了？是的……他抛出一连串问题，而我只是像傻子一样注视着他的脸。那时，我才第一次了解，离婚不需要去法院或法庭。人们常说，与人分享自己的痛苦，接着我们会变轻松。我一点也不轻松。不，人们并没有分享痛苦，只是做了决断——谁有罪，谁无辜……困难的是，我们将要离开那个真正能够洞悉自己内心痛苦的人……所以，我离开了自己住的地方，来到了城市的这个街区，这里，谁也不认识我。这里，谁也不会看到我就说，看呀，那个女人跟自己丈夫生活了八年，然后离婚了。之前，每当有人说出这样的话，我都会在半路中间停下脚步，想把说话的人抓住，从头到尾把一切原委都告诉他们……我们如何在第一个傍晚分开两地等待对方，他在酒吧前，我在雕塑下；他第一次如何靠着树干亲吻我；我第一次如何忐忑不安地触摸他的头发。是的，我觉得，如果我不向他们说明这一切的话，我就无法描述我心中第一次出现声响的那个夜晚。即使时隔多年，我依旧想逃到我父母曾经睡过的那个房间……但是，那个房间已经空了。嗯，我在某处读到过，长大的意义就是如果你在半夜醒来，不管如何尖叫，也不会有人从另一个房间赶来。它总是空着的。瞧吧，那个夜晚之后我长大了多少！

然而，有一件事我至今仍不明白。报纸上总是报道地震或爆炸的消息。第二天，所有人都会得知，孩子们的学校变成了废墟，原本废弃的地方尘土飞扬。不过，当人们自身遭遇了如此惨况时，其他人却一无所知……那个夜晚之后，第二天，我独自走遍了整座城市，可没有一个人朝我看来……那一回，我第一次来到这个公园，坐在这张长凳上，就是您坐着的这张。是的，那天我非常惊异地发现，自己坐在曾经举行过婚礼的那个教堂前面……那时，街道还没有宽阔到能让我们的马车直接行驶到教堂前面。我们两人步行来到这里……

您在听管风琴演奏的音乐吗？瞧，他们打开了大门。音乐声传到这里。听到那声音我就知道，他们已经交换完戒指，相互亲吻。差不多了，现在又过了一会儿——他们要出来啦。人们现在哪里还能安静地站着，如果您想去看看的话，就放心去吧。我嘛，就坐在这里，看看您的孩子。您说什么？是的，我会一直在这儿坐到黄昏。之后，这里会变冷。我整日都在观察阳光会洒在哪一张长凳上，随即走过去坐下。公园里没有哪个角落是我没有坐过几个小时的。但是，我最喜欢这张长凳。一方面，树叶不会落在它上面，另一方面……哎呀！您要走了？

另一个世界

很久以前，我认识一个女孩。她整日在公园里玩耍。公园里种着许多树，可我认识的却非常少。我整天都待在图书馆里，只有傍晚回去的时候，才能在树丛中间看见她。很长一段时间里，我们都没有跟彼此说过话。我只在伦敦的那个街区逗留了几天。那段日子，为了寻找便宜的住所，我不断地从一个地方换到另一个地方。

那真是段穷困潦倒的日子。

如今回想起来，那个女孩或许也很穷。她一直穿着一件破旧、开线的毛衣，头上戴着一顶黑褐色的帽子，头发从帽子的两边散露出来。耳朵和鼻尖总是红通通的，因为十月的末尾正是冬季初始的日子，有时候，初冬比真正的冬季更加无情。

说实话，我是为了避寒才去图书馆的。那段日子，我的房间冷如冰窖。每天晚上睡觉之前，我都会把所有毛衣和袜子穿好，把外套和大衣堆在被褥上。尽管如此，严寒丝毫没有减少。房间里不是没有电暖器，而是要启动它的话，必须先投入一先令[1]硬币。睡在那个房间的第一个晚上，我整夜都在给那个电暖器喂钱，因为每隔半小时我就得去平息它的胃火。第二天，我甚至连吃早饭的钱都没能剩下。自此以后，我就把它搁置一边了。尽管我整夜都冷得发抖，但想到它一直饿着肚子，多少也能得到一种安慰。它冷冷地待在桌上，而我躺在床上——就这样，我们开始冷战。

一到早上，我就飞快地奔向图书馆。不知道去那里的人有多少是跟我一样的，图书馆还没开放，门前就排起了长队。人群当中，老人居多。他们能够领到的养老金很少，但却最怕寒冷。于是，他们常常坐着，打开一两本书放在桌上。不一小会儿，我就发现，周围的所有人都睡着了。没有人去打扰他们。个把小时之后，图书馆的工作人员会巡视到那里，把打开的书合上，慢慢地摇醒那些打鼾妨碍其他人睡觉或读书的人。

正是在这样一个昏昏欲睡的中午，透过图书馆长长的窗户，我看见了那个女孩。她把书包放在一张长凳上，自己却躲在大树后面。那不是一个阳光明媚的日子，所以我感到有些惊讶，天气这么冷，那个女孩还在外面玩耍。她无人相伴，其他长凳都是空的。那天，我生平第一次迫切地想知道，那些孩子一个人究竟在玩什么游戏。

每逢中午，她就来到公园里，把书包放在长凳上，然后跑到大树后面。有时候，我会从书本中抬起头朝她望去。每到五点，公立医院的铃声响起，那个女孩就立刻从她所在的地方跑过去坐在长凳上。她把书包抱在怀里安静地坐着，直到一个妇女出现在另一个方向。我从来没有正面看过那个妇女。她总是穿着护士的白大褂走过

---

[1] 先令，英国的旧辅币单位，1971年英国货币改革时被废除。从币值来说，现在的1英镑大约等于12先令。

来。不过，每次她还没来得及走到长凳边，那个女孩就已经失去耐心开始奔跑，在途中把她拦下。接着，她们两人转身朝大门的方向走去，而我则注视着她们，直到她们从眼前消失。

我看着这一切，像希区柯克的男主角，透过窗户朝向外面，看着这个哑剧每天重复上演的地方。若非一日天气突变，这一系列节目大概可以持续整个冬天。

一天晚上睡觉的时候，我突然感觉被子和它上面盖着的大衣无比沉重。我的身体被汗水浸透，仿佛高烧多日后刚刚醒来。我打开窗户向外张望，没有尘，没有雾，伦敦的天空宛若打开的蓝色天鹅绒盒子，有人在里面装满了星星。我感觉，这就像是夏天的夜晚，我不在国外，而是躺在自己家的屋顶上。

第二天，天气晴朗，阳光普照，我没有在图书馆坐很久。一到中午，我就离开了。我散着步，走向每天吃饭的那个餐厅。那是一家便宜的犹太餐厅，只要花一个半先令就能买到一份肉食、两个面包和一小杯啤酒。餐厅的犹太老板娘坐在一张高脚凳上，她是战争爆发前从立陶宛来到这儿的。柜台上摆着一个钱盒，一只白色的暹罗猫卧在她脚下，一直注视着顾客。它或许能够认出我，因为无论我吃多久，它都会用那双绿色的眼睛目不斜视地盯着我。那些时候我常想，在穷困、寒冷又孤独的日子里，即使是猫，也能给予人强大的依靠。所以，我幻想着，以后自己也要开一家这样的印度餐厅，同时养三只猫。

从餐厅出来，我不愿再去图书馆。经过漫长的等待，家里的书信和报纸终于在那天送达。我本想到公园灿烂的阳光下阅读它们。然而，当我看到公园的鲜花时，我感到些许讶异。那是一种很小的花，在草丛中昂首伫立。关于这些花朵，耶稣曾说，开在野地里的百合花从不为未来担忧。①

它们让我想起已经逝去的夏天。

我开始在草丛中花朵间漫步。

感觉很美妙。关于未来的忧虑开始消散。我如释重负，于是，脱下鞋子，赤脚在草丛中行走。刚走到长凳旁，我就听到身后传来一声尖叫。有人迅速朝我跑来。我转过身，看到那个女孩。她从树后跑出来，站在那里，挡住了我的去路。

“您觉得冷吗？”她笑着说，“现在您走不了啦！”

我一头雾水，只能站在原地。

“您被逮住了……”她又说，“您站在我的地盘上。”

我环顾四周，草丛中鲜花盛放，周围的长凳上空无一人，三棵常青树和一棵粗壮的橡树挺立在草坪中央。我完全看不出哪里是她的地盘。

“我不知道，”我说，开始准备转身回家。

“不，不……您不能走，”女孩立刻站在我面前。她的眼里光芒闪烁，“它们不让您走。”

“谁不让走？”我问。

她朝树木的方向示意，现在它们看起来倒真像士兵一样，魁梧高大的哨兵。我毫不知情地落入了它们隐形的圈套。

我们沉默地面对面站了一会儿。她的眼睛一直盯着我——兴奋而警惕。当她发现我没有任何逃跑的企图时，终于稍微松懈了一些。

“您想离开吗？”她说。

“怎样才行？”我看着她。

① 参见《马太福音》第6章第28~29节，耶稣以百合花为例，劝诫信徒不要心怀忧虑。

“您要给它们食物。它们已经饿了好多天了。”她朝树的方向示意。它们在风中摇曳。

“我没有食物。”我说。

“如果您愿意，您可以去找点儿来。”她满怀希望，“它们只吃鲜花和树叶。”

于我而言，这并不困难。正值十月，除鲜花外，公园到处散落着成堆的树叶。我弯下腰，她立马拉住我的手。

“不，不，不能从这里拿。这是我的地盘。您得去那边。”她望向公园的篱笆。那里堆着许多凋零的鲜花和树叶。我正要朝那儿走去就听到她的声音：

“等等……我跟您一起去，万一您脱身逃跑了，那么……它们会死掉。”她停住，看了看我，“您愿意死去吗？”

我急忙摇头。那是如此炎热、灿烂的一天，我根本没有死亡的愿望。

我们来到篱笆旁。我拿出手帕，开始收集花朵和树叶。为了获得自由，人还有什么事不能做呢？

返回的途中，她没有说话。我用眼角的余光看了看她。她看上去像个病重的孩子，表情沉重阴郁，如同那些总是独自玩耍的孩子一样。沉默的时候，她总是噘着嘴——下嘴唇微微向外突出，令它上方的鼻子受到挤压，显得有些无助。她的头发很短，很黑，一绺绺卷发盘成圆形散布在头上，像被水洗过的棉絮一样。我的手不由自主地向前伸去，想要抚摸它们。然而，她知道自己与我间隔的距离足以避免各种触碰。

“现在您可以给它们食物了。”她说。她走到树旁，停下脚步。

“它们会放了我吗？”我想得到某种保证。

这一次，她笑了。我第一次看见她的牙齿——洁白无瑕、闪闪发亮——黑人小女孩的牙齿也是那样。

我从手帕中拿出树叶，分成四等份，然后一份一份地放在树下。

我自由了——却有一点空虚。

我从口袋里掏出书信和报纸，在她放书包的那张长凳上坐下。那是一个黑色的皮包，里面塞满了书，一个咬了一半的苹果透过上方的口袋向外张望。

她消失不见了。我仔细地环视四周，才发现她上衣的一角露在灌木丛外面。她像小兔子一样躲在那里——为了扑向像我一样迷途的旅人。然而，过了许久，依然没有任何人从公园经过。风吹来，树下聚集的树叶开始打转，如同一个漩涡。她追赶着它们，忘记了自己的捕猎行动。

过了一会儿，她回到长凳旁，看了我一眼，然后从书包里拿出苹果。我一边读着报纸，一边聆听她齿间咀嚼苹果的声音。

忽然，她的目光落在我置于长凳的书信上。随后，不断张合的腭骨停止运动。

“这是您的？”

“是的。”我朝她望去。

“这个呢？”

她抬起手，指向信封上贴着的邮票。邮票上印有大象的图案。那只大象长鼻朝天，牙齿之间露出一丝笑意。

“你去过动物园吗？”我问。

“跟爸爸一起去过一次。他给了我一个便士，然后动物园里的一头大象用鼻子把它从我手里卷走了。”

“你不害怕？”

“不害怕，为什么要害怕？”她啃着苹果望向我。

“爸爸没有跟你一起到这儿来？”

“来过一次，却被逮住了三次。”

她微微一笑，仿佛一段回忆揭开了尘封的过往，某人孤身一人，独自欢笑，而我并不在那段记忆里。

医院的铃声响起，我们俩才回过神来。女孩从长凳上拎起书包，走向那些默然挺立的大树。她走到每一棵树旁，抚摸它们，对它们说些悄悄话。最后，她来到我身边，跟我握了握手，仿佛我也是那些大树中的一员。

她把目光转向身后。我也朝那个方向望去，谁来了？那个妇女出现在眼前。她身上那件白色的护士服在绿油油的草地上闪闪发光。女孩一看见她就开始奔跑。我仔细地上下打量，这就是我透过图书馆窗户看到的那个女人。她个子矮小，肩上背着包，拥有像女孩一样乌黑的卷发。她虽然离我很远，但是我依旧能够听到她的声音——不是一个个独立的单词，而是只有两种音调的一种响声。她们坐在草地上，女孩早已将我遗忘。

我穿上鞋，将报纸和书信放进口袋。现在时间还挺充裕，我想，可以去图书馆待上一两个小时。那里远离公园的魔法，是我自己专属的角落。

我穿过公园中央。火焰在树的嫩芽上燃烧。整个公园融化在一片金色里，中间树叶连成一条河流，在风中不停摇摆。

谁……是谁？有人呼唤着我，而我一直向前走，没有停下脚步。有时候，人会自己呼唤自己，试图让自己从外界进入内心，尽管心中一片荒芜。然而，这声呼唤与往日大不相同。它没有终止，所以最后我被迫停下。这一次，毫无疑问，确实有人在喊，“停下，停下……！”我转身回望，女孩站在风中挥动着双手。

是的！我又被逮住了，又一次。我像傻瓜一样走进她的地盘，被四棵大树团团围住。这次，母亲和女孩两人都笑了。

那是虚假的暖日。众所周知，这样的日子不会持续太久。图书馆变得十分冷清。我的邻座，那些靠退休金生活的老人，现在也开始坐在阳光底下。天空如此蔚蓝，就连伦敦的烟尘也无法将其染污。蓝天下，公园静静躺卧，如同一座绿油油的岛屿。

格蕾达（这是她的名字）总是出现在那里。即使偶尔没有看到她，你也可以从她放在长凳上的书包得知，她就在附近某个地方，藏在某个角落里。我避开那些大树、灌木和草丛中的花朵前行。她每天都在某处设下一个看不见的、可怕的圈套。尽管万分警惕，我还是难免踏足其中。每当这时，她就会惊慌不安地叫着站立在我面前。我被逮住了，被释放了，又被逮住了……

这不是游戏，而是整个世界。那个世界与我没有任何关联，虽然我时不时被唤入其中，如同戏剧的临时演员。我不得不时刻准备着，因为她随时都可能召唤我。一天中午，我们俩坐在长凳上，她忽然站起来。

“您好，托马斯夫人……”她笑着说，“很久没看到您了！这是我的印度朋友，您跟他认识认识吧！”

我目瞪口呆地看着她。那里一个人都没有。

“您还坐着？跟她握握手吧！”她有些不满地对我说。

我站起来，跟空气握了握手。格蕾达挪到我身边，腾出一个角落给托马斯夫人坐。

“您准备去市场？”她看着空地说，“我看见您的袋子就知道了。

不，不好意思，我不能跟您一起去。我还有许多事要做。您看它们（她朝大树的方向示意），它们已经饿了一个早上，我还没给它们做饭呢……您喝茶还是咖啡？啊，您在家喝完才来的。您说什么？我为什么不去您家？最近哪儿有时间啊！早上得去医院，中午还要陪孩子，您也是知道的嘛。我周日去吧。您要走啦……”

她站起来，又一次跟空气握了握手。或许，托马斯夫人很赶时间。告别的时候，她连看都没有看我一眼。于是，我一直安坐在长凳上。

我们沉默地坐了一会儿。她突然大吃一惊。

“您听见什么了吗？”她拽了拽我的胳膊。

“什么也没听到。”我说。

“电话铃……响了好久。您看看，是谁呀？”

我起身走到长凳背后，从下面的草丛中捡起一根断了的小树枝，接着大声地说：“喂！”

“谁呀？”她不耐烦地问。

“托马斯夫人。”我说。

“啊！又是托马斯夫人！”她有些疲倦地打了一个哈欠，然后缓缓走过来，从我手中接过小树枝，说道：“喂，托马斯夫人！您从市场回来啦？买了什么？肉丸、炸鱼条和薯片？”由于惊讶，她的眼睛瞪得老大。大概几经挑选，她才报出了自己最喜欢的这些东西的名字。

此后，她不再说话，似乎托马斯夫人向她提出了某个意想不到的建议。“好吧，托马斯夫人，我待会儿过来。不，我不需要很久。我现在要去公共汽车站。再见，托马斯夫人！”

她用一双明亮的眼睛看了看我。

“托马斯夫人叫我吃晚饭，您打算做什么？”

“我准备睡觉。”

“您先给它们喂点东西吃吧……否则它们会哭的。”她朝大树的方向示意，它们在静止的空气中一动不动地伫立着。

她开始精心装扮自己，不仅将散乱的头发的梳理整齐，还假装往脸上扑粉。她把手掌当作镜子，仔细打量，阳光和树影中，她看起来确实漂亮。

离开的时候，她朝我挥了挥手。我凝望着她，直至她消失在浓密的树丛中。

每日皆如是。她去拜访托马斯夫人，我躺在长凳上。我从不感到孤单。公园里各种奇异的、看不见的声音时时包围着我。我离开一个世界，来到另一个世界。她在公园遥远的角落里徘徊。我枕着图书馆的书躺在长凳上，望着伦敦的云——它们四处飘荡，偶尔一朵白云悬停在太阳之上，公园就被淡淡的黑影笼罩。

正是这样的一天，我躺在长凳上，听见附近传来一个奇怪的声响。我感觉，自己在梦里看着托马斯夫人。她来到我身边——极其靠近地，站着呼唤着我。

我惊慌失措地坐起来。

面前站着女孩的母亲。她牵着格蕾达的手，有些尴尬地注视着我。

“不好意思……”她犹豫地说，“您莫非睡着了？”

我掸了掸衣服站起来。

“您今天来这么早？”我说。看见她白色的护士服、黑色的腰带以及头发上绑束的丝巾，我的眼睛晃得难受。她可能是直接从医院来到这里的。

“是的，我今天来得挺早，”她微微一笑，“周六没有那么多工作，所以我中午就过来了。”

她带着西印度拖沓的口音说到，每个单词的末尾都像气球一样向上飞扬。

“我是特意来邀请您，今天跟我一起回去喝茶吧……我们就住在附近。”

她的声音里没有一丝踌躇或客套，仿佛她与我相识已久。

我十分乐意。我已经很长时间没有去过别人家里，每天只是从自己房间走到图书馆和公园。我大概早已忘记，除此之外还存在另一个世界——格蕾达在那里生活、吃饭、睡觉。

格蕾达一直走在前面，时不时扭过头来看看，确保我们没有被拉下太远。她或许觉得有些奇怪，因为我要去她家做客。我也觉得奇怪，不过不是因为去她家，而是因为跟她妈妈走在一起。她妈妈看上去很年轻，或许因为身高的原因，跟我走在一起，她显得很小，甚至让我产生一种错觉，仿佛我跟另一个格蕾达一起走着。

一路上她都没有说话，直到她家出现在眼前，她才停住脚步。

“您也住在附近吗？”她问。

“在布莱德街，”我说，“正对着地铁站。”

“您大概是最近才来的吧？”她笑着说，“那个街区很少有印度人居住。”

她开始下楼。她家在地下室，我们必须沿着楼梯向下走。女孩打开门站着。即使是白天，房间里依旧很黑。打开灯后，三四张椅子映入眼帘。房间中央有一张桌子，过分地长，其上空空如也——仿佛是用来打乒乓球的。沙发紧挨着墙，扶手上放着一条棉被。我感觉，这个房间似乎具有多重功能，她们在里面吃饭、睡觉，有机会的话，也款待客人。

“您请坐，我去煮茶。”

她掀开门帘走进去，留下我和格蕾达坐在房间里。我们俩相识于公园秋季的光辉中。然而，房间里没有任何季节，没有任何幻影。她突然变成了一个稚童，她的魔法和震慑力都消失得无影无踪。

“你睡在这里？”我朝沙发的方向望去。

“不，不在这里，”她摇摇头，“我的房间在里面。您想看看吗？”

厨房前面有一个小房间，或许很早之前是一个储藏室。那里挂着一个蓝色的帘子。她掀起门帘，蹑手蹑脚地走进去。

“慢慢过来吧，它在睡觉呢！”

“谁？”

“嘘！”她把手放在嘴上。

我想，或许有人在里面吧。然而，里面空无一人。房间的墙壁是绿色的，上面贴着动物的图画。她的床放在角落里，看起来很小。枕头上躺着一只包裹在补丁中的熊娃娃，如同鸡窝里的凤凰。

“它正睡着呢。”她低声地说。

“那么你呢？”我说，“你不睡在这儿吗？”

“我睡在这儿。爸爸在这儿的时候，他会睡在另一张床上。现在妈妈让人把那张床搬出去了。”

“那他住在哪儿呢？”这一次，我的声音也变得极其微弱，不是怕吵醒熊娃娃，而是因为数日前自己心中滋生的那种恐惧。

“住在自己家呀，还能在哪儿呢？”

她有些诧异地看着我。在她看来，我并没有完全相信她的话。于是，她走到自己放置课本的桌子旁边，拉开抽屉，从中拿出一捆信件，上面绑着一条红色丝带，就像圣诞节礼物一样。她把它们拿到我身边，向我展示最上面那个信封上贴着的邮票。

“他住在这里。”她说。

我回想起，她是在模仿我——很久以前，在公园里，我让她看过从自己家乡寄来的信件。

她的母亲在客厅里呼唤我们。一听到母亲的声音，她立刻从房间走向外面。

我在那里停留了片刻。熊娃娃在床上睡觉。墙上的动物对我怒目而视。床边有一个小小的脸盆，里面放着她的牙刷、肥皂和梳子。

跟我的房间一模一样，我想。不过，它与我没有任何关联。我可以随意离开自己的房间去往任何地方，但是她的房间在那些物品的包围中看起来像天堂一样，遥不可及。

桌上放着一捆信件，上面绑着一条丝带，匆忙间，她把它单独留在这里。

“您参观完她的房间啦？”她笑着问。

“无论谁到这里来，她都会先带他/她参观自己的房间。”她换好衣服走过来。红色印花棉布的裙子和宽松的棕色羊毛衫。房间里弥漫着廉价熏香的气味。

“您不仅给我煮了茶，还准备了一桌盛宴呢。”我看着桌上放置的食物说。吐司、果酱、黄油，还有某种食物——不认识的，曾几何时，我见过这么多食物！

“我从医院的餐厅买来的——那里很便宜。”

她感到不安。虽然面带微笑，不安的情绪还是笼罩着自己的地盘。不知道，女孩去哪里了？她不停地大声叫她，茶水慢慢变冷。

她抱着头坐下，随后想起，我还在她旁边。“您开动吧，她可能坐在花园里。”

“您家有花园？”我问。

“非常小，在厨房后面。我们刚到这儿的时候，那里一片荒芜。我丈夫整理了一下。现在长出了一些蔬菜。”

“您丈夫不住在这里？”

“他在这儿没找到工作，所以整天在公园闲逛。格蕾达也养成了那种习惯……”

她的声音里流露出一丝厌烦。尽管没有任何恼怒的成分，但是那种厌恶，如同黄色的尘土，落在每一件物品上。

“我也常逛公园。”我想安慰安慰她。她也确实有所好转，开始微笑。

“您不一样。”她压低嗓音说，“您一个人生活。如果跟家人一起住在伦敦的话，没有工作是待不下去的。”

她开始清理桌上的东西。我把餐具收拾好拿进厨房。水池前面有扇窗户，透过它可以看到她的花园。一棵垂柳伫立在花园中央，柳条不停晃动，如同一把倒置的伞骨。

我转过身发现，她拿着毛巾站在门口。

“在看什么呢？”

“您的花园……它一点儿也不小。”

“是不小，不过，这棵树把地方全占了。我早就想找人把它砍掉，但是她非常执拗。我提出要砍树的那天，她哭了整整一晚。”

她没有继续说下去，仿佛回忆那个晚上的事情本身就是一种悲哀。

“她说了些什么？”

“能说什么，固执己见呗。或许很久之前她爸爸曾经说过要在树下建个凉亭。您倒是来评评理，我们在这里连自己住的地方都没有，还要在花园里给洋娃娃建个凉亭？”

“凉亭？”

“是的，凉亭——格蕾达要跟自己的熊娃娃一起住在那儿。”

她笑起来。那是一种忧伤的笑，源自空白，终于空白，中间依旧留下一片空白。

我是时候该离开了，但是格蕾达仍然没有出现。我们沿着楼梯向上走。伦敦昏暗的阳光在附近的烟囱上缓缓滑行。

我向前伸出手，想与她握手告别，她有些迟疑地说：“您明天有空吗？”

“有事吗？我基本上每天都有空。”

“明天是周日……”她说，“格蕾达放假，但是我要去医院值班。我能把她交托给您吗？”

“需要几点过来？”

“不，不用麻烦您过来。我去医院的时候会把她带到图书馆门口……傍晚再来接她回去。”

我表示应允，旋即启程归家。走过一段距离之后，我从口袋里掏出钱开始数起来。想到今天省下了吃饭的费用，心里无比欢喜。我把省下的钱攥在手心里，朝家走去。

我站在图书馆门口。

她迟到了……或许因为寒冷。今天没有阳光。伦敦的建筑物上布满阴郁的光线——昏黄而苍白。如此光照之下，她显得更加贫困和痛苦。

我看见了她那件雪白的护士服。她们两人穿过公园走过来。她走在前面，格蕾达跟后面奔跑。一看到我，她立刻朝我挥手示意，然后匆匆亲吻女儿，快步转向医院。

然而，女孩一点也不着急。她迈着缓慢的步子走到我身边。由于寒冷，她的鼻子冻得通红。她穿着棕色的长袖毛衣，头上戴着我经常在公园看见的那顶旧帽子。

她有些颓废地站着。

“走吧？”我牵着她的手。

她沉默地摇了摇头。我有点儿失望。我本想，她会问，我们去哪儿。到那时，我就可以给她一个惊喜。但是，她什么也没问。我们开始过马路。

我们穿过公园，一路前行。她曾一度用充满疑惑的目光望向我，仿佛她正走出自己的某个安全区。不过，我一句话也没有说，她也没有问。那一刻，我第一次感觉，没有跟父母在一起的时候，孩子们会把所有问题都包裹好扔进某个黑洞中。

坐上地铁，她才稍稍安下心来。她放开我的手，望向窗外。

“从现在开始变成晚上了吗？”她问。

“怎么会是晚上？”

“你瞧！外面多黑呀！”

“我们在地下呢。”我说。

她思索了一下，然后慢慢地说：“地下是晚上，地上是白天。”

我们两人都笑了。我之前从未这样想过。

渐渐地，光开始出现。上方露出一片天空，紧接着，浸没在无际纯白中的当昼显露在隧道之外。

走上地铁站台阶的时候，她停下脚步。我惊讶地看着她。

“怎么不走了？”

“我要去洗手间。”

我不知所措。厕所在楼下，她这样强忍着尿意应该走不了多远。我把她抱起来，转身跑上台阶。厕所出现在过道的另外一头——男厕，我赶忙带她进去。关上门，走出来，我感觉，获得解脱的不是她，而是我。

她走出来，看起来有点不安。“怎么啦？”

“拉绳太高了。”她说。

“你待着，我去拉。”

她抓住我的外套。她想自己拉。我把她带进去，再次把她抱在怀里，向上托举，直到她的手能够碰到拉绳。我们俩惊奇地看着厕所冲水，仿佛这是我们人生中第一次看到这种奇观。

我们开始爬楼梯。上到地面的时候，她紧紧地攥着我的手。正前方是特拉法尔加广场①，周围拥挤、明亮、喧嚣。我本想给她一个惊喜，不料她却感到恐惧。她如此害怕，我甚至想重新带她下楼，回到地铁站，那里大地留有自己黑暗的安全区。

然而，恐惧消逝得很快。不一会儿，她松开了我的手，迷失在广场奇异的光亮中。她走向那些狮子下面，它们站在黑色的石头上，张牙舞爪地注视着人群。许多孩子在给鸽子喂食。

翅膀的影子看起来像一片云，有时随风飘向这边，有时飘向那边。一群鸽子从头顶掠过，耳朵里只留下一阵热烈的、扑棱扑棱的拍打翅膀的声音。

她一直在仔细聆听，早已将我忘却。

我避开她的视线朝广场中央走去。那里有一个红色的小木屋，

---

① 特拉法尔加广场（Trafalgar Square），坐落在伦敦市中心，东面是伦敦城，北接伦敦的闹市索荷区，南邻白厅大街，西南临近王宫。该广场是1805年为纪念著名的特拉法尔加海战而修建的，如今既是伦敦市民政治、文化活动的中心，也是伦敦的著名景点之一。

售卖粮食。一杯粮食的价格是四便士。我买了一杯，随后开始在人群中寻找她。

许多孩子围着鸽子。不过，她仍然站在原地，寸步未移。我走到她身后，把那杯粮食放在她面前。

她回过头，惊惶地看着我。孩子通常不懂表达感激，只会简单地接受。人们需要睁开第三只眼[①]来填满中间所有的空寂。她几乎从我手中将杯子抢走，说道："它们会来吗？"

"肯定会来……首先你需要把粮食一粒粒地摆好，才能召唤它们过来，然后……"

她并没有理会我的话，而是径直跑向另一边，几只鸽子在那里踱着方步。起初，她战战兢兢地向前伸出手掌。鸽子犹豫着，不敢来到她身旁，仿佛受到她的恐惧的感染。然而，过了一会儿，它们再也阻挡不住内心的渴望，故作姿态地走到附近，先假装东张西望，随后迅速地从她手掌里啄食。现在，她张开裙摆坐着，一只手盛满粮食，另一只手也装着粮食。我连看都看不到她了。不停扇动的翅膀如同一个灰色的伞盖，将她罩在其中。

我坐在长凳上，望向喷泉，水珠飞舞着溅到膝盖上。云幕低垂，纳尔逊[②]的头看起来像是一个黑点。

白天慢慢逝去。

一段时间之后，我发现，她站在面前。

"我还想要一杯。"她说。

"现在不行……"我迟疑地说，"已经很晚了。现在我们去喝茶

---

① 根据印度瑜伽理论，人体的精微能量系统由七轮（Chakra）构成，其中第六轮额轮也被称作第三只眼，是个体意识通往宇宙意识的闸口，与人体的超感洞察力相关。

② 此处纳尔逊指英国海军名将H.纳尔逊（Horatio Nelson，1758~1805），他曾为1805年英国对法国的特拉法尔加战役做出卓越贡献。为了纪念他，后人在特拉法尔加广场上修建了他的铜像。

吧，你可以要个冰激凌。”

她摇头。

“我还想要一杯。”

她的语气里没有固执。她好像并不是在请求我，而是在请求某个相识不久的人。

我从她手中接过空杯子，朝商店走去。我扭头一看，发现她也在看我。我绕到商店后面。那里十分拥挤，所以她看不到我。我缩在角落里，从口袋中掏出钱。买茶和冰激凌的钱放在一边，乘地铁的钱放在另一边，最后只剩下两便士。我被迫加入一部分买茶的钱，然后站进排在店主前面的队伍中。

这一次，当我把杯子递给她的时候，她看也没看我一眼，马上就朝着最多鸽子聚集的那个地方奔去。如今，她兴致大增，鸽子也能认出她来。它们在周围飞翔，时不时落在她的手上、肩膀上、头上。她一直在笑，苍白的面容由于过度的兴奋和紧张变了样，还有手——那双在我看来如此娇嫩的手——在一种莫名的不安中有时张开，有时握紧，仿佛随时会抓住那些鸽子不断跳动、强壮有力的心脏。她也不知道，盛粮食的小杯子什么时候空了。她在风中摊开掌心坐了一会儿，突然意识到，鸽子已经抛弃她围拢在另一个孩子身边。她站起来，目不斜视地走到我身边。

她直勾勾地盯着我。我很疑惑，她在怀疑我。我从长凳上站起来。

“现在走吧！”我说。

“我还想要一杯。”

“没有了，你都要两杯啦！”我生气地说，“你要知道，我们哪儿剩那么多钱？”

“只要一杯，然后我们就回去。”

人们开始望向我们。为了一小杯粮食，我对着女孩大吼大叫。我把她抱起来安坐在长凳上，“格蕾达，你太固执了。现在你什么也得不到。”

她冷冷地看着我。

“你是个坏人。我再也不跟你一起玩儿了。”我感觉，她好像在用某个看不见的人跟我进行比较。我坐着，心里空荡荡的。确实有时候，对自己而言，希望不复存在，剩下的只有可怕的焦虑，因为自己活着，只是因为自己活着，所以开始产生焦虑。接着，我听见了那种声音，那种如今我即使独自一人也能听到的声音……然后我扭过头去。

她在哭，手上拿着空空的粮食杯，帽子滑落到额头上。那是一种沉默的哭泣，贯穿于每一次呼吸间。我无法忍受。我从她手里拿过杯子，走过去，站在队伍里。这一次，我甚至没有想到要先数一下钱。我一直在听她哭泣，尽管她离我很远，中间还夹杂着鸽子扑腾翅膀的声音和孩子的叫喊声，其实什么都听不到。不过，抛开这一切，我心里一片寂静，其中只有她抽泣的声音不断回响。因此，即使相隔无尽的距离，我也能够听到。

然而，这一次与之前不同。她等了很久，却没有任何一只鸽子来到她身旁。由于她自身的慌乱或者周围笼罩的黑暗，它们走到附近，却对她张开的手掌视若无睹，转而去往其他孩子身边。她失望地将盛粮食的杯子放在地上，自己走过来，坐在我身边的长凳上。

她一离开，鸽群立刻聚拢在杯子周围。没过多久，我们就看见，装粮食的杯子翻到在地上，里面一粒粮食也没有。

“现在走吧？”我说。

她马上从凳子上站起来，仿佛这么长时间以来，她一直在等待这一刻。她的眼睛闪烁着光芒——湿润的光芒——流过眼泪之后才会产生的光芒。

那段日子，特拉法尔加广场对面有一家里昂人开的餐厅，不够卫生却价格便宜。我们穿过马路，走向那里。

途中，我把手伸进口袋数了数钱——我给她点了两片吐司，为自己要了杯茶。最好能让她忘记冰激凌。

这是她第一次来餐厅。强烈的好奇心驱使她不停地四下打量。我感觉，不久之前的苦闷开始消解。我们再次相互靠近。然而，不同于以往的是，鸽子的阴影至今仍在我们两人之间扑腾着翅膀。

“我是一个很坏的人吗？”我问。

她抬起眼睛，瞥了我一下，随后用极其不耐烦的口吻说道：“我可没那么说过您。”

“你没说过我？”我惊讶地望着她，“刚刚是在说谁？”

“托马斯先生，他是个坏人。有一天，我去他家的时候，他正在那里骂人，可怜的托马斯夫人一直在哭。”

“啊！”我感叹道。

“您认为，我说的是您？”

她大笑起来，似乎我确实犯下了十分愚蠢的过错。看到她的笑，不知为何，我的心渐渐安定下来。

“我们以后还会来这里吗？”她说。

“等夏天吧，”我说，“夏天我们一起去泰晤士河，那里离这儿很近。”

“那里有鸽子吗？”她问。

我对此感到厌烦，仿佛某个女孩一遍又一遍地谈论自己的情人。

然而，我不想让她再次失望。距离夏天尚远，中间还隔着秋季和冬季。到那时，我的谎言早已似雪消融，我想。

我们走出餐厅，外面天昏地暗，尽管现在仍是下午。她目光迷离地望着广场，鸽子还在那里不停飞翔。眼下，我口袋里的钱只够支付地铁票。这一次，她没有提出任何要求。达到一定限度之后，孩子多少都能不自觉地察觉到大人的穷困。

我曾想，坐地铁的时候可以问问她有关凉亭的事，还有那棵孤独伫立在她家花园中的柳树。我想再次将她带回她自己的世界，那个我们初次相遇的地方。不过，事与愿违。我们一落座，她立刻闭上了眼睛。特拉法尔加广场与伊斯灵顿[①]之间相隔一段很长的距离。没过多久，她就把头靠在我的肩膀上，呼呼大睡起来。

在此期间，我数次望向她的脸。令我感到惊奇的是，睡着的时候，她与我第一次在公园树丛里见到的她毫无二致——专注而完美。由于鸽子而产生的彷徨如今荡然无存。泪水也早已风干。睡梦中，她看上去那么完美，一如躲在树丛中的模样。我脑海里不禁萌生出一个奇怪的念头。她曾屡次在公园里捉住我，但是看到她熟睡时专注的面容，我觉得，她才是那个时常被逮住的姑娘，而像我这样的人只是偶尔被抓。她对此一无所知。这是一种恩赐，因为其他人总会产生错觉，认为自己终能获得解脱，自由自在，女孩却完全没有这样的期盼。那时，我第一次鼓起勇气触碰她。我慢慢地抚摸她的脸颊，泪水淌过之后，它变得无比温暖，有点像经过雨水洗礼的青草叶。

她没有醒来，地铁到站以前，一直沉沉地睡着。

---

① 伊斯灵顿（Islington），全称伊斯灵顿伦敦自治市（London Borough of Islington），是联合王国英格兰大伦敦下属的32个伦敦自治市之一，位于伦敦中心偏北，是北伦敦与内伦敦的一部分。

那晚开始下雨，下了整整一个礼拜。虚假的暖日宣告结束。昏黄的烟尘弥漫在整座城市上空。人们走在路上的时候什么也看不清——看不清树木，看不清路灯，也看不清其他人。

我清楚地记得那段日子，因为就在那时，我找到了工作。那是我在伦敦得到的第一份正式工作。任务很繁重，但却不困难。我只需要每天在一家酒吧的柜台后面站七个小时，清洗各种酒杯，11点的时候按响提示铃，并驱赶那些喝醉的客人。很长一段时间，我哪里也去不了，下班回到家就倒在床上，仿佛之前几个月的睡眠在向我讨要旧债。睡醒之后，我就躺着看雨，水珠不断滴落，像钟表走动一样发出嘀嗒嘀嗒的声音。有时候，我会陷入一种迷思，我大概已经死去——从坟墓的另一个方向传来雨水溅落的啪嗒声。

然而，有一天，我看到了天空——并不完整，只是一片一片若隐若现的蓝色长条。我忽然想起在公园度过的那段时光，还有犹太餐厅的猫和准备去市场的托马斯夫人。那是一段轻松的日子。那一天，我穿上自己最精美的衣服，走出房间。

图书馆开了门。所有熟悉的面孔都出现在那里。公园里空空荡荡的。前些日子落下的雨珠在树上闪闪发光。树木看似蜷缩着身体，仿佛即将到来的冬季四处散布谣言，如今已经影响到它们。

我一直等到下午。格蕾达却没有出现——长凳上没有，树丛后面也没有。渐渐地，秋天公园昏黄的阳光开始变暗。五点钟，医院的铃声响起，我的眼睛不由自主地转向医院的大门。

过了很久，没有任何人走出来。大门上的铁把手在黄昏落日的余晖中闪耀着光亮。门口医院红色的砖房依稀可见。虽然我知道，回家的时候格蕾达的母亲一定会穿过公园，但是我依旧用怀疑的目光一会儿看看大门，一会儿看看街道。我甚至想到，或许她今天不在医院当值，所以她们母女二人待在家里。

街上的灯亮了。我有些奇怪地感到不安，仿佛等待的终点早已来临，而我一直在逃避。我从长凳上站起来——站着等待似乎更加容易。然而，就在那时，我听到大门附近传来沙沙的声音。紧接着，我看到了她的白色护士服，随后才看清她的脸。她疾步走在公园中间的小道上，完全没有注意到我。即使她朝我走来，天色如此昏暗，大概也无法认出我吧。

我一路小跑，跟在她身后。

“帕克夫人！”我第一次呼唤她的名字。

她停下脚步，惊讶地望向我。“您怎么在这儿？”她至今仍无法克制自己。

“我从中午开始一直坐在这儿。”我微笑着回答。

她惶惑不安地盯着我。她确实认识我，不过，她好像还没有摸索出认识的含义。我不知所措，但还是尽量用自然的语气询问：“您今天这么晚才回家？五点的铃声早就响过啦！”

“五点的铃声？”她诧异地问。

“您以往总是五点回家。”我说。

“啊！”她回想起来，仿佛我提到的是某件发生在史前时期的事情。

“您一直待在伦敦？”她问。

“我找到了工作，所以这段时间没能来这儿。格蕾达怎么样？”

她有些迟疑。尽管只是片刻的犹豫，并不能说明什么，然而，在黄昏的迷蒙中，我还是将其视作一种凶兆。

“我本想告诉您的，不过，我不知道您家在哪儿……”

“她还好吗？”

“嗯，还好，”她赶忙说，“但她现在不住在这儿了。前些日子，爸爸来把她接走了……”

我注视着她。我内心所有的一切都安定下来。我在一片安宁之中，世界完全裸露在它外面。我从来没有如此清楚地观察过外面的世界。

“什么时候的事？”

“您曾带她去过特拉法尔加广场吧，第二天他就来了……您是知道的，他在那边找到了工作。”

“那您呢？”我说，“您一个人留在这里？”

“我现在什么也没想。”她慢慢抬起头，声音微微颤抖。刹那间，我从她的脸上看到了女孩的影子，嘴唇向上噘起，湿润的双眼凝望着空中飞翔的鸽群。

“您一定要来家里坐坐……”她与我告别，我向前伸出手。我目送她走到很远，随后又在长凳上坐了许久。我无须去往任何地方，也不用再等待什么。繁星缓缓爬上枝头。我第一次看到伦敦的天空中有这么多星星，干净而闪耀，仿佛雨水也把它们冲洗了一遍。

“到时间啦，朋友！”

公园的守门人远远地呼唤。伴随着大门钥匙相互碰撞发出的金属声，他在公园里四处巡视。借助手电筒的光芒，他仔细地检查每一张长凳、每一棵灌木或大树下面，看看是否有什么遗漏——某个迷路的孩子、某个酒鬼、某只家猫。

那里没有人，也没有遗留任何物品。我站起来，朝大门走去。忽然，一阵风吹来。黑暗中，轻风拂过，树叶沙沙作响。那时，我听见一个极其微弱的声音，语气无比坚定——“停下……停下……”我在公园中央停下脚步，环顾四周。没有人，没有任何声音，也没有任何动静——只有树枝随风摇曳。那一刻，我心中生出一个疯狂的、强烈的、无耻的愿望，我要坐在这里，坐在这些树中间，坐在这个我第一次被逮住的地方。我现在不想继续往前走。这一次，我终于毫无疑问地想被逮住……

“到时间关门啦！”守门人这一次走到附近才说。他好奇地打量着我，想看看我是不是不久前还坐在长凳上的那个人。

这一次，我没有回头，直到走出公园才吸了口气。我感觉，喉咙干涩，身体像被掏空。公园对面酒吧的灯笼来回晃动。我从口袋里掏出钱包，开始数钱。过去贫穷时期养成的习惯至今仍未改掉。我惊讶地发现，我有整整两英镑。那时，我才想起，这是我特意拿来买粮食喂鸽子的钱。

今生与来世

那一刻，电话铃响了。他以为，那会是她。他跑到桌边，“喂，”他说，“是我。”另一头悄然无声，“喂，”她似乎一直在聆听他那充满恐惧、不停颤抖的声音，“喂，喂，”他咽下一口唾沫，继续说道：“哪位？您是哪位？”

他望向电话上方，空空荡荡的墙壁，一扇窗户，窗帘向上卷起。当时正值一月。他心想，我数到十，在此期间我不再说话，如果她挂掉电话，那么危机自然解除。如其所想——另一头仍旧没有应答。他开始数数。然而，转瞬间，电话里传来她的声音，有点慌乱，有点紧张，打破了电话里黑色的寂静。“小胖，你还在吗？怎么不说话？你在嘀咕些什么……我连听都听不到。”

“我在数数。”他尴尬地说。“什么？数数？”她莞尔一笑，那是一种略带失望的笑，宛若一只惊惶的小鸟在电话里乱窜。“听我说，我今天不能去你家……我打算留在图书馆。”她说，“你能去那儿吗？”他心里想说，伊拉，今天不行，我今天有事儿。有事儿？她会牢牢揪住他的声音，反复斟酌，直至解析出他的谎言——独自待在家里算什么事儿？她是不会相信的，她会认为，我又在给她增添烦扰。多奇怪啊！当你跟别人说，你想一个人待在家里的时候，即使知道你独自在家，他们也绝对不会相信。假若有空，你怎能无所事事地待在家里？

这样回答没有任何好处。他双手紧握着话筒，仿佛那是她的小脑袋——长发垂肩，额上点着黑色的吉祥志，两只眼睛水汪汪的。“行，行，我没什么事儿，我会去的……不过，我得先去康诺特广场[①]办件事儿，办完之后我直接过去。你说什么？大点儿声说，我什么也听不见……”

“我整天都会待在图书馆里，”她的声音突然变得十分微弱，仿佛小鸟扑腾累了，于是慵懒地将身体舒展开来，“你什么时候来都行。我……”她迟疑了片刻，“我找你有点事儿，我……”说到这里，她安静下来。他可以看到，她的声音如同苍白的颜色，弥漫在电话的静默中，不断下沉，在墙壁上绘出回响的图画……

你还在那儿吗？

不知道，她在想什么。她不问，也不看，只是简单地选择走中间的道路。看与问的中间，人们称之为“心中有数”。然而，她时不时会迷失自我。她总以为，自己跟他在一处。等到红灯突然亮起，她停下脚步，转身回望，却看不到他。之后，与他见面的时候，她又无法鼓起勇气询问，他到哪里去了。

第二天，她打来电话，他在家。他待在家里，这原本是件十分确定和可靠的事情。毫无疑问，她会打电话，他也会在家。她总是

---

① 康诺特广场（Connaught Place），坐落于印度首都新德里北部，建于1931年，以公园式的圆形广场为中心，两排现代建筑环绕排列，是新德里重要的商业、贸易、旅游和交通中心。

在康诺特广场回廊里的一个公用电话亭打电话。她转动拨号盘，于是，电话铃响起。她透过电话亭的玻璃向外张望。八月湿润的阳光、康诺特广场的树木、坐在草地上的人……或许，他正走下楼梯。如此宽大而孤寂的屋宅，如此空旷的房间——电话的铃声仿佛在荒废、破旧的教堂中央祈祷，触碰到石头之后又折返回来。天下着雨，水珠溅落在电话亭的玻璃上。乌云在屋顶上空盘桓。德里看起来如同一盏闪烁的油灯，漂浮在烟雾之上，"喂，喂，是我，你是……？"

我在这儿。

在这儿——自己的房间里……这里，六月的傍晚不算太糟，微尘自空中飘落，太阳在一个不起眼的角落里燃烧。她一直坐在图书馆的一个角落里，而他待在自己位于屋顶的房间内。现在，不会再有电话打来……他心安神泰地坐下，把房间的灯光调暗，任凭所有苦痛在电扇吹出的风中随汗水流淌。

现在，不会再有电话打来。她已经走了。他看着她离开，然后开始倒数月份，每次数到一月就停下来。他总是停在同一个月份，如同台球四处碰撞，却回回落入同一个小洞。时值冬日，他站在屋外那片黑暗之中。她房间的灯亮着，他瑟瑟发抖，那不是梦境，而是另一个时空，如同梦境一样光影斑驳。他站在树丛后面，望着她的房间。那些柠檬树，还有一片小草坪，显得空旷而荒凉。如今，那里什么都没有留下。

不敢相信，我正是四个月前的那个人，站在她屋外的那片黑暗之中的人正是我。小胖，你，就是那样。真的！你就是那样，完全没有改变。我就是那样，与三十五年前来到这个世界的时候一模一样。如果他们还活着，马上就能认出你来。即使你过了许多年才回家，他们还是能立刻认出你，尽管他们不知道你究竟是从哪里回去的。他们无法想象，自己历经磨难生出的那个孩子长大以后要承受这么多苦痛。因此，他们走了，比自己的孩子早动身，早结束……早死去！

那么，孩子呢？他们一点儿也不着急。他们有一个空空荡荡的房子和无穷无尽的时间。我就是他们中的一员。我一直活着。我一点儿也不着急。

起初，一切并非如此。他总是处于匆忙之中。即使独自一人，他仍会感觉，好像有人跟他在一起，像只狗一样从后面拽着他。有时候，他突然站在马路中间，仿佛在观察什么，树下某只奇特的昆虫、沐浴在阳光下的蝴蝶，或者自钢琴飘出的某段旋律，让他听后总会不由自主地向房子外墙靠拢。他微微一笑。那时，我产生了一种奇异的幻觉，他正是那些孤独者中的一员，他们尽管独自一人，却带着整个世界向前走。时不时，我强烈地希望，能有机会爬上墙头，窥视下面——那里，他的孤寂中……他跟谁说话，将要去往何处，为何突然微笑！

然而，我经常坐在图书馆里，远远地望着他。有时候，写累了，我就趴在桌上，将论文抛诸脑后，开始回想那些日子，那些我在城市里游荡的日子。德里是个大城市，但在某些地方，人们总能一次又一次地看到几张相同的面孔。我走出家门……就像人们前去赌博或前往赛马场。他们是否能够得到制胜的王牌？哪匹马会跑在最前面？我也跟自己打赌……他是否会来听这场音乐会？或者，假如周日我在国家博物馆的大厅闲逛，他会不会恰好站在身后某处，欣赏着某个七世纪的雕塑？倘若他忽然出现，那么，我就赢了。因此，从某个剧院出来或者冬夜观看进行到很晚的音乐会时，我的心脏都会剧烈地跳动……我站在一边寻找出租车，看见另一边他朝公交车站走去——那里停着一辆电动车。

德里是座奇怪的城市，他经常出现，在其中一些地方。这是一个不断前进、不断旋转的世界，它的成员互不相识，尽管他们常常遇到彼此，在黑暗的大厅中一起鼓掌，但却互不相识，互不接触。一旦节目结束，他们就消失在各自的角落里。

随后，夏天来了，人们纷纷出游——奈尼达尔、迈索尔、西姆拉，像候鸟一样，于季节变换之际抛弃巢穴飞向远方。德里的街道如今依旧十分拥挤。然而，那些我们熟识的人却渺无踪影。剧院大门紧闭，博物馆的走廊空无一人，仿佛出游的时节，内心的困倦也渗透进艺术作品的休眠中。

一天，发生了一件奇怪的事。我坐在图书馆后排的座位上，那里光线透过小窗可以直接照射到书桌。一只麻雀在小窗的玻璃旁撷草筑巢，影子正好落在我的笔记本上。我很清楚地记得这个细节，因为我忽然感觉，似乎有人走过来，中途杀死了那只麻雀，然后把它藏在自己身后。我抬起头，他出现在眼前。这是我第一次如此近距离地打量他。

他一动不动地站着……好像走在错误的道路上，正打算折返回头……我打扰到您了吗？我摇摇头，迅速将纸张收拢，仿佛想要避开他那双眼睛。然而，他注视着我，目光中流露出一丝来自远方的安慰。我微微一笑，“有什么事儿吗？”我问。他将一张皱巴巴的纸放在我的笔记本上。我一看就知道，那是某种类似声明、陈情书或公开信的东西。天知道，那时候这种东西多么常见。我开始认真阅读它，但是注意力始终挂在他身上……他仍旧站着。“我需要做什么？”我望向他。“什么也不用做，”他说，“如果您对此表示赞同的话，就签个字吧。”“有什么用吗？”我略带戏谑地说，为了让他能够站出来反驳我。“怎么会没有……”他说，“就算没有用，但是如果我们能将他们的注意力转向那些不公正的事情……”倘若这些话出自其他人之口，我肯定会笑话他，而他静默地站在图书馆昏暗的光线下。外面是六月燥热、沉闷的傍晚。此时此刻，对我来说，公不公正的事情就像喜马拉雅山的山峰一样，寒冷、洁白而神圣，无法企及。忽然，一些词语突然自人群中跳脱出来——迷失的、后继无人的——爱与罪、神、虚假、公正与死亡——宛若静水中那些互不相同的、完整、闪亮而秀美的石头。我慌忙拿起纸，在其他名字下面写上自己的名字……那时，我心里产生了一种玄妙的想法——写下自己名字的时候——我还会跟他相遇，在未来的某个日子，因为我的名字恰巧位于另一个被称为雅德那[1]的名字下方。

然而，那是很久以后的事了，那天我还不认识他。

那段日子里，他们经常碰面。六月带着异乎寻常的光辉来到德里。烟尘污浊的幕布上，太阳如蜡烛般融化，一朵云如风筝般缓缓升起，将它包裹。刹那间，城市上空笼罩着一片黑暗，一缕残破的惨白探入图书馆内部。人们点亮大厅的灯，然后打开大门。她在冰冷的书桌上合上疲惫的双眼。

他沿着屋里的楼梯走下楼。中间，街道纵横交错，他绕开它们前往康诺特广场的回廊。他走进冰冷、阴暗的回廊中。外面，数位妇女在阳光下正在啃食萝卜——浸泡在水中，看起来鲜嫩而辛辣。她们的另一边，凤凰树在艳阳下燃烧似火。

① 雅德那，字面意思为痛苦，此处为双关，一方面指示某个人名，另一方面暗示男女主人公尽管相遇、相知、相爱，但是最终仍旧无法摆脱分离的痛苦宿命。

两个回廊之间横着几条道路。过马路的时候，她总是牵着他的手——牢牢牵着——直到他们再次进入阴暗的回廊。他们第一次这样触碰彼此——忐忑不安地——走在路上，穿过马路。这不真实。这是一种凶兆，宛若阴影一般挥之不去，纠缠到底。后来，当我们独自穿过马路的时候，空空的手掌就会在风中摇晃——为了纪念往日的触碰——像残疾人一样，时不时想起自己受伤的肢体。这是一种微不足道的死亡。人们极其缓慢地死去。

我不会死，小胖想，现在不会。我父亲70岁才去世，母亲也活到了数年前。我的家人均寿享遐龄。即使亡故，他们也不曾离去。他们就在这里，尽管不再涉世，不再说话。然而，每当我失去什么东西，承受痛苦的时候，他们就会突然从黑暗的角落里走出来，分担我的失去和痛苦……他们虽然不在我的生命里，但是必定愿意参与我的死亡。他们仿佛在我的耳边低声说着，别害怕，你肯定已经将我们遗忘，我们却无法忘记你。

他走出阴暗的回廊，眼前一片昏花。顷刻间，他什么都看不见。这时，有人慢慢抓住他的手，问道：“你需要去尼泊尔的便宜机票吗？”

尼泊尔？他睁开双眼，哑然失笑。他回到数月之前——他们走在一起的时候。人们以为你是外国人，他说。看到我就不会，他说，只要你不跟我走在一起，就没有人问我要美元，也没有人来兜售去尼泊尔的票。看见我就会？她面露惊色，或许是在掩饰，或许是真的感到诧异。她摘下头上的纱巾，将头发梳拢。她是个高个子的女孩，眼镜后面，一双眼睛充满不安和好奇，肩上挎着一个包，里面塞了一个蓝色的文件夹、一些A4纸和图书馆的书。天知道，她的包里满满当当地装着什么！

“你怎么不要呢？”她笑着抬起双眼，“这么便宜就可以去尼泊尔转一圈。”

“嗯，我们明年夏天可以去……”他兴奋地说。

明年夏天？她的语气里带有些许惊讶。那时正值论文完成的最后期限……她完全无暇顾及冬天或者夏天。从图书馆到家，从家到图书馆，这是一个多么狭小的世界，同时又多么宽广！两者之间，尼泊尔如梦似幻。然而，那一刻，走在康诺特广场的回廊里，她体悟到一种怪异的幸福，她可以逃离，可以走出这个世界……

幸福？这种东西存在吗？人们可以将手指放在它上面，然后说，这就是幸福，这就是满足？小胖倚靠柱子站着。康诺特广场外面的喷泉宛若排灯节①的烟花，炽烈的阳光下，白色的水雾缓缓上升，然后散开落下。不，幸福并不存在，它只能停留在人们的记忆中——在自己的痛苦中——当你突然意识到——现在是六月，但那时是一月。你本认为，她离开之后你就无法在这个城市生存下去。然而，你一直活着，呼吸着……人类的皮肤多么坚韧，可以承受一切！正如落水的狗，逃生之后只需用力地甩动身体，将一切抖掉……对于水中黑暗的记忆能够持续多久？

他走到《政治家报》②的大楼前，站住，等待红灯变成绿灯。上空飞过一群鹦鹉，自迦尔旃路的树丛飞往明托路的大桥，宛若风中不断翻涌的浪潮。

有一回，火车在上方行驶，他们在下方，坐在巴士里。上方是明托路的大桥。“你有什么想要的吗？”她充满好奇地望着我，“这

---

① 排灯节，又称灯节，是印度教重要传统节日之一。这个节日由来已久，据记载，当罗摩战胜罗波那，重回首都阿逾陀时，人们全部点上油灯，昼夜欢庆。从此，印度教徒将其视作正义战胜邪恶、光明战胜黑暗的节日，于每年十月至十一月之间热烈庆祝。

②《政治家报》（*The Statesman*），是印度一家英文日报，创刊于1875年，总部位于加尔各答，在全国范围皆有一定影响。

一刻，无论你想要什么，都能得到。”我笑了。我不知道，她还相信这些东西……“快点许愿，否则火车就过去啦。”我们沉默地坐了片刻，巴士驶出大桥。那是一个下着雨的傍晚，一抹阴郁的光亮洒在她脸上。“说说，你许了什么愿？”她看着我，用如此忧伤的目光……我扭过头，朝巴士的窗外望去。那个傍晚，明托路的大桥下，上方火车经过的时候，他们两人许下同一个愿望，彼此分开……他们有多么强烈地互相爱慕，就有多么迫切地渴望分开，仿佛爱恋是某种罪恶、某种噩梦。那时，绿灯亮了，他穿过马路，来到迦尔旃路上那些浸透着苍白和尘烟的树丛下。走在树下的时候，他忽然记起，耶稣曾经说过，凡有的，还要给他更多；凡没有的，连他有的，也要取去。[①]

不知道，这是什么意思？

我现在要去问问她……那时，我在心中描绘出一幅极其模糊的图画——她大概坐在图书馆的一个角落里，埋头苦读自己的研究笔记。她或许认为，我不会来了。于是，她又打了一个电话。家里没有人，电话铃在寂静的房间里毫无意义地空响，因为我在这里，迦尔旃大街的树下。上空，一群鹦鹉在黄昏的斜阳下飞往明托路的大桥。《圣经》里的那一句话反复出现……凡有的……凡没有的……

那是一个游戏。他们两人经常玩那个游戏，尤其在那段日子，当她十分疲累的时候。她直接从图书馆过来，躺在他房间里。他打开自己的房门，楼下的房间寂静无声，大门紧闭。

只有顶楼开着。六月的夜空被割分成一小块一小块的，每一块

① 见《圣经》《马太福音》第13章第12颂及第25章第29颂。“凡有的，还要给他，叫他丰足有余；凡没有的，就连他有的，也要取去”，参见《圣经新世界译本》《马太福音》。

都布满成堆的星星。他们走到门边，仰望星空。

那是一个游戏，一种魔法，一种奇迹。他们两人一句话也不说，互相猜测对方的意图。有些人称之为心电感应，两个不同的人在同一时间想同一件事。只要他们来到他的房间，她就会在黑暗中闭上双眼躺下——疲累而倦怠。他先把水放在电炉上煮沸，然后坐在她身旁。两人在黑暗中聆听对方的呼吸声。

“欸，”她抬起头说，“我从来没有见过你的父亲。”

“你又不是不知道，他已经去世了。”

“我知道，”她说，“但是你连他的照片也不让我看看？”

她坐起来，游戏开始。那是一个神奇的游戏，因为我们会有一段时间忘记彼此……离开这个时空走进另一个时空，我的家在那里慢慢苏醒。紧闭的房门自动打开，那里如同一个博物馆，而我是一位向导——她默默地睁大眼睛，开始仔细观察每一件物品……我打开一个柜子，继而打开另一个——不知道，三年前拍摄的那张照片究竟放在何处。四处翻找时，我发现了另一样东西。我试图将它藏起来，但它却从我手中滑落。我记得，她总是全神贯注地端详母亲的鼻环。我非常讨厌它，因为它弄伤过母亲的鼻子……柜子的另一个角落里放着父亲的假牙。我将它们支撑起来，安置在那个玻璃杯里，父亲原来也常取下它们，放入里面。至今，齿缝间还残留着一些面包碎屑，那是他前一晚吃的……

“去世前一晚吗？”她问。她站在我身后，将手搭在我肩上，好像在试图拯救我。然而，我不需要救援。长久以来，我一直独自生活在这个家里。我熟悉它的每一个角落。

我不需要任何救援。

“你看这个床……这个床褥。”他说，“他曾经睡在这里，而我睡在旁边——就那儿，那个门廊里——你来到的那个地方。”

我走向他身后。那是一个长长的大厅。角落里放着一个三脚凳，后方有一个衣柜。他打开窗户，突然，光线如洪水般涌来，仿佛为了等待进入的这一刻，它们已然在外蓄积多年。光线落在床褥上——一个竖起的枕头，两床毯子，中间有一处凹陷——好像有人一直躺在那里，方才离开。

“这是他的床？”

我望向他，旋即我的心脏开始剧烈跳动。我感觉自己似乎看到了一个幽灵——站在角落里，微笑着。我忽然想起，他走在路上的时候也是这样微笑的——自顾自地，疏离地——仿佛看到某种不可见的东西——从内心世界显现出来。紧接着，他停下脚步，开始自言自语……

“小胖，”我晃了晃他的肩膀。他凝望着我，仿佛我是一堵玻璃墙，他能够透过内心将我看穿。“嗯，他就在这儿去世的。”他说，“过去，我总把药放在他的三脚凳上，为他清理便盆，打开床头的窗户。你也知道，德里八月的夜晚多么清新。他睡前常常仰望银河。有时候，他甚至感觉不需要服用安眠药。他说，驰情神往群星中的那条白带时，我就睡着了。不要惊讶地看着我，他确实是一个奇怪的人。当他得知我会写字时，某天，他向我展示了他的记录本，那正是他去世前两天。请翻到第97页……他说。他总是跟自己的孩子讲英语。我打开记录本，发现第97页一片空白，只有最上面写着——今生和来世！我朝他望去，他笑了……这是标题，他说。等到能够坐起来的时候，我就把它写完。我在许多方面都很像他。姐姐曾对我说，我与父亲之间只有一张轻薄、纤细的蛛网，将他的世界与我的隔开。倘若哪天我将那张网捅破，我就跟他处在同一个地方……那里纯洁又神圣……小姑娘，看这儿，这张照片，现在你能见见他了……”

“不是这儿……那儿，到窗户旁边去，对着光看……那时，我大概七岁。你就笑吧，不过，我确实整天都在哭。我以为，我的末日已经来临。我盲目地相信，只要一拍照，我的内在显现（这是母亲的话，它的意思大致等同于‘灵魂’。每当我生气不吃饭，她就会吓唬我，等我睡着了，我的内在显现将脱离身体去往厨房，又饥又渴地整夜游荡）——嗯，我的内在显现就会离开我，嵌进照片中，如同蝴蝶被贴在标本簿上，死掉。我害怕，我一旦被拍入照片，就要离开这个世界，因为人不可能同时存在于两个地方……因此，我才用这种恐惧、惊惶、忧伤的目光打量这个世界。我的母亲坐在椅子上，父亲站在后面。我在前面，没有在后面——远离他们两人，紧紧抓住椅子的扶手，怒视着自己即将灭亡的命运。肥胖的孩子总是看起来很可悲——那时候的绰号一直沿用至今，你是否记得，我拿着请愿书到图书馆，那时……你还以为我是个……”

她没有在听。她正用迷离的目光凝视着这三个非凡的生命，他们在三十年前的照片中呼吸着，怒视着她，仿佛在问，这个陌生的女孩是谁，她来到他们家，借着窗外的光线探寻他们的秘密——今生和来世！今生如何，他们所处的来世又是怎样？我起来开灯的时候，她抓住我的手让我坐下……她喜欢房间渐渐变暗。六月沉淀的昏黄，铺洒在床褥上。我将头枕在她的膝盖上躺下，心里暗暗思忖，不知道，她会如何看待父亲和母亲的事！当你非常热爱一个女孩，内心的门扉就会敞开，于是，你会害怕，她嘴里说出讥笑或鄙视的话语。某个年龄之后，你将他们（父亲和母亲）如同撕开的伤口一般深埋在心底。倘若他们活着，则万事大吉。他们自己可以关照自己。倘若他们去世了，那么——那么谁都可以用手掌捧起他们的骨灰，吹一口气，让他们随风飞去。

“听我说……”她缓缓地说。听到她的声音，我的心开始怦怦直跳。我了解她的声音，当她打算说些十分尖刻、伤人的话时，她的声音会突然变得极其温柔。

“小胖……”她说，“我不知道，你竟改变了这么多。”

“怎么？”我说。

“照片里，你看起来很纯洁。”

她说出这个词——纯洁，我听到之后，感觉自己现在似乎浸泡在肮脏里——三十年所累积的罪恶、虚假和欺骗。我笑了，“伊拉，这张照片是三十年前拍的，那时我才七岁。”

“我知道。”她说。

“你什么也不知道！”由于愤怒和汗水，我的身体不停地颤抖。她把我的头从自己膝盖上移开——分离，好像我身患某种传染病。我想起身打开房间的灯，想再一次透过她的眼睛看看自己。我们在银行账目上积存的爱恋，我是否已经无法从中兑换一丝信任？然而，我没有站起来。我坐在黑暗中。我怀疑，她一直盯着我。有时候就是会这样，你在黑暗中看不到别人，但却可以得知，他一直在打量你、评价你、审视你，而你对此无能为力。任何论证、任何辩护、任何防卫都无法拯救你。她或许察觉到了什么，于是抬起手，在黑暗中摸寻我的脸……我在中途将它握住。“唉，”她说，“你真的爱我吗……我可以信赖你吗？”

那是多么彻底、多么绝望、多么令人胆怯的问题。我迅速将她的手从脸上移开……仿佛光天化日之下，有人突然在路中间截住我问，“小胖，你信神吗？”脑海里浮现出一个有些疯狂的念头——倘若没有找到这个问题的答案，你就无法继续活下去。多年以前，你已死去。照相的时候，你的灵魂早已去往别处。你甚至不知道，途中你将它遗落在何处。我在黑暗中抓住她，拽到自己身旁。很长一段时间，我们俩一直坐着，如同迷路而受到惊吓的孩子坐在人行道上，期待有人能牵着手将自己送回家。

没有家……只有痛苦。无果的痛苦，不会结出任何果实，唯有盘桓在彼此之间，最终走向消亡。直到我们的关系大半沉入水中，我们才能察觉到它的存在。那时，我们会感到惶恐不安，急忙惊慌失措地将水舀出，不过，什么用也没有。我们舀出多少痛苦，就会有更多的从小洞中渗入。后来，我们一次又一次地回到那里，我的一个房间，父亲的床褥，母亲的空椅子，还有六月。她坐在图书馆里，小胖在准备声明……有关公正和虚假——无论什么，只要能够勉强堵住小洞，阻挡流水。之后，七月来临，我才知道，幸福是什么。有时候，仰望德里的天空——我的意思是，七月里，透过电话亭的玻璃，当云后露出一抹淡柔而苍白的光斑——不对——不是露出，而是反射出——某样东西不停闪耀。那是太阳——太阳的一个抽象的、洁净的精灵。我们的幸福亦是如此——泪水弥漫的光芒幻象，徘徊于假象与真实之间的阴影，笼罩在我家上空。我们将自己的垫子和床单搬来外面。小小的雨点收集着屋顶的灰尘，在空气中蒸腾起一股芬芳、奶白的烟雾。我们各自躺在屋顶上。我毫不担心，有人会来打扰我们的幸福——因为他们数年前已经死去，所有房间、柜子和屋顶都交托给了我。

不用担心挨饿。她把自己的午餐放在电炉上——炒蛋、土豆、吐司——她母亲格外高兴的时候，还会附加黄色、带有咸味的米饭——里面放有豌豆。我存有一些干干的食物——面包、芝士以及鱼罐头。每当我强行带她坐在外面的屋顶上时，总能给她带来一些惊喜——我将手帕绑在她的眼睛上，防止她看到屋内……然后做好芝士蛋饼放在她面前。她一边吃，一边诧异地望着我……那时，我才将她的布条取下……为了让她清楚地瞧见我。

“谁教你的？”她问，仿佛制作蛋饼是世界的第八奇迹，“谁也没有教我，”我说，“在外面的时候，什么都得自己做。”

“你自己做？”

“是的……怎么了？”我不知道，这么普通的事情也会触动她。

“我什么都不会做。”她说，同时将头靠在我肩膀上。她的头在我脖子下面，所以我只能看到她的侧脸——半个额头、睫毛和张开的嘴唇——就像孩子思考的时候张开嘴巴，“你在想，倘若我出去，也能自力更生。”

“出去哪里？”

“哪儿都可以——除了国外……但是要离开自己家。”

“你要做什么？”我慢慢地抬起她的头，望向她的眼睛，此刻，她正盯着我的脸，“要离开自己家吗？”

她突然将身体蜷缩起来。这是个可怕的瞬间——当她将自己缩成一团——我完全不明白，她在想什么……仿佛她将身体靠近我，但是自己却要弃我而去……如同那些动物，一得到危险信号就立即改变自身的颜色。它们在树丛、草间或叶片中变成树木、小草或叶子，尽管存在，却不见踪迹。“伊拉，”我开始摇晃她。她回过神来，惊诧地左顾右盼，似乎无法确定，她身在何方，自己家里或我家的屋顶上……

她走进房间，却没有开灯。一点沙粒似的光亮在房间里蠕动——七月的星光——照进屋内。我从外面望着她——梦幻般的轮廓——依稀可见她的头、垂落脸旁的发夹、椅子上的书堆中间她的牛仔裤、衬衫、肩上的背包、包中蓝色的文件夹上方露出的几张纸。如今感觉，七月的那个黄昏，我们所看见的一切都是错误的、骗人的……因为当我们回望过去的时候，所有的黄昏都停留在一个记忆里，所以我们才产生了这样的错觉——那是七月的一个傍晚，尽管其中融入了八月、九月、十月的全部片段，如同一个古老的化石，表面看上去只是一块石头，中间却包含过去数百年来层层叠加的所有骸骨。

她打开灯，望向门外，“小胖！”

我沉默地站在屋顶黑暗的角落里。

“小胖，”她又叫了一声，依旧没有得到回应。她走出来，环顾了一下四周，然后去到水池前面，打开龙头，挽起衣袖，开始洗脸。我注视着，水如何淌过她的脸庞，在鼻尖上形成一个闪闪发亮的水滴，宛若一颗垂挂的泪珠……我来到她身旁，她惊诧地向后望，我用炙热的嘴唇吮吸她湿润、冰凉的面颊。痛苦之中没有丝毫畏惧，然而，我们将其称之为幸福的那个东西却时常被恐惧包围。她该走了，尽管我们俩住在同一个城市里，但是临别之际依旧感觉，有人将我们俩强行分开、活活撕碎。我开始寻找钥匙和挂锁，她将空饭盒放进自己包里，写论文的笔记本却露出一角。“小胖，”她说，“你坐着吧，我得走了。现在还不算晚。”“不晚？你可知道，现在几点了？”我一手拎起她的包，一手点亮手电，走下楼梯。墙上她消瘦、单薄的影子跟随着我，停在楼梯中间——整个家都空了。她熟悉每一个房间。我曾像导游一样带她全部参观过——那是姐姐结婚前住的房间；父亲在右边那个房间去世；透过后面那扇窗户可以看到银河……那张椅子，那张空荡荡、破旧不堪的——扶手椅！

她站在台阶上，苍白而呆滞。走廊的光线洒落在她头发上。她总是在离开的时候盯着那张放在露台中央的椅子……“你还记得吗？”她用微弱的声音问，“嗯，”我说，“我站在这里，她坐在那张椅子上。”

“她最后说了什么？”

“什么最后说了什么？”我看着她。

“你要走的时候……”她问。

“我跟你说过多少次了。”我说。

“我想再听一遍……你要离开。她坐在露台上望着你……”她说，如同做梦一般。

“关于车票……”我说。“她问，我是把车票放在口袋里还是钱包里……她总是担心，我会把车票弄丢。”

她瞟了一眼那张空空的椅子。

“可是，你失去了她。”

“她年纪大了……”我说，“什么也记不住。”

“小胖，”她的声音有些颤抖，“她孤独地在家里死去。”

我望向她——睁大眼睛，带着一丝奇异的恐惧……某处有一面镜子，高树环绕的维多利亚大街，中间有一个小公园，嬉闹的孩童以及上空飘浮的白云，伦敦昏暗的光线……我坐在长凳上，手中拿着一封电报，一张红色的纸片，上面几个黑字正向外张望——母亲离世，没有痛苦。我一遍遍地重复这几个词，没有痛苦，没有痛苦，就像一个西藏喇嘛，不断地转动经筒，希望能够到达——真理、神灵、寂灭之所在——一个奇妙的世界、仙境。或许，爱丽丝曾朝里面窥视、探寻，然后打开了某扇门，去往另一个世界。

“孤独地？是啊，孤独地，”我说，“不过，没有经受什么折磨，没有痛苦——她在最后时刻没有承受任何痛苦，伊拉，尽管她孤独地度过最后的日子，但也是在幸福中度过的，”那一刻，我感觉，她哭了，颤颤发抖。我走向前去触摸她，她却一把将我推开，自己靠在墙边，向我投来愤怒的目光——一种古怪的憎恨——不是普通的憎恨，而是一种蕴藏着冷漠、生硬和轻蔑的憎恨，“小胖，你还在这儿干什么？”她缓慢地说。“你为什么不收拾收拾这个房间……”她说，“这是你父亲的家，你就像水蛭一样赖在里面。”她慢慢用指甲绕着脓包画圈，那是一个苍白、肿胀的小包块，也是各种伤痛的家。她开始挤压它。“为什么不离开？因为你觉得在这里安全？”她含泪而笑——亲热地——噢，小胖，亲爱的小胖——至亲至爱的小胖——如今她的针悬于他的正上方，他如同一个半死不活的生物——躯体遭受蹂躏，尾巴仍在墙上挣扎。他的痛苦偷偷潜入某个角落，柜子里放着父亲的假牙、母亲的鼻环，它隐藏在它们后面。诗歌集、声明、记录本，为了拯救自己，他收集了这么多东西。然而，通过这些东西，女孩把所有的痛苦都揪了出来，就像我们将蜥蜴或某只臭鼩赶出黑暗、安全的角落。在世界残酷的光亮中，它们从一个墙角逃亡到另一个墙角，焦急慌乱，不停喘息……

她走出来。外面，七月的黑夜停驻在德里的屋顶上方。她骑上电动车，从他家飞驰向远方——康诺特广场、印度门、老城堡——逐个路过。天空中，只有云朵和稀疏的星星。七月的夜里，它们比漂洗过的纽扣还要闪亮。没有桥，没有火车，没有我能在下面许愿的地方。

她掏出钥匙，打开门锁，走进去。小小的草坪、柠檬树以及砖墙——这是她的家。她在黑暗中站了一会儿。窗户开着，父亲可能在看电视，母亲或许在熨衣服。他们知道，她回来了，但却没能鼓起勇气去她房间。她去厨房放下午餐盒，洗个脸，随后跑进自己房间，迅速打开收音机，连衣服都没换就赖在床上——时光开始流逝，八月晴朗的白昼，九月阴郁的光线——灌木、青草和大树渐渐改换自己的颜色——她在枕头上紧闭双眼……

她来到客厅，蹑手蹑脚地。楼上父母都在睡觉，所以她没有开灯。她熟知电话的所有键码，所以在黑暗中开始拨号。另一边铃声响起，他大概睡着了，空荡而寂静的房间中，电话铃响个不停，“喂，喂……”小胖的声音吓到了她，她目瞪口呆地站着。“喂，喂，喂……”，毫无回应，他放下听筒。她才慢慢地在电话里说，“小胖，是我，我只是想听听你的声音……”

那时正值十一月。她的声音乘着德里的风在大街上飞舞。一瞬间，行人停下脚步——这个小胖是谁——他们开始思考——尽管城市的空气中飘浮着这么多名字、这么多呼吸、这么多眼泪——要推断出谁呼唤了谁的名字是完全不可能的——所以，他们摇了摇头又继续前进，忘却一切，消失在人群中。

然而，她永远不会忘记。这是我的秘密，她想，我最大的奥妙和机密。小胖，看着我，你就会知道，你正看着最伪善、最虚假——道貌岸然——世界上最虚伪的女孩。你笑了？等等，我想让你看点东西。这是我的小包，别笑嘛，打开，打开瞧瞧！不，不是论文的这些笔记，先把它们放一边吧……也不是这些薄薄的企鹅出版的诗集——佩索阿、安娜·阿赫玛托娃、聂鲁达。不，不是这些，不是这些纸、这些笔记、这些十四行诗……还有，还有什么？

“听我说，当我从你家回到自己家的时候，我在下面的草坪上站了很久——黑暗中，仰望上方——黄色的砖墙、绿色的窗户、窗户上摇曳的藤蔓——整栋房屋。你要知道，他们会把它留给我。我睁大眼睛仔细打量这些窗户，这些在随风飘扬的帘子——他们现在或许待在餐厅。除非我回去，否则他们会一直坐在空盘子前面，等待自己唯一的女儿，半睡半醒。你如何想自己的父母，他们就如何想我——倘若某一天他们不在了，我就会违背他们的遗嘱，像条蛇一样，蜷缩在所有钱财、房屋和珠宝上吐信子，接着把它们全部吞入体内，类似某种寄生虫……终生依赖他们的鲜血，待到他们去世，便躲在角落里啃噬他们的骨头，直至一干二净，直至骨上看不到任何血肉。之后，某天，我会混入那些随处可见的人群中。你没有见过他们，骑着马在奈尼塔尔和穆索里的街道上奔跑，中午双目呆滞地消磨时间……他们装扮成不同的模样，在德里的街道上，谈论穷人。他们并不粗俗。他们高谈阔论、书写、摹画。我正是他们中的一员，没有什么不同，他们多么干净，多么纯洁！他们坐在多少闪闪发亮的骨头上！小胖，我是他们中的一员，跟他们没有不同，我能看到一切，在公园淡蓝的黑暗中，我开始奔跑，小胖，我叫喊着，奔跑着来到大门边，但是门锁了……而你外面的街道上，朝家走去。我在黑暗中看见你，于是想起你来到图书馆的那个中午——你拿来一份声明。我过去经常在德里的大街上看到你，树下，草坪上，那场音乐会里——那是耶胡迪·梅纽因[①]第一次踏上印度的土地……每当看见你，我就会想，不，什么也没想——只是感到惊奇——怎么会有人为了别人的自由而奔忙……他们肯定是不平凡的人，罗摩克里希那、特蕾莎修女、马丁·路德·金……或许他们将手放在肩膀上就能改变一切……那天，当我在图书馆看见你，我就在想，我

① 耶胡迪·梅纽因（1916~1999），犹太人，美国著名小提琴家，二战后曾访问过苏联、以色列、日本、印度等国家，对东西方文化交流起到过积极作用。

要在你的纸上写下自己的名字——永远获得解脱……我又看见了你……心里突然生出一念，我比你更幸运——我什么时候都能够离开自己的家，去往德里以外的地方。从另一个角度来看，你也比我幸运得多——你有自己的想象，轻轻按动开关——它们就开始闪耀，光芒四射。你可以随时拿出来，按顺序排列好——完全就是一个博物馆——从迦尔旃路一直延伸到伦敦的维多利亚大街——不，你确实比我幸运得多，将来的某一天，你还可以将“我跟你一起度过的那些日子”装进一个包裹，存放在自己家的角落里。

她随身带来这个包裹，离开之前，她想把它交托给他。那里面有三月份收集的树叶、七月的夜晚、五月初燃烧在康诺特广场的凤凰花、书店以及电话亭……明托路的大桥——他们曾于某个下午在桥下祈求相互分离。

是否存在这样的痛苦，它会不会从这座城市的某个角落里逃窜出来？

她走出图书馆，在门口看见小胖。他快速走近她，她的心慢慢安定下来，“你什么时候来的？”她低声问。“我早就站在这儿……”他说，“你在写论文，我一直在外面望着你。”“我在写你……”她说。他微微一笑，“写我？给我看看。”“现在不行。”她把头藏在他怀里，内心得到安宁，如同整日疲累的小鸟躲在自己的巢穴中。“都写什么了？”他把脸放在她的头发上，“一个秘密……”她说，“一个秘密。”他说，“一个秘密……所以你把我叫来？”他抬起她的脸，大惊失色。她的一双眼睛闪闪发亮，好像刚刚停止哭泣，又好像在发烧或者梦游。“伊拉！”他说。“嘘！”她把手放在他嘴上。“走吧，”她说，“他们看着我们呢。”

他们向外走去。一月的朦胧中，迦尔旃路的灯光如萤火虫般闪烁。小胖把她的包挎在自己肩上。她开始认真地打量他，就像她第一次见到他时那样——小小的脚上趿拉着一双人字拖，黑色灯芯绒的裤子，长长的、宽松的棕色毛衣，它总是从下面裂开，所以她不得不用黑线去织补……

“骑电动车吗？”他问。

“不，走路吧……我想跟你说说话……”

“伊拉，怎么了？”他半路停下脚步。她依旧向前走——头上裹着一条围巾——灰色的衬衣，额上一颗黑色的吉祥志。她压抑着自己的心跳，收拢自己的身体，就像潜水运动员跳水前一样。是时候了，她想，就是这个时机，如果我现在不跳，那么此生都将站在岸边。“小胖，”她向前迈了一步，又一步，然后抓住他的毛衣——她向前走，闭着眼睛，如今她飘浮在空中。她准备向下跳，“我要离开德里了”，她说。

她很平静。一切都很平静。一月的傍晚，他们沉默地站在印度门前面。“什么时候？”他问，“去哪儿？”她站着……朦胧之中，一丝火苗燃起——为了纪念某个第一次出征就被杀死的陌生士兵。“我现在什么也不想，”她说，“印度很大……”她莞尔一笑，抓住他的手，“小胖，”她说，“我哪儿都能去。”

“家都不要了？”

一瞬之间，她停在空旷的道路上，想到，此时此刻，母亲可能在房间里熨衣服，餐桌上应该摆着三个盘子，爸爸在看电视……我要离开他们，不要房子，不要他们的钱，无论我在哪里都不会饿死……我很安全，安全，安全至上……在一种可怕、无尽的绝望中，她朝印度门看去——柔和的月光下，它看起来像一个沙丘——四周长草遍生，树木随风摇晃……“小胖，”她说，“你能答应我一件事吗？”

“什么，伊拉？”他用极其微弱的声音说。她停顿了一下。

“你绝对不会离开自己的家？”

“但是那天……”他诧异地望着她，“你那天叫我去外面。”

“外面？”

“外面——世界。”

“我知道，”她摇摇头，撩起小胖额头上散乱的头发，“那时，我不知道他们活在你心里……在家里。”

“他们是谁？”小胖迟疑地说，“伊拉，他们早就去世了。”

“已经去世了！”她慢慢笑起来，“……露台上放着的椅子、床后的天空，主人是他们……他们就在那里，并将永远活在那里……小胖，看着我，”她仰面朝天，向上吐了口气。他迅速将她拉到自己身旁。昏黄的月光下，她抬起眼睛，说道：“我还活着吗？”

雾气向上升起，树木沙沙作响。夜风中，一切都看似不可能，生、死、离家……“小胖，”她说，“你父亲有一个记录簿。他本想写点什么……你还记得吗？”

小胖仰望天空——穿过雾气，群星闪耀……一缕柔光洒在树的枝丫上。“今生……和来世！难道两者不能同时存在于一个世界里，今生和来世，难道他们不可以跟我们一起生活，我们也不可以参与到他们的死亡之中？”

他们站在她家前面。大门敞开，两边种着桉树，中间是一条石子路，还有一棵柠檬树。“小胖，你还记得吗？”“什么，小姑娘？”有时候，他会深情地叫她小姑娘——一个无助的小姑娘，抓着他的手，穿过德里的大街小巷。“还记得什么？”他问，然后看见，伊拉紧握门扇，正在窥探内里黑暗中的某个地方……

“再叫一次……”她说。

“什么？”

“你刚刚叫的。”

“小姑娘！”

她望向他，眼睛开始搜寻他的脸，“我们是去年一月相识的，我给你打过电话。你在数数，整整十二个月……”

草地湿润、迷蒙的光线下，他注视着她的面庞。

“你今天写了什么？”

“在图书馆？”她把小胖的两只手贴在自己的脸颊上，就像为了保护火柴的焰苗，我们用手挡在周围一样。她在风中瑟瑟发抖，在熄灭和燃烧之间摇摆不定。“一份声明”，她说，“一份请愿书，小胖，我自己写着写着，突然意识到，当某人坦白罪行的时候，不仅仅是为了自己，也是为了神……我觉得，你也在这些文件之中，比如说，一年前我签名的那份声明……你可知道，我的名字上面是谁的名字？”

“谁的，小姑娘？”

“雅德那的……”她缓缓地说，“当你走出去的时候，我就在想，我肯定还会再次跟你相见……”

黑暗中，钥匙发出叮叮当当的声音——他们两人分开。灯笼的光线中出现了门卫的面孔。“女士，要关门啦！”他说，充满爱意地看着小胖。多年以来，他经常看到他们两人。

小胖把她的包从肩膀上取下。那个包，里面总是装着论文的文件夹、书本，最下面压着餐盒。

“你会来吧？”她压着声音对门卫说，“我看着你呢。”

门关了，他还站在原地。石子路上，她的拖鞋嘎吱作响。随后，他开始奔跑。房子的庭院外有一条小径，从那里可以看到她的房间。阳台上有一个光明岛，回家以前，他总是要往那里看一眼。

许多年以后，那个房子空了。如今，别人住在那里，但是小胖每次经过，都会在黑暗的小路上站一会儿……一如既往。那些风中摇曳的桉树、柠檬树，草坪上她的房间……他期待着，她或许已经回来，现在应该点亮房间的灯，打开录音机躺在床上……一个空灵的声音自砖墙传出，划过玻璃，来到他身边，贴着他，缓缓地低吟，“小胖，我在这里……这里……我在这里。”

清晨的旅行

他拿起手杖，迈出右脚走下楼梯。他深信，如果新的一天从右脚起步，他就不会遭遇灾难。清晨，他也习惯从右侧起床。每当左眼跳动，他就会想起自己旅居国外多年的儿子。

他拄着手杖朝水渠的方向走去。现在，那里的水渠已经不复存在。三年前，村委会让人将它填平了，不过，周围的邻居仍将他家称为“水渠房”。老朋友的信件照旧会寄到这个地址：尼哈尔旃陀罗上校，水渠房，邮递员也能够直接把信送达他家。

他一路前行。水渠的另一边有一座小小的白色石灰桥，闪闪发亮。走到这里，他停下脚步——这是他清晨旅行的第一站。他把手杖斜靠在小桥的扶栏上，从肩上取下背包拎在手里，然后以类似立正的姿势笔直地站着。深吸一口气，吞进体内，压缩成一团，再向外吐出，接下来，吸入第二口气，像先前那样收缩，那样吐出，旋即吸入第三口气……由此，他是否感受到某种舒适？谁也不知道。他没有问过自己，也没有人准备问他。

他毫不担心，桥下上学的孩子看到他之后会惊讶地站住——一个芦苇秆儿般瘦高的男人，在风中深深地吸气，像竹子一样摇摆。

“上校先生，上校先生……

您的枪和剑在哪儿呀？”

笑着，叫着，他们害怕地跑开。雨中，他们的脚踩在水上发出啪嗒啪嗒的声音，小草随风沙沙作响。

那天，孩子们的声音在尼哈尔旃陀罗的耳中久久回响。接着，一切又安静下来。他最后一次深呼吸，吐出一股湿润的气流。他从小桥上拎起手杖，然后用手帕将掌心清理干净，又擤了擤鼻子，擦了擦眼睛，才拿起包挎在肩上。干干的沙砾刺得喉咙发疼。他隐约感觉，或许身体里出现了什么麻烦，可他却没有勇气将这种麻烦命名为“口渴”。他总是生活在麻烦的阴影中，命名的意义如同打开潘多拉的盒子，不知道还会从里面冒出多少其他麻烦。不，朋友，相比之下，这种阴影要好得多，至少一切都是相同的。

尼哈尔旃陀罗开始过桥。

下面、前面、后面——四面空地环绕。并不是一整块空地，其中一半是洗衣服的码头，剩余的部分被树林遮蔽。那个曾经覆盖全城的水渠，如今在这里不知羞耻地裸露着。岸边铺满宽大、平整的石头，刺得眼睛生疼。尼哈尔旃陀罗从包里掏出墨镜戴上，环顾四周，看见一片冰冷的黑暗。与夜晚静止的黑暗不同，它像黑色光线汇聚而成的一条河流。他缓缓地走入其中，绕过石头继续前行。

上校先生要去哪儿呢?

在石头上敲打衣服的洗衣工抬起眼睛，手在空气中滞留。洗衣工的狗——姥姥不疼,舅舅不爱——看见尼哈尔旃陀罗上校专注、沉默、缓慢的行动，狂吠不止。它们龇出牙齿，一边低吼一边追着他跑，但是一直不敢接近；看见他长达一米的手杖，始终不忘在中间留出一米的距离。尼哈尔旃陀罗呢？对他来说，喊叫的孩子和哀嚎的狗一样，都是不断移动的景象的一部分，一种朦胧的声音，里面囊括一切……

若想终止这种景象，只有到达一个地方——森林开始的地方。那里，没有任何声音，没有任何色彩，没有任何光线……只有高大的树木排成长长的一列。树下，阳光投射的光斑闪闪发亮。这里，不再需要佩戴墨镜。尼哈尔旃陀罗把背包从一个肩上取下，挎在另一个肩上。他解开外套的扣子，十一月的风飕飕地拍打身体。高高的树，矮矮的灌木丛，中间凤凰树上红红的火焰翻滚跳跃，发出沙沙的响声。听到这种声音，尼哈尔旃陀罗想起瓜廖尔的森林，他曾跟当兵的朋友去那里打过猎。如今，他已经不记得他了。某块滑动的幕布上迅速掠过一束闪光……过往生活的一个片段浮现在呼吸间，随后又扑通一声淹没在黑暗里。尼哈尔旃陀罗迅速迈开脚步前行，消失在森林里。

过了好一阵子，谁都没有弄明白，他在哪里，消失在何处？只有一些沙沙的声响从灌木丛中传来，仿佛某只动物一直穿行其中。那时，他的脑袋会突然出现，一会儿在这里，一会儿在那里！如果有人躲起来观察他的话，定会惊讶地发现，尽管一把年纪，尽管拄着手杖、背着包，他还是能够如此快速地行走。然而，对于尼哈尔旃陀罗来说，这仅仅是普通的锻炼。不只是锻炼，也是一种禅修。他的脸沉浸在一种超越世俗的专注中。这不禁令人产生一种奇异的幻觉，仿佛他一直静立在某处，唯有他细长、纤瘦的大腿持续奔跑，之后，慢慢地，他的大腿也停了下来，剩下他年迈的心脏挂在小树枝般的脊椎骨上来回摇晃……他停住脚步，睁开半闭着的眼睛，开始四处张望。

风之宫在前方出现，用黄色石头建造的莫卧儿遗迹，在十一月微弱的阳光下燃烧……

汗水汇聚成流，沿着尼哈尔旃陀罗的白发淌下来，滴落在他的太阳穴上。他拍拍脑袋，用手帕擦拭额头，将手杖和包放在风之宫的台阶上，歇息。旅途的疲惫使他的身体与眼前的断壁残垣融为一体。

这是他旅程的第二站。

很早之前，这座风之宫或许是某个真正的“驿站”，一个营地，莫卧儿帝国的军队自德里出发，行进至此，扎营整顿数个小时。或许皇帝自己也会在假日来到这里野餐？要不然，这片荒凉的森林里怎会建造一座如此精雕细琢的宫殿呢？尼哈尔旃陀罗找到这个隐秘的宝藏纯属意外——有一天，散步的时候，他在这里迷了路，一抬眼，风之宫从天而降。雪白的楼梯，带有花边的小窗户，大眼睛般的通风孔，然而，一直让尼哈尔旃陀罗感到惊奇的是那个蓝色的穹顶。浅栗色的森林中，那抹蓝色总能奇异地给他的眼睛带来慰藉——如同冰冷、清透的钻石般闪耀。

那天，尼哈尔旃陀罗同样久久地凝望穹顶。随后，他深深地吸了一口气，气流湮灭在一种介乎“啊”和“天啊”之间的呻吟中。接着，他从包里掏出一件土褐色的雨衣，平整地铺在风之宫的台阶下方。这是他最喜欢的地方……风从小窗户吹进来，穹顶随之摇晃，还有十一月的阳光——还需要什么呢？

什么也不需要了。一切喧嚣都停止了。没有任何声音，没有任何吵闹，没有任何形式的喧嚣。就连小草摆动的声音，也能刺激到尼哈尔旃陀罗的神经。时不时地，某只林鸟的叫声在风中颤抖，它似乎想用自己充满渴盼的啼鸣激发出尼哈尔旃陀罗压抑的饥饿感。听到它的叫声，尼哈尔旃陀罗想起自己的午餐，他的手不由自主地伸向自己的挎包。

水煮蛋、西红柿、小黄瓜三明治，保温壶里装有咖啡——那个山区的少年提婆辛格非常整齐地将每一样东西摆放好，仿佛他不是早上出来散散步，而是准备进行一生的旅行。提婆辛格清楚地记得一切，甚至不曾忘记放入装盐和黑胡椒的小纸包。袋子的另一个角落里藏着一个晶体管收音机，那是穆奴从国外带给尼哈尔旃陀罗的——德国晶体管收音机——为了消除他对印度斯坦产生的厌烦和空虚感。他或许从来没有打开过它。好几次，他都想把它送给提婆辛格——他也整日在那个阴森恐怖的房屋里昏昏欲睡，或许可以花几个小时摆弄摆弄这个玩具。不过，他又打消了自己的这个念头。默然无声的收音机里传来儿子的声音，“您终日百无聊赖地坐着，不如听一听它吧！”那一刻，一种古怪的寂静将他牢牢包围。他屏住呼吸伸了个懒腰，咕哝道：“神啊，哪儿无聊啦，我连一分钟的空闲也没有啊！”

不知道，这句话他到底是跟在国外的儿子说的，还是跟在天堂的妻子说的，抑或真的是跟无处不在的神说的。或许，他本人也不明白，他自言自语地说了些什么。他只是感觉，在这些声音随风飘远的地方，自己的话语也在不断飞扬——倘若有人向他询问，您连一分钟空闲也没有，您究竟在忙什么，他会立刻回答，您没看见？我在吃饭。确实，吃饭、观光、行走、睡觉……生存的同时，这些工作步调一致地进行着，更何况，在此期间，尼哈尔旃陀罗经常自己说话，自己听。

聆听，人即使睡着，也能聆听。一顿饱食之后，眼皮开始打架。尼哈尔旃陀罗将面包碎屑和鸡蛋壳用报纸包好搁置在一边，然后把挎包卷成一团，固定在雨衣铺成的床头，伸直腿躺下。然而，他还没来得及睡着，群鸟就如潮水般纷纷扑向他吃剩的食物。笃笃笃——尼哈尔旃陀罗觉得，它们的喙好像不是将报纸，而是将他的睡梦啄穿了一个小洞。鹞鹰跟随鸟群来到。它们将鸟儿赶走，抓住剩余的零碎食物，随即消失不见。它们降落和起飞的时候在风中发出类似扑通的声音，仿佛有人在梦里跳来跳去，原本紧凑的梦也因此变得凌乱不堪。飘移的云影中，蓝色的穹顶显得有些扭曲，尼哈尔旃陀罗感觉，自己似乎站在一块摇晃不停的幕布后面观察这一切。一个躺着的人，头下压着背包，雨衣在风中呼呼作响。那时，他的心脏开始快速跳动。他有所期待。

她就这样走来，在不远处停下脚步。脖子上的绳子不断摇晃，手下意识地到处摸索，眼睛透过小窗户向里面张望——目光停留在那个人身上，那个像台阶一样躺在台阶下面的人。

“尼哈尔！噢！尼哈尔！

你的口袋空空，

嘿，尼哈尔，

真的都空了吗？”

尼哈尔旃陀罗继续躺着，任由声音按照自己的速度来到身旁。他既不摇，也不晃，一直用沉默来掩藏自己的内心。他担心，只要他稍微动一动，她就会感到恐惧，然后消失在森林中那些肆意放纵的声音里。所谓真实就是自己相信的事，倘若女孩相信，周围没有危险，她就会慢慢靠近，警惕、小心、犹豫地。这不是因为她不相信尼哈尔旃陀罗，而是因为他虽然活着，但却冷漠又危险；仅就这两条……所以，她没有立刻靠近。她始终与他保持着一掌的距离，随后向前伸出另一只手，开始摸索他的口袋，军大衣那又深又长的口袋，她的手指在里面缓慢地来回摩擦，“尼哈尔，哦，尼哈尔？”

她在问什么，她在那些空空的口袋里探寻什么样的秘密？她一接触到他，他的血液就开始燃烧，像狂奔的疯牛一样丧失理智、精神错乱地冲破情欲的枷锁，拖拽着心脏与自己一起撞向年迈的脊椎，尼哈尔旃陀罗抬起自己年龄背后的小木栓，打开身体的牢笼。去吧，有人在心里说，快跑吧，你到什么时候才能解救它？

那是宁静的时刻。十一月熹微的阳光在风之宫的断壁残垣上缓缓移动。树木、叶子以及灌木丛纹丝不动地立在原地。尼哈尔旃陀罗屏息等待，连一根小草的摇晃都会让他的身体紧绷。他合拢眼皮，里面的眼珠如彩球般在阳光下跳舞，那时，他忽然与自己分离——身体独立存在。尼哈尔旃陀罗呢？他朝另一个方向走去，那里是他的第三站，也是最后一站。

那里，没有人观察他；没有恐惧，没有疑虑，没有见证人。废墟的阴影中，他的身体失去知觉。她来到他身旁，额上的金箔从胸前掠过撒落在他肩膀上。她靠近他蹲下。那时，尼哈尔旃陀罗误以为，阳光在眼皮背后投下的光斑实际上是衣服和裤子上那些鲜红似火的小花点——近在咫尺，触手可得。然而，他控制住自己。他假装什么也没看到，任由她的手指在自己的身体上玩耍，“噢！尼哈尔旃陀罗，怎么都是空的？”

不，今天他的口袋不是空的。今天我带来了一切。你要瞧瞧吗？他稍稍抬起头，她那双黑亮、充满想象的眼睛将他吞没。眼睛，那双一眼就能拆穿前世骗局的眼睛。

要给我看什么呀，笨蛋！腐烂的李子，死去的鹧鸪……某只蟋蟀留下的尸体？这些东西他很早以前就给女孩看过。他把它们塞在灯笼裤的口袋里带来，再一件一件地掏出，某只猫的胡须，老太太的头发……

什么也没有。那天，口袋里确实连一件她认识的东西也没有，只有一堆纸。银行存折，新到的信件，资产证明……还有一本蓝色的小册子，她的目光驻留其上：尼哈尔旃陀罗上校总是随身携带的护照。如果路上发生了什么意外的话，警察看到他的照片、姓名和地址之后就能知晓他的家庭住址。每隔三年，他都会到护照办公室去更新它；心想，等到什么时候要去看儿子，它就能派上用场了。你的愿望还没有破灭吗，尼哈尔？

尼哈尔旃陀罗用渴望、空洞的目光注视着她，突然想起，尽管已经过去这么多年，格多还是那么矮小——如同侏儒一般。很早以前，当她年幼的时候，倒是看起来像个高个子的青年，难道时间是倒着走的吗？不，这只是他的错觉。或许，童年里所有的东西看起来都很大……家宅、树木、父母以及……忽然，尼哈尔旃陀罗大吃一惊，仿佛女孩儿转过身来在附在他耳边低声细语，“以及……爱，不然还有什么？”

“爱？你能爱谁，尼哈尔？尼哈尔旃陀罗上校？”

他像被人踢了一脚，清醒过来。这是谁的声音，抑或只是一个骗局？内心交错混杂的呼唤，在古老的森林中响起，无助的、焦灼的声音，敲打着门扉，开门吧！什么也没有，空虚无止境地蔓延，直至远方，什么都没有。内在的血液随着外界炽烈的热浪不断燃烧，没有爱，没有羁绊，没有迷恋的痛苦……连痛苦也没有，什么都没有，妻子的面庞以及孩子的思念，什么都没有……只有我。你是谁，尼哈尔旃陀罗，你是什么？

咚……咚……咚……她在跳绳。上，下，下，上……寂静的废墟中，她双脚落地的声音久久回响，拍打着尼哈尔旃陀罗闭合的眼睑。

他睡着了。饱食之后，他必然会睡一两个小时。他睡觉的时候，鹞鹰和鸟群停栖在风之宫的小窗户边。吃完尼哈尔旃陀罗的残食，它们现在紧紧盯着尼哈尔旃陀罗的身体，仿佛在想，这个身体是否也能成为它们的食物？然而，它们失望至极，当尼哈尔旃陀罗睁开双眼的时候。首先看见的是天空……十一月的一抹蔚蓝，逃出他的睡梦中，留驻在穹顶上。蓝色和白色，在昏暗的冬日里如同梦幻的网布；那是睡梦的迷蒙——其中一半身体睡着，一半将头伸出外面观望世界……提婆辛格！他慢慢呼喊，随即忽然想起，他不在家里，正躺在外面。于是，他躺着伸出手摸索背包，想拿出保温壶喝下剩余的咖啡润润喉。然而，他的手没有碰到背包，而是找到了那沓纸。

它们在风中沙沙作响。养老金文件、照片、信笺、打开的护照。尼哈尔旃陀罗迅速扭过头……它们怎么会出现在这里？他无法清楚地记起，自己什么时候把它们从包里拿出来了？有些东西已经超出他的意识范围，去往身体被忽视的部分，然后突然将自己的存在甩在他面前……瞧吧，这就是我们，就在你面前，你还不知道？尼哈尔旃陀罗只得狼狈地接受它们。有时候，他甚至不敢询问，我明明把你们放在包里，你们怎么跑出来的？事实上，尼哈尔旃陀罗觉得东西比人更亲切、更懂事——如同驯养的动物——它们长久以来一直跟他待在一起，从来不会欺骗他。他闭上眼睛，仅凭触碰就能找回对它们熟悉、深刻的了解——这是穆奴的信件，这是银行的存折，这是拉达克[1]的照片，还有这个？他正在摸索的手指忽然停下来。他睁开双眼，看见提婆辛格的明信片，那是他假期从农村寄来的……

一想起提婆辛格，他感到有些慌乱。提婆辛格或许正蜷缩着坐在露台上。不知道他已经把吃的加热过多少回，打开门向外张望过多少回。尼哈尔旃陀罗经常晚归，提婆辛格总是抬起那双山民特有的大眼睛，充满惊奇地望着他。尽管什么也没说，但是每一次在他沉默的目光中都会浮现出同一个问题——您去哪里了？清晨的散步，直至傍晚还不见人……万一您遭遇什么意外，那么我要去哪里找您呢？尼哈尔旃陀罗每天总能找到某种借口，然而，内心却感到无比恐惧，他可千万别给穆奴写信抱怨他。出国之前，穆奴曾一遍遍地对他说："除了提婆辛格，您身边谁都没有……倘若他走了，您就完蛋了。"完蛋！没错，会完蛋的。你就别回来看我！我会在露台上放张小床躺好——我现在谁也不需要。对我来说，如今什么都一样……白天和晚上没有区别……他的愤怒开始蔓延，一种无助、欲哭的愤怒，宛若清水洒落在沙漠那被烤焦的土地上，荒诞、无果，白白流淌，干涸，身后没有留下一丝绿色。

沙漠！他的手在散乱的纸上停下来。他最后一次驻营就在那里，拉贾斯坦和巴基斯坦的边界。四周全是沙漠。现在想起来都觉得好笑，但是那时候确实想乘巴士去那里。他觉得，自己似乎已经到达人生的最后一站。他可以花费数个小时在沙漠里漫步，在沙堆上静坐，不会想起妻子，不会想起儿子，只需尽情享受这孤独的时刻。他仿佛正逐渐向真理的方向靠近，正慢慢触碰到那黑暗的井底，在岁月的尽头，那口深井给他留下这样的孤独……他也时不时感到诧

① 拉达克，位于喜马拉雅山南沿与克什米尔山谷的东北面，现绝大部分由印度实际控制。拉达克曾是古丝绸之路必经的重镇，主要语言为藏语（拉达克方言）和乌尔都语，主要信仰藏传佛教。

异，那些没能从拉达克比丘处获得的真理，竟然最终出现在沙漠令人毛骨悚然的扬沙下……尼哈尔，什么样的真理？

尼哈尔旃陀罗扭过头，想说些什么，某件长久以来一直压在他心头的事——满满地塞在他的喉咙里，侵蚀着疲劳、年岁和犹豫……然而，那里没有人。十一月的阳光洒在灌木丛上。风之宫的穹顶宛若一个静止的蓝色小拳头伫立在风中……没有鹞鹰，没有鸟，没有任何声音，连跳绳的咚咚响也没有。只有一束干冷的光线……现在惨白地布满整个森林。

尼哈尔旃陀罗一动不动地坐了一会儿……然后他强迫自己站起来，仿佛他正拖拽的不是自己的，而是别人的身体。挎包、手杖、保温壶……口袋里揣着的纸。尼哈尔旃陀罗出门的时候，总是带着一切，什么都不会忘记，什么都不会落下。

回程的路与他来时走过的路一样。石块铺成的小道，丛生的荆棘，远方林立的土堆，小鸟在上面排便，烙上黄色和白色的印记。至于它们什么时候留下这些，尼哈尔旃陀罗并不知晓。他倒没有在思考什么特别的、能够令他心智迷失的内容，只有一些散乱的念头不断涌现出来，触碰着他的心灵，提婆辛格的脸、家里的房间、满口袋的纸发出的沙沙声——这些点点滴滴沿着他的归途盘旋飞舞。他抓住一个，另一个又将他抓住。当他闭着眼睛朝风之宫跑去的时候，清晨的全神贯注已然消失殆尽。如今剩下的唯有惊惶不安，慌乱中他一直睁着眼睛，却什么也看不见。

随后，出现了一片森林。尼哈尔旃陀罗觉得，自己似乎走出了阳光铺下的惨白，进入长长的一片阴影中。眼睛倍感舒适。在树叶上行走很容易，有时候，外套被灌木勾住，他就停下来温柔地把它解开。他产生了一种奇怪的幻觉，似乎有人蹑手蹑脚地跟在他身后。他转身回望，却什么也没看见……抬头是树，低头是丛丛灌木……中间是一圈圈跳舞的阳光。他觉得，类似的事情之前好像也发生过……很久以前——当她消失在他身后，当他在自己家的花园里独自徘徊。格多？他试图呼喊，然而，有人掐住了他的脖子。让她去吧，他心中的魔鬼说，你面前还有整个人生。向前，再向前……魔鬼拽着他来到这里……

什么样的人生？

天上传来微弱的、鸟儿拍打翅膀的声音。他突然停下脚步，抬起头，最开始什么也没看到。两边的树木相互交叠。叶子中间露出一片蓝色的天空，闪耀刺眼。他不明白，这声音到底从哪里传来的，转念一想，或许是上方的某根树枝在摇晃，每当小鸟飞过，树枝就会发生颤抖，同时，它栖息的另外一根树枝也会略微晃动，但是，上空并没有鸟……那种奇怪的响声出现之后，一切又平静下来。

尼哈尔旃陀罗继续向前走，直到有什么事物再次将他拦下。这一次，不是某种声音，只是一些东西在他眼前摇晃。他将之前抬头仰望时滑落的眼镜扶正。这一次，他抬起双眼，定格在那里。

那是一棵伞状的大榕树。它的枝桠低垂，如同老妇的手臂一般弯曲着。树枝的末端挂着一根绳子，在风中缓缓摆动，仿佛一条蛇闻听笛音之后摇晃兜帽。他感到有些惊讶，因为绳子没有绑在树上，只是被人抛过枝头，挂在那里，悬吊在半空中，牵动两头随风摇摆。绳子的两端绑着两个用桃金娘染色的手工制成的小圆筒，木头的圆筒，在掌心中摩挲，与灰尘和汗水来回擦蹭……

尼哈尔旃陀罗不知道盯着它看了多久，仿佛那不是一根绳子，而是某种骗局……在十一月的阳光下不断晃动的幻景。风停了，整个树林收缩得像巢穴一样……他暗暗吸了口气，抬起头，一动不动地站着。倘若有人看见他，一定会误以为，他不是一个人，而是一只年迈、高大野兽，由于听到某种非比寻常的声音，所以呆立在中间的小路上。他的个头十分高大，只要他稍微抬抬手，就立刻能碰到那根绳子，抓住它，并把它拽下来，但是，他一动不动地站着；格多——他缓缓地低声呼唤，随后，音量稍稍加大，夹杂着胸腔的痰液，那是一种带咳的呼唤，为了冲出体内的沼泽而翻滚挣扎。牢不可破的寂静持续了好一阵子……接着，他突然听见自己费尽周折发出的声音。这一次，谁也不能阻止他，即使掐着他的脖子，也没有办法让他安静下来。他一直聆听着那个声音，那个属于自己的声音，它穿过树林，回荡在灌木丛和大树之间，从童年的一端传到暮年的另一端……

他没有得到任何回应。附近没有任何人。清风吹拂，树木沙沙作响……绳子的两端如同醉酒一般摇晃。他站了一会儿，期盼着她会突然出现在灌木丛中，会再次回来拿走自己的绳子……然而，过了许久也没有人出现，没有她的笑声，也没有灌木丛的沙沙声——没有任何事物能够让他相信，那天下午，她曾经来到他身旁，在他睡着的时候，靠近他坐下，探索他的口袋；并且，当他醒来的时候，他的那些纸散乱地铺在外面……

尼哈尔旃陀罗？你确实清醒了吗？

暮色降临，风停下来。灌木、树叶、大树，一切都不再摇摆。时不时地，一阵热浪从树林中间飘出，发出嗖嗖的声音，像吹口哨一样。它向上攀升，掠过洗衣码头上空……吓坏了一群狗，然后继续向前，降落在肮脏的水渠里，缓缓移动，最终停在尼哈尔旃陀罗的家门前。

提婆辛格一边打着盹一边聆听热浪发出的声音，一阵阵地感到悲伤。他来自山村，从小就开始聆听这种朦胧、无调的声音——它甚至连声音也不是——只是他有关山村树林的无言想象，在野兽和树木的呻吟中呜咽抽泣。他一次次地朝大门的方向跑去，向外张望，之后又那样跑回厨房。

那天晚上，他躺在厨房里。晚饭已经热了两次，现在又凉了。上校先生很少早上出去漫步，直至下午还没有回家。虽然经常很晚，但他一定会赶在天黑前归来。仅凭手杖敲击台阶发出的嗒嗒声，提婆辛格就能分辨出，是他回来了。有时候，他满怀怒气地一直躺在厨房里，仿佛没有听到他的脚步声。每逢这样的日子，尼哈尔旃陀罗并不会大声呼喊他，而是避过他的视线，蹑手蹑脚地钻进自己房间，躺在床上——那时，提婆辛格心花怒放，于是迅速煮好茶送到他的房间，他却假装闭着眼睛，好像没看到他一样。

然而，那天晚上，他的房间空空荡荡的。床下躺着他的拖鞋，角落里放着洗手的盆子和热水壶，里面的水如今已经完全冷掉。提婆辛格点燃了壁炉里的火，以便他回来的时候，不会去烦扰他，吃完饭就可以马上睡觉。他感觉眼皮越来越重……他一度想去告诉邻居，上校先生至今未归，但他还是停住了脚步。城市里，警察常常因为一点小事就令人震惊地突然出现。提婆辛格一看到警察就浑身发抖，还是安静地待着比较好。尽管他现在没有回来，或许过一会儿就回来了，孤单单一个人，能到哪里去呢？好歹这把年纪了！

这是莫大的安慰。尼哈尔旃陀罗确实哪里也去不了。他只能回来，一年三百六十五次，每天下午，持续不断，直至生命的尽头。

慢慢地，有些东西咯咯作响，他大吃一惊。有人敲门，抑或只是风声？提婆辛格在黑暗中坐了一会儿，随后蹑手蹑脚地走进尼哈尔旃陀罗的房间。火中燃烧的木头发出噼里啪啦的爆裂声，将他惊醒。他用放在壁炉旁边的铁棍将压在下面的木头翻上来，接着扒出炉灰。当木头再一次开始熊熊燃烧时，他就躺在那里，尼哈尔旃陀罗的床下，不知道火焰的温暖什么时候包围了他的睡梦，他自己也不知道。更不知道，他何时解开锁链出了大门，行走在尼哈尔旃陀罗每日漫步必经的那条路上，肮脏的水渠，洗衣码头的广场，沟渠里闪闪发亮、狭窄的水流……

月亮爬上树梢，整个树林闪耀在一片奇特的光亮中。尼哈尔旃陀罗出现在不远处，两只手在风中摇摆。提婆辛格停下脚步。他感到有些怪异，上校先生仍是那副面孔，那副身躯，穿着那件衣服，然而，那一刻，他就像一个十多岁的孩子。那张干净、未经世事、充满激情的脸庞——他在风中挥动双手。他在呼唤他……那时，他无所畏惧地开始奔跑，跑到他的身旁，站在那里，那个他在树下来回晃动的地方。

尼哈尔旃陀罗的脖子上挂着一根绳子，绳子的一端绑在小树枝上。树枝摇曳，尼哈尔旃陀罗微微向前倾。地上的草丛中放着他的包、他的热水瓶、他的军外套，两个口袋都露在外面，毫无遮挡，向外翻转，空空如也。咔嗒咔嗒……咔嗒……提婆辛格听见一种奇怪的声音。他仰起头，看见孩子们跳绳用的绳子。月光中，两个黄色的小圆筒不断摇摆，一次又一次地撞上尼哈尔旃陀罗左右晃动的头。

男人和女孩

他打开书店的大门，叮当——铃声响起。他走进去，门又重新转回到门槛边。那时，铃声再次响起，不过，这一次响了两下——叮当，叮当。

第二声铃响久久回荡。这是一种警告，有人进来了。

书店里没有人。他常常感觉，即使他从架子上偷拿几本书跑掉，也无人知晓。这不过是他的错觉。一旦铃声响起，柜台后面的两只眼睛就会在他毫无察觉的情况下将他逮住——眼睛，蓝色、湿润的眼睛。眼镜后面，两个噙满泪水的小黑点正凝望着他。

他通过书架与书架之间的过道，摸索着来到柜台前方，站住。

“怎么啦？”他问。

年迈的[①]经理朝他望去，随后耸了耸肩。仅凭这些，男人无法得知，他现在心情如何。

---

① 此处依照原文应译为中年的（adhed），但是根据后文的描述，其一，书店经理的胡子全白；其二，作者以老人（budha）来指代这位经理，为保证上下文统一，故此处称年迈的经理。

“天开始变冷了。”他说。看到经理的胡子，他突然开始关心起天气来。那些胡子如此苍白，上面仿佛刚刚落下一层新雪。

“是呀！”老人漫不经心地说，“都十月份啦。”

“现在还没有供暖？”

“十一月以前不会供暖，无论下不下雪。”老人十分不屑地嘲讽政府。许久以前，他是书店的主人，如今在新体制下，政府是他的主人，也是那些书的主人——那些他的父辈们从一战时期开始慢慢积攒起来的书。书店还是老样子，然而，一夜之间，法律的界线在他和他父辈的遗产之间挖了一条鸿沟。他现在仍旧坐在柜台后面，跟原来一模一样，但是如今他跟书本的关系有点类似于某位父亲一生一世只能在救济院中见到自己的孩子。

“您认为，会下雪吗？”男人问。

老人摘下眼镜，用脏兮兮的手帕擦了擦镜片，然后擤了擤鼻子，“雪和死亡是不会摇着铃铛来的。”

他感觉，老人仿佛在向他暗示什么。过去一些日子，每当他把书店的铃铛摇响，老人的脸上都会下意识地闪现出一种愤怒的表情。他虽然没有直接说什么，但是心里明白，看见他出现在面前，老人似乎把以往对人生的所有埋怨都宣泄出来了。首先是战争和希特勒，接着是共产主义，现在是……他！

他向前走到柜子中间。下午寒冷、阴郁的阳光洒在书本上。他左顾右盼，四处寻觅，但是始终没有看到她。忽然间，一种疑虑将他抓住——或许，她今天根本没有来书店。他停下脚步，把手伸进外套的口袋里，摸到一封电报，随后迅速地把它抽出来。毫无暖意，外套里面没有，外面也没有。

他如今有些踌躇，但是，他不可能一直站在书店中间，老人眼前。于是，他稍稍向前移动，躲在一个长架子后面。他从口袋里掏出手帕，开始擦拭额头上的汗水。冷汗滴落，并非出自衣服里面的身体，而是由于外部的恐惧。

他立刻转过身。小推车的轮子吱扭吱扭地朝书架的另外一个方向前进。她跟在后面，用两只手紧握住小推车的把手，仿佛那是一个小小的婴儿车，不过里面坐着的不是孩子，而是许许多多的书本。

女孩的头垂在小推车上方，她正一本本地把书拿起来放在架子上。她的视力可能从小就不好，因此，她每拿起一本书，都要把它凑到眼镜跟前，看清楚作者的名字和书的书名之后，再用抹布将它擦拭干净，立在另一本书旁边。她如此沉醉于自己的工作，甚至没有察觉，书架的另一边有人在看她。

他注视着她。屋顶吊灯的光线直接照在她的脸上。她个子不高，所以从书架后面显露出来的只有她的上半身，腰部以上，看上去比腿部要成熟得多。她系着一条蓝色的长围裙，所有在店里工作的女孩都系着它，但是它并不是很适合她，可能因为它完全将她遮盖，故而没有人能推测出她有多么娇小，也没有人能猜到，不久前，在她二十岁生日的时候，他还送了花给她。那些花恐怕至今仍摆放在她的房间里，渐渐干枯。

现在，她移动到离他很近的地方——几乎就在他面前。透过书架隔层之间狭窄的缝隙，他望着她的头。她像往常一样束起头发——褐色、有光泽的头发，中间一条分路犹豫不决地向前延伸了一段距离，最终消失在互相缠绕的碎发中。

这一次，他没能阻止自己。当女孩伸手将最后一本书放在架子上的时候，他走上前，抓住她的手，按在那个冰冷的铁架子上。女孩的嘴里发出微弱的叫喊声，他吓得手足无措，急忙推开书本，把自己的头塞进架子中间……

“是我。”

女孩惶恐不安地抬起双眼。他在书丛中微笑，就像一个精灵。

“你？”

“对呀！”

“什么时候来的？”

“不久以前……你害怕了？”

“是的……”女孩摆摆头。她甚至在一些小事上撒谎。如今，她的手还攥在男人的手心里。围裙后面小小的胸部上下起伏着。她确实感到害怕——他从未在下午来到书店。

“你能请会儿假吗？”

“现在？”女孩的手变得冰冷——在他的手中。

“只要一会儿！”他说。

“有什么事吗？”女孩睁大眼睛看着他。

“没有，就这样呗。”他连哄带骗地说。正如女孩从来不会撒谎，他从来都不能直接说出真相。

“你去里面坐着吧，我马上过来。”

她将手从他的掌心里抽出来，瞥了他一眼，然后转过身，躲在书架背后。

书店的后半部分是一个储藏室，人们常常来到那里卖旧书。女孩经常坐在那里的一张高脚凳上。她身后挂着一块布帘，将书店主要的、前面的部分与内里区分开来。布帘后面有一个小隔间，午餐时分，女孩会在里面小憩片刻。

他来到这里。他以前也来过几次，每次都会产生一种奇怪的错觉，仿佛这不是一家书店，而是女孩家里的一个私密房间。外面的声音传不进来，所以那里既没有人声鼎沸，也没有交通嘈杂，只能听见电车的隆隆声——极其隐秘而微弱，宛若乌云在遥远的城市边缘处轰鸣作响。

他在一张藤制的躺椅上坐下。尽管没有窗户，也没有透光的小窗，房间里也没有黑到伸手不见五指的地步。书本散发着腐坏的气味，老鼠在墙后发出窸窸窣窣的声音。一张小小的桌子上摆放着茶具——潮乎乎的老式饼干和黑面包片总是准备妥当。有时候，女孩感觉饿了，就会迅速走进来，吃掉一些填饱肚子。

正是在这个小隔间里，他第一次见到女孩。那时，他来卖掉自己的一些旧书。女孩坐在柜台后面的高脚凳上，嘴里咬着一块面包，怀里躺着一件尚未织完的毛衣。毛线的衣身上还插着两根棒针。听到他的脚步声，女孩惊惶不安地站起来——那是他第一次见到女孩的脸。

那时或许还是三月的某一天，而现在十月都要结束了。这七个月间，他大概卖掉了自己的全部书籍，他原本就不想把它们带回自己的国家。旧词典、旅游指南以及女孩为书店买来的所有长篇小说——她自己有空也会读一读。得知她曾学过英语并且多少还能说一些的时候，他十分惊讶。

实际上，他们之间展开的一系列对话正是围绕英语进行的。一天，他拿了一些书来卖。她翻阅了好一阵子，突然说道："您国家的所有人都会说英语吗？"

"不，不是这样的。"他说，"我也说得不好。"

"您说得很好啊！"她淡淡地说。之后，她的视线从他身上转向书本。"我过会儿就来。"她拎起那捆书，走向隔间后面。

他开始想——不知道今天会有多少书被挑中。那里有这样一个体系。女孩把书本拿给经理，他从中挑选出值得购入的，剩余的就退还回去。所有商业都像赌博一样。大概书本的择选和退回都有某种具体的标准，只是他从来都不了解。当他就此向女孩询问的时候，她常常避而不答。倘若他再三追问（后来的日子里），她就会烦躁地说："我们只读那些适合自己的书！"

可以说，那天十分幸运，所有书都是"适合的"，几乎所有，除了经理让退回来的那本之外——《修女的安魂曲》。女孩有些好奇地看着它，"这是一本宗教书籍吗？"

"不，"他说，"它跟一个妓女相关。"

他本想看看，她会做出什么反应。宗教和嫖妓——两者在当地都是被严令禁止的，然而，女孩脸上没有显露出任何表情。她缓慢地将那本坚硬的平装书移向柜台的下方。这个举动不能被称为"藏"，因为柜台下方的抽屉归她私人所有，她常常把午餐、手帕、毛巾和家里的钥匙放在里面。

不知道，她有多少本书隐匿在这柜台之中。

"您今天能收到不少钱呢。"

账单咔嗒咔嗒地通过计算机打印出来，她粗略地扫了一眼。他也想暗中窥视一下账单，不过，他还是克制住自己。如果能够付清房租的四分之一，那么剩余的钱就不难凑齐了。

"知道有多少吗？"她将账单从机器里扯出来放在他面前。

40克朗！一开始，他完全无法相信。以前，他卖书从来没有得到过这么一大笔钱。女孩带着胜利的喜悦朝他微笑。

"怎么会有这么多？"他问。

"就是这样！"女孩说，"现在是好日子啦！"

好日子？书店里，女孩的话语就像摩亨佐达罗[①]的文字一样——看似隐意众多，但若细究，就会发现什么也没有。偶尔，当他晚上无法入眠，在床上辗转反侧的时候，某个拙劣的句子、残缺的词语就会在黑暗中闪现——与女孩紧紧缠绕在一起。好日子，坏日子，非常坏的日子。那才是最坏的日子，当女孩将他的书尽数退回，并且用充满遗憾的目光望向他，“今天一本都没收”。那时，他只能把书本都塞进自己的行李袋，然后走到门外的道路上。书店长长的玻璃窗上倒映着一个人影。她看着他离开。他在琢磨，下回应该带哪些值得回收的书来。女孩在思考，只卖英语书的人是个什么样的人。

经理一边旁观这一切，一边开始打盹。在他看来，男人不是来卖书，而是来见女孩的吧……但是，在这样的年龄？

女孩走进屋内。她拿着自己的午餐，站在门槛上，注视着他。男人把头靠在椅子上，闭目而坐。他的脸上浮现出一丝淡淡的倦意，仿佛不仅逝去的年岁，甚至未来的时光也利用他的睡眠爬上他的脸庞。女孩沉默地看着他的脸，仔细地端详了好一阵子。假若在其他日子，男人这样突然出现在书店里，她会非常高兴。然而，今天她却认为是个不祥之兆。她不相信鬼神，但是今天当她在书架后面看见男人——旧外套的衣领沾满尘土，如同黑色翅膀一般立在他的脖子上。她一言不发地看着他，就像另一个人打扮成男人的模样，一直盯着她；另一个人？她慢慢向前走，想抚摸他，中途手却停下来。让他睡吧，她想，现在还有时间。

中午一般不会有客人来。

① 摩亨佐达罗，建成于公元前2600年前后，是印度河流域文明的重要城市，位于今巴基斯坦信德省的拉尔卡纳县南部。

她打开自己的午餐盒，黑面包三明治，中间夹着萨拉米[1]，一小瓶酸奶，奶酪块，醋泡黄瓜——这就是她每天带来的午餐。倘若她知道他要来的话，她也会为他准备一些食物。她曾多次对男人说，他没有必要在家里做饭，他们可以一起在书店吃午餐。不过，男人每次都会拒绝，仿佛在光天化日之下与她见面是件危险的事。白天，只有在十分必要、无法避免的时候，他才会跟她相见，但是今天，今天有什么必要呢？她昨晚才刚刚见过他。

她起身去烧水冲咖啡。那时，她才发现，男人早已睁开眼睛，一直看着她走来走去，不知道看了多久。

“吃点儿什么吗？”女孩问。

男人摇摇头，笔直地坐着。他双目泛红，脸颊上布满前一晚剃须留下的痕迹。他揉了揉眼睛，向后拢了拢头发，完全想不起，自己刚刚睡着了——梦的碎片一直在眼前盘桓，渐渐消失，取而代之，女孩出现了。

女孩解下围裙。她今天穿着一条及膝的绿色短裙。黑色的尼龙袜子后面，白皙的双腿正在向外张望。腰上系着黑色的皮带——就像女学生一样——上面挂着一件宽松的褐色羊毛背心。虽然女孩的脸看上去有些神秘，但是她的身体总是显得大方和明亮，与其他女孩完全相反，她们尽管长着一张公开的脸，身体却非常隐蔽。

水开始沸腾，一股蒸汽突然涌起。女孩弯下腰，冲了两杯咖啡。当她抬起脸的时候，嘴唇微微张开，汗珠在额头上闪烁。

“你从家来的？”

男人有些迟疑。他的确是从家来的，但没有直接过来。他的手

---

① 萨拉米（salami），指欧洲尤其是南欧民众喜爱食用的一种腌制肉肠，一般只经过发酵和风干程序，而不经过任何烹煮。

伸进口袋，然后一直留在里面，放在电报上。

“我去过研究院了。”

“写完了吗？”女孩常问这个问题。

“没有，我去要预付款了。”他说。

“还要写多少页？”

“只剩下最后一章，不过，其余的部分需要打印。”

“他们不能让别人打印吗？”女孩略带恼怒地说。

“只有一个英文打字员，何况他还去休假了。”

男人缓缓地抚摸她的手。这是目前仅存的一种方法，可以用来掩饰彼此的忧虑。他们飘向很远的地方，尽管女孩的身体纹丝未动——静止而寒冷。脚是最冷的。她每次来到他的房间，首先就会把脚伸至火前。他十分诧异，这么年轻的一个女孩，手脚却如此冰冷。

“多少天内要交稿？”女孩问。

“十天……最多十五天，怎么了？”

“我可以帮忙吗？”

“你？”男人脸上露出一丝倦怠的微笑。

“怎么不行……我每天傍晚都可以弄的。”

女孩最近在学习打字——用英语打字机。对她而言，那就像一场游戏。无论男人翻译了什么，只要他口述一遍，英语单词就立刻从她手指底下蹦跳出来。然后，两个人再坐在一起检查错误。男人的说法是，她这样可以同时学习英语和打字……但是，相比起学习，她更想要的是心安。晚上总有那样一些时刻，她坐在男人身旁，窗外繁星点点，像打字机的字符一样闪闪发光……咔嗒咔嗒……随着她的不断敲击，它们从天而降，落到洁白的印刷纸上。

壶里的水在低声吟唱。女孩关掉开关，打开了上方的透光小窗，让蒸汽向外散去。

“很烫……”女孩低头去冲第二杯咖啡，脖子后面的头发朝肩膀滑落。女孩的身上时常发生这样的小事，她自己却从不在意，正如他来卖旧书的时候，她用唾液沾湿手指，翻开书，一边蠕动着嘴唇一边默读。每逢这种时刻，他都会专注地看着她，这就是那个女孩吗，前几夜他曾抚摸过她的身体——白天，她看上去如此纯洁！每逢这种时刻，他都会觉得，自己多么低贱，如同一只野兽躲在洞穴里，心怀渴望，反反复复不得安宁，只要女孩冲泡咖啡没有注意到他，他就可以离开洞穴，抓住她白皙、纯洁的脖子，一跃蹿出商店——远离商店，远离懊悔，远离罪恶——远离一切。然而，只要她抬起双眼，他的所有企图就会随之湮灭。他目不转睛地望着她。女孩不知想到什么，微微笑起来。他却一直沦陷在自己愤怒、懊恼以及心灵的沼泽里。

他弯下腰，三角凳上，女孩的手放在水壶上。他仿佛刚刚想起什么似的，说道：“昨晚收到了一封电报。”

“电报？”女孩手中的咖啡杯停滞在空中。

“她生病了，”男人说，“叫我回去。”

他从口袋里掏出电报——一张被揉得凄楚可怜的小红纸，一看见它，女孩立刻转过脸去。

“什么病？”女孩随意地问。

“回去才知道。”男人说。

“什么时候走？”

他沉默地坐着——注视着放在桌上的电报。

“你什么时候动身？”女孩又问了一次，但是代替随意，这一次她的声音里充满了一种奇怪的温柔。

“我要等她的信。”他说。

“如果她真的生病了呢？”女孩说。

“真的的意思是？你认为，这是一个借口？”

“我没这么说。”女孩说，“如果她生病了，你就应该回去。”

“你很着急呀！”

“着急什么？”

“着急要我走！”

女孩惊讶地看着他。

“我不明白！”她说。

“你担心她甚至超过担心我。”

这是一种讽刺。他原本想走得比讽刺更远，到达冷酷开始的地方，但是那里只有卑贱，所以他止住了脚步。前方一无所有，除了某种混沌的疲倦和怨恨。他整夜未眠。

“我现在要走了。”他说。

“不要，等会儿！”女孩把手放在他膝盖上，“你刚刚说什么？我很着急？”女孩的眼睛晃得难受，仿佛无法直视他的冷酷。

“我开玩笑的。”男人缓缓地将手放在她的手臂上。女孩的整条手臂都在颤抖。

“如果我开口，你就留下来吗？”

“你从来没说过什么。”

“因为……”没有任何意义。每当她试图考验男人，男人都会把脸转向远方。此时，她看到的不再是他，而是她自己的罪。她问男人的那些问题，她的罪也开始问她。这是一个陷阱，罪的陷阱，深不可测。

“她经常生病吗？”她问。她从来不提及他妻子的名字，只是称之为“她”，仿佛偌大的世界里只有一个“她”可以成为他的妻子。她高兴的是，自己从来没见过她。她住在另一个城市，而她从来没有拜访过那个城市。

男人一言不发地望着女孩。女孩背后有一扇窗户，透过窗户……屋顶上，阳光洒下白色的斑点。

“我昨晚做了一个梦。”他说。

“什么梦？”

“我梦见，你站在下面，抬头仰望我的房间。我本想叫你上来，可是你走了。我用力地敲门，为了下楼……”

女孩笑了，“真的？”

“随后我睁开眼睛，确实听见有人在敲门。我想，那或许是你吧，然而，外面站着的却是送电报的人。”

男人脸上浮现出一丝笑意，但是女孩的笑容消失了。她从梦里察觉到些许不祥之兆。她总是生活在凶兆之中，所以她喜欢花几个小时坐在教堂里。她从来没有将这件事告诉男人，有关教堂的事。不仅这件，她还向男人隐瞒了其他一些事，不过，她认为，信仰神灵是属于个人隐私的一种疾病，她不想让男人靠近。神的周围黑暗萦绕，他妻子的周围也是一样，她对他的妻子所知甚少，他对她的神亦不了解……这两者还是搁置一旁为好。

门铃响起，他们两人吓了一跳，彼此分开。她跑向门口，解开锁链，向外张望——有客人来了。“现在是午餐时间，”她说，随后迅速关上门。不过，她没有立刻转身，而是站在门槛上。大门紧紧锁闭，她透过上面玻璃窗，看着外面清朗的白天。十月的白昼从薄雾中显露出来。她想起许久之前的一个白天，那时她还没有遇到男人，她独自从书店回家，整座城市空空荡荡的。

转向男人的时候，她莞尔一笑。

“有多远呢？”她问。

“什么？”男人起身准备离开。

“你妻子居住的城市？”这一次，她确实提到“妻子”，仿佛她是她身居远方的好友。

男人显得有些慌张，“需要一个小时。”他说。

“你怎么去？”

“坐大巴，一个小时后出发。”

女孩走到男人身边，向上仰望，看着他的眼睛，“我也去吧？”

“你？”

“去大巴站。”

男人瞬时凝视着她；她站在一片沉寂之中——自那里传来一封电报——身后的书本排成一列，其中满是关于生死的知识，然而，那一刻，它们既不能帮助他，也不能帮助女孩。

他拎起包，来到女孩旁边，亲吻她小小的脑袋。她比他小很多，像女学生一样安静地站着；那时候，他感觉，自己过往的四十年如同一条污浊的水渠，流淌在书店中间，渠中之水如此低浅，人就算沉溺其中亦无性命之忧。只不过，女孩被强行拽入，弄脏了身体。

他走向外面。

她迅速跑到窗边。男人离开书店，正穿过马路。她透过窗户长长的玻璃看着他的身影越变越小。

第二天，女孩来到了他的公寓，漫无目的地四处闲逛，尽管她知道，他已经离开城市，房子里空无一人。他前一夜就走了。她留有公寓的备用钥匙，并且一直将它放在身边，可以随时进入他的公寓。

然而，那天傍晚，那里没有人。楼梯淹没在黑暗之中，守门人的小屋也是空的。她没有直接进入屋内，而是向屋后走去，为了能够远距离眺望男人的房间。它位于三楼，有一扇窗户面向公园。

孩子们在公园里玩耍。

窗户紧闭。离开之前，他忘了放下窗帘。黄昏的阳光在窗户的玻璃上闪烁，她可以清楚地看到里面的所有物品——放在桌上的打字机、挂在墙上的衬衣以及摆在窗台上的花盆，那是她许久之前带给他的。想要进去的愿望一度在心中闪过，她将手指伸进皮包，开始玩弄里面放着的钥匙。然而，转念一想，房间里没有人。这个想法似乎触碰到她的手指，她转身离开，迈着缓慢的脚步走在草丛中。

公园中间有一个池塘，英式的小湖，鸭子在水面上游泳。

她一边沿着小湖漫步，一边开始思考，不过，她没能抓住什么头绪，从而解开心中的谜团。所有思考都是从男人开始，从他第一次来到书店开始。那是普普通通的一天，当时她并不知道，自己跟他的关系会变得如此特别，甚至日日夜夜都在想他。他把自己的书留在柜台上，然后离开。她开始翻阅它们，古老、易碎的英文书，上面写着他的姓名和他家乡的名字，下面还写着购书的日期。看到那些日期，她感到有些讶异，大概在她来到这个世界之前，他就已经在自己的城市里闲逛、读书，而他结婚的时候，她还在学校里念书……她笑了，人们会把我当作他的女儿吧，她想。或许正因如此，他才不愿意在光天化日之下同我走在一起。时不时地，我会忘记年龄。当他跟我在一起，我也不知道，他究竟比我大多少。年龄有什么可想的？那只不过是夜晚下的雪。睡着的时候谁也不曾察觉，只有早上起来，才会发现，大门口堆积了小小的一堆。

她由积雪想起三月。那天傍晚，她第一次跟男人睡在一起。天空下着当年的最后一场雪。她走到屋外，浑身冻僵。整座城市都在大雪中瑟瑟发抖。男人对她百般劝阻，然而，她心中涌起一股能够吞没整座城市的力量。她不断向前走，直到自己无法忍受。接着，她走进一座古老而空旷的教堂。她常去那里，但是男人对此一无所知。

她走进里面，在第一排长凳上坐下。不久之前，她还在男人的床上，现在却在这里？她到那里干什么，此后经过很长时间，她也没能想明白。面前的圣坛上悬挂着一个男人，他的双手、双脚和胸膛都被钉子刺穿。直至许久之后，她也不知道，那个男人在那里干什么？那时，她突然觉得，自己不是孤单一人，还有人在她身边，还有人在她身边坐着，尽管在一片黑暗中，她什么也看不见。一个老妇人，跟她一起坐在长凳上，嘟嘟囔囔地，向神祷告，身体像风中的烛火一样摇摇晃晃。她在祈求什么吗？她在向神祈求。令她感到诧异的是，度过如此漫长的人生之后，任何东西都不会留下，还有什么可以向神祈求的呢？她移步至老妇人身旁，“你说，这是一种罪吗？”她缓缓地、轻轻地在老妇人耳边说道，“跟一个妻子健在的男人睡觉？”

“谁？”老妇人盯着她的脸，“谁还健在？”

她在笑。她的全部牙齿都掉了，酒气不断从她咧开的、凹陷的嘴巴里飘溢出来。她的脸浸润在酒精、年迈以及眼泪之中，上上下下地来回晃动。

她奔逃到外面。过了许久，老妇人的脸依旧一直在身后追赶着她。后来，它突然消失不见，雪也渐渐停住。那时正值三月，她第一次跟男人睡在一起。

现在，她坐在他家前面。孩子们早已回到自己家里，鸭子呢？天知道它们潜伏在哪里！小湖在黑暗中沉睡。没有溅水声，没有其他生物，没有任何声音。周围房屋里的灯都亮着。只有男人位于三层的房间宛如一个黑漆漆的大洞，空空荡荡。如今，那里已经没有花盆，没有桌子，也没有墙上挂着的衬衣。

他生活在另一个城市里，跟自己的妻子躺在一起，既不是醒着，也没有睡着。他在想，七个月之前，他来到女孩的书店，而旁边，他的妻子正均匀地呼吸。

三天之后，他回来了。三个短暂的白天以及两个漫长的夜晚，其间女孩从家里去往书店，又回到家中，又去往书店，又回到家中。一天傍晚，她走到大巴站，尽管她不知道他回来的时间；另一天傍晚，她来到他家，观望公园里嬉闹的孩童和戏水的鸭子。过去，男人也常去探望自己的妻子，然而，在女孩的一生中，这是她第一次看到这样奇怪的东西。它什么都不是，亦不属于任何人，这也算东西？不过，无论她走到哪里，那个东西都如影随形地跟着她；当她躺在床上，它就与她躺在一起；她睡觉的时候，它就醒着看着她入睡。那时，她才恍然大悟，为何孤独的人要去教堂、酒吧或者有女子卖淫的那些场所，还有这样一些人，他们一直跟自己的妻子在一起，尽管相依相伴的幸福早已干涸……

然而，幸福没有给女孩带来困扰，她连想都没有想到过它。她只想知道，他是否了解那个东西，那个他离开之后留在她身边的东西？他过去是否知道那个东西？有时候，她感觉，他是知道的，所以他才会想远离它，不过，他终究无法获得解脱，所以总是因为一种奇怪的愤怒而绷着脸，就像他在电话里的声音一样——烦闷、易怒。

第三天，他打来电话，在午餐的时间，经理刚好外出。她正在自己的小隔间里，打开午餐盒。电话铃响起，她的手按在餐盒上。这是他的电话，她想，虽然电话铃响通常都是一样的。她穿过书柜，跑到柜台，拿起电话，听到男人的声音。当她回到自己的小隔间时，她看到窗外的树，看到街道，还有面前墙上的海报，它一角翘起，在风中发出啪啦啪啦的声音。三天之后，她以全新的视角观望着自己的城市。

电话的声音至今仍然留在她的心里——压抑在一种阴郁的愤怒之中。不知道，他为何发火？她也没有问，他这些天过得怎样？跟自己的妻子在一起待了三天之后，为何对她发脾气？难道他疯了吗？

她迅速将书本装进包里，那些都是她为他积攒的地下书，既不能公开展示，也不能售卖，只能留在仓库里渐渐腐坏。她用自己的钱将它们买回，贮存在仓库黑暗的角落中。她开始把书装进自己包里，一本接一本，随后，她手突然停顿下来；她感觉，自己能够看见男人。或许，他正独自坐在房间里。寒冷而昏暗的日子，打字机和空白的纸张，原封不动地留置在桌上，与他离开前一样。

他蹲在地上，尝试生火。他将报纸扔进火炉中，烟雾徐徐上升，向烟囱飘去。他开始咳嗽，于是转过身去，泪水夺眶而出。男人只能一遍遍地用胳膊擦拭眼睛。

女孩躺在沙发上。扶手旁边立着一个靠垫，靠垫下面有一个书包，书包上摆放着一个午餐盒，萨拉米和酸奶的香气不断从里面飘溢出来。她睁着眼睛，把头扭转过去，盯着男人的后背。他的衬衣从裤子中掉露出来，挂在下面来回摇晃。

男人转过头，火苗开始向上蹿。烟雾的背后，女孩的脸清晰可见。在他那充满泪水的双目中，火焰和女孩拥抱起舞。他站起来，走到沙发的一头坐下。女孩的头枕在靠垫上，双脚垂吊在下面。他想起，女孩蜷缩在尼龙袜子里的脚总是冰冷的，她现在如此安宁，他甚至认为，她双脚的晃动不过是一种错觉。“不觉得冷吗？”他说。

女孩的脚停滞在空气中，“不冷”，她摇摇头。

“大巴里很冷啊，”他说，“街道上水都结冰了。”

“什么时候到的？”女孩问。

“中午，那时打电话给你了呀。”

“什么病？”女孩问。

“没什么特别的，”男人说。

“没什么？”

“她想见我。”男人用手抚摸自己的脸，仿佛想要将皮肤的皱纹抹平。

“三天？”女孩说。

“什么？”

“三天以来，她一直看着你？”

男人抬起头，惊愕地望着女孩。干热的炉火熏烤着她的脸颊。她用诧异的眼神注视着他，仿佛在询问什么。男人把她的手放入自己手中，轻轻抚摸。那是未婚女子洁白的手，迄今为止，它尽管触碰过不少二手书籍，但却从未细读过其中易碎的纸页。在那些书里，人们结成伴侣，互相分离，渐渐变老，独自在房间里死去。男人心中涌起一股冲动的欲望，不过，当时它与女孩的身体没有任何关系。为了把她的身体抓进自己过往的四十年中，他强行把她拽到自己身旁。她被拽过来，像一只鸽子似的贴近他的胸膛。

“你跟她一起睡的吗？”女孩的声音如此微弱，甚至让男人误以为，自己听到的内容是一种错觉！

“你说话了吗？”

“你跟她一起……”

男人抬起头，慢慢地将她的头与自己的胸膛分离。

女孩仰面望向男人的脸，上面承载着疲劳、困倦以及逝去的年岁。那时，她感到十分讶异，她爱他，所以他即将说出的一切没有任何意义。

火炉中的煤噼啪作响。

过了一会，女孩从沙发上站起来，坐到椅子上。她先看了看卡在打字机里的白纸，之后任凭目光穿过窗户一直停留在外面。公园沉浸在黑暗之中，小湖所在的地方只能看见一片亮白，路灯如同长长的缨穗，从城市一端悬吊至另一端。她把椅子拖到桌子旁边，准备将男人的译文录入打字机。打字的时候，她获得了一种奇怪的安宁，好像自己远离孤独和危险，在遍布于两种语言之间的繁茂森林中肆意游走，而男人此刻正躺在后方的沙发上凝望着她。

他注视着她低垂的头，褐色的发髻慵懒地散落在脖子上。她在阅读他的翻译，嘴唇不断蠕动。伴随着啪啪的声音，那些词语迅速被打印在白纸上。她不再记得他的妻子，除了时不时抬起头询问某个单词的意思，她甚至也与他隔离。他心想，前一夜，他还跟自己的妻子在一起，而现在却在这里。明天中午，他会去书店，对女孩说谎，回到妻子身边，然后又回来。他们将如此度日。这有什么意义吗？

男人伸出手，缓缓地触摸女孩的背。她大吃一惊，转过身望向男人，苍白的脸上露出一丝微笑。

“需要什么吗？”

“今天就到这儿吧，剩下的明天再弄。”男人说。

“只剩一点儿了，你怎么还不睡？”

是否这个年龄段的女孩在成为人妻之前就变成了母亲？他闭上眼睛。打字机反复在眼睑里的黑暗上印刻同一个词语，睡眠，睡眠，睡眠，但是毫无睡意。

女孩一直打字到深夜，渐渐到达章节的末尾。每逢她卡在故事的黑色森林中无法继续前行，要么男人，要么字典就会抓住她的手，带她跨越黑暗的鸿沟，回到意义的光明中，重新出发。就这样，她步履蹒跚地来到最后一行。那时，她在句号的黑点处停顿下来，久久注视着纸张剩余的空白部分，它就像那些日子一样空白，他跟他的妻子在一起，她独自在城市的大街小巷闲逛。她感到有些奇怪，关于空白的含义，她既不能向男人询问，也不能拿起字典查找。

她迅速抽出纸张，关闭打字机，将椅子推向后方，随后走到房间中央，站住。书包放在地板上，男人毫不在意地倚靠沙发的扶手躺着。她忽然觉得，即使自己下楼离去，也不会有人知晓。

她的思绪四处游荡。夜蛾困在窗户的玻璃里，时而向上，时而朝下，一次次撞向窗框，在一种奇怪的惊慌中挣扎不休。女孩急忙打开窗户，蛾子向上飞去，一个弱小的生命擦过她的脸颊，飞入外面的黑暗之中。透过敞开的窗户，她向下凝望了良久。

十月的雾气中，酒吧闪烁的霓虹灯看上去如同一个小红点。一个男人忽然走出来，跌跌撞撞地穿过马路。他摇摇晃晃地时而倒向一边，时而歪向另一边，像玻璃上的飞蛾一样摇摆不定。随后，他不知想到了什么，贴近公寓的外墙，站在那扇窗户下面，解开裤子的纽扣。女孩立刻关上窗户，走回房间。她松开头发，摘下发夹放在桌上，接着又从包里掏出一管凡士林，将它挤在手指上揉匀后，涂抹在脸上、耳后、手臂上。忽然，她的手停下来。或许，他的妻子去找他之前也经常这样做吧？她的内心有些东西摇晃着，将她全身拧在一起。她以前从来没有见过她——某种肮脏的病痛——它在身体里像蠕虫一样翻滚，时而腾空跃起，时而迅速扑下。她瞬时感到恐慌——灰尘卡在喉咙里。她用掌心捂着嘴跑进盥洗室，在水盆边弯下腰，一个呕吐间，身体里不断翻滚的东西被排出体外，像黄色的斑点一样漂浮在水面上。

呕吐之后，她洗干净嘴巴，然后将水洒在眼睛上。拿起毛巾擦脸的时候，她的目光停留在洗脸盆上方的镜子里。那里，一个老妇人干瘪无牙的脸正在四处张望，与她曾在教堂里看见的一样。不过，她现在没有笑，而是有些遗憾地看着她。她想对她说些什么，但是如今女孩什么也不想听，无论是自己过去犯下的罪，或是即将到来的人生……所以，老妇人还没来得及开口，女孩就已经将她独自留在镜子里，向房间走去。

她回到房间，走到沙发旁边，男人躺在上面。她关上房间的灯，然而，四周一点儿都不黑。火苗昏黄、微弱的光照亮了一切——打字机、书包、男人枕在靠垫上的头。她脱下衣服，从柜子中取出毛毯，轻轻地盖在男人身上，随后掀起毛毯的一角，自己也躺在里面。

他一动不动地躺着，以至于她很长时间都搞不清楚，他究竟是醒着的，还是睡着的。只有他的呼吸声不断传来——在胸口里呼噜作响。她试探性地触摸他，触摸那敞开的衬衫中间裸露的胸膛，那里长出一些白色的体毛。接下来，她将自己的头靠在那里。男人开始颤抖。一股炽烈的声音敲打着他的血液。不，不，不，有人在他心里说，然而，当他睁开双眼，女孩的头枕在他身上，她的头发是另一种黑暗，凌乱地撒布在房间的黑暗上。她在晃动，过了很久，男人都不知道，她在哭泣——一股炙热的泪水在他胸口的体毛中流淌。

“听我说，”男人极其缓慢地说，“我想死。”

“什么？”女孩抬起头，盯着他。时不时地，男人会用自己的语言跟她说话，而她完全不能理解。

“你说什么？”

他开始慢慢地抚摸她的头。她从母亲变成了孩子，男人可以在她面前吐露真言，只不过，她永远也无法翻译他的这些实话。

乌鸦与黑水[①]

教书先生是我在那个荒凉、狭小、不起眼的山城中遇到的第一个人。正是在第一天……我走下巴士，才发现整座城市都浸润在雨水中。博瓦利（Bhuvali）[②]阳光明媚，拉姆格尔（Ramgarh）[③]多云，而这里在下雨——我们的巴士在三个小时之内经历了三种截然不同的天气。现在，它停在市场中央，司机正把我的行李从车顶咚咚地向下扔去。那个破旧不堪的行李，我从德里一路驮到这里。那是父亲的一个旧手提箱，很多年前的铁皮箱，过去旅行的标签像死蟑螂一样贴在上面。

我站在市场中间，沉浸在雨水里。那个破旧的行李搁置在路边，早已被淋湿。不知为何，大雨中，城市和人们平日勉强掩饰的窘境

---

① 黑水，原文为kala pani，字面意思为黑色的水，在印度语境中通常指海洋。根据印度古代经典，黑水以外是地狱的所在，因此印度教徒跨越黑水是一种重罪。一旦犯下这种罪过，他们将永远失去自己的种姓，沦为贱民。此外，英国人在殖民统治期间在印度安达曼和尼科巴群岛建立了一座名为“黑水”的监狱，专门收押流放孤岛的政治要犯。基于以上，在现代印地语中，黑水具有流放的意义。

② 博瓦利（Bhuvali），位于印度北阿坎德邦（Uttarakhand）奈尼塔尔地区（Nainital District）的一个城镇。

③ 拉姆格尔（Ramgarh），位于印度北阿坎德邦奈尼塔尔地区的一个山城。

揭开自己的遮盖物，尽数显露出来。只有我的公文包看似能够展现我高贵的出身，所以我紧紧地将它贴在胸前，就像抓住文明最后的纪念品一般……然而，原因不仅如此，还因为那个公文包里藏着一份完整的提案，我带着它离开了自己的城市和家庭，来到这个陌生的山城。

印度斯坦的小城镇就是那样令人生畏——天空下着雨，寒冷而阴暗。巴士开动的时候，一个近乎疯狂的念头闪过，我要迅速冲过去，钻进车里，恳求售票员，再次沿着博瓦利和哈尔德瓦尼（Haldvani）[①]的方向将我送回德里……送回自己人生中那片熟悉、安全的光芒里，那里既没有陌生城市的雨水，也没有山区小摊的气味。不过，巴士并没有停下，也没有掉头回来，它要前往某个遥远的地方。我站在原地久久凝望着车尾的红光，雨雾中，它像肮脏的血迹一样拖在车子后面，一路移动到远方。

我环顾四周。前面有一个小型市场，伫立在公路对面不远的地方。它的上方露出几个黑乎乎的大洞，在昏黄的灯笼中若隐若现地燃烧着。最下层的黑洞中，紧挨着巴士站有一间奶茶铺，几个人坐在那里的麻布遮阳篷下。我像打伞一样把自己的公文包举过头顶，不过，铁皮箱和手提袋的境况不容乐观。它们躺在路边，被雨水浸透，看起来比我可怜得多。

我站了一会儿，希望奶茶铺里坐着的某个人会同情我，然而，或许现在他们连看都看不到我。雨墙忽然挡在面前，仿佛将我与世界的其他部分完全隔离。跟我一起下车的那三四个乘客也不知消失在城市的哪个黑洞里了。

忽然，我看见面前有一把伞。它在我前方晃了一会儿，似乎一

---

① 哈尔德瓦尼（Haladvani），位于印度北阿坎德邦奈尼塔尔地区的一个城镇。

直无法确定，我究竟是谁，是人还是鬼魂？之后，从伞下露出一张苍白的、山区人特有的面孔，“这是您的行李？”他朝我的箱子和手提包示意。

“是的……”我说。

“您呢？”

“我？”

“您要去哪儿？”他问。

“附近有旅馆吗？”我近乎哀求地问道。

“旅馆？这里？”他用一种奇特的目光望向我，就像我想活着去往天堂。

“有什么地方可以住下来吗？”我问。

这一次，他的脸上闪现出一丝好奇。

“要住多少天？”他问。

我窘迫地站着，注视着他。每次离开家，我都没有以日或月来计算过时间……我本想说些什么，可是在此之前，他已经把雨伞移到我的头顶上。先前，我早就湿透了，而现在，处于一把伞的遮蔽下，我们两人各自淋湿了一半。

“有一间旅社，但是您得向上爬三公里[1]。”

“可以找个搬运工吗？”

“这种时候？”他朝市场的方向望了望，接着又转向我。思索片刻之后，他突然抓住我箱子的把手。

“走吧，跟我走！”

我本想阻止他，不过，他已然拎起我的箱子向前走去。此刻，

① 根据上下文，由于地处山城，所以这里的道路大都是坡道。故而，此处所说的向上爬三公里的意思是爬坡前行三公里。

除了拿起手提包跟在他后面，我没有其他任何办法。令我感到惊讶的是，这么瘦削的一个男人，一手拿着雨伞，一手拎着箱子，竟然还能沿着坡道走得如此之快！

巴士站被抛在身后，市场的商店也远远留在下边。我们一直向上爬，或许这么说更加准确，他一直向上爬，我缓慢而费力地跟在他身后。我的脚一次又一次地在雨水积聚的小坑和淤泥中打滑。他曾一度转过身跟我说话，可我完全没有听清。我只能听见自己心脏怦怦跳动的声音，我每走一步，它就变得愈发强烈。水流淌过额头，其中究竟有多少是汗水，多少是雨水，这也无从得知。

那天，尽管旅途疲惫，内心也不安宁，但是我却盲目地向上走了很远。事后每每回想起来，我都感到惊诧不已。此前，我只攀登过年岁的高峰，从未爬过山。且不说爬山，就连爬上家里的楼梯，体内的警铃都会开始长鸣。这是我人生中首次踏足某个陌生的地方——并非自己所愿——虽然也曾有过这样的想法，但是双足却始终未能跨出门槛。至少不是来到这个地方，然而，这也不是我选择的地方，我千里迢迢只是为了来寻找那个做出选择的人。

“来，进来吧！”他打开门望向我。

起初，什么也看不见。我站在门槛上避雨，忽然，有什么东西亮了起来——灯笼的光。那一刻，我才知道，他并没有带我去旅馆或者福舍[①]，而是直接把我带到自己家里来了。倘若不是一阵疾风将我强行推进房间，我大概会一直迟疑地站在原地。

愿望是什么东西？或许，它是人类最大的幻觉和诱惑。只要愿

① 福舍，原文为Dharmshala，指为印度教徒朝圣者准备的客栈，通常不收取或只收取少量费用，但是设施比旅馆简陋。

望游走在某条路上，无论我们竭尽全力与它保持多远的距离，它都会将我们吞噬，把我们一分为二。我的一部分留在家里，另一部分却来到这座城市，在雨水和大风中瑟瑟发抖。或许还有第三个部分，它无可奈何地站在一旁，看着我们被分解成无数碎片。

怒气上涌——怯弱、无助、欲哭无泪——即使知道我们身边即将发生什么，我们的愿望依旧对此无能为力，正如教书先生将我带上来，正如一阵疾风强行将我推进他家。“哎，坐吧……干嘛站在外面呢？”他朝床铺的方向示意，然后自己找了一张凳子坐下，松开他那脏兮兮的鞋带……

“我叫您带我去酒店的。”我有些生气地说。

“哎呀，先生，您就把这儿当成酒店吧！这样的天气，您能去哪儿呢？”他微微一笑。我曾一度想将行李扔在那里，自己跑出去。他在笑，他那破旧的房间在灯火中来回摇晃、我的身体溅满泥污——这些有什么意义？是啊，怎么会没有，有人在我心里说，你既然已经来到这里，就应该把自己那些陈旧的有关意义的包袱丢掉……那一刻，我才真正把自己后方的房门关上，把黑暗、大雨、疾风和一切留在身后，而我……

我走了进去。

第一眼看上去，那像是位于室外的一个小房间，正在浓烟滚滚地燃烧。它尽管敞露在风中，云朵可以毫无阻碍地飘进去，但是内部的烟尘却犹豫不决地不愿弥散出来。紧挨着房间的是一个储藏室，里面放着一个泥制的煤油炉和一些器皿。或许，那就是他的厨房。角落里摆放着盛满水的铁桶、陶罐和搓衣板，由此可知，他可能还在厨房里洗澡。墙上凿开了一个四方形的小洞，透过小洞可以看到一个阳台，他在那里的一根绳子上晒了一些衣服，如今它们也早已被雨水淋湿。

他一边点燃炉子，一边反复转过身望向我，仿佛害怕，我会避开他的视线，忽然消失不见，但是此时，我正深陷在他的床里。我不是一个很胖的人，不过，我一坐上去，他那用宽布带编织的绳床就凹塌下来……我尽管坐在床上，却与地面紧紧相贴。

他端着两杯茶，在面前的席子上坐下。

“您是第一次来这儿吧？”他问。

“是的。”

“嗯……我一看到您就知道了。”

“怎么知道的？”我惊讶地望着他。茶的热气中，他那张瘦长、苍白的脸，或许我之前在哪里见过，不过想不起来了。

“这没什么困难的。谁是本地人，谁是外地人，我只要看一眼就知道。您从巴士上下来，站在雨里。如果是本地人的话，肯定直接跑回自己家里去了。”他笑起来，牙齿虽然有些发黄，但却不显得脏污，反而与他那苍白、憔悴的面容十分相称。

“不过，在这个季节当中，很少有游客到这儿来。”他充满好奇地看着我，仿佛我一听到他的话，就会立刻告诉他，我为何在这个奇怪的季节来到此地。然而，我一直克制自己，保持沉默。一度跟随他来到家里所犯下的错误，现在万万不想重蹈覆辙……

“您什么时候到这儿的？”我试图转换话题。

“五年……不，六年前。”他放下茶杯，开始用手指细数那些逝去的古老岁月，“沙斯德利先生调职到塔什干的那年，我就在这里。我记得，我是在医院听说这个令人难过的消息的。”

“您在医院？”我委婉地表达出自己的同情。

“是的……阿尔莫拉[①]也不缺医生，只不过我的叔叔在这里任职，所以他让我在这里住院。当时，凑巧得知，这里的高中需要一位英语老师，我就留在这里了。”他微笑着看了看我，“本来是来治病的，却没想到同时解决了失业的问题。”

“您家不是这里的？”我问。

“您将这儿称为家？”他粗略地扫了一眼自己的房间，仿佛这是他第一次参观这里。或许，他那充满哀怨的目光中残留下一些映像——放置在厨房里的铁桶，闪烁的灯笼，搁在方台上的炉子，还有陷在床里的我。忽然间，一切都变得无比凄惨。

“您觉得冷吗？需要生火吗？”他说。

“不冷，我很好。”我说。我确实很好，倘若好的意思是迟钝，迟钝到连疲惫都殚精竭虑地往后退缩。我注视着外面的事物，雨中湿润的夜晚以及他滴答作响的屋子，心里什么感觉也没有。瞧见我这幅漠然的神情，他有些不安，似乎把我带回家是他犯下的某种罪过。

“这里有一家林间客栈，如果您想去的话……”他看着我。

“住在那里需要特批吧，是吗？”

“嗯，这倒是，”他若有所思地说，“不过，也就几天的事儿，门卫不会较真……您需要住几天？”

这一次，他的声音里不再蕴含打探秘密的好奇，只有想要帮助我的愿望，他目不转睛地盯着我。

那一瞬间，我或许应该把一切都告诉他——不远万里来到这里的原因，尽管在这样的寒冷的日子里……即使我什么都没说，他也已经猜到，我既不是一个朝圣者，也不是游客，那么，我是谁？那

① 阿尔莫拉（Almora），位于印度北阿坎德邦的一个城镇。

时，一种诡异的疲倦和绝望紧紧将我缠绕。为了告诉教书先生，我为什么来到这里，我必须告诉他有关自己家族的全部历史，之后，他是否能够理解我来的原因？

不知道，半明半暗中，他在观察什么，我的脸还是中年的惶惑？不过，他什么也没问；他把我留在原地，自己走到外面的阳台上，收起湿透的衣服，拿进厨房，一件件地将它们拧干。

我舒了一口气，他的注意力总算从我身上移开了。我打开自己的被褥铺在地板上。灯放在我床头旁边的三脚架上。昏黄的灯光下，我拿出公文包里的纸……想最后浏览一遍。这有点像考试前学生翻看自己的笔记，总是会忽然觉得一切都是徒劳，毫无意义。父亲当年留下的财产证明早已变得老旧、易碎，如今在这个小房间里看上去更加悲惨。中间夹着三封书信，上面承载着千言万语——哥哥和妹妹的笔记并不难辨认，不过第三张褶皱、破损的纸？去往车站之前，母亲避开所有人的视线偷偷将它递给我，我连看都没看就迅速把它塞进其他纸张中间——母亲的信？不知道她到底想用什么语言传递自己的信息，所以才翕动着嘴唇在纸上写下这些字母？那时候，我完全不想去读它。摇曳的灯光下，故去父亲的遗嘱与生者的信件一样显得死气沉沉。倘若我把它们都扔进教书先生的炉子里，那么我们的房子、家人、逝者与生者之间关系的羁绊都会在顷刻间伴随火焰化作灰烬……最终留存下来的只有一个我。我和他——我不远万里来到这里，就是为了与他见面……

忽然，教书先生的影子投映在纸上。他惊讶地站在门口，手湿嗒嗒的，衬衫的袖口挽到胳膊上。

“感觉您是来打官司的。”他微笑着。

我迅速将所有纸张收拢塞进公文包里，或许他说得对，明天就是开庭的日子。十年之后……我产生了一种疯狂的想法，现在去他家找他，然后搭乘明天早上的巴士返回德里。不过，其间，教书先生彻底粉碎了我的疯狂，“去吧，去洗漱一下吧……水已经烧热了。”

那天晚上，我睡在教书先生的房间里。我随身带着自己的铺盖，所以他不需要为此操心，尽管他对睡床这件事情有些恼怒。他本想自己睡地板，把床让给我，然而，我该如何对他说，睡在他的小床上不停摇晃的感觉会让我误以为周围整晚都在地震。我害怕，我们会因为吃饭的问题掀起另一场地震，妻子准备的餐盒，不仅足以应付巴士之旅，对于整个人生旅程来说也是绰绰有余。我跟他说，相比起做饭，可能减轻我的餐盒重量会更好，由于天气寒冷，食物依旧新鲜如初，它们浸润在来自遥远家庭的关怀中，尽管经过十二小时的攀爬，还是将自己城市的味道带至群山之间。看见我打开餐盒，他脸上浮现出一丝复杂的惆怅——普里（Puree）[①]、泡菜、蔬菜以及炒饭（Pulaav）——分别装在不同的小碗里。或许，他对自己的过错感到有些后悔，他完全没有必要怜悯像我这样的人，不过，他什么也没有说，只是沉默地点燃炉子，开始加热食物。

他的厨房有多么洁净，房间就有多么混乱。地板上堆积着沾满灰尘的书本和老旧的杂志，房顶上散布着点点黑斑。墙边立着一个褪色的柜子，透过虚掩的柜门，衣服正在向外张望。房间显得有些落寞和荒凉，就像福舍的房间一样。想到这里，我不由得感到有些惶恐，不论白天或黑夜，不论酷暑或寒冬，他都一直独自居住在这里。或许正是为了摆脱这种孤单，他才让我与自己同行。他对我一无所知，这并不让我感到十分诧异，真正令我惊讶的是，他带我过来之后并没有向我询问，我是谁，从哪里来？那时，一种奇怪的疑

① 普里（Puree），一种油炸的薄饼。

虑将我穿透，或许他已经知悉一切。因此，他才冒着大雨浑身湿透地站在巴士车站，并且，一看见我，就迅速飞奔到我身边。不过，谁会告诉他这些？除了我来见的那个人，莫非早就有人告知教书先生我要过来？

“吃吧，快吃吧，要不然一下就凉了。”

他将我的餐食放在盘子里端到面前。

“您不吃吗？”

“我吃完了正要出去，如果不散会儿步，我就无法正常入睡……您吃吧！”

他在我面前的席子上坐下。我独自吃着饭，一种怪异的凄凉感萦绕上心头。不知道，这个时候，他们在干什么，妻子或许去楼下母亲那里了，孩子们应该在房间里做作业……在教书先生破旧的房间里，昏暗的灯光下，我感觉，自己的家人似乎是来自其他星球的生物，简直无法相信，十二个小时之前，我还跟他们在一起……

“你瞧，雨停了，明天早上天就晴了。”教书先生的声音里充满孩童般的兴奋。

我的手停下来。水流沿着倾斜的铁皮屋顶滑落下来，不过，雨确实停了。阳台外面雾气依旧四处弥漫，但却如此轻透、纤薄——在它背后，繁星经过雨水的冲洗，闪闪发光。

“您的学校在附近吗？”我问。

“我忘记告诉您了。事实上，您已经坐在学校里面。”他开始微笑。

“这是学校？”我惊讶地环顾四周。

“是的，这是学校的一部分。我现在还没有找到房子，所以，他们就将学校的一个房间给了我。反正假期里所有的房间都是空着的……”

“假期里，您哪儿也没去吗？”

“到阿尔莫拉去待了一阵子。不过，在那里，我的内心饱受折磨，因为到处都是熟人，而我想远离他们。”

“在这儿不觉得孤单吗？”

他沉默了一会儿，随后若有所思地说：“尽管我一个人待在这里，却没有像在阿尔莫拉那样感到厌烦……假如愿意的话，我可以到先生那儿去坐坐。”

“先生是谁？”

他望向我，眼睛似乎在探寻什么，接着一丝笑意洋溢在他脸上，“先生只有那一位，还能是谁！”

这一次，我没能控制住自己，“是不是他跟您说了些什么？”

他诧异地看着我，“关于什么？”

“关于我会来这儿……”

“什么？您是来见他的？”这一次，他的目光里充满惊讶。

“听说，许多人不远万里来拜见他。”我说。

“是的……不过在这样的天气？”他张大眼睛盯着我。

“我原本是来度假的，想着可以顺便见一下他。他住在很远的地方吗？”

他陷入沉思，一言不发地坐着，然后心不在焉地说：“不是很远……只要向上走几公里。”

我觉得，他对我有些生气。或许，他根本不相信我。有谁会如此疯狂，大冷天里抛弃自己的家庭来到这么远的地方，来拜见一个陌生山城的圣人？

他站起来，开始收拾我的碗筷。好一阵子，除了水罐之间相互碰撞的声音，厨房里什么也听不见。

那天晚上，我们没有再就圣人进行任何讨论。

预备睡觉的过程中，我们也没有说话。他原本应该会再次也是最后一次要求，我睡在他的床上，不过，先前我早已在地板上铺开自己的被褥，所以他唯有对此保持沉默，只是简单问了一句，他是否能打开灯读书。接着，他开始读一本英语小说，直到深夜。至于那个作家的名字，我从来都没有听说过。

我将行李箱放在床头，然后躺下，但是很久都没有睡着。如此漫长的人生中，这是我第一次在某个陌生人的家里度夜。的确是在“度”夜，那里一端是我，另一端是我的住所、工作和家庭，我第一次丢下它们独自外出。倘若我的妻子得知，我离开家后落脚的第一个地方是某位学校教师那狭小的房间，她肯定会感到惊讶。她总说我是一个在家宅居的人，并且一直为我在漫长的婚姻生活中从未与她一起旅行而感到烦闷。我虽然多次因公出差，但却未曾在假期去过任何圣地或山城。

现在这个地方？尽管地处山区，然而，并不是避暑胜地，顶多只有一个以圣地命名的动物医院，还有一座湿婆的神庙，他过去住在那里……或许现在还住在那里。我感到有些奇怪，在德里，所有人都在“过往”的时光中忆念他，这种习惯至今仍然伴随着我。一旦有人离开我们，我们就会报复性地将他扔进“过往”，完全不去理会他现在依旧存在，依旧活着，在他自己的现在之中，但是超越了我们的时间。

那天夜晚，我许久不能入眠。大风吹过，房间的屋顶和墙壁微微颤抖。下方的公路上，某辆巴士或卡车飞驰而过，困在车前灯中的树木顺势移动到墙面上。辘辘的车轮声在山间久久回响。时不时地，某辆巴士驶过之后，教书先生会从书本中抬起头望向时钟，接着深吸一口气说道，“这是去往博瓦利的巴士”，或者过了好一阵子，等到巴士的喇叭再次响起，他会说，“它正驶向罗摩城（Ramanagar）”。我闭着眼睛假装睡觉，不知道什么时候这种假装沉没在睡梦中，一直被拖拽至远方。半夜，睁开眼睛，发现灯已熄灭，教书先生侧身睡着了。黑暗充满整个房间。很长时间，我甚至想不起来，谁睡在旁边的床上，我又在那里干什么？

早晨起床，太阳的光斑映射在被褥上。寒冷、纯净的光线洒满房间。教书先生的床铺空空荡荡的。厨房里摆放着水桶和水罐，炉灶旁边有一套茶具。屋外，风中传来敲打叩击的声音。或许正是听到这个声音，我才醒来的。

看了看表，我不由得大吃一惊——已经十点了，我大概很少睡到这么晚。于是，我迅速地刷牙洗脸，把热水瓶和玻璃杯塞进包里，然后打开行李箱，拿出信件，中间还夹着一张明信片，那是他十五天前寄来的。我将它们收拢，放进外套内里的口袋，接着走到外面想看看教书先生，不料目光却落在某样东西上，那是一座山。

那是我第一次明白，这是一座山，但不是我昨天透过巴士窗户所看到的那些沿路移动的山。它屹立在某个地方，市场之上，庇护着这座城市。昨天，在黑暗和大雨中，我没能看到它。现在，我第一次相信，我离开了家，这不仅仅是旅途中的一站，而是全部旅程。这是一个独立的世界，然而，它并不是一座寂静的森林，就像我在德里时常想象的那样。它是一个完整的社区，其中包括市场、巴士站、医院、神庙、学校……

学校建在平地上，位于市场上方，下面有一片微黄的树丛。那里的树枝之间，我意外地看见了教书先生……那时，我才知晓敲击声的秘密。他一直在用小斧头砍树枝，伴随着沙拉沙拉的声音，树枝不断下落……

我开始沿着昨天爬上来的那条小路向下走。慢慢地，市场的屋顶显露出来，上面覆盖着黑灰色的石头，在阳光下闪闪发亮。人们的喧闹声和商店的烟雾一起向上翻涌。借着市场之名，一些嘈杂的路边小摊聚在一起。我坐在那里露天的一张长凳上。阳光只是幻象，真正的大梵遍布在寒冷中。我点了一杯茶，另一张长凳上抬起两只眼睛，如藏红花般通红，宿醉未醒……“先生，只要一杯吗？”

一丝不挂的圣雄凝视着我。

我又点了一杯。那时，他笑了，牙齿中间露出红色的齿龈，像臼齿咬过的瓜条一样。

“昨天才来的？”

“是的。”

到目前为止，他一直坐在另一个小摊的长凳上。然而，我一说“是的”，他就立刻摒弃了对自己桌子的迷恋，来到我的长凳上坐下，“那么，住在我们教书先生家里吗？”

他看上去像一个修行者，我感觉，在他面前，除了“是的”之外，我什么也说不出来。即使接下来他说，我是两个孩子的爸爸，我也是从德里来的，我也不会感到惊讶。不过，在那以后，他一句话也没有说，完全沉浸在品茶中，仿佛就是为了得到它，他才来跟我攀交情。

“您从哪儿来的？”过了一会儿，我问他。

他把茶杯放在长凳上，用胳膊肘擦拭自己的胡须。

“请问我，我要去哪里，我只在这儿短暂逗留几天。”他通红的眼睛中闪现出一丝冷淡和漠然。

“先生，那您在哪儿歇息呢？”

他用手指了指上方。起初，我将“上方”的意思理解为神灵，不过，幸运的是，他手指停留的地方在神灵以下，市场后面的戈姆勒山（Gomad），正从雾气和阳光的朦胧中渐渐显露出来。

“湿婆神庙里？”我内心的求知欲和渴望第一次被唤醒。

“不是湿婆，请称之为摩诃迦罗[①]的神庙，”他有些鄙视地望着我，“从来没去过那里？”

“我第一次来。”

“第一次？”他笑了，“您怎么知道，您是第一次来……第一次根本不存在……”

“我也是第一次见到您。”我说。

“真的？”他看着我，“还有这个，”他朝松树的方向示意，它从路边低洼的地方向上生长，此刻正随风摇摆。

“树？”我好奇地注视着他，“这里面有什么？”

“以及我？”他从腰布里拿出槟榔包，放在炉子里燃烧的煤上，“我又有什么？”

槟榔包开始燃烧，一缕薄烟向上升起。

我望着他裸露的身体，每根骨头都在冬日煞白的阳光下闪耀，那不是一个瘦小羸弱、冷得发抖的身体，而是一副能够在自己的架构中保持身体温暖的骨骼……不，以前我没有见过他，然而，看着他的时候，我忽然想起父亲的骨灰，它们被我装在一个包裹中从德

① 摩诃迦罗（Mahakala），字面意思为大黑或大时，为印度教、佛教和锡克教所崇拜。在印度教中，摩诃迦罗是湿婆神的一个名号。随着佛教的产生、发展和传播，摩诃迦罗在金刚乘，尤其在西藏密宗和日本真言宗中，作为护法神被接受和膜拜，也被称作大黑天。藏传佛教认为大黑天是毗卢遮那佛（或称为大日如来）的忿怒相，有六臂、四臂、二臂三种。锡克教中，摩诃迦罗被认为是摩耶的控制者。

里一路带到格纳克尔（Kankhal）[①]——假如在火车的轰隆声中它们重新结合在一起，父亲就会再次站起来，像面前的身体一样……那时，我感觉，即使原先从未见过这张脸，但是某人的出现却能够提醒我们不要忘记那些之前活着，现在已经死去的人。

“来旅游的？”他斜着眼睛盯着我。看到我不说话，他稍稍向前靠了一些，“来拜见圣人的吧，猜对了吗？”

“什么？”我望向他。

“认识路吗？”他问。这次，他的声音里没有恼怒，没有暴躁，只有一丝和软的温柔。

“在通往神庙的路上，”他说，“不要走楼梯，走小路，直走就可以到那儿了。”

“这个时候能见到吗？”我问。

“去看看吧，如果他坐在外面，你就能见到。不过，如果他坐在里面的话就不要去打扰了……他最近身体不大好。”

“怎么会生病？”

我的声音里可能包含某些令他恼怒的元素。他把烧了一半的槟榔包扔到一边，“生病怎么了，这是内在的秩序，总是有好有坏的。”

他的语气里没有什么令我担忧的成分，不过，我确实感到有些惊讶。在书信中，他完全没有提到自己生病的事情。他是否害怕，我会硬拉着母亲一起来。我不禁对他的害怕感到好笑……她连家里的楼梯都上不去，又如何能够经受巴士的长途颠簸，而后再爬上海拔2100米的高坡？

接下来，我什么都没有问他。我从长凳上站起来；阿库尔先生

---

① 格纳克尔（Kankhal），位于北阿尔肯德邦的一座小城，距离赫里德瓦尔（Haridwar）大约三公里，在《风往世书》和《摩诃婆罗多》中均有所提及，属于赫里德瓦尔地区五大圣城之一，具有重要的宗教和历史价值。

（Aghora Baba）[1]略带讶异地看着我，“现在就要去了吗？”

“是的……走上去需要多长时间？”

“一辈子！”他笑起来，“不过，你不迷路的话，半个小时应该就能到了。”

我让店家把自己的热水瓶灌满水。正当我掏出钱包准备支付茶钱时，突然听见他的声音，“付三杯的，我还要一杯。”我连回头看一眼的想法都没有，直接付了钱，开始向坡上走去。

山坡像竖起的手掌一样陡斜；四周树林环绕，却没有一棵树能为道路遮挡阳光。以前从来没有想过，汗水可以如同山涧的小溪一般在身体上流淌。我担心自己的血压，心脏的跳动格外有力地敲击着胸膛。

市场被远远抛在脚下，然而，他的话语声以及巴士的喇叭声至今仍像打盹的呼噜声一样清晰入耳。过了一阵子，那些声音也消失得无影无踪了……我感觉，那里似乎除了我以外，什么也没有——没有动物，没有风，也没有人。即使继续按照这种方式行走数公里，我不会死去，道路也不会终止。于是，我就这样一直向上走，浑身浸透在汗水中，既没有四处张望，也没有专心思考。不过，那时，我还是停下了脚步，因为我仿佛听到他在说，倘若你一蹶不振的话，我们就没有指望了。

前面是一个三岔路口，宛若竖起的手掌上张开的三根手指。右边的小道上立着一块黑板，上面用白色的粉笔画了一个箭头，尖端穿过的几个字一直盯着我——通往森林客栈（To the Forest Rest House）。那时，我想起阿库尔先生的手指——竖直朝上，指向神灵，

① 阿库尔先生(Aghora Baba)，其中阿库尔（Aghora）指信仰湿婆的一个印度教教派，该派膜拜湿婆的恐怖相（Bhairava），专注进行死后的仪式，常常居住在藏骸之地，以人的骨灰涂抹身体，并以人骨作为装饰。此处，阿库尔先生指前来与主人公一起喝茶的修行者。

摩诃迦罗神庙的所在，假如下面那条小道通往森林客栈，那么中间的路一定通往神庙……我迈向中间的那条路。那也不算一条路，只是一个斜坡。

或许，很久以前，那里尚且存有一些楼梯，但是，如今，那里只剩下石头，散落在青苔和草丛中，脚一落在上面鞋子就会打滑。呼吸开始凝聚在每一块石头上，像绳索一样拽着我的脚向上抬，而当我踏出另一步的时候，又感觉自己似乎正拖着过去所有年岁的包袱前行。然而，在我装好随身带来的那些东西——家里的文书和家人的信件面前，这个包袱也就不算什么了。背负着它们，我觉得自己的旅途承载着满满的讯息。那时，我突然萌发了一种奇怪的想法，如果只是需要将讯息传送给他，那么，我有什么必要亲自跑一趟呢？倘若我将所有的文书、信件都托付给教书先生，然后乘坐傍晚的巴士回去，也不会有任何差别。他会安全地将它们送到他的身边，接下来他愿意怎么做，就怎么做吧。不过，已经来到如此接近的地方，却这么简单无礼地返回？他在这里住了十年，我才来一天就如此失望？或许，他也曾在第一天就爬到这么高的地方，但是当时他已经不年轻了，我至今仍能记起他的照片，那是父亲（他还活着的时候）刊登在报纸上的——一张微笑的脸，用英语可以说是兴高采烈的（cheerful）……照片下面是父亲手写的文字——“请回来……”然而，他没有回来，也没有寄回自己的地址。于是，父亲来回辗转于车站和医院之间……跟随警察进入停尸间，试图从死者中辨认出那个在某天突然远离熟悉的人……

忽然，我在途中停下脚步。如今我还能认出他吗？

头上的汗水顺着额头流淌，经过眼睛滴落下来，如同一幅水帘，整片森林在它背后若隐若现。最终，那个神庙出现了，洁白而清冷。它的清冷开始浸润我的疲惫。汗水在风中渐渐变干，我坐在那里的台阶上。四周一片寂静，没有虔信者，没有祭拜者，也没有任何修行者，只有一只猴子坐在神庙旁边一棵橡树摇摆的树枝上，晃动着自己长达一米的尾巴。它先朝我瞪了一眼，随即噌的一声跃上了神庙的屋顶。森林无尽的寂静中，只有这噌的一声和树叶的沙沙声，其他什么也没有，仿佛我和那只猴子都是来寻求那个摩诃迦罗庇佑的人。他时不时像动物神一样突然在我们的世界里现身，祛除我们的所有苦难，正如那只猴子用自己的尾巴消释了我所有的疑虑，当我再次前行时，脚步忽然变得轻快起来。

在那之后，我并不需要走很远，爬坡也结束了，树丛中间延伸着一条干净、平整的小路。周围松树绿色的海洋掀起阵阵波浪。嫩叶沙沙地往下落，涌起一阵令人愉悦、陶醉的香气。看来，阿库尔先生所言非虚。走过百米之后，浓密的森林突然变得开阔起来，我来到了一个空旷、平坦的地方——一个露天、空阔的庭院——那里只有草和石头。我正要向前走，忽然看见左边出现了一块岩石……然而，转瞬之间，我就意识到自己的错误，于是，不由自主地停下了脚步。

那不是一块岩石，而是一间石头砌成的房屋。它的房顶向下倾斜，宛若一个山洞，上半部分与山体连接在一起，下半部分埋入地下，中间自下而上堆叠着三块石头，上面有一扇木门。如同看图猜谜一般，它第一眼看上去像块石头，现在却显现为一个小房间。木头、泥土以及石头的建筑，即使经过仔细观察，人们也无从得知，它的哪些部分是人建的，哪些部分完全是天然形成的……那里是否可能有人居住？

我走到附近，爬上白色的石梯，站在门前。两扇木门上挂着松开的锁链，里面没有任何动静，也没有任何声响。我透过门上的小孔向内张望。起初什么也看不见，黑暗中只留下一个类似白色光斑的东西，它是从外面某处进去的。然而，屋内并没有窗户，那时我才意识到，光线正是通过我窥探内里的小孔照射进去的——阳光污浊的斑点——太阳将它投射到那里，却忘记将它收回……

他可能在睡觉，或者只是因为生病，躺在某处，也可能，他未曾收到我的信件，又或者他连我在这里都不知道。他也许从昨天黄昏就一直在等我，所以此刻在想，大概有什么原因耽搁了我的行程……想到这些，我把手放在锁链上——锁链在温暖的木门上摇晃，是由于我下意识地触碰还是由于门从里面打开？然而，思考这个亦是徒劳，因为转瞬之间，门吱扭一声打开了——他站着，比我高出许多，我向下走了一级台阶，仿佛在最后时刻，我仍想逃避他，不过也可能单纯是由于害怕而产生的好奇心将我向下拽了一个台阶，以便我能够看到他的全貌，就像我想退后几步看全墙上挂着的图画一样。然而，此间，他握住了我的手。我感觉，他似乎在把我往上拉，而我却在向后退。相互拉扯中，我的箱子从手中滑落，咚咚地从楼梯上翻滚下去。滚落时，它一股脑儿将自己内心的重负呕吐出来。文书、信件、房契，一个接着一个全部掉落在外面，随风飞扬。我恼羞成怒，一边咒骂自己，一边坐在台阶上，迅速拾起它们。他也跟我一起坐下，不停地捡起纸张，递给我，我惊慌失措，看都没看，飞快地将它们塞进行李箱，而他将手放在我蜷起的膝盖上，它们不知从何时起一直在颤抖。

忽然间，我看见的不是他的脸，而是他的手。十年之后，我第一次看见他的手。

我们就这样坐了多久？我慢慢地抬起头，才看见他！那张面孔——眼睛凝望着我——我也早已忘记，自己从来没有见过他满脸胡子的样子；他花白的头发散乱不堪，令他看起来像个熟悉的陌生人，介于修行者与兄弟之间。

至于他放在我膝盖上的手，它里面包含了逝去的家和累积的全部过去——只要稍稍碰触，它就会像水珠一样一滴一滴地往下掉落。

他微微弯下腰，拎起放在台阶上的箱子，“来吧，进去坐吧！”

我跟着他走进房间。

“坐吧，”他慢慢地碰了碰我的肩膀。我迟疑地看着他。

“坐这儿，”他指向地毯，自己也靠着墙坐下。就这样，几分钟过去了，他在我面前，我在他的小屋里。尽管这一切都真实存在，但我却仍然不能相信，我的旅途到达了终点。

“你收到我的卡片了吗？”

“嗯，不过你应该昨天来的。”

“我昨天确实来了——巴士晚到了三小时。”

“住在哪儿？”

“教书先生家里，他把我带回家了。”

我想问他，是不是他让教书先生去车站的，但是看到他淡漠、疏离的面容，还是什么也没说。他的四周有一道围墙；我只能在他允许的范围内接近他。前些时候，在门口，他的触碰确实融化了内心的一些东西，不过，那只是一个表层，下面所有的层面依旧干枯。或许，为了逃避这种干枯，他打破了沉默。

“到这儿来没碰到困难吧？”

“没有……直接就到了，在市场里坐着喝了点茶，遇到了一位先生……他告知了一切。”

“一切？”他的脸上闪现出一丝好奇，“还说了什么？”

“没什么……”我看了他一眼，“你这段时间生病了？”

“他说的？没什么特别的……还是原先的呼吸问题，这段日子愈发严重了。”他这样说着，仿佛生病虽然有些痛苦，但是谈论它更加痛苦。

“莫非是因为住在这么高的地方？”

他摇了摇头，“你应该还记得，在家的时候，也住得同样高。”

家的名字第一次出现。它来到我们中间安静地坐着。他闭了一会眼睛。此时，就算外面掉落一根稻草，里面也能听得清清楚楚。

“那边都好吗？”他的语气十分生硬，完全没有碰触到家，尽管一直在周围徘徊……

“都好，”我说。

“如今楼下那层都空了吧？”

“怎么会空了？”我没能立刻明白他的意思，“母亲住着呢。”他惊讶地看了我一会儿。

“一个人？”他问。

“是的。”

“她没有跟你一起住在楼上？”

“没有……她还住在楼下。”

他开始这样打量我，仿佛过去的十年中，一切都变成了他无法辨识的模样……虽然我已经在信里把所有的事情都告诉了他。然而，他还是没有亲眼看到这些。我根据自己所了解的状况，第一次从他的角度审视自己的家。那时，我才开始对他的惊讶有所领悟——一个女人有三个儿子，却住在房屋一个独立、孤单的角落里，对于一个陌生人来说，还有什么能比这个更令人感到惊讶呢？

外面的树丛中传来一阵丁零当啷的声音，某种动物跳上屋顶，咚咚地奔跑，地板上落下一丝泥土。他站起来，走到门外。过了一会儿，他的声音传来——一次，两次——在山区的寂静中响彻云霄，随后又抚摸着自己的回声消失不见。

他走进来，我问："是什么呀？"

"长尾叶猴，"他微笑着，"从神庙跳下来，到这儿来晒太阳……你现在还没去过神庙吧？"

"没有……听说很古老？"

"神庙倒不是很古老，但是里面供奉的湿婆神像年代久远。它原本埋在这儿山上的土地里。如今你既然在这儿，哪天去看看吧。喝茶吗？"

"你煮茶？"

"不然还有谁？"他笑了，"马上就好。"他掀开帘子走下去，下面或许另有一间小屋，我之前只是从外面看到过。房子从外面看起来像块岩石，被分割成两个部分。或许上方的房间里坐着他的客人，那里只有两张席子、一张地毯和一块坐垫，除此之外别无其他。房间一半以上的部分都是空的，方凳的旁边放着一个细长颈水壶和两个黄铜杯子，经过清洗、干干净净，墙上有一个被称为窗户的大洞，外面的一些树枝清晰可见……透过大洞可以看到褐色的山体和天空，仅此而已。周围一片寂静，偶尔传来嗖嗖的风声。我产生了一种奇怪的想法，他要在这个孤独的小屋中居住整整一年，白天、黑夜、严寒、酷暑，都是独自一人。不过，那只是一种想法，而非赤裸裸的现实。当我们看到死去的某个人，就会开始思考死亡，或者那个人，但是我们不会同时思考死者本身的现实状况……我怎么想到死亡？他明明还活着……我坐在他的房间里，尽管至今我仍无法确信，他是否就是我来见的那个人？

帘子飘动，他走进来，手中端着黄铜托盘，上面有两杯茶。一个小碟子里放着一些咸味的油炸点心。

“坐这边吧，风会从门口吹进来的。”他将托盘放在方凳上。

我端着茶杯靠近墙边坐下。好一阵子，我们两人都没有说话，只有门时不时咣当作响。我感觉，我们两人仿佛坐在世界的尽头，那里除了风声和树木的沙沙声之外，什么也听不到。

“茶还行吗？这里有木头的气味。”他望着我。

“你没有炉子？”我问。

“找油挺难的，这里不容易找到。不过，我早上出去散散步，就可以把木柴捡回来。冬天比较麻烦。吃点儿点心吧，你喜欢咸味的。”

我开始吃。这么多年之后，他仍然记得我的喜恶，尽管在家的时候，他也许只是偶尔了解到有关我们的事情。他与母亲一起住在楼下，很少上来。有时，我的孩子到楼下走廊玩耍，会跟他说说笑笑。我感到有些奇怪，迄今为止，他完全没有向我询问家里的事……不过，大概这才是正常的。十年的历史，他该从何问起，我又该从哪里开始回答？我们之间所拥有的时光，它一切安好，它正在流逝。下午即将结束，阴影渐渐笼罩在房屋前面的山上。

那道阴影也移动至我们两人中间。房屋被分成两半——一半之中，他坐在昏暗、疲惫的黑暗里，另一半中，黄昏那一束细长、微弱的光线缓慢地朝门口滑行，而我恰好坐在这束光里。就这样，我们在午后呆滞、静止的时光中坐了许久。

“孩子们怎么样？”他的声音终于响起。

“挺好的，”我说，我以为，他还会问些别的，然而，他不再说话。于是，我只能继续说道，“穆尼现在读大学了。”

“小的呢？”

“她也很大了……她本来想跟我一起来这儿。”我带着一丝笑意说。

“这儿？”他望着我。

“她从没见过大山……她说，伯父怎么住在那儿？”

“那时候她还很小，当……”

“当你离开家？”我本想补全他的话，但是它一直破碎地停留在风中，环绕在那凝结的痛苦周围。这种痛苦多年前早已消退，压抑在逝去的忧伤下面……或许所有的忧伤都是这样拖拖拉拉的。

有关孩子的对话戛然而止。他站起来，开始收拾用过的器皿。“你坐会儿吧，我马上就来。”他掀起帘子，走向楼下的房间。

我坐在房间昏黄的光线中。外面现在依旧明亮。透过敞开的大门，一切清晰可见……尽管山的下半部分已经浸没在黑暗里，但是上方的山脊上仍有阳光掠过。一行黑色的乌鸦停落在房间下面，利用自己刺耳的叫声令整个天空颤抖。

他从下面的房间走上来，手中提着一盏灯。他先将灯放在方凳上，随即望向我。刹那之间，我感觉，他似乎想要对我说些什么，一些非常重要的事，但他一直犹豫地、沉默地坐着。

他将头低下，靠在方凳上，陷入沉思。闪动的光线中，他的头、变白的头发、后颈和耸起的肩膀，我突然觉得，自己看着的仿佛不是他，而是父亲。年幼的时候，他常常在石板上解答我的问题，而我总是忘记算数，一直盯着他的脖子……

“他会回家吗？”

“谁？”我有些害怕。父亲？转瞬间，我立刻意识到自己的错误。他在说大哥，那个仍然活着，却住在另一个家里的大哥。

“是的……会回来。正是他叫我来这儿的。”

“叫你？为什么？”

“他想把房子卖掉，叫我来是为了让你在文书上签字。”我感到稍稍轻松了一些。我不远万里来完成的任务，现在却如此简单地告诉了他，这令我感到惊讶。

他从方凳上抬起头，盯着我的箱子看了一会，至今为止，它一直毫不起眼地躺在地板上。那些不久前在楼梯上随风飞舞的纸张，他第一次了解到它们的意义。

“母亲呢？”他抬起双眼望着我，目光里充盈着一种怪异的疲惫，“她要住在哪里？”

“随便哪里……只要她认为合适。”

“那你呢？”

“我看过一个出租的地方。”

“那还有什么必要问我？”

“房子也有你的一份……”我说。

他慢慢笑起来，“我在这里，我的份额怎么会留在那儿？”

我安静地望着他。

“很有必要卖房子吗？”他睁大眼睛看着我。

“没有……没必要，但是，他想买台拉登的土地，他哪儿有那么多钱呢？”

“所以把房子卖掉？”他的声音里流露出一丝嘲讽。

“不然怎样？”

“不过，房子是父亲买回来的。为此，他花光了自己所有的养老金。”

“嗯，我知道……但是现在父亲已经不在了。”

“难道人不在了，他的东西就属于我们？”

我惊讶地注视着他，心里想说，你既已抛弃一切离开，如今为何又要关心，房子是留下还是卖掉？

他忽然俯身倾向方凳前方，带着一种奇怪的笑意，开口说道：“你还可记得，父亲买那栋房子的时候，你正在读硕士的最后一年。那段时间，那个地区还没有通电，你总是在楼上的门廊里点着灯笼读书。”

“嗯，记得。”

“你的婚礼是在楼下的院子里举行的。”

门廊，屋顶，庭院，不知道，他为何问我这些？

不，不是房子……他或许想说些别的，而我沦陷在自己的愤怒中什么也没察觉出来……

忽然，有什么东西在窗户的空洞中发出光亮，如同某只野兽用自己闪亮的眼睛向屋内窥探，继而又消失在黑暗中。我有些惊恐地看着他，“那是什么？”

“什么也没有，闪了一下电。”

一种新的忧虑抓住了我。“我现在要走了，如果下雨，从坡上走下去就会变得很困难。”

“你着急吗？”他望着我。

“教书先生会担心的，我没跟他打招呼就出门了。”

“他会知道，你在这里。”他停顿了一会儿，接着有些迟疑地说，“今晚为什么不留在这儿呢？”

我正是害怕这个，所以有备而来。

“我有高血压……不适合待在这么高的地方。”

这是个愚蠢的借口。一旦来到了山上，还考虑什么高和低？然而，整夜与他待在一起，这对我来说是难以忍受的。通常，我们只能跟亲密无间或者完全陌生的人一起过夜，而我跟他的关系恰好处于中间，既不亲密，也不陌生，难道就是因为这样，家人才派我来找他？

我拿起袋子站起来。

“等等，我马上就来。”他走向下面的小房间，上来的时候，一只手拎着伞，另一只手举着电筒，“拿上这个，”他将伞递给我，“我送你到神庙。”

他走下房间的台阶，把电筒举在前面，然后抓住我的手向下走去。他开始向前走，但是我在黑暗中站了一会儿。他双手的触碰在我的身体里游走，如同猎人一般，在我的血管里探寻某些隐藏的记忆——逝去的慈爱在黑暗中闪耀……他就是那个抛弃家庭的人吗？

他停下来，转过身看着我，微微一笑，“我以为，你跟在后面呢？”

我迈开脚步。四周弥漫着清透如洗的黑暗。星星在头顶上方，相互间如此贴近，天空中甚至看不到一片空白之处。我不禁感到惊奇，这么晴朗的夜晚，怎么会有闪电？

他点亮手电，熟练地走着——光束的照射下，大树、灌木、岩石，都缓缓地向后移动。时不时地，某只小鸟在黑暗中一边啼鸣一边向上飞去，灌木丛中随即传来沙啦沙啦的声音。这或许是幻觉，灌木丛先窸窣作响，然后才听见小鸟飞行。袋子中，午餐盒一次又一次地撞击我的暖水瓶，那时候，我忽然想起。

“我的公文包？”

“什么？”他也停住了。

“我把它忘在你房间里了。”

“没关系，明天再来拿吧。”接着，他用十分自然的语气问道：“那里面有你写的东西吗？”

这是他第一次问到有关写作的问题。我还以为，他多年前早已忘记我这个无理的、隐秘的毛病。

“没有，那里面只有财产的文书……还有一些带给你的信件，你可以看看。”

我们在黑暗中走了好一阵子，小路上除了电筒的光，其他什么也看不见。

“很久没看过你写的东西了。”

“我也没有写，报社有很多工作要做。你这儿能看到杂志吗？”

“教书先生有时会从学校图书馆拿些过来……很久之前可能看到过你写的某篇小说。”

我隐藏着心脏的剧烈跳动在黑暗里前行，沉浸在一种悲愤交加的羞愧中。数年前，我确实写过一篇小说，不幸的是，它发表了，尽管它是为了发表而写的。它不仅有关那些某天突然弃家离去的人，也与那些被留下的人相关。父亲和母亲认为（活着的时候，父亲比母亲更乐观），他一读到它就会回来……结果，别说回家，他甚至连一张二十拜沙的卡片都没有寄来。我庆幸的是，在黑暗中，他看不见我的脸，也看不见我的羞愧，然而，多年前的伤痛却穿透我内心所有的惶惑昂起头颅，“你，”我说，“你就一点儿消息都不给？”话一出口，我的喉咙就哽住了。这是双重的羞愧，从德里来的时候，我曾立誓，无论何时都不要问他这个问题，但是现在它就横亘在我们两人之间。森林中，电筒的光束始终保持着一个圆点。

“没什么好处。”他说。

“你可知道，我们到处找你？”

是的，没有任何好处，身处这座山峰的安宁之中，他如何能够理解山脚下蟑螂的惊惶……在医院和车站之间的徘徊，警察局清单上那些身份不明之人的名字，停尸房的辨认，报纸上的告示——请回来，母亲病了……

“有什么好处？”

“至少可以写一句，你活在某处？”

“如果你知道，我还活着，你的麻烦就会减少吗？”

“我没有在说麻烦。”

“那么是什么……？”

我在自己心中探寻，不过，什么也没有得到。没有麻烦，没有母亲的年迈，没有自己的失败，一切都是它应有的样子。

“那么，经过这些日子，写信又有什么好处？”我问。

他沉默地站了一会儿。“是啊，或许本就不该寄出的，但是……”他在黑暗中长叹了一口气。

“我花了十年的时间，才让自己能够给你写点什么；我想，现在对你而言，我是否活着已经没有任何差别了吧……”

他的声音里有种冷漠的孤寂，我们无法在人类当中找寻，只能从树木、石头和水中觅得。它远离血淋淋的亲情之痛。莫非他是从过去多年的独居生活中找到了这种孤寂？

我大吃一惊。黑暗中，下方某处传来微弱的咕噜声，仿佛某块沉重的石头从上方一直滚落下去。

“这是什么声音？”我望着他。

“山泉，我就是从这里打水的。”

“需要走下去很远吗？”

“不用……它流经我的房子下面。你明天来的话，我们就去看看。”

他自己打水？不知道为何，那一瞬间，我的愧疚、疲惫和过去多年累积的愤怒似乎被洗濯一空。我们一动不动地待在一片寂静中聆听水流的声音。从上方某处传来神庙的铃声，黄昏的祭礼开始了。

“你现在回去吧……我要走了。”

“好，”他说，但是他并没有动身，我跟他一起站在原地。

“我明天会来的，”我特意这样说，仿佛看见他独自一人，所以想要将迄今为止他曾给予我的所有安慰都还回去。

“你没有什么不方便的吧？”

“什么不方便？”我看着他。

“教书先生家很小……你怎么没去旅馆？”

“没事，我挺好的，一两天的事而已。”

一两天……自我口中说出，这些话语在风和神庙的铃声中不知道回荡了多久。

这一次，我没有中途逗留，一路走下神庙的斜坡。我在最后一个拐弯转过身，看见他还是原样站在那里，就像被我抛弃，一动不动，站在同一个地方。

山下机动车道的路灯排成一行，像耀眼的流苏一样闪闪发光。中间，那座山城裹在白色的烟雾中沉沉睡去。他是不是也睡着了？还是仍旧独自坐在自己的小房间里？过了整整十年，你来见他，结果却连一个晚上也不能跟他待在一起。你进行写作，然而，当你在中途得到某个前所未闻的真相，你却退缩逃避，仿佛生活的真相和真相的书写之间没有任何关联。这三样东西如同死尸一般捆绑在不同的绳索上各自摇摆。倘若要逃跑，为何又要逗留一夜？仅仅为了让他在文书上签字，然后搭乘下一班巴士回去？难道停留的意思是，同一个夜晚在同一个城市的不同屋顶下睡觉？我们有家庭，有兄弟姐妹，然而，到达最后的时刻，为何我们变得像冷硬的秸秆一样干枯——所有的爱都被掩埋在沙砾和尘土中。我们在各自的境况下抛弃彼此独自生活，难道这种冷漠本身不是一种罪过？莫非正是因为害怕这种罪过，他才弃家离去？

那天晚上，我一直向坡下走去。踏入深渊，浑身沾满自己羞愧和耻辱的污泥睡觉，或许它能带来的幸福与待在圣洁的山顶上一样多。不过，深渊只存在于我的内心深处，当我回到教书先生家时，只有一个愿望熊熊燃烧——躲开他的视线，像隐形的生物一样，躺在自己床上，在那里度过整个夜晚，第二天就启程返回德里。

教书先生可能在厨房里，他甚至不知道，我是什么时候开门进来的。那一刻，我既没有力气，也不愿意面对教书先生，只想迅速换好衣服躲进被褥中。房间里，火焰噼噼啪啪地燃烧，当我走到壁炉附近，才意识到自己体内的寒冷和疲惫。同时，我想起自己体内灼烧的苦痛——身体内部心灵的哀伤以及内心深处身体的僵硬正在某处相互挤压和摩擦，这些完全与我无关，万幸之至。对于我们这些结婚成家的人来说，这就是最大的慰藉。毕竟我们不能像修行者那样抛弃俗世轮回，但是我们可以短暂地从自己的心灵和身体中抽离，获得独立，稍稍变得轻松。不过，那天晚上，我的命中注定不会如此。我刚换好衣服躺在床上，厨房里就传来一丝微弱的响声。我惊讶地坐起来，教书先生站在厨房门口。他紧紧盯着我，我就像被抓了个现行，“你什么时候回来的？”

“刚回来不久……我不是很舒服。”我为自己开脱。他显得有些心不在焉，径直走到我的床边，“我跟您说过，让您睡床上。这段时间地板上总是很潮湿。”

他将手放在我的额头上，随后又量了一下脉搏，“倒是没有发烧……可能有点儿累。我这儿有白兰地——喝点儿吧，手和脚就会回暖的。”

他从柜子里拿出一个小酒瓶，接着从厨房里取来两个玻璃杯。我起身坐在床上。房间壁炉的火焰前，我们两人看上去似乎不是在喝酒，而是坐着敬拜某位山神。外面的黑暗中，传来某只小鸟非凡绝妙、充满诉求的叫声。它用自己的鸟喙驱散了森林的寂静。

“那是尼尼拉鸟，听到它的叫声，孩子们就会入睡。”他啜了一口白兰地，看着我，“要热水吗？”

“不用，这就够了……你都是在这儿买的吗？”

“不，这儿哪能买到？有时候，我先从阿尔莫拉或博瓦利预订，再由巴士司机带回来。”

或许是因为火焰带来的温暖或者白兰地的影响，我感觉，自己身体的关节渐渐舒展开来；不久前在神庙下方萌生的忧伤和焦躁情绪不再单独徘徊，完全融合在我的灵魂框架中。忽然间，我感觉，这个世界上没有什么是坏的……教书先生也不再目不转睛地盯着我。他只是出于一种奇怪的好奇心，注视着我。

“见到先生了吗？”

起初，我没有理解，“哪位先生？”

他笑了，“你也真是的，好像这里有很多先生似的。”

我望着他张开的颚骨和发黄的牙齿。他称之为“先生”的那个人可能跟我有某种亲属关系，这个他并不知道。修行者也会有家庭和亲人，但是谁也不会往这方面想，我第一次认为这件事很诡异。

“他待在自己的小屋里吗？”

“是的……不然还能去哪儿？”我有些惊讶地看着他。

“所有地方……以前，他总是四处闲逛，有时也会亲自下山去市场买东西。”

我心里某处产生了一丝好奇。

“现在哪儿也不去了？”

“有时候，几个月过去了，他也没有出现。之前，我会去他的小屋里向他问安，不过，他的态度有些奇怪，所以我也就不去了。”

“什么样的态度？”

他在火光中凝视着自己的手掌，仿佛那里写着我的问话的答案。之后，他抿了一小口白兰地，望向我，“去年冬天，我总是为他打水。尽管他极力阻止，但我正值假期，所以每天早上都会去他的小屋。一天早上，我刚从山泉里装满水提过来，就在途中碰见他。他阻止我说，‘我是不是也能为他选好木材送来？’……‘为什么不能呢？’我说。他看了我一会儿，继而笑着说，‘面饼呢？是否也能够为他烹煮食物？’我说，‘没问题……’白天，他只吃一顿，做他的面饼哪里需要花费多少时间呢！‘那我呢？’他问，‘我要做什么？’我说，‘先生，请您专注冥想神灵，您正是因为这个才放弃一切来到这里……’您知道，他说了什么？”

教书先生停下来，一直盯着火苗。好一阵子，除了燃烧的木头噼啪作响，四周什么声音也没有。

“他说了什么？”我望向他。

他说，“对于一无所知的东西，如何能够专注冥想它？”

“这是他说的？”

“我问，如果是这样，为什么一定要抛弃家庭来到这片森林里？您知道，他怎么说吗？他说，我什么也没有抛弃，我只是住在这里。你完成了我所有的工作，我还要做什么呢？于是，我在路上丢掉了水桶……一个不懂得让他人为自己服务的人，如何能为‘他’服务呢？”

他沉默地坐了一会儿，然后长叹了一口气。

“我独自住在这里，为了工作，但是，他为什么住在这里，我从来都不理解。不为知识和冥想，不为敬拜和诵经……人们来谒见他，他却一言不发地坐着，我从未听过他说任何有关训导的话……”

“不过，人们还是去找他？”我问。

“为什么不去……毕竟您也从这么远的地方来。”

“听说过名字……”我说。

“你是带着某种愿望来的，抑或只是好奇？”

教书先生探索的目光停留在我身上。我向自己内心窥望，悬挂在过去那些谎言中的东西既不是心愿，也不是好奇。在风中来回摇摆的只有一张破碎的关系网，时而撞向教书先生，时而撞向我。然而，他不能理解，我也无法将它移开……

“我去做饭，已经很晚了。”

教书先生走进厨房，而我仍坐在自己床上。外面蟋蟀齐声合奏。喝过白兰地之后，一缕微弱的火苗开始在我体内燃烧。一直待在自己家里，身处各种家务之中，我竟不知道，多年以来自己心里已经积聚了这么多寒冷和疲惫。

“您睡了吗？”

我惊讶地坐起来。炉火轻柔的暖意中，我打了个盹。他将两个盘子放在地板上。豆子和蔬菜，厚实温热的面饼……他独自做好了一切。那一刻，我异常羡慕教书先生的生活。我在他家叨扰了两天，而他依旧对我一无所知。突然，我想把一切都告诉他。他那修行的圣人不是别人，正是我的兄弟，我是来见他的……但是，转瞬间，诉说的愿望就消逝了。听完我的话，他会陷入一种奇怪的窘迫，并没有任何好处……有些真相完全没有存在的必要，他说，即使不说也没有任何差别。

“您还会在这儿待几天吧？”他的声音里流露出一丝古怪的不安。

“我明天就要走，”我有些犹豫地说，“我只请了两天假过来。”

“您在哪儿工作？”这是他第一次询问我在山下的生活。他的语气中充满一种饱含爱意的关心，为此我对他心生感激。我向他讲述自己在报社的工作、自己的孩子、家居生活以及整个家庭……他沉默地聆听。直到我全部说完，他也没有任何回应。我甚至有点怀疑，他是不是睡着了？我抬起头看着他。房间昏黄的月光下，他的双眼停留在我身上。我奇怪地感到有些害怕，不知道他在思索什么。

“我想说，你离开家庭来到这么远的地方，为什么不多待些日子再走？”

“那又能怎么样呢？”

“跟先生待在一起，还要怎么样！这段时间，他总是独自待在小屋里。”

“你也住在这儿……但却没有去找他。”

“我不知道，该跟他说些什么。以前去，多少还能帮他做些事情，现在他连那个也不需要……不知道，他整天独自做些什么？”

“你瞧，他都能随意抛弃家庭……独自生活也不是那么煎熬……

您也一个人住在这里呀？”我说。

“我的情况完全不同……我每个月都会去阿尔莫拉闲逛几次，只要能在这里找到某种形式的房子，我就会把家人接过来……”他停顿了片刻，用一种奇怪的、意味深长的目光望向我，继而缓慢地说道：“有一件事我始终不能理解，先生已经来这儿这么多年了，但是他的家里都没有人来找过他。”

我产生了一种奇怪的怀疑，他了解关于我的一切……或许，从第一天我在车站遇见他开始，他就已经知道……然而，我无法从他的脸上判断出来。

“可能他的家人也不知道，他在这里。”

“经过这么多年？”他有些难以置信地看着我。

“他们或许尝试过……这么大的国家，一个人能够找遍多少地方！”我说。

黑暗中，他看了一会儿外面，随后若有所思地说：“可能，他没有家人……有些人就是因为害怕孤独才选择修行。”

“您没有问过他？”

“他很少谈论自己，就像他很少谈论神……有时候，我甚至怀疑，他是否真的在修行。”

若非修行者，他还能是什么呢？十年前，他抛弃家庭，伤透了所有人的心……如今再抛弃神灵，他要去往何处？不过，那天晚上肯定无法得出这个问题的答案……教书先生躺在自己的小床上，我躺在自己的被褥上——与昨夜完全相同。

然而，房间里却不像昨夜那般漆黑。月亮正透过厨房的窗户向屋内张望，一层轻薄、苍白的浮尘中，房间里的所有物品都闪烁着光芒。我许久不能入眠，想起家，感觉那是另一个世界，想起兄长那座孤独的小屋，感觉那是第三个世界……这些世界独立地分散在地球上，看似彼此靠近，实际相距十万公里……它们之间是否互相关联？这种想法令我感到害怕。我侧过身，希望能够在彻底清醒前将这个问题压在手臂下面安然睡去。

乌鸦在上空飞翔。它们成群结队，嘶叫着向下俯冲，栖息在一切能够落脚的地方——树木、岩石、小路、枝头。由于它们刺耳的鸣叫，市场和寺院之间的天空开始颤抖。

我站在市场中央。一小群人聚集在巴士站的棚顶下。小摊前面，几只狗和几个搬运工正在打盹。教书先生穿过一切向前走去，停在售票窗口前。窗口紧闭……教书先生用拳头敲了几次，忽然，从里面伸出一个头，教书先生开始跟他交谈，没过多久就回到我身边。

“不能提前预订，你可以在车上买票。”

“您问了时间吗？”

“傍晚只有一班车去德里——六点。八点还有一班车，但不是直达的，要从博瓦利转另一趟车。”

六点。时间很充裕。从家里出来之前，我早已收拾好自己的行李……并且，按照教书先生的建议，先将它寄存在他熟悉的糖果商店，这样傍晚返回的时候就不需要再回家去取。我手上只有自己的包和“他的”雨伞。

“过来，再喝杯茶吧……你还要爬过整个斜坡呢。”教书先生说。

早上的茶我们已经在他家喝过，但是天气如此寒冷，我无法抑制自己想在小摊的火炉前小坐片刻的渴望。

从早上开始，教书先生就没有说话。他曾数次要求我留下，不过，当我告诉他，我第二天必须为报纸撰写自己的专栏，他就不再坚持了。他完全没有提到修行的圣人。昨夜之后，我们之间达成了一种默契，对于他的事情保持沉默……他不谈论他，我也不说什么，在我们之间，他消失得无影无踪，就像他在山上的小屋一样……躲藏在云朵背后，既看不到神庙，也看不到森林旅馆。山区有这样一些日子，虽然没有下雨，但是阳光也不出现——只有云朵撑开了一张自上而下的帷幕。

"它们是从博瓦利来的。"教书先生望着云说，"大多数都飘往拉尼凯德[①]——奈尼塔尔……只有少数残余的部分才会来到这里……对于它们来说，这里无异于接受流放之刑的地方……"

我停止喝茶，"它们不继续前行吗？"

他笑了，"乌鸦才会一直前行……您没看见成群的乌鸦？"

它们遍及各处……在神庙坐落的小山、市场上方的屋顶以及树木之上来回盘旋。

"您想想，这么小的城市，却有这么多乌鸦？据说，这座城市曾经遭受诅咒，这里所有的居民死后都会进入乌鸦的子宫。"

"但是人们仍旧住在这里？"我说。

"是啊，还是住在这里……因为他们也相信，这些乌鸦死后能够获得解脱。"教书先生稍显严肃地说，"这座城市类似某种中转站——处于乌鸦的子宫和涅槃之间。"

这一次，他不再微笑……他用空洞的目光注视着这座浸没在烟尘中的城市以及上空不断扑腾的黑色翅膀……黑水之城……想到这里，我感觉有些奇怪，博瓦利的云朵来到这里，就不再前行……仿佛这里是世界的尽头——亡灵和乌鸦的国度！

我无法继续深思，教书先生似乎也不能继续讲述自己充满幽默

① 拉尼凯德（Ranikhet），位于印度北阿坎德邦阿尔莫拉地区的一个山城。

的故事。或许他也在思考自己在这座城市中度过的大半人生……

他还没有支付我的茶钱……

“我傍晚都会待在这个小摊前……您快点回来……”他犹豫了一下，“代我向他问好。”

“您跟我一起去吧……他会很高兴的。”我请求道，这一次，我不想独自去找他。

听完我的话，他立即变得惊慌不安，“不……不！我还是待在这儿，以后再去……您不是每天都会来的。”

他急忙转身离去，消失在市场的人潮中。

斜坡上有些淤泥，天下起毛毛细雨。尽管正值午时，黑暗却笼罩四方。我撑开他的雨伞，快步向坡上走去。还没到达神庙的阶梯，我就已经喘得上气不接下气，甚至一度想在那里稍坐片刻，恢复体力，或许这样费劲地去找他终归是不大合适的。然而，转念一想，倘若必须搭乘傍晚的巴士，那么能在他身边多待些时间，也是好的。于是，我在楼梯上休息了几分钟，又继续向上走去。

小路下方有几栋漂亮的山间别墅，建于英国统治时期……刹那间，我无法相信，那里还有富人居住——他们与阿库尔先生的赤裸、兄长的小屋以及教书先生的孤独之间没有任何交集。时不时地，我可以透过某扇敞开的大门，窥探到屋内的一些场景——燃烧的壁炉、前厅某处传来女孩的笑声、录音机的音乐……这就是那个世界，在它安全的庭院中，我度过了自己的四十年。然而，外面那个在烟尘中颤抖的世界看上去多么陌生。忽然间，一种恐惧近乎哀号地抓住了我——如若有人突然将我扔出这个美好、安全的世界，我会变成什么样……我会像被人用手指捏着从客厅窗户丢出去的蠡斯一样，在黑暗中四处乱转……再也找寻不到返回屋内的道路。不过，下一秒钟，我就开始觉得自己的恐惧十分可笑。我将手伸进大衣里面，那里有我的银行存折，脖子上系着去年生日妻子送我的围巾，皮夹中放着两个孩子的照片，在德里拥有房产，还有众多书籍，上面写着我的名字——全部都是切实、可靠的东西，它们可以证明，我存在于这片土地上，我就是四十年前来到这个世界的那个人，一个扎根于和平的灵魂，一个周而复始的生命，中间没有一丝碎裂。这个灵魂不可能像无主的风筝一样，某天将我弃于黑暗之中，然后消失不见……我迅速地走向他的小屋。莫名的喜悦涌上心头，再过几个小时，我就要搭乘傍晚的巴士回到自己熟悉的世界……没有理由感到害怕。

我松了一口气，因为看见他的小屋透着光亮，并没有很亮，就像某个昏暗的午后灯笼所发出的光。对我来说，那已足够。我几乎跑着爬上了小屋的三层台阶，伸出手想去拍打门锁，但是中途又停顿下来。里面是不是有人跟他在一起呢？耳边传来他的声音，那样的声音，不像独自一人，亦不像与他人共处，如同某人睡着或发烧时的呓语，半句清晰可辨，半句飘向天空。难道他在祈祷，或者自言自语？不过，那时，他已经出现在眼前——穿过两扇门之间的缝隙，踏入我的视线范围之内。他站在窗前……

至今我仍无法忘记那个场景，或许将它称为“场景”也是错误的。透过门缝，我所看到的，既不是修行的圣人，也不是我的兄长。站在那里的那个人，他对这个苦难的世界一无所知，只是不停地跟自己说话，还时不时独自发笑……我贴近大门，异常艰难地注视着他。他像一只丧失理智的猛兽，沉沦在恐惧与昏昧之间，如同木偶一般呆呆站着……然而，我的另一半早已离开我，前去与他拥抱，并且在惊恐中大声呼叫，你这是在干什么？跟谁说话？为什么要笑？

据说，当灵魂沉默的时候，人们就能听见身体发出的声音。一片寂静中，血液簌簌地流淌，于是我们苏醒过来，第一次听到心脏的跳动。我的经历正是如此。我不知道，自己什么时候拍打门锁，他什么打开大门……伴随着他的话语，我听到他的手落在我的肩上，“去哪儿啦？我从早上开始就一直坐着等你。”

他的声音如此自然和平静，让我不由自主地望向上方。他正在微笑，这还是几分钟前那个独自发笑的人吗？

“你……”我说，但却没能完成整个句子。有人给我的内心套上了枷锁，因此，在过往的生活中，我闭紧双眼，关上过许多扇门，正如眼前这扇一样。

“你的手很热。”我说，“身体可好？”

他缓慢地将自己的手从我肩膀上移开，接着自顾自地说起来，仿佛没有听见我的话，“外面很冷……进来吧。”

我将他的伞放在角落里，脱掉鞋子。屋内与屋外一样冷。空荡荡的房间里，油灯的光线显得愈发清冷和污浊。

“到哪儿去转了这么久？”他问。

“跟教书先生一起去了市场……需要预定巴士的座位。”

他不再说话。灯光的照射下，他苍白的面庞、灰白的胡须以及浓黑的眉毛以一种黯淡无光的方式聚拢在一起……一张饱经沧桑的脸，既不温柔，也不严厉，只是冷淡地注视着我。

“今天早上散步的时候，我去了森林旅馆……我认识它的经理……他很容易就能帮你预订一个房间。”

“那又怎样？”

“你可以在这儿休养一段时间……干嘛这么着急？”

他的声音中蕴含着一丝恳求，还有淡淡的、纯粹的慈爱……它没有完全流露出来，所以承受这种情感会给人带来更大的痛苦和折磨。

“你会高兴吗？”我说。

他渐渐笑起来，“你留下来，只是为了我吗？”

“这里还有别人？我就是来见你的。”

“不是……我认为，你或许想在这儿住几天……毕竟总是待在德里嘛！”

“你真的想要这样？”我说。

“不是我想要的问题……”他沉默地坐了一会儿，接着缓慢地说道：“你很久都没有休假了……你可以请假在这里小住。”

“他们会以为，我也加入到你的行列。难道家里有一个修行者还不够吗？”

他笑了，“他们认为我是修行者？我只是住在这里，就像住在家里一样……只不过换了个地方。”

“那你呢？你完全没有改变吗？”我有些好奇地看着他。

“你在想什么呢？”他的眼睛里划过一丝奇怪的、恶作剧似的光芒。

“我从未想过，这辈子还有可能见到你。”

“这辈子？”他惊讶地望向我，“除了这辈子，还有下辈子？”

他是在跟我开玩笑吗？然而，他的眼神坚定，脸上萦绕着一种忧郁的专注。

“如果只有一辈子，那么改换地点又有什么意义……这里那里都是一样的。”我说。

“不一样……在那里，对于其他人来说，我没有任何存在的意义。”

“那在这里呢？”

“这里没有其他人……”他笑了，“所以我必须要思考自己的价值……”

“是否可能……彻底抛弃其他人？”

他陷入沉思。午后朦胧的光线下，他的头枕在方凳上，露在外面的只有缕缕白发。不久前，我所见到的那张笑脸，如今看起来就像在黑色湖面上的一个静止的倒影。

“不……不可能，”他说，“正因如此，我才寄了信给你。要想成为修行者，仅靠抛弃是不够的……”

他双目紧闭，背靠墙壁，显得有些驼背。门扇缓慢地来回摆动。起风了，外面的尘土和树叶被吹进屋内。

他忽然睁开眼睛。

“有人来了？”他有些惊讶地看着我。

“没有，”我说，然而，那时屋外响起阵阵脚步声，一些人站在楼梯下。

“去看看是谁？”他望向我。我起身走到门边将大门完全打开，下面站着几个面露焦躁之色的男人……与他们一起的还有两个女人。一个男人看见我，立刻走上前，“先生在里面吗？”

我正准备回答，突然听见背后传来他的声音，“你在外面稍坐，我就来。”

一听到他的声音，所有人都朝他双手合十敬礼。我独自走开。

他行至下层的楼梯上，每个人都上前触摸他的脚[①]。最后，一个年轻的女孩走来。她裹着一条黑色的纱巾，望了先生一眼，随后把头倚靠在他脚边，坐了许久。

他一动不动地站在原地，既不说话，也不抬手赐福。过了一阵子，他转身朝向我，“你坐吧，我等会儿就来。”他的脸上露出一种奇怪的犹疑。我有些沮丧地站着，是否在这些人面前，我令他感到一丝难堪？

我走进里面，将灯笼调暗……只留下少许光线，好让外面微弱的光亮照进屋内。他坐在屋外橡树下的一个白色凉台上。他们说话的声音时不时传进屋里，有人好像断断续续地对先生讲述着什么，不过，我一次也没能听清他的话语。那一刻，我为自己之前问他的问题感到羞愧……其他人？他抛弃了我们，那么这些人呢？他能从来到这里的这些人那里得到什么，肯定多少能得到一些吧，尽管我一无所知。难道我是来拜见一个名为自己兄长的陌生人？难道我向他提出的所有问题在这个地方都没有任何意义？我想起多年前的往事，为了找他，我去到医院的停尸间。我感觉，自己也站在凉台前那些前来觐见他的人的队列里，只不过，那是另外一个地方，另外一个时间。那里，冰块取代了白色凉台的位置，人们的尸体像鱼一样放在上面。我在每一个冰块前驻足，这会是他吗？然而，每次当我停下脚步，停尸房的管理员就会从后面推我，快点，除了您家的，还躺着别人家的死者呢，辨认清楚就赶紧往前走……别人家的死者？我被推着向前走……十年之前……忽然间，我不知道，究竟是我望着躺在冰块上的他们，还是他们从上面俯身凝视着我……

---

① 即行触脚礼。触脚在印度是表达问候的最高礼节，通常是晚辈对长辈或对自己尊重之人表示敬意的一种行为。

“小宝！”

一个微弱的声音传来。我的上方挂着灯笼，他在叫我。时隔十年，忽然从他嘴里听到自己的乳名，我不由得惊慌失措地坐起身来。我感觉自己待在家里，于是，睁大眼睛望向他，而他正从上方看着我。

“你睡着了？”他缓慢地说。我发现，自己身上盖着他的毛毯，体内涌起一股暖意。

“他们都走了？”我慌乱地坐起来。

“早就走了……”

“你什么时候给我盖上毯子的？”

“我走进来的时候，你冷得瑟瑟发抖，像躺在冰上一样。”他笑着说。

冰上？我感觉，自己刚刚走出十年前的某个旧梦。微微泛黄的光线洒满整个房间。太阳赶在沉没之前显露出来，一缕黄色的光芒落在群山之上。

他俯身靠近我，用一种极其温柔的声音说道：“再歇会儿吧，我去煮茶。”

我凝望着他，那张平静的脸和那个微笑，仿佛他也刚从冰块上起身走到外面，迈进外面的光亮中。在那里，他的世界与我的过去融合在一起。黄昏的那个时刻，我看着他以及他保持沉默都是一种准备，只为瞬间跨越过去多年的寂静沙漠……大概正因如此，他才呼唤我……或许，他想最后一次从我、从家庭获得解脱。

我慢慢地站起来，将他的毛毯叠好放在角落里，继而来到门口，穿好鞋子，拎起背包，望向他。他也刚好手执灯笼站着，尽管现在身处一片光亮之中，完全不需要它。

“我要走了，巴士要开动了。”

他一言不发地站着，随后缓缓地说，“等会儿，我马上就来。”

他走进下面的房间。上来的时候，手上的灯笼不见了。

“你又忘了这个，”他一边将公文包还给我，一边说，“我把信放里面了……”他停顿了一下，接着继续轻声说道，“你看看吧，我已经在文书上签了字。”

我望着他，他微微转过身，阳光穿过外面的树木洒在他的脚上。我也低下头，待了一会儿……我觉得，好像有人在抚摸我的头，一种温暖的触碰渐渐燃烧我的身体……

我抬起头，房间里没有人，橡树的阴影透过窗户向下方投射。在他所站立的地方，太阳的光斑默默地移动。或许，我旅途的终点就应该如此。

我拿起公文包，走到外面。

此后，再也没有发生什么。我沿着树丛中间洒满阳光的小路朝坡下走去，它向下延伸到多么遥远的地方！德里的市区、朋友、报社、热浪呼啸的中午以及我真真假假的故事……我慢慢忘记那座与他、与教书先生、与阿库尔先生相遇的高山……他们两人将我抛弃在巴士车站上，随着时间的流逝，他们的面孔渐渐变得模糊。然而，某些孤独的时刻，教书先生的问题会突然浮现出来。贴近巴士的窗户，他无比好奇地问：“你来找他想要完成的心愿，如今实现了吗？”我还没有来得及思考这个答案，巴士就开动了。教书先生追着巴士跑了一段距离，但是阿库尔先生一直冷漠地仰望比我更高的地方……树顶之上，一阵黑色的旋风拍打着翅膀随风腾空而起，成千上万只乌鸦在森林上方盘旋着朝神庙飞去。

一日之客

他把自己的手提箱放在门口，按下门铃，静静等待。房屋里悄然无声，连一丝动静也没有。刹那之间，他不由得产生一种错觉，房子里没有人，自己正站在一座空屋前。他掏出手帕擦了擦汗，然后将背包摞在行李箱上，再次按下门铃。紧接着，他将耳朵贴在门上仔细聆听，走廊背后有一扇打开的窗户正在随风摇摆。

他后退几步，抬头仰望。那是一座两层的房子，与巷子里其他房子一样——屋顶是黑色的，形状类似英语字母V，向两边倾斜，中间有一堵白色的石墙，墙头上刻着房屋的编号，如同黑色的符志一般闪闪发亮。楼上的窗户紧闭，布帘垂落。这个时间能到哪里去呢？

他走到房屋的后院——那里有草坪、围栏和灌木丛，他两年前就已经见过，中间柳树弯垂着自己的枝条，像年迈的黑熊一样打着盹。车库的大门敞开，里面空空如也，他们把车开出去了。或许，他们整个早晨都在等他，刚刚因为什么事情离开了。不过，他们就不能在门上给他留个纸条吗？

他再一次回到屋前的大门旁。八月灼热的阳光射入他的眼睛，整个身体都在滴水。他在走廊上垫着自己的手提箱原地坐下。忽然间，他感觉，马路对面，透过房屋的窗户，一些面孔正在向外张望，上下打量着他。他曾听说，英国人不会干涉别人的私人问题，但是他坐在房子外面的走廊上，隐私在那里没有任何意义。因此，他们可以毫无顾虑、明目张胆地盯着他。不过，他们的好奇心背后或许还有另外一个缘故。在那个英国小镇中，人们几乎都相互认识，而他却看起来像个极其特别的生物，这不仅由于他的样貌和长相，还因为他摇摇晃晃地裹着一身印式服装。通过他破旧的衣服以及浸满汗水和尘土的脸庞，没有人能够猜到，三天前，他曾在法兰克福的会议上宣读了自己的论文。我看起来像一个饱受欺凌的亚洲移民……他心想，之后突然站起来，仿佛站立能让等待变得简单一些。这一次，他不假思索地用力敲门，随即又惊慌失措地向后退，因为他的手碰到门，门就吱扭一声打开了。楼梯上传来一阵脚步声，转瞬间，她出现在门口，站在他面前。

她快步跑下楼梯，紧紧抱住他。以前，他都会问，你在里面吗？接着，她会反问，你站在外面吗？他用自己沾满尘土、疲劳无力的双手抓住她瘦削的肩膀，女孩低下头，他把脸靠在她的头发上。

邻居一个接一个地关闭自己的窗户。

女孩慢慢将他推开，“从什么时候开始站在外面的？”

“两年前。”

“哇！”女孩笑了。在她看来，父亲说的这些都是疯话。

“我按了两次门铃，你在哪儿？”

“门铃坏了，所以我就让门一直开着。”

“你之前应该在电话里告诉我……我屋前屋后地跑了一个小时。”

“我本来是要告诉你的，但是中途断线了……你为什么不多投点钱？”

“我只有十便士……那个女人实在可恶。”

“哪个女人？”女孩拎起他的背包。

“中途掐断我们电话的那个。”

男人将自己的行李箱拖至客厅中间。女孩兴奋地低头翻看书包里面的东西——几包香烟、装在细长瓶子里的苏格兰威士忌、若干袋巧克力——这些就是他急急忙忙从法兰克福机场免税店购买的所有物品，如今它们正从背包里向上张望。

“你剪头发了？”男人第一次平静地看着女孩的脸。

“是的……就是为了假期。你觉得怎么样？”

“如果你不是我的女儿，我会以为某个坏蛋闯进我家了。”

“噢，爸爸！”女孩笑着从背包里掏出巧克力，撕开包装袋，递到他面前。

“瑞士巧克力，”她一边在空气中摇晃着它，一边说。

“可以给我倒杯水吗？”

“稍等一会儿，我去煮茶。”

“晚点再喝茶……”他开始在大衣内层的口袋里摸索。笔记本、钱包、护照，所有物品都被掏了出来。最终，他摸到一个小药盒，这才是他一直在寻找的东西。

女孩拿来一杯水，问他：“什么药？”

“德国的，”他说，“很有效。”他就着水吞下一个药片，然后坐在沙发上。一切都跟他想象的一样。那个房间、那扇玻璃门、拉开的窗帘中间那片如绿色方形手帕一般的草坪、电视屏幕上飞鸟的倒影，尽管它们在外面飞翔，却会让人产生错觉，以为它们就在屋内……

他来到厨房门口，注视着煤气炉后面女孩的后背。黑色灯芯绒的紧身裤和白色的衬衣，挽起的衣袖在胳膊肘上不停晃动。她看起来十分瘦小和纤弱。

“妈妈在哪儿？”他问。或许，他的声音太过微弱，女孩完全没有听到，但是他却感觉，女孩的头向上仰了一些。“妈妈在楼上吗？”他又重复了一次，女孩仍旧那样一动不动地站着。那一刻，他知道，她第一次已经听到了他的问题。“她出去了吗？”他问。女孩以一种极其缓慢、含糊的方式摇了摇头，其中的意思全凭个人理解。

“爸爸，你能帮帮我吗？”

他迅速走向厨房，“说吧，什么事？”

“你把茶壶拿进去吧，我马上就来。”

“就这个！”他失望地说。

“好吧，把杯子和盘子一并拿去吧。”

他拿着所有的东西返回内屋。他本想再次走回厨房，但是又害怕女孩，所以只能坐在里面的沙发上。从厨房飘来一股煎炸的香气。女孩在为他烹煮食物，他却什么忙也帮不上。他曾一度想走到厨房去阻止她，告诉她自己什么也不吃。然而，转瞬间，饥饿抓住了他。从早上开始，他就什么都没吃。尤斯顿车站的餐厅里，人们排成一条长龙，于是，他买完票就直接钻进火车了。他原本打算在餐车里填饱肚子，不过，餐车在中午之前并不营业。实际上，他的最后一顿饭还是昨天傍晚在法兰克福机场吃的。晚上抵达伦敦之后，他一直待在旅店的酒吧里喝酒。三杯下肚，他从口袋里掏出笔记本，翻查号码，继而走向酒吧的公用电话，拿起话筒……起初，他没有分辨出，那声音到底是妻子的还是女儿的。也许是妻子接的电话，因为电话里只有沉默在他耳边回荡，过了一阵子，他听见，她在楼上呼唤女儿。那时，他看了看手表，忽然意识到，此时，她应该正在睡觉。他本想放下电话，不过，那一刻他听见女儿的声音。她在半睡半醒之间。许久，她没有搞明白，他是从印度打来电话的，还是从法兰克福或者伦敦……他一直在向她解释自己的状况，然而，三分钟到了，他却没有足够的零钱继续保持通话。唯一感到安慰的是，他在困倦、慌乱和迷醉之间成功宣告，他明天将回到她们的城市……明天或者今天。

那些都是美好的时刻。外面，英国柔白、和煦的阳光洒满大地。他待在家里，体内涌起一股温暖的波浪。机场里的来回奔波、酒店里的欺诈和争论、赶火车和出租车的匆忙，他战胜了一切。他待在家里，尽管他没有真正属于自己的家，但这里好歹也算得上一个家——椅子、窗帘、沙发和电视。他在这些物品中间生活多年，对每一样东西的历史都了若指掌。每过两三年，当他准备回来的时候，都会想，女儿长多大了，妻子呢？她的变化多么大呀！然而，这些东西从他离开家的那天起就一直驻留在原地，随他一起远去，一起返回……

“爸爸，你不倒点茶喝？”她托着两个盘子从厨房走来，一个里面盛着面包和奶油，另外一个装着烤香肠。

“我在等你。”

“快倒茶吧，不然都凉了。”

她陪他一起坐在沙发上。“我去开电视，你要看吗？”

“现在不想看……话说，你收到我的邮票了吗？”

“收到了，爸爸，谢谢！”她正将奶油涂抹到面包上。

“你却连一封信都没写！”

“我写过一封，但是后来收到了你的电报。我想，你就快回来了，还有什么必要把信寄给你？”

“你真是个傻瓜。”

女孩望着他，笑了。这是多年前父亲给她取的绰号，那时候，他跟她一起住在家里，她还是个幼童，从来没有听过自己的印度名字。

趁女儿欢笑之机，他俯身来到她身旁，仿佛她是一只灵动的小鸟，只有误以为自己安全的时候才会被人逮住，“妈妈什么时候回来？”

提问如此突然，女孩甚至没有想好应该如何撒谎，“她在楼上自己的房间里。”

“楼上？但是你之前说过……”

喀嚓，喀嚓，喀嚓——她用小刀切掉烤糊的面包，好像想要随之将他的问题一并去除。她依旧保持微笑，不过，现在笑容就像冻结在冰雪中的昆虫一样紧紧贴在她的嘴上。

“她知道我在这儿吗？”

女孩往面包上抹了点奶油，又涂了些果酱，然后把它放在他前面的碟子上。

“嗯，知道。”她说。

“那她怎么不下楼来跟我们一起喝茶？”

女孩把香肠盛入另一个碟子，忽然想起了什么。她走进厨房，拿来一瓶芥末和一瓶番茄酱。

“我上楼去问问。”他望向女孩，似乎想要从她那里得到自己行动的支持。不过，她什么也没说，他动身走向楼梯。

“别去，爸爸！”

他停下脚步。

“你又想跟她吵架吗？”女孩有些生气地说。

“吵架！”他满脸愧疚地笑了，“我走了两千英里回到这里，就是为了跟她吵架？”

“那就坐在我身边吧。”女孩的声音拖得很长。她和母亲住在一起，但是对父亲也不冷酷。她用充满爱意的眼神注视着他，“有我在你身旁，难道还不够吗？”

他开始吃饭，面包、香肠、一小罐煮熟的豌豆。他的饥饿得到缓解，不过，女孩的眼睛一直停留他身上。她望着他，若有所思，中间偶尔将一块面包塞进嘴里，喝一口茶，然后继续望着他。她什么也没说，只是莞尔一笑，给他带来一丝安慰：一切都好，我对你负责，只要我在，就没什么好害怕的。

毫无畏惧。也许是药效发作，或者旅途劳累，他想躲避女孩的视线，独自离开片刻。“我一会儿就来。”他说。女孩疑惑地看着他，“要去洗手间吗？”她陪他一起走到盥洗室门口。直到关上门，他依旧能够感觉到，她站在门后……

他将脸放在水盆里，拧开龙头。水哗哗地在他脸上流淌。他似乎在抽泣，含糊不清的词语从他胸腔的空洞中向外喷涌，仿佛要将内心积聚的污秽全部呕吐出来。呕吐，直接来自心底的呕吐。不久前服下的那个药片如今化作黄色的碎末漂浮在水盆的大理石上。他关上水龙头，掏出手帕擦脸。盥洗室的钩子上挂着妻子的脏衣服，一个塑料桶中，内裤和胸罩浸没在肥皂水里……窗户敞开着，后院在阳光中闪闪发亮。从某处，从其他某个院子，传来除草机的嗡嗡声，令人困倦……

他飞快地关上盥洗室的门，走向房间。家里一片寂静。他来到厨房，没有看到女孩。于是，又返回客厅，那里也空无一人。他怀疑，她在楼上的房间里坐在母亲身旁。一种异样的恐惧抓住了他。家里有多么宁静，实际上就有多么危险。他走到放置行李箱的角落里，迅速将它打开。他把会议的笔记和文书放在一旁，接着从它们下面翻出自己从德里带来的全部行李——在商场买的拉贾斯坦长裙（给女孩）、从人民路（Janpath）西藏喇嘛那里买来的黄铜装饰品、克什米尔的羊毛披肩（给女孩的母亲）、绣着金线的红色古吉拉特拖鞋（女孩和母亲都能穿）、手织的床罩、印度邮票集，还有一本巨大的插图书——《贝拿勒斯：永恒之城》。地板上逐渐堆砌起一个小小的印度斯坦，他每次回欧洲的时候都会随身背着它。

他忽然停下手，久久地盯着那一大堆东西。它们散落房间的地板上，看起来孤苦无依、楚楚可怜。他心里萌生出一种近乎疯狂的愿望，将它们原样留在房间里，自己逃跑。谁也不知道，他去了哪里？女孩肯定或多或少会感到惊讶，然而，多年以前，她也曾如此突然地赶来见他，之后又无缘无故地离去。“你是一个即将回来的人，也是一个即将远去的人”，她经常对他这样说。起初，语气里充满失望，后来竟带着些许笑意……就算没有看见他坐在房间里，女孩也不会受到很大的伤害。她会走上楼，对母亲说，“你可以下来了，他已经走了。”之后，她们俩就一起来到楼下，内心重拾安宁，因为除了她们俩之外，如今家里再无他人。

“爸爸！”

他大吃一惊，仿佛被人抓了个现行。带着一脸羞赧的微笑，他望向女孩——她站在房间的门口，注视着打开的行李箱，仿佛那是一个魔法盒子，能够突然从自己的肚子里吐出各种各样的东西。不过，她的眼中没有一点欢愉，反而流露出一丝为难。当孩子看见自己的长辈表演某种戏法，假如他们早已洞悉其中的奥秘，那么，为了掩饰自己的尴尬，他们只能展现出更多的兴奋与好奇。

“这么多东西？”她在男人面前的椅子上坐下，“怎么带进来的？听说，最近海关的官员很是烦人！”

“没有，他们这次什么也没管，”男人有些激动地说，“或许是因为我直接从法兰克福过来。他们只对一件东西产生了怀疑。”他微笑着望向女孩。

“什么东西？”这一次，女孩真正兴奋地问。

他从自己包里掏出装着某种豆类的小方盒，打开之后放在桌上。女孩犹豫地拿起几粒闻了闻，“这是什么？”她好奇地看着男人。

“他们也是这样闻，”他笑了，“他们担心，里面装有某种麻醉剂。”

“肉丁？”女孩瞪大眼睛，“这里面确实放了肉丁吧？”

“吃吃看。”

女孩将一些油炸豆子放进嘴里，慢慢咀嚼，随即惊讶地发出嘶嘶的声音。

“可能有辣椒……吐了吧！”男人稍显慌张地说。

不过，女孩一口把它吞了下去，然后用充满泪水的双眼看着父亲。

“你也是疯了……全都吞下去了。”男人赶紧递给她一杯水，那是她之前拿来给他喝的。

“我喜欢。”女孩迅速地喝了口水，继而用卷起的衬衫袖子擦拭眼睛。她笑着望向男人，“我喜欢这个。”只有在取悦男人的时候，她才会说这样的话。他们所拥有的时间很少，为了到达他身旁，她往往需要走一些捷径，而其他孩子可以花费数个月的时间来完成这段距离。

“他们也尝了这个吗？”女孩问。

“没有，他们哪儿有这个胆量！他们只是打开我的行李箱，翻阅我的文书。最终，他们发现，我刚刚参加完一个会议，于是说道，‘先生，您可以走了。’”

“他们说什么？”女孩笑个不停。

“他们说，‘先生，您可以走了，像一只印度乌鸦！’”男人用神秘的目光看着她，“这是什么？”

女孩笑个不停。年幼时，她总是与男人一起在公园里闲逛。那时候，他们经常玩这种疯疯癫癫的游戏。他望向一棵树，发问，亲爱的，那里可以看到什么吗？女孩环顾四周之后回答，是的，亲爱的，树上有一只乌鸦。男人惊讶地看着她。这是什么？她往往会带着胜利的喜悦说，诗歌！

一首诗歌！随着年龄增长不断消逝的童年的倒影逐渐靠近——公园里的风、树、笑声。她抓着父亲的手指，突然来到那个早已忘怀、时常出现在午夜睡梦之中的地方……

“我给你带来了一些印度钱币……你上次提到过。”

“给我看看，在哪儿？”女孩迫不及待地问。

男人拿起一个绣着星星图案的红色小包——嬉皮士们常常买来装护照。女孩从他手里夺过小包，在空中摇晃，里面装载的各种硬币开始叮当作响。随后，她打开袋口，将所有硬币摊在桌上。

“在印度所有人都有这样的钱币吗？”

他笑了，“难道要为每个人分别制造吗？”他说。

“穷人呢？”她望向男人，“有天晚上，我在电视上看到他们……”她俨然已将钱币抛诸脑后，有些迟疑地注视着地板上散乱的东西。那时，男人第一次觉得，站在他面前的这个女孩是另外一个人。他的认知范围仅限于他两年前所看见的，但是在此期间，图景发生了变化。不过，她没有改变，只是去了别的地方。那些常年不在子女身边的父母总是对孩子的秘密基地一无所知，因为它们建立在他们缺席的基础之上。女孩必须前往童年的地下室才能与父亲相聚……然而，她有时候也会离开那里，走到男人不知道的其他房间。

“爸爸！”女孩看着他，“我可以把这些东西收拾好吗？”

“怎么了，干嘛这么着急？”

“不，不着急……但是如果妈妈来看到的话，那么……！”她的语气里流露出一丝慌乱，仿佛她在空气中嗅到某种不可见的危险。

“来到又如何？”男人有些惊异地望向女孩。

“爸爸，轻点说……！”女孩朝楼上房间的方向瞥了一眼，楼上悄无声息，这个价仿佛被分割成两半，一半静止、孤寂，另一半中坐着他们两个人。那一刻，他不由得产生了一种错觉，女孩正在表演一部木偶戏。她绑在上空的悬线上，他如何拉扯，她就如何摆动。不过，他既看不见悬线，也看不见操纵她的那个他……

他站起来。女孩惊恐地望着他，“你要去哪里？”

“她不肯下楼？”他问。

“她知道，你在这里。”女孩有些生气地说。

“所以她才不愿意下来？”

“不是……”女孩说，“所以她随时都可能下来。”

真是疯了！这么小的事情都不能理解！

“你先坐吧，我现在收拾一下这些东西。”

她蹲在地上，干脆利落地拾起每一样东西，放置在角落里。天鹅绒的鞋子、羊毛披肩、古吉拉特商场买来的床罩。虽然女孩背朝父亲，但是他能看到她的手，瘦削、微黑，与她的母亲一模一样，那般孤傲、寒冷，不带任何情感地抓住他带来的东西，漫不经心地推至一旁。这双手属于那样一个女孩，她只学会了抚摸母亲有限度、有保留的爱，却没有学会如何接触从父性的黑色山谷中喷涌而出的男人强烈而痛苦的激情。

女孩的手忽然停下来。她感觉，有人在按门铃，不过，转瞬间，她就将注意力转移到电话上了。电话放在楼梯下方的壁龛里，此刻正像被铁链拴住的幼犬一样大声吼叫。女孩把东西留在原处，迅速跑到楼梯旁，拿起电话。起初什么动静也没有，之后，她开始大喊……

“妈妈，你的电话！”

女孩倚靠楼梯的栏杆站着，手里紧握话筒来回摇晃。楼上的门开了，楼梯开始颤动。有人走下来，俯身把头贴在女孩脸上，编织的发辫和话筒之间露出一张完整的面孔……

“谁打来的？”女人将自己垂下的发辫甩向身后，接着从女孩手里接过话筒。男人从椅子上站起来……女孩朝他望去。“喂，”女人说。“喂，喂，”女人提高音量。那一刻，他已察觉，这就是他妻子的声音。时隔多年，他仍然能够从数百种声音中将它分辨出来……音调很高，轻微颤抖，总是生硬、沙哑、不安，这是她身体里唯一一样能够穿越身体在男人的灵魂上刻下血痕的东西……他怎么站起来的，又怎么坐下去了。

女孩在笑。

透过衣钩下面的镜子，她仔细端详着男人的脸——那张脸看起来有些丑陋，正如女人在岁月的镜子里发出的声音——混乱、扭曲、谜一般的神秘！不知不觉中，他们三个人被划分成四个部分——女孩、她的母亲、他和他的妻子……家一旦变成家庭，就会自动扩张……

"你要跟珍妮说话吗？"女人对女孩说，似乎女孩一直在等待这个时刻。她跳跃着走上台阶，从母亲那里拿过话筒，"喂，珍妮，是我！"

女人走下两级台阶，现在男人能够看到一个完完整整的她。

"坐吧……"男人从椅子上站起来。他的声音里有一种无可奈何的恭顺，仿佛他害怕，她一看到他就会转身离开。

她犹豫地站了片刻。现在转身回去是没有任何意义的，不过，这样站在他面前也不合适。于是，她拽来一张椅子，坐在电视机前面。

"什么时候到的？"她的声音小到令男人感觉，刚刚在电话里说话的是另一个女人。

"来了很久了……我不知道，你在楼上的房间里！"

女人沉默地看着他。

男人从口袋里掏出手帕，擦了擦汗，勉强挤出笑容。"我在外面站了许久，我不知道，门铃坏了。车库空着，所以我以为，你们俩出去了……你的车呢？"他明知故问。

"送去保养了！"女人说。她总是对他那些琐碎、无用的事情感到厌烦，然而，对于男人来说，它们就像是淹死前可以抓住的救命稻草。至少在一段时间内……

“你收到我的电报了吗？我去了趟法兰克福，顺路来到这里，为此还要多付几镑呢。我从那儿给你们打了电话，但是你们俩都出去了……”

“什么时候？”女人有些好奇地望向他，“我们俩都在家。”

“电话铃一直响，不过没有人接。可能接线员听不懂我的英语，拨错了号码！不过，我说，”他笑了，“最近发生了一件怪事。我在希思罗碰见一个女人，她从后面看起来跟你如出一辙，幸好我没有叫她……在印度之外，印度妇女看起来都是一个样儿……”他不停地说，就像那些眼睛上蒙着布条，迎风在绷紧的绳索上行走的人。他的妻子远远地站在绳子下方，在一场梦里，这一点他许久之前就已知晓。然而，现在他却记不起，自己为何坐在她面前？

他不再说话。他意识到，这么长以来，他都只能听见自己的声音，他面前坐着的这个女人半句话都没有说，一直用冷漠、失望的眼神注视着他。

“怎么了？”男人有些恐惧地问。

“我已经阻止过你了，你怎么就是不能理解？”

“为什么？你为什么阻止我？”

“我并不想从你那里得到什么……你为什么把这些带来我家？它们有什么用？”

起初，他没有明白，什么东西？之后，他的目光落在地板上……圣蒂尼克坦的小包、邮票集、一盒油炸豆子……如今它们散落在地板各处，看起来极其凄惨，与他刚刚坐在椅子上的境况一样。“哪里很多？”他愤怒地说，“如果不带它们，半个箱子都是空的。”

“但是我不想从你那里得到什么……你就连这么点小事都不能理解？”

女人的声音颤抖着逐渐增大，不知道其中包含多少斗争的苦痛，承载着多少来自地狱的洪水，它们冲垮大堤奔涌到她身旁，一寸一寸向前推进。他从口袋里掏出手帕，擦拭自己浸满汗水的脸。

“你是不是讨厌我来，就算我只待一小会儿？”

“嗯……”她绷起面孔，旋即又在一种奇怪的失望中松弛下来，“我不想看见你，就是这样！”

这么简单吗？他像执拗的孩子一样盯着她，即使已经知道问题的答案，依旧假装什么都不明白。

“布古！”他轻声说道，“别这样！”

“原谅我……”女人说。

“你想怎么样？”

“让我一个人待着……除此之外，我别无所求。”

“我也不能来看看女儿吗？”

“别在这个家里，你可以在外面见她。”

“外面！”男人惊慌地抬起头，“外面哪里？”

那一瞬间，他完全忘记，外面还有整个世界，公园、道路、酒店的房间——他自己的世界，它能把女孩拽到哪里去呢？

她一直对着电话有说有笑。“不，今天我不能去，爸爸在家，他刚刚才到……不，我不知道。我没问……”不知道什么？或许她的朋友问，他会待几天？面前坐着的这个女人大概也想知道这个答案，多长时间，多少个小时，还需要跟他在一起忍受多少痛苦？

黄昏落日的余晖照进屋内。电视的屏幕闪闪发亮，但是一片空白，只有女人的影子倒映在上面，如同新闻开始前，首先出现的总是播报员的图像，开始昏暗而模糊，之后逐渐变得“明亮”……他屏住呼吸，等待她说些什么，尽管他知道，多年以来，家里只有一部新闻短片，它与另一种人生息息相关，然而，每次见面，他们都会放映一卷描述过往伤痛的录影带……人和物品多么不同！就算过去许多年，家宅、书本、房间还是会跟你离开的时候一模一样，但是人呢？他们从分别的那一天起就开始走向死亡……不是死亡，而是过上另一种人生，它会逐渐扼杀你们在一起度过的那些时光……

“我不仅是来看女儿……”他结结巴巴地说，“我也是来见你的。”

“见我？”女人的脸上同时浮现出讥笑、鄙视和惊讶，“你到现在还没改掉说谎的习惯！”

“如今对你撒谎我能得到什么？”

“我不知道，你能得到什么……反正我在自食恶果。”她用一种平静、冷漠的目光望向外面，“倘若我能早点了解你，那还可以做点什么。”

“你能做什么？”男人打了一个寒战。

“做什么都可以。我无法像你一样独自生活，不过，现在这个年龄……现在也不会有人看上我。”

“布古……！”他双手紧握。

“别叫我的名字……一切都结束了。”

她在哭泣，与世隔绝，逝去的人和未来的希望——两者都与她毫无关联。眼泪滑落，像渠水一样流淌在倾斜的人生上，不是因为某一个具体的原因，而是因为心中的石头已经完全清楚。女人一次又一次地用手将眼泪擦去……

女孩早就安静地坐在电话旁边。她坐在楼梯最低一级的台阶上，眼神空洞地注视着哭泣的母亲。她所有的努力都没有结果，然而，她的脸上却没有露出一丝失望。每个家庭都有自己的噩梦，跟随永不停歇的巨轮旋转，她无法干涉。虽然年龄不大，她却也懂得如此伟大的真理，人类的内心与外部世界之间存在一种不可思议的相似性——只要它们没有完成自己的旅程，中途加以阻拦注定是徒劳无功的……

她连看都没有看男人一眼，径直走到母亲身边，对她说了些与男人无关的话。女人让她坐在自己旁边，紧紧贴着自己。她们两人坐在沙发上，看起来像一对姐妹。她们已经将他遗忘。不久前，潮水泛滥，淹没了整个家，然而，如今大水渐渐退去，男人待在他原本应当待在的地方——岸边。他将此视作神的恩典。他坐在她们两人中间，却无人可见！多年以来，他一直怀有一个愿望，想要隐匿踪迹，坐在母亲和女儿中间。只有神凭借自己的恩赐才能隐匿行踪，这点他明白。不过，对于生活在深渊底层的那些人，人们同样也视而不见。母亲和女儿抛弃了他，这不能等同于忽视。她们转身离去，任由他自生自灭——就在那里——那个多年前他弃家远走的地方。

女孩离开母亲，来到他身旁坐下。

“去看看我们的花园吧？”她说。

“现在？”他略微惊讶地望着女孩。她看上去有些不安和焦躁，似乎想对他说些什么，但却无法在房间里说。

“走吧，”男人站起身说道，“不过，先把这些东西拿上楼吧。”

“我等会儿再来收拾。”

“等会儿是什么时候？”男人半信半疑地问。

“你就走吧！”女孩一边拽着他，一边说。

“你跟他说，让他把自己的行李装进箱子里。”女人的声音传来。

他感觉，有人突然在背后推了他一把。他吓得转过身，“怎么啦？”

“我不需要这些。”

他的心中涌起一阵暴风骤雨，“我不会带走的，你愿意的话，可以把它们扔出去。”

“扔出去？”女人的声音在颤抖，“我可以把你跟它们一起扔出去。”哭过之后，她的眼睛闪烁着光芒。没有被擦去的眼泪渐渐风干，散发出来的湿气凝结在面颊上，像一层干燥的玻璃一样。

“我们不去看看花园吗？”女孩拉着他的手。他跟随她一起走，但什么也没看。青草、花圃和树木不断移动，如同一部正在放映的无声电影。只有他妻子的声音像魔鬼的解说一样久久回响——出去，出去！

“你为什么跟妈妈吵架？”女孩说。

“我哪儿跟她吵架了？”他盯着女孩，仿佛她也是他的敌人。

“你吵了。”女孩的声音里有一种异样的固执。她特意用英语说“你”，语义中既包括了充满爱意的“你”，也涵盖着宣泄愤怒的“您”。英语代词这种模棱两可的表达将父女之间的关系悬挂在半空中，时而亲密接近，时而陌生疏远。他只能从女孩的语气中测探它的真实距离。男人感受到一种诡异的恐惧。他不想同时失去母亲和女儿。

“非常可爱的花园，”他讨好地说，“请了园丁吗？”

“没有，没有园丁。”女孩兴奋地说，“我每天傍晚来浇水，妈妈放假的时候会修建草坪……过来这边，我给你看样东西。”

他跟在她身后。草坪很小——碧绿、嫩黄，如天鹅绒一般。后面是车库，两边种着许多灌木，像护栏一样，中间伫立着一棵茂密、年迈的柳树。女孩躲在树后，随即传来她的声音，“你在哪里？”

他一声不吭，蹑手蹑脚地走向树后，继而惊讶地站住。柳树和灌木丛之间，有一个黑色木头搭建的小棚子，透过它的大门，一只兔子正向外张望，另一只兔子躺在女孩的怀里。她小心翼翼地抚摸着它，仿佛它是一个毛线球，随时都可能从手里挣脱跑掉，在灌木丛中消失得无影无踪。

“这是我们刚养的……原来只有两只，现在变成四只了。”

“剩下的在哪里？”

“棚子里面……它们还很小。”

起初，他也想去摸摸兔子，然而，他的手却落在女儿的头上。他轻轻地抚弄她棕色、细幼的头发，女孩沉默地站着，兔子一边抽吸鼻子，一边注视着她。

“爸爸？”女孩低着头轻声说道：“你是不是已经买好了回程票？”

“还没有，怎么了？”

“是这样，这边可以买到很便宜的回程票。”

难道她是为了问这个问题才把他叫到这里来的？他缓慢地将自己的手从女孩头上移开。

“你晚上住在哪里？”女孩的声音不带任何感情色彩。

“倘若我住在这里？”

女孩慢慢将兔子放回棚子里，然后迅速地关上门。

“我开玩笑的，”他笑着说，“我搭最后一班火车回去。”

女孩转身望向他，“这里也有几个不错的酒店……我现在就可以打电话问问。”女孩的声音变得十分柔软。得知他晚上不会住在家里，她立刻就叛离母亲站在他这一边。他慢慢握住她的手，轻轻抚摩，就像她之前抚摸兔子一样。不过，男人的手浸满汗水。

“听我说，下一个假期，我会回印度。这次不会变了。”

她有些诧异，因为男人什么都没有说。周围只能听见兔子在棚窝里发出窸窸窣窣的声音。

“爸爸……你怎么不说话？”

“你每年都这么说。”

“说是说了……但是这次我会去的，你不相信我？……进去吧？妈妈可能会感到焦急，我们到哪里去了。”

八月的黑暗悄悄笼罩大地。柳树的叶子在风中瑟瑟作响。房间的窗帘落下，不过厨房的门依旧开着。女孩跑进去，打开水池的龙头开始洗手。他来到她的身后，站定，看到水池上方镜子中自己的面孔——风尘仆仆，满脸胡须，正用一双泛红的眼睛诧异地凝望着他……不，你没有任何希望……

“爸爸，你现在也自言自语？”女孩抬起自己被水浸湿的脸，望向镜子中的他。

“嗯，但是我什么也没听到……”他缓缓地将手放在女孩肩上，“冰箱里有苏打水吗？”

“你进去吧，我等下拿过来。”

房间里空无一人。他的东西早就收拢在一处。行李箱立在角落里；他们在公园的时候，他的妻子或许已经翻看过一切；触碰过一切。无论她对他有多么愤怒——东西是另一回事。她没有把它们拿上楼，但却也没有勇气再次把它们放回行李箱中……她将它们留在那里，放任不管。

过了一会儿，女孩拿着苏打水和玻璃杯走进来。忽然间，他搞不清楚，自己坐在何处。房间里黑乎乎的，但并非漆黑一片，只是黑暗中，在各种物品之间，房间里坐着的人看起来也像一件物品，“爸爸……你不开灯？”

“现在开……”他起身试图寻找开关，女孩将苏打水和玻璃杯放在桌上，点亮了台灯。

“妈妈在哪儿？”

“她在洗澡，应该等下就过来了。”

他从包里掏出自己在法兰克福机场买的威士忌……把它倒进杯子里的时候，他的手忽然停下来，“你的姜汁汽水在哪里？”

“我现在可以喝真正的啤酒。”女孩笑着望向他，“你要冰块吗？”

“不要……你要去哪里？”

“去棚子里放食物……不然的话，它们会把对方吃掉。”

她走向外面，透过敞开的大门，花园里露出一片黑暗，在群星昏黄的辉光中若隐若现。没有风。外面的寂静穿过家中看不见的声响传进屋内。他感觉，他坐在自己家里，多年前经历过的事情如今正在发生。她一边洗澡一边哼歌，当她将毛巾像缠头巾一样绑在头发上走出来的时候，滴落的水珠在浴室和她的房间中间画成一根线条。不知道，那条线中途会在哪里风干？在哪个地方，在哪个特别的转弯，那个东西会从他手上滑落，而他再也无法抓住它？

他又倒了一些威士忌，尽管玻璃杯里现在还有酒。他感觉有点奇怪，昨夜这个时间，他也在喝酒，不过，那时他在半空之中。当听见空姐的声音，我们正飞过英吉利海峡，他透过飞机的窗户向下窥望，什么都看不见，看不见大海，看不见灯塔，只有黑暗，黑暗之中流淌着黑暗，此外什么也没有。那一刻，俯瞰下方黑暗的时候，他觉得，下面那个看不见的海峡事实上就在他心里，从他的一种人生延伸至另一种人生。他一直尝试跨越的那个海峡，有时候在这里，有时候在那里，不属于任何地方，既不以某处为起点，也不通往某个地方……

“宾度呢？”他惊愕地抬起头，发现她早已站在那里，只是他不知道。“在外面的花园里，”她说，“去喂兔子了。”

她独自站在楼梯栏杆下面。冲完澡后，她穿着一件拖到脚踝的长裙……头发散开，面容显得十分清透而有光泽。她看着他放在桌上的玻璃杯。她的脸上一片安宁；仿佛淋浴不仅洗净了她的脸，也涤荡了她的痛苦和煎熬。

“还放了冰块。”她说。

“没有，我加了苏打水。给你倒一杯吗？”

她摇了摇头，不置可否，而他知道，洗完热水澡后，她总喜欢喝点冷饮。尽管已经过去多年，他依旧没有忘记她的习惯，并且，借由那些习惯，以往熟悉的感觉重新回到两人之间。他走进厨房，为她拿来一个玻璃杯，在里面放了一些冰块。当他倒入威士忌的时候，传来她的声音，“够了，这就够了。”

那是一种干净的声音，中间没有掺杂任何色彩，没有爱意，也没有愤怒，是一种平和而中立的声音。她离开楼梯，来到椅子旁边。

“你不坐？”他略带担忧地问。

她端起自己的杯子，坐在高脚凳上。中午她也坐在那里，虽然靠近电视机，却离台灯很远，所以只有一缕微黄的光线能够照射到她。

好一阵子，两人之中谁都没有说话。后来，女人的声音响起，“家里的人都还好吗？”

“挺好的……这些东西就是他们给的。”

“我知道，”女人有些疲惫地说，“为什么要去烦扰那些可怜的人？你辛辛苦苦将这些东西背过来，但是它们在这里一点用处也没有。”

“它们可以有用，”他说，“你很多年都没有回去了；它们是一种回忆和寄托。”

“现在谈过去有什么好处？”她喝了一大口玻璃杯里的酒，“我现在跟他们没有任何关系。”

“你可以带着女儿一起回去，她到现在都没有见过印度次大陆。”

她沉默了一会儿……接着慢慢地说，“明年她就满十四周岁了……按照法律规定，到那个时候，她就可以去往任何地方。”

“我不是在说法律，没有你，她哪里也不会去。”

女人透过潮湿的杯壁端详男人，“只要我有能力，就不会让她回到那里。”

“为什么？”男人望向她。

她微微一笑，“难道我们两个印度人对她来说还不够吗？”

他坐着没动。不久之后，厨房的门打开，女孩走进来，一言不发地看了看两人，随即走到放置电话的楼梯边。

“你要干什么？”女人问。

女孩没有说话，开始转动拨号盘。

男人站起来，望向她，“还要加一些吗？”

“不要……”她摇摇头。男人缓缓地往自己的杯子里倒酒。

“你喝很多吗？”女人问。

“没有……”男人摇摇头，“赶路的时候喝得更多。”

“我本以为，你至今仍住在家里。”

“为什么？”他看着女人，“你怎么会产生这种错觉？”

女人用淡漠的眼神打量了他一会儿，“为什么，那个女孩怎么啦？她不跟你住在一起？”女人的声音里没有任何挑衅，也没有任何痛苦的阴影……多年之后，两个人似乎只是单纯地在讨论当年那件事，尽管它曾经突然将他们抛向分离的极端。

“我一个人住……跟母亲一起。”他说。

女人有些诧异地盯着他，“发生什么事了？”

“什么也没有……或许我就不适合与人住在一起。”他的声音变得极其微弱，仿佛他在讲述的是某种私密的疾病。“你很吃惊吗？不过，确实有这样一些人……”他本来想多说一些，关于爱，关于忠诚，关于信任与欺骗。一个伟大真理与诸多谎言混杂在一起，在威士忌的迷雾中，如闪电般璀璨夺目，然而，转瞬间便永远消失在黑暗之中。

或许，女孩正是在等待这个时刻。她挂上话筒，来到男人身边，瞥了一下母亲，她隐藏在台灯后面的黑暗角落里，男人呢？他在玻璃杯背后变成了一个湿润的斑点。

“爸爸，”女孩的手里拿着一张便笺，“这是酒店的名字，出租车只需要十分钟就可以把你送过去。”

他把女孩拉到自己身边，将纸片放在口袋里。三个人沉默地坐了一会儿，就像多年以前，旅行出发前夕，全家人安静地坐在一起一样。外面出现了许多星星，静谧、昏黄的光线下，老柳树、灌木丛和兔子的小窝棚相互靠近。

他将自己的杯子放在桌上，轻轻地亲吻女孩，随后拎起行李箱。女孩开门的时候，他忽然在门口停下了脚步，“我要走了。”他说。不知道，这句话他是对谁说的，但是从她坐着的地方没有传来任何声音。那里的沉默如此浓重，与外面的黑暗一模一样。此刻，他正朝那里走去。

鸟

日记游戏

那段日子，比托来了。我感觉，似乎多年以来，她一直跟我住在一起。只要她一来，生活就变得有些难以理解。如今或多或少能够懂得一些世事，她却不在了。不过，对于比托的记忆并没有因此变得伤感，她不属于过去那些怀念之后就可以忘却的部分。我们之中有这样一些人，他们即使不在身边，也会陪着我们一路向前。对于他们，我们不用刻意去缅怀，因为从来就没有遗忘。

他们与过往紧密结合在一起，所以常常不会令人有所察觉，只是在某些瞬间将人变得多愁善感。我们能够察觉到的都是过去……

最初，我是在照片里看到比托的。婶婶让我读电报。她会在假期来德里住几天。婶婶叫我去车站时，我笑了。我从来没有见过比托，如何能从车站的人山人海中辨认出她——她又怎么认得出我。那时，婶婶翻遍了柜子里的所有物品，从某个角落里找出比托的照片，有些难为情地说："虽然照片挺老的，但是我们的比托没怎么变……现在跟过去一个样儿。找到她应该不会很困难。"

婶婶说得对，认出她一点儿也不困难。依旧是那张面孔——框架眼镜背后那双眼睛冷漠而深邃，额头不大，皮肤黝黑，在眼睛下方显现出黑黄的颜色。不过，这都是我现在搜遍所有记忆才想起来的……真正令人难以忘怀的是她脸上那副怪异的、惊讶的表情，如今看起来仍然跟当初在车站瞧见的一样……那副惊讶的表情硬生生地将她拉回到多年前的那张老照片中。

我不知所措地站了一会儿，完全无法确定，应该如何以一个陌生人的身份与她见面。她数次向月台投来寻觅的目光，接着毫不犹豫、无所顾忌地让苦力帮忙抬行李。我有些不高兴。她不认为我的存在有特殊的必要性——我没有来，她自己也能轻松回到家。我冷淡地向她介绍自己。刹那间，她的脸上立刻浮现出迟疑、羞愧的表情。“无端给您添了这么多麻烦，婶婶倒是写了封信……您瞧，我带来了。”她打开包，急急忙忙地在袋子里翻找那封信。一些纽扣、几个夹子、一条皱巴巴的手帕，所有物品都从包里跑到外面……不过还是没有找到那封信。“可能忘记带了……明明放进去了，不知道到哪里去了。幸好您来了，要不然我肯定想不起路名。”这一次，她本应该为自己的错误感到害臊，然而，她只是满不在乎地笑着。

车站的那次会面之后，她可能偶尔还将我称作“您”，不过我早就想起不来了……或许在马车上谈话的时候就已经遗忘。“在火车上找到好位置了吗？”我与车夫一起坐在马车的前排座位，只能转过身跟她说话。“完全没有……我整夜都把头探出窗外，坐在自己的行李箱上。车里非常拥挤，连呼吸都很困难……”“那你睡觉了吗？”我担心地问。我不会让这样的机会从手中溜走，并且总是能够成功地假扮关心。“睡不睡也没什么差别，我在火车上从来都不睡觉。”

“为什么？”我转过身望向她……发现，她的嘴边挂着一丝浅笑。“我要告诉你的话，你肯定会笑话我的，对吧？”说完，她自己咯咯地笑起来。“坐火车的时候，我总是感觉，车轮随时都可能脱离轨道，导致火车翻车。毕竟轮子那么小，谁知道，什么时候走着走着就打滑了？临死之前还在睡觉是件多么奇怪的事，正是因为这种恐惧，我才不睡觉。”

一路上，作为一名聪慧的“向导”，我将自己家乡的各种特点详细、具体地展现在她面前，就像她是一位外国游客，而我的目标是让她落入自己花言巧语编织的圈套中。看到克什米尔门外面沿着古德希雅花园[①]向前延伸的道路，她说，这简直与坎普尔（Kanpur）市区通往诺瓦布甘杰（Nawabganj）的公路完全相同——笔直、孤寂、树影重重。“如果有人闭着眼睛突然来到这里，他会分不清楚这里到底是德里还是坎普尔……的确，有时候，人待在某个陌生的城市中容易产生错觉，认为自己先前见过某个街区，某条小巷看似有点眼熟……莫非你从来都没有这样觉得？”我沉默地坐着。我从来都没有这种感觉。

“如果那样看的话，所有城市都是一模一样的……”这一次，声音极其微弱，仿佛这句话缓缓流至嘴唇下方便停住了，似乎在自言自语。这个短短的句子以如此奇怪的方式被讲述出来，听完之后，我突然觉得很诧异，于是，转过身，看到她一言不发，若有所失地慢慢束紧自己松散的发辫，接着又把它解开。

她的这句话至今仍然留在心里的某个角落。倘若仔细体会，就会发现这句话其实并没有什么特殊含义……也没有任何理由将它牢牢记住。或许，如今她留存在我记忆里的那些话确实具有某些特殊

① 古德希雅花园（Qudsia Garden），建于1748年，是莫卧儿皇帝巴哈杜尔为其母亲古德希雅所建，现位于印度首都德里老城区内。

含义，只不过，我都不记得了。

婶婶招呼我们所有人去她家喝下午茶。

婶婶家并没有与我家完全分开。父亲把里面的屋顶平台送给了婶婶。婶婶在紧挨着它的一小片空地上安装了铁皮棚，把它搭建成一个厨房。越过平台另一端那堵破破烂烂的矮砖墙，有一个仓库。我把它彻底清扫了一遍，之后又在窗户和大门上挂上红色和蓝色的布帘，成功将它改造为自己的书房。我的理由是一个人待在楼上，可以没有任何阻挠地专心读书。大家也都这样认为，我正好不用劳神去消除他们的误解。

我偷偷地在这个房间的角落里塞了一些不想被别人看见的东西。烙着魔法印记的扑克牌、历史悠久的留声机、记录赞美诗、阿尔迪礼和虔诚诗的破旧唱片、日记本以及一个相簿。我从婶婶那里拿来比托的照片，贴在里面，并且在它下方，用英语的大写字母写下深红色的标注——比托——从坎普尔到这里来度假。我还试图将一些从吉百利巧克力上取下的影星贴图夹在这本相簿中。然而，这些贴图与比托的照片摆在一起一点也不好看，所以，我又把它们拿出来，让比托的照片单独留在那里。

这是我第一次承认除自己之外其他人的特殊地位。

婶婶常常一边做牛粪饼或者一边烘干纱丽，一边跟我说话。她的声音并不刺耳，但是足够尖锐和高亢。只要她一说话，麻雀就立刻离开自己在砖墙上筑的巢，飞往树林栖息。偶尔空闲的时候，她会来到我的房间，对我说："孩子，怎么回事，许久没有播放唱片了。"我为自己那个老旧、过时的留声机感到骄傲……于是，立即把它拿出来，拧紧发条，“婶婶，想听哪张唱片？”“米拉巴依[1]的虔诚诗，名字叫做什么……”她总是记不住“伤者方知伤痛”这句话。为了让她着急，我故意说，“哪张呀，婶婶？”只要那张破旧的唱片半死不活地嘶声吼叫，婶婶就会闭上眼睛懒散地坐着，嘴唇一张一合，反复翕动。我问，“婶婶，你紧闭双眼向神祈求什么呢……”她略带悲伤地深吸一口气，喃喃地说道，“孩子啊，都这把年纪了，还有什么可好祈求的……比托结婚回到自己家，那就是我的圣地。”我静静地凝望着婶婶的脸，婶婶双目紧闭地坐在那里，唱片依旧在播放。某天聊天的时候，嫂子说过，比托原先已在坎普尔订婚……但是举行婚礼之前，两人分手了。这种寻常的事情从来没有在我心里激起任何涟漪。不过，偶尔谈及比托时，婶婶的脸上都会笼罩着一层淡淡的阴影……我感觉，或许有些事情是婶婶一直想回避躲开的。

喝茶的时候，婶婶的房间里聚集起一小群人。母亲、嫂子、她的孩子穆尼亚以及孩子的乳母……所有人蜂拥而至，来到她小小的房间。逗趣和聊天的喧闹声几乎将比托和我隔离。有时候，当她朝我望来，我暗自排演好几句话，正准备过去对她说，嫂子或者孩子就会将她的注意力从我身上转移开。嫂子用手轻轻抚摸她的头发，就像在商店里讨价还价之前仔细检查某件衣服一样。“比托，你的头发比孟加拉人的还好，平时都涂什么油呀？”穆尼亚用自己小小的手指抓住她的眼镜框，说道：“你从坎普尔给我们带了什么？”

现在，我为什么时不时感觉，比托那爽朗、亲切的笑声背后也隐藏着某个难以言喻的秘密。虽然她没有明说，但是那个秘密始终

① 米拉巴依（Mirabai），印度中世纪虔诚派女诗人，信仰黑天，著有数百首歌颂黑天的颂诗。

萦绕在她的话语周围。那种超越一切距离的亲密感，仿佛浸润了我们，自己却渐渐干涸。如同照镜子一般，所有人都想从她脸上看到那些他们一直想看却无法看到的东西。

从嫂子口中听到对比托头发的称赞，婶婶激动万分，“她小时候我就见过，现在这些头发就只剩下一半……她一点儿也不关注自己的健康……天知道她在想什么……”

“姑姑，”比托的声音里展露出某种愤怒的张力，我们都为此感到惊讶。婶婶显得有些尴尬和窘迫。

我看到，比托抿着嘴唇，额上眉头微蹙。她注视着婶婶，但仿佛不是在看她，而是在看她身后的某样东西。母亲到目前为止一直沉默不语，“话虽如此，你的姑姑……还能拖着这副骨架存活多久。读了许多书，也没有当上大官。”

比托的脸上有些沮丧。缕缕碎发滑落至鬓角，在那里来回摇晃。她的手指捏着茶匙在桌布上画出纵横交错的线条。我端详着比托，就像这是我第一次见到她——正用自己的目光揣度母亲的话。这就是我以往经常看见的那张面孔，不过，到此刻为止，它已经陌生到令我无法辨认的地步。按照母亲的话语，坐在我面前这个正用自己纤细的手指捏着茶匙，在桌布上描画线条的女孩……最多不过是一副骨架。衬衫稍稍往上的位置露出颈部青色的血管，胸膛下陷，眼睛下面的两个阴影如明月一般闪耀……仿佛雨后湿润的阳光下缕缕发丝停滞在风中……我之前在某处见过这一切。

听见屋顶平台上传来孩子的叫喊声和哭闹声，嫂子和母亲走向屋外。婶婶开始收拾喝茶的器皿。

“你住在前面这个房间？”比托问。现在，她的声音变得十分轻柔。我说，“是的……在那堵砖墙后面。”“你一个人住吗？”我望向她，晃了晃脑袋。“那么晚上……”“晚上怎么了？”“晚上也一个人睡吗？”“是的。”“一个人不觉得害怕？”我本以为，她在嘲笑我，不过，看到她脸上严肃和好奇的表情，我说：“不会，怎么会害怕……婶婶就睡在旁边的平台上。”“现在我也来了，怎么不怕我？”“但是你假期之后就会离开。”她安静地拨弄勺子。“如果我不走的话……”由于高兴，我心跳加速。“真的会留在这里？”她干笑了一下，说道，“不回坎普尔的话，就留在这里呗，谁知道呢！”我没能正确理解她的意思，只是那样欢喜地说，“参观一下我的房间呗？”我忐忑不安，害怕她会说“不”。“走吧，现在走吧，”她立刻站起来，好像这句话她已经期待了许久。“不用跟谁说一声吗？”我有些犹豫，但却激动地说，仿佛我们要去开启潘多拉的神秘宝盒。

黄昏迷蒙的时刻，我常独自待在自己房间里，烦闷地透过窗户观赏外面洒在屋顶上的阳光。时至今日，我仍会瞬间产生一种错觉，以为有些东西能够穿越时间的缝隙存留下来，它们不会消逝，没有被时间的绳索捆绑，如同多年前早已断线的风筝一般摇摇晃晃地飞进虚空，既不会跌落在某处，亦不会被抓住……

我感觉，倘若我现在向后转身，比托就会像那个傍晚一样，在房间某个黑暗的角落一边翻看我的东西，一边随手四处乱放，然后笑着说：“什么有用的东西都没有……攒了一堆废物……都送给收破烂的吧。”为了打动她，我开始表演扑克魔术。她没能识破我的“诡计”，上当受骗了。“这里面哪里有什么伟大的窍门，都是小孩儿的把戏……”我显得有些愚蠢。在我看来，她强加在自己头上的伟大极其无趣，然而，或许坏事从来都是禁而不绝的。她肤浅的行为既不坏，也不好……只是像流水一样从一个河岸流向另一个河岸……

她一直在房间里搜寻我的东西。不论什么物品——书或唱片——她都津津有味地查看。我也同样兴致勃勃地望着她，仿佛那件物品不是我的，仿佛透过比托的眼睛，我也是第一次见到它。当她从桌子的抽屉里拿出一本小小的笔记本时，我犹豫地抓住她的手。她松开被我压住的手，向我投来充满疑问的目光。

“别看这个，让它放在那里。”

“为什么，这里面有什么？”“我的日记——私人物品，其他人不能看。”“好的，我也不能看？”“阅读他人的日记是犯罪。”“好吧……？”她充满畏惧的双眼中流露出极其惊讶的表情。

“我会玩一种关于日记的游戏。”她一边用手指触摸我的笔记本的内页，一边说。那一刻，我的怒气消失殆尽。“什么样的游戏？”我好奇地问。

“让它成为我们两人共有的日记。我们可以一起在里面写……你写一句话，我在它下面继续写，然后又轮到你写。以此类推，最后什么也写不出来的那个人就输了。”“输的人需要干什么？”我问。她想了想说，“输了的人，无论问他要什么，他都必须拿出来，可以吗？”

对我来说，比托的这个日记游戏十分新鲜，又很奇特。因此，我急于让她立刻开始游戏。可不知道为何，她突然对它失去了兴趣，似乎她的热情只能保持到向我讲述这个游戏为止……再无更多。她的脸上浮现出生硬而冷淡的表情，我以前从来没有见过。一种谜样的神秘感尽管稍纵即逝，却环绕在无穷无尽周围，如同一个装满光亮的包裹，看不见也拆不开。

“干嘛盯着我？”

“没什么……刚刚你的脸跟照片上的一样。”

“什么照片？给我瞧瞧。”我漫不经心地将相册递到她的手上。

她的目光汇聚到相册中我贴了她照片的那一页上。此外，她还看到我在照片下面写的字——“比托——从坎普尔到这里来度假”。

她没有看我，眼睛一直盯着照片，同事用极其微弱的声音问道：“你从哪里得到这张照片的？”她的喉咙哽咽，湿润的气息在声音里回荡。

“从婶婶那儿拿的。”我有些后悔，干嘛无端给她看相册。

“为什么把它贴在相册里？”我感觉，她眼睛下方的阴影加深了许多。

“没什么……觉得好看而已。”——我强颜欢笑。

“觉得好看……”她蠕动着嘴唇，用惊讶和闪烁的目光注视了我一会儿，随后……

随后，她用自己不断颤抖、像蜡烛一样的手指捏住相册，试图将照片从里面撕下来。我凝望着她，她揪扯着照片。当手开始剧烈颤抖的时候，她停顿下来，将照片仅存的碎片扔向窗外，继而走出房间。我依旧坐着，或许她还会回来。外面，照片的碎片随风摇曳，散落在小小的草坪上。那天傍晚，她没有再回到房间。除了麻雀扇动翅膀的声音，我什么也没听到。

那天的事情就那样过去了。由于比托奇怪的行为而产生的紧张感也逐渐消散。起初的一些日子，我还对她表示不满。只要她在哪里，我就努力让自己与那个地方保持距离。内心深处，某样东西将我刺痛，仿佛我已经在不知不觉中犯下罪过。然而，看见比托随性的行为，我又恢复到之前那样无忧无虑，仿佛比托还是原来那个比托，我也还是原来那个我，中间的曲折如虚空一般毫无意义。

那天傍晚，比托与逝去的日子一样没有回到屋顶平台。几乎每天，我都坐在窗前跟她说话，有时候，也沉默地看着她从平台的一个围墙晃到另一个围墙。每当黄昏降临，她就会靠近围墙站着，之后我们两人一起俯瞰枯叶在下面的小草坪上随风飞舞。

她的房间没有亮灯。一个角落里，她蜷缩着躺在床上读书。

“怎么躺下了？”“没什么，从早上就觉得身体有点重。”她轻声说，然后起身倚靠枕头坐着。“所以在黑暗里读书。”——我生气地说。“哪里在读书，在窗户外面读着读着就打起瞌睡来。”她缩在自己的披肩里。我慢慢地将毛毯盖在她脚上。

“婶婶在哪儿？”她沉默了一会儿，接着一如既往地用漫不经心的表情望向窗外。

“跟你嫂子一起去为我物色男孩了。”比托真是不害臊……我却感到有些难为情。

“那你快要结婚了？”我用一半戏谑一半好奇的语气问。

“是的，我快要结婚了，你却坐在这儿看着这一切。”

她目不转睛地望着窗外。时不时，一阵轻风将垂挂在窗边的蓝色布帘掀起，比托的面孔瞬间在我面前隐匿不见。外面，黑暗将散布在铁轨与公路之间的大树、灌木以及小山丘全部收入自己内部。贝拉路上昏黄的路灯闪闪发光。

“如果我没有从坎普尔来到这里，就不会遇见你……多么奇怪的事啊！”

比托透过窗户仰望外面的天空。横跨叶木拿河两岸的桥上传来火车的阵阵轰隆声，顷刻间，在引擎的推动下，一缕光线急速驶来，叶木拿的河水闪闪发亮。

“小时候，晚上睡觉之前，我都会到屋顶上为自己挑选一颗美丽的小星星……不过，第二天晚上，不管怎么找，都找不到……每当我为此号啕大哭，姑姑都会从某个角落里为我寻找、挑选另一颗星星……”黑暗中，比托微微笑着。那时候，比托语无伦次，说的话毫无逻辑可言。我一言不发地望着她的脸，它在漆黑的房间里看起来像一个斑状的阴影。

“嗯，博布，我现在是不是长大了？”

“说起来，你确实已经不是孩子了。”我的声音里有一丝烦躁……

比托笑着握住我的手。我们两人就这样久久地凝望窗外天空中遥远而闪亮的繁星。前方叶木拿河桥上的路灯依序排列在蓝色丝绸般的尘雾中。它们的光线碰触到周围的黑暗，开始颤抖，然后不停地碰触，不停地颤抖。

“博布！”比托的声音中柔情回荡。

“什么事？”

“有一次，我们在西姆拉爬山，如果从山顶向下看的话，你会感觉头晕目眩。在高高的山顶上，我们仿佛突然在风中消融，谁也找不到我们……不知道为什么，每次一个人发烧的时候，我就会一遍遍地回想起多年前发生的这件事。”

“比托，明年暑假我们要去西姆拉，你也来吧？”我问。

比托望向我，蠕动着嘴唇低声说道：“我会去的……不要忘记。”

有时候，我十分害怕比托。

有一回，婶婶笑着讲起比托小时候发生的一件事。阿南德梅依夫人①到坎普尔的一个孟加拉邻居家里小住。整个街区的人都聚在一起欢唱颂神诗。比托也跟随婶婶一同去参加聚会。见到她之后，阿南德梅依夫人一直微笑着用手抚摸她的头，并让她跟自己一起享用“供品”。于是，比托日日夜夜像影子一样跟随在阿南德梅依夫人左右。为此，婶婶数次责骂、威胁她，并且严令禁止她出门。然而，阿南德梅依夫人离开坎普尔的前一天晚上，婶婶看见比托将自己的所有衣服塞进包里。“你这是在干什么？”婶婶诧异地问。比托用极其坚定、无畏的语气说：“姑姑，我要跟阿南德梅依夫人一起走。”“要去哪里？”婶婶几乎无法相信自己的耳朵。“阿南德梅依夫人去哪儿，我也去哪儿，如果她留下，我也留下。”

那天晚上，婶婶锁上大门，将比托关在房间里。那天晚上，比托哭喊了许久。

有时候，我十分害怕比托。

有一回，她半夜把我摇醒。看到她的脸，我惊讶得无法动弹。“走吧，赶紧……”她甚至不愿给我争辩的时间。我穿上拖鞋，跟在她身后蹑手蹑脚地走下楼梯。月光洒满四周，所以我们不需要摸黑找路。我数次用颤抖的声音呼唤比托。不过，她既没有转身回望，也没有说话。走过一段距离，比托停下脚步。我看见，面前伫立着一座被灌木、花丛和高大的桉树环绕的教堂。我们白天曾多次经过教堂附近的道路，但却从未发现那里有什么不同寻常或者特别的东西。然而，午夜时分，看见桉树随风摇曳的斜影背后教堂白色的墙

---

① 阿南德梅依夫人（Anandamayi Ma，1896~1982），印度宗教领袖，原名为妮摩拉·孙德莉（Nirmala Sundari），生于英属印度婆罗门巴里亚地区（现属孟加拉国），13岁时按照当地风俗嫁人。婚后，她先在丈夫的弟弟家里住了五年，也就是在这一时期内开始进入冥想和欢愉的境界，并且被邻近的居民尊称为“夫人（Ma）”。此后，她搬去与丈夫一起居住，但是这是一段禁欲的婚姻。26岁时，妮摩拉开启了宗教启蒙活动，向信徒阐释自己所理解的宗教仪轨。1926年，她在达卡建立了一座迦利女神庙，自此全心投入精神修行，被越来越多的信徒视作神，尊为阿南德梅依夫人，意思是看见她就能获得无限欢喜。

壁，身体不由得开始颤抖。我们两人悄悄沿着教堂外面庭院的砖墙行走。有时候，脚踩在一小堆枯叶上，发出嘎吱嘎吱的声音，吓得我们原地站定。

来到教堂后面的“胜利门”附近，比托忽然抓住我的手。“看，看那儿……”起初，我的视线没有完全跟上比托的指示……后来，偶然间停驻在那里……教堂的庭院中站着一个女人，如大理石般白润，精神恍惚，一动不动……冷淡、苍白的月光洒在她的身上……极其微弱、仿若呜咽的钢琴旋律从后方源源不断地流淌过来……如此轻柔，如此压抑，有时候甚至感觉，它会一遍遍地在中间某处停顿，随即再次响起，再次在黑暗中回荡，不知道，我们两人相互依偎在那里站了多久。

那天夜晚，我久久未能入眠。

时隔多年，我始终没有探明其中的秘密。我对比托说，那个女人不是真正的人，而是用大理石雕成的我的塑像。“你醉了，”比托没有反驳，只是轻描淡写地敷衍我的话。

我感觉，比托很早就已经知晓。

直至今天，我也没能揭开这个秘密，那天晚上，比托为何像小偷一样偷偷摸摸地强行将我拽到教堂。

那天，透过房间的窗户，我看到，嫂子一边为比托编辫子，一边笑着打趣她。如今，那些人将会到家里来与婶婶聊天，也可能，他们是以此为借口来瞧看新娘。我从嫂子那里得知，那些人出身高贵，在这座城市里经营服装代理的生意。男孩尽管没有读过很多书，但是家境殷实、生活富裕，是个可以托付终身的人。

事情确定下来，婶婶安排她暑假完婚。

我从来没有见过这副模样的比托。嫂子从早上就开始专心装扮比托。浅蓝色的上衣搭配深红色的纱丽，梳洗过的头发显得乌黑油亮，经过一番斥责和恫吓，一层薄薄的香粉也被强行涂抹均匀。她小小的额头上点着藏红花色的吉祥志，整张面孔呈现出异样的美丽。

我注视着，久久目不转睛地注视着，心想，迄今为止，比托定然私自将这般温柔和甜美隐藏、安置在某个地方。

比托透过窗户窥望我，顷刻间，又迅速地转过头去。

那天，想要安然坐在家里是完全不可能的。我整日都在漫无目的地四处乱逛，回到家的时候，白天已经过去了。所幸没有人注意到我，所以，我静悄悄地爬上楼梯，但是中途撞见了嫂子。一看到我，她勃然大怒，“一整天都到哪儿去了……婶婶从中午开始就一直在念叨你。”“有什么事？”我用充满疑问的目光盯着嫂子。嫂子脸上笑开了花，“天大的好消息，走吧，去找婶婶讨糖吃。”

众所周知，她极其喜爱比托。预卜吉凶之后，结婚的事宜就敲定了。婚礼的吉时定在今年印历五月。

嫂子在说，我在听。

那一刻，我无法去见婶婶，因此，直接回到自己房间里休息。我没有换衣服，也没有开灯，不知道坐了多久……我什么也没有思考，只是在试图理解刚刚听到的内容。然而，这就是全部，理解是唯一能做的事情……女孩们迟早都会结婚，比托也会结婚。所有女孩结婚之后都会离去，比托结婚之后也会离去。由于整日乱逛的疲惫，身体变得有些沉重。眼皮下垂开始打盹……“是啊，我也会结婚，而你会坐在这里眼巴巴地看着这一切发生……”我记起比托的话，随即又记起许多事，乱七八糟地一件接着一件，像洋葱瓣一样相互剥离……忽然间，我大吃一惊。门上出现了一个模糊的影子，在窗帘后面一动不动地站着。

“喂……听我说”，耳边传来比托微弱的声音。“过些日子，你必须跟我一起走，”一种令人恐惧的沉默……她或许想继续往下说，但却立刻停下来。“我无法独自离开，也无法向其他人告别……”在窗帘的遮蔽下，我看不见她的脸，只能听见那不断颤抖的声音悬挂在她唇边。

原本想回答“不”……我还要跟比托怪异、奇特的行为绑定多久……然而，处于某个特定的年龄段，无论你偷偷做什么，都能享受“冒险”的快乐……虽然感到害怕，但却能够唤醒更多的兴奋感和好奇心……这是一种神奇的魔力，强制性地将人牵引过来……

迷蒙的黄昏中，比托一路拽着我朝前走。我的视线屡屡粗略地扫过她的面庞。由于快速行走，她黝黑、发黄的脸上浮现出一抹黄铜炙烧的红色，额上藏红花色的吉祥志在汗珠中融化、晕染、散开。穿过棉兰酒店狭窄的道路，我们将贝拉路甩在身后。麻风病患者的居住区、叶木拿河中向远方蜿蜒的沙洲、黄褐色的灌木丛、墓地……笼罩四方的黑暗与洒落大地的阳光之间，土色的叶木拿河不停流淌……比托突然停下脚步。

一座小小的、古老的迦利女神庙衰败而孤独地伫立在前方。露台上点着几盏油灯，忽明忽暗的灯光中，神庙褪色、残破的墙壁张大嘴巴站着。比托叫我待在那里，自己脱下拖鞋走进里面。我感觉，对于比托来说，这个地方似乎并不陌生，或许她原来也曾数次以闲逛为借口来到这里。

外面，一片小小的树林环绕着小露台，林中凌乱地散布着老旧的石膏、沙堆和干草。面前，广场一直延伸至远方，地面上沙粒随风飞扬。狗在哀号，它们嘶哑的叫声好像永远不会终止……不会终止。

“在看什么呢？”比托的声音响起，但是我一点儿也不惊讶，仿佛长久以来，看尽一切，听尽一切，我正在等待那个声音。

不知道她从什么时候开始一声不吭地站在我身旁。她把纱丽的下摆盖在头上。油灯昏暗的光线中，两个黑色的深洞出现在她的眼睛下方。我们谁都没有说话。一阵疾风吹来，沙粒形成一股烟色的溪流，不断向前涌动，油灯的火焰像疯了似的用手捶头。

“现在走吗？”发现天色已晚，我有些担心。她沉默、静止、纹丝不动地凝望着随风飞扬的沙粒。

“博布，如果向女神许愿，能不能实现？”

“你是为了这个才来神庙的？”我有些好奇地问。不过，她或许已经开始思考其他内容。

我感觉，她正悄悄地暗自微笑。

“博布……你嫂子今天亲手为我穿上纱丽，梳妆打扮……你可能也看到了，你会笑话我的……对吧？”我什么也没说。她这样说话的时候，我一点儿也不想跟她开玩笑……

“我偶尔会想，博布，当女孩成为新娘，会有什么样的感觉呢？”

“会有什么样的感觉……”她似乎瞬间就将自己的问题遗忘。

“你瞧……前面那是墓地。”顺着她的视线，我的眼睛转向墓场的方向。

许久，寂静笼罩四方。

“你害怕死亡吗，博布？”

“你呢？”

越过墓地，叶木拿河苍白、曲折的边际线在灿烂的阳光下若隐若现。

她的声音充满讶异……并非恐惧，只是瞪大双眼四处张望的讶异！

“倒不害怕死亡……不过，死后会变成怎样，要去哪里，一想到这个，我就感觉……”

“感觉什么，比托？”

“我感觉，这就像我们在西姆拉爬山……只要到达山顶，我们就会立刻融化在云和风中，逐渐消散。那一刻，我们什么也不知道，谁也不认识……”

比托很少把话说完……我不明白，她究竟想说什么。

一阵疾风用脚扬起沙尘，呼呼地出现在面前。干枯的灌木丛环绕着神庙，旁边的菩提树在黑暗中呻吟。

“死亡之前，必须打消所有顾虑，心满意足地生活，博布，”她苍白、干裂的嘴唇来回翕动，后来慢慢静止下来。

“就像我们第一次生活，就像在我们之前从来没有阳光……”

比托仿佛已经睡着，正在梦中喃喃呓语。

“博布，我能问件事吗？那天，我从你的相册撕下自己的照片，你应该很生气吧……怎么样？照片上你喜欢的那个人，她压根儿不是一个结核病患者啊……你喜欢照片上的比托，但是她哪儿是我，博布？我就是现在的我。”

“比托，”我的嗓子有些嘶哑。比托盯着我，目不转睛地盯着，仿佛想用眼睛向我传递些什么。

“我谁都不想告诉……如果定亲再次失败，姑姑应该会很伤心吧……？”她的嘴唇缓缓地自己蠕动。

我什么也没说，漠不关心地站着。

“博布，我有时候会想，当女孩成为新娘，会有什么样的感觉呢？”

“会有什么样的感觉？”

她的声音如此自然，如此平静，以至于过了许久，我都不知道，比托一直在哭，独自一人，低声呜咽……眼泪冰冷而恣意，它的流淌不能等同于哭泣，也无法摆脱伤痛，它就这样将心灵按压在巨大、凝结的痛苦中静悄悄地滴落下来……

穿越遥远的沙地，叶木拿河桥上的灯像华丽的花穗一样在风中摇摆。

那天夜晚，我一阵阵地从睡梦中惊醒。

这个我躺着，神智清晰，可是在思想的虚空、意识的黑暗小道上，如同蝙蝠一般扇动着不祥的翅膀掠夺生命，裹着被褥，在睡梦蓝色的湖面上如同雾气一般飘浮、沉潜、期待，那个无形的、神秘的奇迹像幼虫一样钻进内心深处，虽然没有爆炸，但却悬挂在爆与不爆之间摇摆不定……

翻滚的浓雾……尘土中压覆、缠裹的苍白……奇异、鬼魅、疲惫的月光，洒过残破的砖墙，洒过挂在墙头的麻雀窝，洒过婶婶的屋顶，洒过比托的床头，比托的整个身体——比托的眼睛、手臂、头发——我看见……

教堂里伫立的圣女，我的大理石像，在月光中瑟瑟发抖。

婶婶从坎普尔回来了。

比托体弱多病，总是发低烧，通常几天就能痊愈，跟大家说笑打闹，但是没过多久又病倒在床。婶婶不希望比托夫家的人产生任何疑虑，第一次订婚正是因为这个失败的。第二次，她绝对不会再犯同样的错误。到婚礼为止，比托必须避开那些人的视线，这才是正确的做法。婚后，木已成舟，该发生都会发生……最终，比托也只能听天由命。

比托将随婶婶一起到坎普尔暂住一些日子。

那段时间，我与比托没有过多交往。我感觉，她讨厌我，每次见面都会随便找个借口从我眼前消失，刻意与我保持距离……黄昏时分也不再来屋顶平台散步。那里空空荡荡的，麻雀随风在屋顶上飞翔，我独自播放留声机。楼下的草坪上，云影浮移，树叶飘落……

那天傍晚，当我从外面回到房间，脚始终无法迈过门槛。屋内，比托坐在床的一个角落里，缓缓地翻阅着相册，一句话都没有说。听见声响，她抬头望向我，那双充满古怪、未知和诧异的眼睛，先前还在翻看照片，现在却令人感到莫名的惊慌。

“对了，你那本日记在哪儿？那天之后就再也没见过它……”

我从书本下面抽出自己那本小小的笔记簿，递给她。

“还记得那个日记游戏吗？”

我点点头。

“来玩吧！”

她从自己的衣服里掏出钢笔，在笔记本里一张白纸的边缘上写下当天的日期，然后一直盯着那张白纸，过了好一阵子，才将日记本推向我这边。“你先写点什么吧！”

我不赞成，她应该先写。她也不同意，所以我们决定投掷硬币。硬币抛出，她输了。

“这个不足为信……”她说。

我笑了。

她用手指夹着钢笔，朝我望来。然而，她仅仅是用眼睛望向我这边，注意力早已跑到九霄云外。她苍白的脸上，疲惫、困倦的印记相互靠拢，聚集在一起。看见她眼睛下面黑色的窝陷，我感觉，下垂、厚重、骇人的眼睑仿佛在眼睛上投映下两个阴影。

她缓慢地书写。

我窥探到一些长长的、歪斜弯曲的字母……

"明天我就要走了……"她写到。

我一边读，一边望向比托。比托目光空洞地凝望着墙壁。如今，我仍然能够详细描述那些时刻，我们两人在眼睛上缠着布条安静地度过。

"婶婶说，你痊愈之后，印历五月就会回来。"

"你怎么知道？"

"怎么知道！"毫无价值、干巴巴的空话，它的意义只有在那些秘密中才能够得以彰显，它们尽管难以形容，却会留下一丝微弱的痕迹。

"怎么知道？

"博布，还记得你说过，明年夏天要去西姆拉。

"一起登上高山的顶峰，那里云朵飘浮，如同棉絮一般柔软、白净……记得吗？"

比托写到一半突然停下来。她的脸像雪一样苍白。房间昏暗的光线下，只有她呼吸声不断颤抖，如醉汉蹒跚地迈着脚步一般跌跌撞撞地传到我的耳朵里。

"比托，可以问你一件事吗？"

"问吧！"

"你为什么总是这么不开心？"

"哪里不开心？瞧，我在笑呢。"

我看见，她确实正在哈哈大笑。

笑——只有比托才能这样笑。

屋外的砖墙上，麻雀啾啾地叫着从自己的巢里飞到平台的护墙上，停栖下来。

“博布，长大之后，你就会全部忘记……所有这一切。”

“不会的……”那一刻，我不可能再说其他内容。

“你会记得？记得谁？你在这两个月中见过的那个人，还是你许久之前在照片上看到的那个人，抑或是多年以后你长大了，她却没有变化的那个人……彻头彻尾的疯子……你会记得谁，博布？”

看见我没有说话，她笑了。紧接着，她给钢笔套上笔帽，站起来。

如今回想起来，比托临走前常说的那些话并没有揭示什么惊人的奇迹，或许我得到的特权仅仅是为她的故事画上句号。然而，事实并非如此。她任性地离开了，就像先前忽然闯入我的房间一样。那时，我甚至产生幻觉，以为临走之前，她会在门口停留片刻，仿佛想来说些什么，似乎已经全部结束……不过，这或许也是我的错觉。

如今，那件事情已经过去好几年了。日记本里，比托那天傍晚歪歪斜斜写下字母的那张纸现在已经泛黄，显得十分陈旧……想在那些字母中寻找不复存在的事物该是多么徒劳。怀念本就是一件自我折磨的事。通过怀念，有关比托的一些话语、一些事件逐渐回到记忆中……那些日子，那些时刻，那些零碎的瞬间，我与比托相互陪伴，一起度过。然而，难道真实的比托就仅仅是这些话语、时刻、记忆的混合体……难道除去这些就什么都没有了……什么都没有了吗？

难道仅靠怀念那些，我就能够与那个人叫比托的人保持亲近……

当我偶尔翻看相簿，原本粘贴着比托照片的那一页就会出现在眼前，尽管贴照片的时候我怀着强烈的愿望，不过，它现在已经变成一片空白……它下方用英语大写字母书写的那个古老的句子至今仍然清晰可见……比托，从坎普尔来度假。

摩耶的奥秘

昨晚大雨如注，现在只有零零星星的毛毛细雨滴沥下来。水珠漫无目的地四处飞扬，散落在桌面的书本、破旧的粗线地毯以及被虫蛀过的床柱上。然而，窗户怎么关也关不上。整夜停驻的黑暗如今化作陈腐的土色蜷缩进潮湿的角落中。即使到了这个年纪，我在白天依旧需要点灯，因为时常感到害怕……不知道为什么，心里想哭的冲动总是令人窒息，感觉家中似乎有人去世，白色的铸像在墙里呆滞地向外张望……或许，童年里母亲曾经这样说过。躺着的时候，房梁上会出现母亲那张爬满皱纹的扭曲的面孔。我闭上眼睛，房梁随即消失不见。然而，那张脸至今仍然清晰如故……

我的思考跟我一样毫无用处，所以现在已经不再多想。潮湿而陈旧的灰泥，完好地掩盖着自己，尽管它随时可能掉落，不过，今天我不想去摆弄它……走下楼梯的时候，我忽然记起，从早上开始一直没有抽过烟。我暗自窃喜，一方面因为可以抽烟，另一方面因为找到外出的借口。

外面，惨白的阳光照向四方，然而，一阵疾风瞬间将那丝和煦的温暖吹散。我一遍遍地裹紧围巾，任由头发蓬乱不堪，但是我能为这双眼睛做些什么，它们害羞似地时而紧闭，时而睁开，最终为了防止我落入水坑，被迫保持半睁半闭的状态。正值放假，所以雨一停，许多孩子便从家里跑出来，叫嚷着在水中扑腾、跳跃。一个石块掉进我旁边的泥潭里，溅起几滴泥浆，洒在我的衬衣上。倘若不是听见身后不断传来嬉笑声，我或许不会知道，石块是孩子们调皮玩闹故意朝我扔来的。我将裤腿卷至膝盖处，尽管想要转身回望，可最终还是没能做到。那一刻，我甚至后悔从家里走出来的决定。本想说，赶紧回去吧，但是，一想到屋内的黑暗和令人窒息的氛围，心脏就开始颤抖。于是，我迅速将自己跌跌撞撞地向前拖拽。好不容易穿过自己家附近的巷子，随即右转，沿着两英尺高的砖墙继续前行。墙角下，堆满杂草、树叶和石子的斜坡凹凸不平，一路蜿蜒至水渠边。那里，浑浊的雨水夹带着泥沙从周围几条街道聚拢过来，汩汩地不断下落。

“哎呀，妈呀！”

走着走着，我突然停下脚步。风中，一个压抑的、微弱的、颤抖的呼喊声忽然将我撕裂。矮矮的砖墙背后，朝向水渠延伸的斜坡上长满潮湿的杂草，一个年幼的女孩脚一滑，摔倒了。她的一只手握成小拳头，紧紧攥着一束杂草，另一只手拿着一艘纸船，为了获得援助，被迫在风中痛苦挣扎。我立刻拉着她的手向上拽，当她一边发出嘶嘶的声音，一边踉踉跄跄地站在我身旁时，我弯下腰，抱起她，将她放在围墙另一边的小路上。她用自己深邃的大眼睛盯着我看了一会儿，然后低下头，拍去粘在膝盖上的泥块。我发现，一束发辫垂挂在她背后，上面绑着一根粉红色的丝带，此刻正随风飞舞。

我一时不知所措，难以决断，自己是应该继续站在那里，还是应该当作责任已经履行完毕，然后迈步离开。显然，我还想跟她说说话，不过，小女孩一直没有抬起头。我思量再三，或许我可以说一些话，消除女孩的腼腆和犹豫，缩短我们两人之间的距离。不过，我一直没想出适宜的话语。比起像傻瓜一样站着，似乎从那里逃走更加合理。然而……

那一瞬间，她抬起头，用自己深邃的大眼睛望着我。接着，她带着些许笑意，缓慢地蠕动嘴唇，说道："谢谢！"

我忽然停下脚步。她的脸上没有露出任何感恩的表情，但是，透过这种合乎礼节的举止，可以看出，女孩必定出自某个高雅、有教养的家庭。

我稍稍抬起她的小下巴，问道："没有受伤吧……"

她瞥了我一眼，旋即在这个陌生人的面前害羞地、迟疑地低下了头。

"我哪里摔倒了，地下有泥巴，脚滑了一下而已。"女孩以极其自然的口吻对"摔倒"和"滑倒"进行区分，对此，我不由得觉得好笑，于是，我笑了。或许，她对我的笑一点儿也不感兴趣。因此，她扭过头，开始观察水渠中下落的水流。我轻轻地触摸她的肩膀。她可能感受到我手指的碰触，所以晃了晃脖子，耸了耸肩，不过，她始终没有回头看我。

忽然，一个石块扑通掉进水渠里，水花飞溅，沾湿了我们的衣衫。这一次，她望着我，面带微笑，眼睛里闪烁着一丝好奇。

"真的，我没有丢石块。"我故意装作一无所知地说。

这一次，她笑了，仿佛不知不觉间，有人在逗弄她，而她好像在说，她知道一切，想要骗她可不是件容易的事。她走近了一些，开始检查我的手，上面仍旧沾满石块的尘土和泥沙。她证实了自己的怀疑，但却没有明确戳穿，只是表情神秘地一边微笑，一边反复查看。

“你瞧，那边有什么？”眼睛不由自主地跟随她手指的方向。她的声音里充满一种执着的惊奇。不过，那边并没有发现什么特别的东西，只有天空，如棉絮般洁白的云朵，在风中颤抖的电线，如珍珠般闪耀的雨滴不断从上面滑落。

“扑通”……又有什么东西掉进水渠里。这一次，水花没有溅到我们身上，只是浸湿了生长在渠边的小树苗以及嫩黄的草叶。

我恍然大悟。不过，我依旧用充满疑问的目光望向女孩。

“真的，我没有丢石块。”她微微一笑。为了让我相信自己的谎言，她在风中摊开自己柔软的小手掌。我用双手捂着她的手。温暖亲昵的笑容中，犹疑开始融化，距离逐渐消失。

“你为什么要沿着水渠走下斜坡？”

她用两根手指捏着纸船，一边在风中摇晃，一边回答道：

“本来想在水里放它。”

“但是它在水渠里沉没了，是吗？”

我这无中生有的担忧是多么幼稚可笑，她晃了晃脑袋，清楚地将这点表述出来。

“我过去在水里放过很多次纸船，从来没有沉过。”

“从来没有？”

“是的，从来没有……你可以问姐姐！”

“哪个姐姐？”刹那间，脑海里闪现出一个念头，我本不该问这个问题。

“我的姐姐，这只纸船就是她折的。”

“哇！”

我看了看她手里的那只纸船。它是用裁剪后的旧报纸折成的，前后两头尖尖的，看起来像一个弯曲的鸟喙。中间沿着纸的折缝，一个小金字塔竖着粘贴在上面。

“孩子，你住在哪里？”

“我不告诉你。”

“为什么？”

“我不是孩子。”

“那你是谁呢？”

“勒达·马图尔！”

她的脸微微泛红。头发上绑缚的丝带松开，垂在脸颊两边摇摇晃晃，她将它甩在身后。云朵开始飘散。穿过昏黄、惨淡的阳光，一抹蔚蓝、清透的天空正在向外张望。

越过水渠，被水浸湿的屋顶、墙壁相互靠近，在阳光下瑟瑟发抖。通过管道，浑浊的雨水汇成一股粗壮的、土黄色的水流一直源源不断地淌落进水渠中。

电线经过雨水的冲洗，毫无遮挡，纹丝不动。每当有小鸟跳跃着停栖在上面，雨珠就开始往下滴……一滴，两滴，不过，还有一些水珠只是懒洋洋地悬挂着，并不落下。

一阵风夹带着水汽从我们上方掠过。勒达·马图尔的丝带迅速飘舞起来。然后，我那如同荆棘一般的头发也在风中肆意飞扬，相互缠绕。她看见到我的窘态，忍不住笑起来。看到她笑，我也跟着笑了。那时，我们两人一同大笑。

接下来，我们开始和睦融洽地聊天。对她而言，我不再陌生，对我来说，她不单只是一个小女孩，也是勒达·马图尔。我将年龄抛诸脑后，仿佛它从未与我有过任何关联。她心中对我的恐惧和怀疑完全消散，仿佛她已与我相识多年。我将她的手指放在自己的掌心上，如同手中捧着柔嫩的花瓣。我们的视线掠过渠水上方那闪闪烁烁、宛若白银熔化般的阳光。水渠旁的斜坡上，几只羔羊一边嗅着湿润、沾满泥沙的青草，一边向前走去，在水面上留下一串歪歪斜斜的倒影。

一阵疾风吹过，惊起岸边众多枯草和树叶。它们沿着渠岸飞行了一段距离，然后翻滚着落入水中。勒达·马图尔用双手将飘起的裙摆向下摁到膝盖上。

“家？你看那里！”

旁人如何能够理解？她的手指停滞在半空中，指向一个不确定的方向。一些废弃的破旧房屋、荒草丛生的羊肠小路以及透过窗户向往张望的彩色布帘出现在水渠对岸……她的手指究竟指向何处？

“你明白了吗？”

“是那里，对吧？”

为了掩饰自己的谎言，我也抬起手指指向那个方向。距离那里不远，巷子的另外一个角落里，我也大致推断出一个方位，向她展示自己的家。

“哎呀！真的！那里是我的学校。”

“学校？我没见过。或许有吧。你既然那样说，就一定有。你今天放假吧。”

“今天所有人都放假，你不也放假吗？”

“放假？是的，我也放假，我每天都放假。”

这是我第一次毫不羞耻地坦然接受自己的失业。

“这怎么可能？”

勒达女士圆润、美丽的脸上，一双大眼睛充满惊讶和怀疑。

“不可能有人每天都放假，所有人都必须工作。”

“我不需要工作，所以每天都能获得新的假期。”

我第一次没有任何痛苦地从失业这段漫长、沮丧的时期中扒出自己的悲惨点滴。一种空虚感久久刺痛着我，时至今日，它依旧存在，不过，它似乎已经不再属于自己，而变成别人所有，我能够从外部客观地看待它——它具有“假期”的原初意义。

早上，我不高兴吗？我感觉，自己仿佛光脚踩在潮湿的草地上，顺着山坡一路向下走。笼罩我上方的浓密阴影在风中颤抖，记忆如同枯叶一般不断凋落。

人生多么轻松……

上方的天空中，一朵小小的云将太阳遮蔽。阳光开始变暗，流动的渠水上，土黄色的倒影逐渐消失。

“你姐姐的纸船折得真好！”我一边抚摸着她手中如鸽子一般瘦小的纸船，一边说。

然而，勒达·马图尔绷着脸，默默地坐着，就像我不在她面前一样。她的小脑袋似乎正沉浸在某件遥远的事情中。

“姐姐总给我讲一个故事。距离这里非常遥远，跨过七个大洋，有一个小国家。它坐落遍布钻石和珍珠、闪闪发亮的群山上。它的四周银沙随风飞扬。姐姐说，那里家家户户都拥有自己的湖泊，金鱼日日夜夜在蓝色的湖水中畅游。这些湖上架着彩色花朵编织的桥，每天傍晚，人们都会在桥上散步。你可知道，那里只有女孩才能摘下花朵，插在自己的头发中。”

看见我在笑，勒达·马图尔忽然不再说话。过了一会儿，她垂下眼睛，接着缓慢地说道：

“这是真的，不是假话……都是姐姐告诉我的。”

“你怎么突然想起这个故事？”

她一言不发地注视着我。

“你刚刚不是说，你不需要工作，每天都在放假吗？姐姐的故事里，那些人也不需要操心工作，每天都在休假。”

“哦……那么，我也在你姐姐的故事里。”

“姐姐说，有时候，半夜，这个国家的人会踏上白云，来到我们家里……”

“你见过他们吗？”

“没有，谁都没见过，大家都在睡觉……他们偶尔会躲藏起来，出现在梦里。你应该做过几次这样的梦吧？”

“什么？”我诧异地问，仿佛刚刚从梦中惊醒。

“梦！”她说。

“哦……梦！”

我们两人沉默地望着渠水上阳光投下的若隐若现的光斑。一只小鸟从矮矮的砖墙上一跃而起，飞至水渠边，把头伸进水里。

“谁能跨越七个大洋，到达那个奇怪的国家？”

女孩哈哈大笑。

“你连这个也不知道？”

“总有一天，他们会把我们召唤到那个国度。你就看着吧。”

“哪一天……什么时候？”

“等到这艘纸船能够漂到那个国家的时候……”

“他们怎么知道？”

“为什么不知道？难道他们看到纸船还不明白，是我将它放在水里……？”她的眼睛里闪烁着一种纯洁、梦幻的光芒……仿佛远在七个大洋之外的那个奇异国度跨越了所有大海，来到她面前，极其接近的地方……花桥、飞舞的银沙，蓝色湖水中璀璨、柔软的白云，畅游云上的金鱼……仿佛勒达·马图尔的纸船早已将这一切收入自己小小的船舱里。

刹那间……我感觉，逝去的日子不复存在，不断增长的年龄也从背上滑落。今天挣脱了昨日的枷锁，与我紧紧相连……与今天的我紧紧相连。一切都被装进透亮的贝壳中，没有任何负担，没有任何束缚……向着逝去的、遥远的尽头，在阳光与水不断翻滚的波浪中浮浮沉沉，沉沉浮浮……

时间模糊的边界上，我的童年、母亲爬满皱纹的脸……全部都在阳光湿润、颤抖、摇晃的边缘飞舞，如同一缕缕蓝色的薄烟。睡梦陈腐的味道仿佛一点一滴地从蝴蝶五彩的翅膀上剥落，最终消失在遗忘之墓旁边生长的黄色草丛中……那里也种着一些花，潮湿的花……

我感觉，人生如此轻松。

我忽然听见勒达·马图尔的笑声和鼓掌声。纸船在闪闪发亮、浮满泡沫的渠水上起伏不定，向前漂去……

我注视着它……久久注视着它。

这件事情过去了很久。我现在依旧失业，不过，早已改掉拜访“就业服务”办公室的习惯。我经常把自己关在房间里。不过，偶尔下雨的时候，一种欲哭的烟雾仍旧会将房间团团围住……我便像今天一样，以抽烟为借口，走出房间，来到外面。看着不停流动的渠水，我总会陷入沉思。我感觉，随风颤抖的、湿润的草叶、自斜坡向水面弯曲的灌木以及小鸟在水渠中洗澡时扑腾翅膀的声音……所有一切都以一种微弱的音量缓慢地发出共鸣……正是在这样一种无法估量的神秘旋律中，摩耶的奥秘开始咆哮。

“距离这里非常遥远，跨过七个大洋，有一个小小的国家……”故事随之开始……而我一直在聆听。

第三位见证人

我们坐在俱乐部的那个房间里，壁炉中燃烧的木头像爆竹一样噼啪作响。另外一个房间里，台球比赛正在进行，我们一次又一次地听到圆球相互碰撞所发出的微弱的声音。打过一轮桥牌之后，一丝淡淡的忧愁围拢过来，我们沉默地喝着苏格兰威士忌，蜷缩在自己的世界中。“很有可能，结婚以后，他就察觉到自己的错误了。毕竟，要到结婚以后，他才能领悟到真爱的深意。这有什么好大惊小怪的？人们每天都能看到或者听到这样的故事。”律师先生说到。

我想不起来，我们之中到底是谁说过这样的事情，并且后来它还演变成一场有趣的、令人好奇的争论。只记得，谈话间，陆军工程师摩希德·森上尉提到自己的一位上校朋友。许多年前，他恋爱结婚了，但是没过几天，他的妻子就由于一些未知的原因弃他而去。若非我们的朋友，在高等法院工作的律师米·高尔（他空闲时经常阅读阿加莎·克里斯蒂[①]和彼得·塞内的小说）突然就爱情和婚姻发

---

① 阿加莎·克里斯蒂（Agatha Christie, 1890 ~ 1976），英国侦探小说家、剧作家，代表作有《东方快车谋杀案》《无人生还》以及《尼罗河谋杀案》等。

表自己那些老生常谈的观点，我们原本不会对这件事情产生任何特别的兴趣。

我们当中没有人格外关注律师先生的言论。我们安静地坐着。或许，那些话语说完也就结束了，但是那时候发生了一件奇怪的事。我们看到，罗赫德吉先生默默地将第三小瓶苏格兰威士忌倒进玻璃杯中。这确实是一件前所未有的事。我们从未见过他喝酒超过一两小瓶。他经常来俱乐部的图书室借书。有时候，在我们的请求下，他会留下来打桥牌。他总是一言不发地坐在自己的凳子上。我都想不起来，他是否参与过我们的争论。

我们的注意力不由自主地被他吸引。他一边眯着眼睛注视玻璃杯，一边以一种有些奇怪的方式微笑。他的笑容让我们感到万分恐惧，因为它与他那张没有表情、没有光泽的面孔之间毫无关联。它就像是一个没有生命的影子，迷茫地在他脸上乱晃。

“我们只能猜测，律师先生。确切的情况，恐怕除了那个女孩，没有任何人能够知晓。我怀疑，她自己是否了解真实的原因？”罗赫德吉先生用极其微弱的声音说。

“您的意思是，我没能正确理解？”摩希德上尉将充满疑惑的目光投向罗赫德吉先生。

“事实上，有时候，当我从别人口里听到有关真情或假意的事情，我都会十分诧异。我认为，爱——倘若这样的东西确实存在——通常开始于没有意义或者十分偶然的状况下，所以，它也总是因为一些非常琐碎或无聊的原因而终结，”罗赫德吉先生依旧望着玻璃杯，极其缓慢地、断断续续地说。

“我无法认同您的话，”律师先生有些生气，“哪个女人会自愿离开她全心全意爱着的男人。当然，如果她本身是个怪人或者疯子，那就另当别论了。”

“我认识一个女孩，她绝对不是疯子或者怪人，但是……”罗赫德吉先生突然沉默了。他的眼睛里蒙上了忧伤的一层浅影。

我们要求他详细地讲述这件事情。起初，他有些迟疑，不过，这也就持续了一小会儿。我们并不需要再三要求。三瓶酒下肚的酣醉、壁炉中火焰燃烧的暖热、寒冷夜晚的孤寂以及俱乐部那个小房间固有的宁静，所有一切加在一起，缩短了我们和他之间的距离，打破了横亘在我们中间的隔阂。接下来，他把头倚靠在扶手椅上，开始缓慢地诉说……

那段时间，我居住在城市一个极其老旧、落后的地区里。尽管收入很少，但是我的责任也不多。除去一些琐碎的工作，我还需要检查当地出版商的印刷许可证明。母亲时不时会背着父亲偷偷给我寄些钱。起初，我十分讨厌这种孤单的感觉，曾经多次萌生回家的愿望。不过，后来，我渐渐学会独自生活，甚至在某种程度上，我可以说自己非常幸运，因为除了我现在准备跟你们讲述的这件事情之外，我从来没有想要走出自己限定的范围。

然而，无论我们如何死板无趣，保持中立，远离众人，谨言慎行，我们心里还是存在这样一些地方，它们平时寂静无声，一片安宁，可不知道在什么时候，哪个瞬间，就会蒙上我们的眼睛自己迈步前行，扭头转向其他道路，对此，我们完全无法预知。

正是在那天夜晚，一个这样的时刻来临……

房子的顶层是屋顶。上面两端的房间门对着门。刚开始，看见另外那个房间的门锁，我感到十分诧异。我想，或许基于某些原因，屋子的主人没有将这个房间租出去。然而，后来，我的这种猜想被证实是错误的。一天，透过紧闭的窗户向里张望，我发现，房间不是空的。墙上的钩子上挂着一些脏衣服。角落的壁龛里镶嵌着一幅劣质的黑天—罗陀画像，画像的玻璃上散布着檀香和罗利粉[1]留下的红红黄黄的印迹。壁龛下方，两个大铁箱堆叠一起，靠墙平躺。各种器皿被破旧的床单裹成一个小小的包袱，放在上层的箱子上面。

我十分确信，房间并非空着没有租出去。不过，这么长时间以来，它为何一直紧紧锁闭？住在里面的人都到哪里去了？倘若他们一去不回，为何要将自己的行李留下？

在我的脑海中，这些疑问如此自然地浮现出来，又如此自然地消退。过了一些日子，我甚至已经忘记那个房间的存在。

那天夜晚，眼睛忽然睁开。我感觉，似乎有种压抑的声音从附近某处传来。门和窗户快要被人撞开。我从浅睡中惊醒，所以很快又睡着了。然而，不久之后，我听见，有人正在非常缓慢地敲打我的房门。

“不好意思，在这个时间打扰您……”声音极其微弱、无力。话只说了一半，就在中间停顿下来，战战兢兢地不再继续。

“请说，”我的语气中包含着一丝愤怒。

“您有蜡烛吗？”我没有蜡烛。听到我的回答，她或许已经转过身去。正要把门关上的时候，我忽然想起了什么。

“等下……我有一个多余的灯泡，您可以拿去用。”她沉默地站着。我从柜子里把灯泡取来。

“但是……”她欲言又止。

“怎么啦？”

“我不会装灯泡。”我感到十分惊讶，难道没有人跟她住在一

---

① 罗利粉，原文为roli，特指用姜黄粉和石灰混合而成的一种专门用来点吉祥志的粉末。

起？不过，那时，我什么都没问，只是穿上拖鞋，跟在她后面，朝向对面的房间走去。

我在黑暗中点燃火柴，找到开关的位置。只要房间里一片漆黑，所有的一切都不成问题，那些礼法和形式上的束缚都被暂时压制。不过，一旦电灯亮起，黑暗中那种无须多言的熟悉感就会淹没在耀眼的光线中，我们将重新变得陌生。

一位中年妇女盖着毛毯，躺在靠墙摆放的床上。灯光亮起的时候，她立刻将头从胳膊肘上抬起，随即坐直，望向我。

“您住在这儿？住在对面那个房间里？”她问。

“是的，我在这里住了一些日子。”

“您大概是在我们出门以后才来的吧。之前，那个房间是空的。”

我沉默地站着。

“太麻烦您了。我们本来应该傍晚到的，但是中途车晚点了。”

我感觉，她生病了，因为刚说了几句话，她就开始喘气，然后倦怠地躺在枕头上。

我的任务已经完成。在此期间，女孩一言不发地靠着床站在角落里。我准备离开，她忽然抬眼看着我——冷漠，空寂。我想，也许，她想感谢我。抱着这样的希望，我在动身前原地停留了片刻。然而，她什么也没说，只是默默地垂下双眼，正如方才默默地抬起双眼。我走了出去。

那天夜晚，漆黑的房间里，她那双冷漠、空寂的眼睛久久盘桓在我周围。然而，我并没有觉得那双眼睛很奇怪，因为它们不仅揭露了某个有关自己的秘密，而且看着它们，我也开始进行自我反思——我仿佛行走在某条荒凉、寂静的小巷中，之后突然在一扇半开半掩的窗户旁边停下脚步，不安的内心一遍遍地说到，我先前来过这里。

如今已然无法记起，那晚之后的日子里，究竟经历了哪些琐事，才让她们房间和我房间的界线彼此贴近。那位中年妇女是尼勒迦的母亲，久病未愈。为了治疗，她必须再次返回这座城市。有时候，晚上我很迟才回到家，却依旧能看见她房间里亮着灯。有时候，傍晚回来得早，我就会去她那里坐到深夜。她究竟如何看待我，我始终无从得知，不过，我很喜欢听她谈论自己的病情。不管她对我持有什么看法，反正她总是极尽详细地向我讲述自己点点滴滴的烦扰。从她口中，我得知，尼勒迦的父亲以前跟她们一起居住在这座城市里。退休以后，他带着自己在政府任职期间攒下的所有资产回到家乡穆拉达巴德[①]，开办了一间小旅馆。倘若一段时间之内生意运转良好，他就会叫她们去穆拉达巴德找他。最近，为了让过去熟识的医生给自己治病，她和尼勒迦一起回到这里。“我的心仍然留在他身边，真不知道她为什么喜欢这个城市。若非她坚持，我可能早就走了。”她用充满爱意却带着些许幽怨的目光望向尼勒迦。

我的视线忽然落到尼勒迦身上，那一瞬间，我觉得，那晚一直无言低垂的双眼现在已经缓缓抬起，渐渐平静，尽管它们依旧保持沉默。我感觉，即使过了这么多天，她似乎仍然对于我的存在感到些许怪异和恐惧。当我偶尔跟她交谈，我会时不时奇怪地怀疑，她并没有在听我说话，只是用毫不腼腆的眼神注视着我的脸。再转念一想，或许她并没有在看我，只有她的眼睛停留在我的脸上。

那时可能正值假期。我整个下午都坐在房间里。母亲来信了，

---

① 穆拉达巴德（Muradabad），位于印度北方邦北部，距离德里167公里。该城建立于公元1625年，现今是印度主要的手工艺品中心之一。

信里写到家里的事情。末尾，她言辞委婉地询问我，到底要在一个陌生的城市里待到什么时候。父亲说，不需要工作的时候，外面和自己家是一样的。两者之间并没有什么特殊的区别。或许，他的话是对的。人们总是在某个瞬间做出抉择。每一个小小的抉择都会在一条漫长的道路上艰难前行，直至人生走向终点。整个下午，我都在思索这个问题。开门出去的时候，我不禁感到一丝欢喜，因为任何道路都不会倒退，只要我活着，就可以拒绝做出任何抉择。

不过，那份喜悦的背后也有一丝紧张。那段日子，一种遥远缥缈的残缺感一直萦绕在我周围。虽然现在还是会去尼勒迦的房间，不过早已不像之前那样积极。我感觉，只要尼勒迦用惊奇的目光望着我，她就会把我内心的恐惧夺走，然而，那是我身体的一部分，尽管我对它十分厌恶，如今它不由自主地在她面前显露出来，但她却十分惊奇地望着它。

第二天，我去她们的房间询问她母亲的身体状况。我敲了敲门，尼勒迦走出来。看到我之后，她用微弱的声音说道："母亲在睡觉。"我感到有些诧异。"身体还好吗？"我问。"昨天晚上发了低烧，所以今天感到很虚弱。""行，我待会儿再来。"我转身离开，但是没有直接走回自己房间，而是站在屋顶的护墙旁边。

我向来不喜欢黄昏时分独自坐在房间里，那段日子也不喜欢。不过，当时一点儿都不想外出，因此一直站在屋顶上俯瞰下方。夜色渐渐浓重。巷子口的路灯亮起。我正想转身回到自己的房间，脚步突然停住。距离我不算太远的地方，尼勒迦站在屋顶护墙的尽头。

"你从什么时候开始站在这儿的？我竟然完全没有察觉。"我走到她身边说。

"随便出来走走，妈妈还在睡觉。"

我们沉默地凝望前方巷子里那些楼房的屋顶。

“我感到非常奇怪，尼勒迦，很久之前我就想问问你，为什么在我面前你总是这么安静？”尼勒迦诧异地看着我，仿佛我的问题很古怪。随后，她缓缓地转过头。

“这没什么奇怪的，我从来不知道，应该怎么跟您说话……”

“就像跟其他人说话一样……”

“还有什么人？除了妈妈，我在这里不跟任何人说话。”

“尼勒迦，你为什么要与所有人保持距离？”我问。我的目光停留在尼勒迦的脸上。她正注视着巷子里灯光照射不到的黑暗，穿过那片黑暗，天空中群星闪闪发光。

“不知道，我一直都是这样生活的，从来也不觉得奇怪。”

我们俩一言不发地站着。黑暗中，我们仿佛在互相探寻。我感觉，她的四周似乎伫立着一堵高墙，墙的背后什么都看不到，或许连她本身也看不到，或许连她自己也无法看清。房间里传来母亲的声音。她大概睡醒了。尼勒迦离开后，我仍在黑暗中贴近屋顶的护墙站了许久。时隔多年，那天傍晚，我忽然想起自己的家、自己的家乡以及与其相关的那些遥远的、早已被遗忘的回忆。难道父亲说得对，难道一切都是相同的，从来没有什么区别，唯有年岁不断逝去……？

我回到自己房间。那天傍晚，本来想对尼勒迦说的话，一句都没有说成。或许我们心中总会有一些说不出口的话，它们在静谧的孤影中成长，沉默地在那里凋零。

那天以后，我就不再去往她们房间。我无法相信自己。在尼勒迦面前，我心里总会产生一种无助的虚弱感，就像她将某件东西强加在我身上，而我却发现自己对此无能为力。于是，我开始讨厌自己。我故意熬到夜里很晚才回家，上午却很早出门，整日用工作来压抑心中的不安。我想，回到自己的家乡，待上一段日子。等到回来的时候，就去租住其他房子。住在这里，我总是不由自主地心生恐惧，仿佛在逃避什么东西。我感觉，某种未知的力量似乎正强制性地破坏我人生限定的范围……

那天晚上，我像平常一样很晚回家。我爬上楼梯，径直走向自己的房间。然而，刚到门口，我的脚就无法继续向前迈进。我感觉，自己胸腔里好像聚积着一股鲜血。房间前方的黑暗中，一个阴影靠近窗格站立着。那可能是尼勒迦，不过，我一时难以相信。

“妈妈叫您过去。她的身体一点儿也不好。”

我看着她，什么都没说。我始终不能理解，我过去又能如何。我的内心深处萌生出一种石头般的麻木。

“您能来一下吗？”她的声音里带有一丝令人怜悯的颤抖……她似乎在勉强压抑自己的固执，其中包含的某种紧张情绪无可奈何地逐渐自我缓解。

“你去吧，我马上就来。”她走后，我手里拿着钥匙，不知道在锁闭的门前站了多久。她母亲的状况很不好。她的额头发烫，呼吸紊乱。原本盛放注射药剂的小玻璃瓶空空如也。我叫尼勒迦去烧开水，然后在她母亲的棉被上盖了一床毛毯，将她裹得严严实实的。我们这个街区的所有商店都已经打烊，所以我只能去商场购买注射药剂。返回的时候，途中经过医生家，我便将他一起请到家里。医生诊视过她母亲之后说，完全没有必要担心。他为她注射完药剂就离开了。她母亲的呼吸变得规律起来，翻了个身，安然睡去。尼勒迦神情呆滞、一动不动地站在房间的角落里，我连看都不敢看她一眼。在那寂静的氛围中，除去她母亲沉重的呼吸声，其他什么也听不见。

“怎么不早点告诉我？”我问。

“去找过您几次，但是您都不在房间里。”她说。

“这边工作挺多的，”我逃避地说。我一直在期盼，尼勒迦说些什么。对于这么多天不曾出现的人，她心里或许有些埋怨。然而，过了好一阵子，她还是什么都没有说。不经意间，我的视线落在她的脸上。那一刻所看见的景象，我至今依旧未能忘却。她的手紧紧贴在墙壁上，不停颤抖，嘴唇张开，一双乌黑的眼睛由于惊恐瞪得很大，就像悬挂在半空中一样。我迅速走到她身旁。“尼勒迦……！”我无法继续说下去。她看了看我，刹那间，仿佛没有认出我是谁。之后，她抓住我的手，目不转睛地盯了我一会儿。

“妈妈会死吗？”她的嘴唇不停翕动。

“你在说什么呢，尼勒迦！她会没事的。”我说。

“您去叫医生的时候，我一个人待在这里。那一刻，我感觉，妈妈好像也不在房间里。我是彻彻底底地一个人待着。”她松开我的手，干裂的嘴唇上挤出一丝忧愁的微笑。

“这都是疯话……你脑子里总是生出一些奇怪的念头。”我心里的冷酷如同沙墙一般开始坍塌。

“妈妈问了你好多次，”她的声音变得很微弱。

“为什么不叫我过来？”

“前段时间，您总是独来独往。我不敢。”她的目光向下倾斜。

我沉默地望着她。我感觉，多年累积的孤独正在逐渐显现出来。我走到窗户旁边。柔和、苍白的月光照在楼房的屋顶和裸露的墙壁上。有多少户人家相互靠近，一直延伸至远方。在我看来，许多人，包括我在内，虽然走到遥远的地方，但却不知道自己内心深处有多么寂寞。我们确实已经长大，在年龄上，在经历上，不过，寂寞的范围也随之增长。或许，什么都不能与她相依相伴……

那一刻，我突然下定决心……那天晚上睡觉的时候，我感觉，自己心里放下了一个千斤重担。从自身角度来看，我已经没有任何顾虑，但不知道尼勒迦会不会认同？

至今我依旧无法忘记那个黄昏……那晚之后，我曾有几次想去见尼勒迦。不过，每次都有一种奇怪的恐惧阻止了我。那段日子，尼勒迦经常到我房间里来小坐，看上去十分疲惫，而我总是安静地一边阅读资料，一边望着她。有时候，我甚至不能相信自己。我了解她吗？我曾几次向她打听她的过去，但是针对我的所有问题，她都只是简单地以寥寥数语作答，之后就不再说话。我感觉，有一些话我们必须相互倾诉，然而，我们却一直在自言自语，无论走到多远，我们都在承受那种话语之外、属于我们自己的沉默。

如今想到这些，我不禁感觉，尼勒迦的自我是一个特别的存在，尽管我时刻都能感受到它，但却从来没能触碰到它。她独自生活了许多年，除父母之外，我是她唯一近距离接触并熟识的人。然而，看到我，她总是莫名地感到窘迫和惊慌。某处有一扇看不见的门，而在门的背后，尼勒迦将自己那些寂寥、孤独的时刻汇聚在一起，构建出一个属于自己的、独立的梦幻世界。在那个世界里，她如同一只沉睡的野兽，整日不断行走。我感觉，自己似乎一直站在那扇门的外面……

我还有回去的可能吗？那天傍晚，我看见，尼勒迦准备出门为母亲取药。我原路转身返回，悄悄地站在一个角落里，等待她出来。我的心脏剧烈跳动。为了这个时刻，我已经等待多日，然而，当时，我什么都没有想，只是沉默地站着。她手里拿着小药瓶，走出药房，眼睛盯着地面（她总是这样走路），从我面前经过。

“尼勒迦，”我走到她身边，轻轻地说。她吓了一跳，停下脚步，用惊恐的目光望向我。

“您？”她的声音里有一丝颤抖。“走呀，怎么站住了？”我说。我们两人开始沿着路边向前走。无论先前我们在家里见过多少次，但是待在一个安静的房间里还是会害怕孤单。不过，穿行在小巷的人群中，走在路灯迷蒙的光线下，我感觉，我们的孤单似乎已经彼此分离，相互独立。

巷子前面有一个破败的小公园，曾几何时，它或许也是旁边伫立的那座老教堂的一部分。四周栽种着矮矮的灌木丛，上面落满尘土。公园里还有几个供孩子们玩耍的木制跷跷板和秋千。走到广场前面，她突然停下来。

“您要去哪里？”她的声音里包含一种充满恐惧和惊奇的不安。

“假如你稍微晚点回家，妈妈会说什么吗？”

她沉默地望向我。我们在灌木丛附近的长凳上坐下。黑暗中，两个人都看不清彼此的脸。她用双手紧紧抓着药瓶。

“你怎么从来不说话，尼勒迦？”我将手放在她的手上，此刻，我看不见它们，只能想象，那是尼勒迦的手。我能感觉到一阵暖意，从她手指上散发出来一直蔓延到我的身体里。

“尼勒迦，你怕我吗？”

她抬起头，努力屏住呼吸，任凭气息变得微弱而凌乱。那一刹那，她的眼睛里会有什么我在黑暗里无法看清的东西？

只要我们活着，我们存在的那些瞬间就什么也不是，什么也称不上。有一种饥饿，一种怪异而干枯的饥饿感，被温润的爱意笼罩。尼勒迦没有把手抽走。那或许不是爱。一些极其古老的血液，簌簌地游走在全身各处，填满所有关节。我感觉，那天傍晚，沉积多年的饥饿突然在我们两人之间张开一个大洞，我们两人从干枯的树叶，从各自的孤独中起飞，来到洞中相会。我不想向尼勒迦隐瞒什么，缓缓地说出一切。尼勒迦表示赞同。一个月后，我说，我们结婚吧……尼勒迦开始哭泣。

怎么会哭呢！那天晚上，我走到街上，在路灯昏暗的光线下，一遍又一遍地看着自己润湿的双手。黑暗中，她哭了，我却什么也不知道。

第二天，我在法院登记了自己和尼勒迦的名字。

我知道，尼勒迦非常坚定地相信我。她闭上眼睛，听从了我的话。然而，我认为，那不真实，或许真实的是那种恐惧，它像高墙一样一次次地伫立在我和她之间。日日夜夜，她的心里总是产生怀疑。好几次，当她来到我房间的时候，看到她劳累、疲惫的表情，我都感觉，她整晚没有睡觉。我自己也无法确定，所以不停地思考，这一切是否正确，我是否能够得到如此愉悦、如此幸福的生活？一个人独自生活了许多年，如今要来粉碎她心中的麻木，我感到十分不安。不过，尼勒迦在面前时，我还是小心翼翼地掩饰自己的顾虑。我知道，哪怕我有一丝软弱，都会永远破坏她的信任。

我们决定，结婚以后，我和尼勒迦会在朋友家里借住一段时间。尼勒迦在一封信中将这一切详细告知了她的父亲。尼勒迦说，父亲不会设置什么阻碍。他从来不会做任何违背尼勒迦心愿的事，等到结婚之后，他就会默默地接受尼勒迦的决定。母亲可能会感到不满，但是基于父亲的认同，她也不会长时间与尼勒迦保持距离。我们决定，结婚以后，她母亲住在我们家里。

现在回想起来，那个月就像做梦一样……这段时间，我看到，尼勒迦的面容与我今天以前时常见到的大不相同。我爬上楼梯，朝自己房间走去，眼睛却不由自主地转向前面的房间。我知道，她可能站在那里，不过，看见她的时候，我还是感到有些惊讶。她的眼睛里忽然充满爱意，脸上也洋溢着如阳光般和暖的笑容。我感觉，自己就像在黑暗中生活了许久，现在突然来到外面，顿时觉得头晕目眩……

她现在仍然十分安静，不过以往横亘在我们之间的距离已然消失。有时候，我能察觉到，她正带领我走近那个安静、隐秘、朦胧的角落，这么多年以来，她一直远离我，独自停留在那个地方。那段日子，我第一次知道，我们的饥饿不仅仅是未来一起生活的心愿，它也指向那个我们彼此分离却想再次共度的过去……

那件事发生在我们计划去法院登记的前一天。傍晚，回到家的时候，她母亲独自站在屋顶上。长期的病痛令她变得极其虚弱，为此，她很少走出房间。看到我，她有点讶异，于是用惊愕的表情看了我一会儿。

“不知道为什么，尼勒迦到现在还没有回来……”

“怎么，她不在家吗？”

她母亲说，不久前，尼勒迦还站在屋顶上。不过，喊她进来的时候，没有得到任何回应。因此，她走到厨房去找，但是她不在那里。之后，她就一直站在屋顶上等她。

“您到房间里坐着吧，我来找她。”我的声音开始颤抖。

我迅速走下楼梯，钻进巷子里。那个小市场中有一些商店，尼勒迦可能会去闲逛，我在里面反复寻找，不知不觉中走到路的另一端。当我准备转身返回的时候，过往的记忆如同闪电一般忽然划过我的脑海。我径直向前走去。经过一段路程之后，我站在教堂老旧的楼房前。事实证明，我的推断是正确的。靠近脏乱、褐色的灌木丛，尼勒迦坐在一张长凳上。那正是多日以前的那个傍晚我们曾经坐过的长凳。落日昏黄的余晖洒在小小的草丛上，不停闪烁。

她望着我。尽管我紧挨着她坐在长凳上，她仍旧一言不发地望着我。

“你怎么没跟妈妈打声招呼？”我说。

“出门的时候并没有打算来这里，”她注视着面前开阔的广场。看着她的脸，我感到有些害怕。我觉得，自己之前从来没有见过她脸上出现这种恐慌的表情。这时，我忽然想起那个夜晚，她的母亲发病了，而她独自待在房间里。

她莞尔一笑，望向我。

“那天傍晚，我第一次进行自我反思，”她的声音里充满浓烈的不安，“我连做梦都没有想到，我会如此勇敢。那天晚上，直到深夜，我都没有睡着。”

“你都在想什么？”

“妈妈说，我自幼就很胆小，晚上要开着灯，躺在她身边才能睡着。即使到了现在，外出的时候我也会感到慌张。我在想，一切怎么会变成这样。”

“尼勒迦，我问你件事，你能说实话吗？”

“什么？”

“你确实没有后悔吗？”尼勒迦一动不动、沉默无言地坐了一会儿，随后抬起自己颤抖的眼睑，望向我，盯了我好一阵子。突然，她整个身体像树叶一样晃动起来。她紧紧攥着我的双手，双唇不断翕动。

“看这儿，看着我。你有没有见过谁这样幸福？”

“尼勒迦，怎么啦？”

“没什么……我一直希望到这里来一次……我还记得，我们第一次来到这里，就坐在这张长凳上。那时，我手里还拿着妈妈的药瓶。”

那张老旧的板凳投下一缕细长、暗淡的阴影，我们正好坐在那片阴影里。尼勒迦的手指夹在我的手掌中，一遍又一遍地颤抖。

那天傍晚，她第一次也是最后一次以“你”来称呼我。

第二天，我非常忙碌。我早已得到通知，结婚的时候，法庭里必须有三位见证人在场。婚后我们打算在一个朋友家里借住一段时间，对他，我们没有任何隐瞒。他虽然强烈反对法院现行的结婚制度，但是为了长久的友谊，他还是同意成为我们的见证人。第二位见证人是我出版社的朋友，我经常阅读他的书籍的校样。他总是骄傲地将自己称作自由主义者，时不时地也会针对印度社会中不断增长的腐败现象发表一些批判文章。他高兴地答应成为我们的见证人。当地中学的一位老师是我的第三位见证人。他是我的同乡，至今未婚。听完我的话，他先是羡慕地、难以置信地看着我，随即冷漠地笑起来。除去婚礼的日期和时间之外，他还在自己破旧的笔记本上极其仔细地写下我们进行登记的法院地址。他告诉我，当天他会向学校请假。之后，他带着怀疑的表情微笑着向我表示祝贺，并承诺会准时到达。

罗赫德吉先生忽然在中间停下来，沉默地注视着手里熄灭的木条。过了好一阵子，他才抬起双眼，将我们扫视一番。我们所有人的眼睛都聚集在他身上。他缓慢地拿起玻璃杯，没有掺兑苏打水，直接将里面剩余的威士忌一饮而尽。

我至今也无法完全清楚地记起那天发生的所有事情。每次当我试图回想的时候，某些新的细节就会涌现出来。它们要么是我之前没有注意到的片段，要么就是某件事情出现了先前没有观察到的新方面。

如今回忆往昔之时，法院的那个房间总是环绕在我眼前。然而，我们最多在那里停留了十分钟。那是一个狭长、黑暗的房间，即使在白天，屋里也一直点着灯。法官的座位上空无一人。在外面，工作人员告知我们，法官在几分钟之内就会过来。房间中部有一张长桌，桌子的两段布满灰尘，中间摆放着几张破旧的椅子。一走进房间，我们就看见，门边有一张小小的高脚凳，坐在上面的一个人半眯着眼睛打量我们。后来，我们才知道，他是法官先生的助理。他神情古怪，嘴唇弯曲，看上去让人感觉，他似乎在讥笑我们。我们向前迈步，他手里拿着一本登记簿，立刻来到我们身边，然后迅速地翻查其中的纸页。最终，他的目光停驻在某个地方。他将登记簿凑到眼睛旁边，用沙哑的声音念出两个名字，随即望向尼勒迦，说道，“这是您们的名字吗？”

一进入房间，尼勒迦的脸色就变得十分苍白。听到他的这个问题，她惊慌失措地望向我。

“嗯，您跟我说吧，这些不是我们的名字。”我生平第一次听到那些名字。

“这不是您们的名字？怎么可能呢！”他用充满怀疑的目光看了看我，又看了看尼勒迦。

在他灵动的眼睛前面，尼勒迦苍白的面容显得有些不安。然而，过了一阵子，他找到了我们的名字。他将登记簿夹在腋下，问道：

“您们的证人在哪儿？”

“应该马上就到了，”我坦然地回答。

“您瞧，莫非是那些人？”

另外一个房间紧挨着那个房间，不过，匆忙之中我并没有注意到，我的朋友和出版商先生都坐在那里。接着，他们走进大房间，来到我们身边。

“您们请在这里登记自己的名字和地址，”他将登记簿摊开，放在他们面前，“您的第三个证人在哪儿？”

我环顾四周，但却没有看到我的同乡、中学的教书先生。在助理敏锐的目光下，我不禁感到有些窘迫。他现在依旧用怀疑的目光望着我，并且他唇边嘲讽的微笑变得愈发深奥。

“法官先生马上就来了，那时必须有三个证人在场，”然而，转瞬间，他的声音变得十分微弱。他看了看尼勒迦，之后带着淫秽的表情笑着说：“我理解您的担忧，先生，这里有好几次都出现过这样的困境——人们从另一个城市赶来，但是找不到证人，假如您吩咐的话，我来做一些安排？”

我望向他。或许我的眼睛里可能包含某种情绪，让他无法继续往下说，只能静悄悄地从我们面前走开。

尼勒迦听到助理的话了吗？那一刻，我甚至没有勇气望向尼勒迦的脸。

我转过眼睛，开始朝门外张望。此时，法官来了，不过，当他得知第三个证人至今仍未到达时，他立刻转身离去，看上去十分忙碌。临走之前，他交代助理说，等证人都到齐了，再去喊他。整个过程中，尼勒迦一直将头靠在桌子上，安静地坐着，她苍白的脸上萦绕着一种消沉、冷漠的表情。

我每时每刻都在期待教书先生的到来。外面，天空乌云密布，四周笼罩在一片昏暗中。房间里，灯泡微弱的光线使气氛变得更加凝重。出版商先生和我的朋友就政治上的某个问题开始争论。只要他们之中有人说话的声音稍微大一点，坐在角落里的助理就会用尖锐、愤怒的目光盯着他们。倘若他们一段时间不说话，奇异、恐怖的寂静就会弥散开来，房间的所有物品，黑色长桌、助理的登记簿、浸没在昏暗光线中裸露的墙壁，都显得如此空洞、呆滞。

“您的朋友什么时候来？”出版商先生看着表问。

“他本来早就应该到了，”我用不确定的语气说。

“您坐着，我到外面去待会儿，如果他来到附近，我就把他带过来，”我的朋友说。他认识教书先生。我也随他一起走到大门口。我最多在外面逗留了五分钟，但是当我再次进入房间的时候，我突然无法相信自己的双眼。我看见，尼勒迦的椅子是空的。我注视着那张椅子，惊讶地站在原地。过了好一会儿，我又向助理投去好奇的目光，不过，他与先前一样，冷漠地在自己的登记簿上书写，对我不理不睬。我的视线忽然被那个小房间吸引，它虽然位于法庭内部，但却与法庭完全分离。

尼勒迦用充满恐惧的眼睛凝望着我。

我走到她身边，她将自己蜷缩成一团。她的脸如同石头一般，神色呆滞，毫无表情。

“怎么了，尼勒迦，为什么站在这里？”

“我正要离开这里。”

她的眼睛里蕴藏着一种恐惧的冷漠。

“尼勒迦……听我说，”我缓慢地将自己的手搭在她的肩上。

“不要……不要在这里……不要，”她把我的手从她肩膀上移开。

“别发疯，等一会儿就……”

然而，那一瞬间，我感觉，在这短短几分钟之内，尼勒迦的内心发生了一系列奇异的变化。我想起许久之前的一桩往事——每逢心灵需要做出抉择，迷途茫然的时刻就会来临。任何一个小小的决定都会在漫长的道路上艰难行走，直至生命结束。我是否真的认识那个满脸惊慌、正用呆滞目光望着我的尼勒迦？

我还没来得及说话，她就已经离开法院的那个房间。

助理放下登记簿，抬起头，一言不发地看着我。我像小偷一样避开他的视线，走到外面。

我在法院外面的庭院里站了许久。我感觉，在不知不觉中，某个环节出了错，不过，如今改正这个错误应该不需要花费很多时间。我一遍遍地给予自己一个虚假的信念，她离去后不久就会回来。那一刻，我笃定，她的回归是必然的。

过了一阵子，我开始朝向巴士车站狂奔。我想，或许我能在那里找到尼勒迦。然而，她并没有出现。正当我准备从那里离开，我看见教书先走下巴士，赶往法院。幸运的是，他没有看见我。

我在外面徘徊了整整一天，直到晚上睡觉的时候，才回到自己房间。那时，我发现她们的房间里没有点灯。我转身走过去。门上挂着锁。后来，从屋主那里得知，她们已经搭乘黄昏的列车前往穆拉达巴德。

罗赫德吉先生不再言语。他的眼睛在地毯五颜六色的图案中搜寻某种看不见的东西。另一个房间里，台球比赛早已结束，现在除我们之外，几乎所有人都已经离开了那间酒吧。房间里弥散着浓郁的静寂，即使壁炉里烧得半焦的木头偶尔发出噼里啪啦的爆破声，不过，很快就安静下来。

“我以前认为，尼勒迦或许不爱我，但是，这样一个念头一遍又一遍地在我心里回荡……”罗赫德吉先生忽然停下来。我们都用充满疑惑的目光注视着他。

“我觉得，在法庭里度过的那十分钟最为重要。”

“我不理解您的意思，”律师先生问。我们都诧异地望向罗赫德吉先生。他的双眼早已留驻在某个遥远的虚空中。

“法院里那个奇怪的、令人畏惧的房间，那个助理忧郁的笑容，我撇下尼勒迦独自走到外面，倘若这一切没有发生，事情也许就不会变得一团糟。当我认定，这一切都可以归咎于一个小小的错误，我感到十分惊讶。”

“什么错误？”摩希德·森上尉问。

“有时候，我会想，假如教书先生准时到达，可能……”

然而，他没有说完这句话就开始哈哈大笑起来，“算了，不管了，为了安眠，大家都再干一杯吧！”

起初，我们之中无人行动，不过，转瞬之间，大家都安静地举起自己酒杯。

黑暗中

穿过途中的三条小路，巴诺来了。她一进门就问："有什么消息吗？"我心里固执地想要对她说假话。我本来打算告诉她："是的，有消息啦……我们准备去德里。"不过，巴诺肯定会拆穿我的谎言，所以我干脆闭上眼睛。

巴诺将手放在我的额头上。倘若她的手是冰冷的，我就可以断定，自己正在发烧；倘若她的手是温暖的，我心里总会十分欢喜。我常常睁开眼睛问："怎么样啦，巴诺？"巴诺会用失望的语气回答："现在烧倒是退了点，不过，黄昏又会烧上去的。"巴诺认为，只要我一直发烧，就能跟她一起留在西姆拉（Shimala）[①]……因此，我一旦开始退烧，她就变得非常失望。有时候，听到巴诺的脚步声，我会故意将放在旁边的冷水涂抹在额头上。等她来到之后，我便将她的手放在自己额头上问："你看看，巴诺，多凉呀！"那时，巴诺不再说话，只是沉默地望着窗外。

---

① 西姆拉（Shimala），喜马偕尔邦的首府，是印度北部著名的避暑胜地和旅游城市。

窗外有一片绿油油的森林，高高的大山和茂密的树丛。风掀动布帘，吹进屋内，房间里弥散着一种远在天际、如梦似幻的香气。

“德里就在这些山的后面，对吧，巴诺？”我问。

巴诺安静地摇摇头，她对德里的事情毫无兴趣。有时候，我不免对她表示同情——这个小可怜至今仍未去过德里。她的父亲已经在西姆拉工作了许多年。

“我今天去了自己家，”巴诺说。以前，听到“自己家”这个名字，我会把一切都抛诸脑后，然而，今天，我心里对它一点好奇也没有。

“你应该把我的李子带去……巴诺，”我闭着眼睛躺着。

“谁要吃你那又脏又烂的李子，你回德里的时候，自己打包带走吧。”巴诺生气地跑向外面的露台。

我也感到气愤。然而，生病的时候，怒意也变得断断续续。任何情感都不能坚持到底，中途就变得干枯竭尽。想哭的时候，哭不出来，留下一双眼睛独自干着急。高兴的时候，心脏无法剧烈跳动，留下两片嘴唇不断颤动。

这段日子，回到房间之前，我总会先寻找巴诺，绝对不能让她偷偷把酸李子和生杏子带进来。她的头巾里一直绑着调味包——生病以前我经常用它们浸泡李子，制作酱料。

巴诺刚刚称之为“自己家”的地方是附近的一座闹鬼的房子，它常年荒废，无人居住。据说，一位女士在那里亲手结束了自己的生命。那座屋子里，有一个房间朝向浴室敞开，我和巴诺将我们的生杏子和李子贮藏在那里。这是一项极其隐秘的事业，迄今为止，有关它的任何消息还没有传到第三个人的耳朵里。

巴诺一直在外面的露台上荡秋千。秋千向上摇摆的时候，她的裤腿鼓胀起来，如同气球一般。看着秋千上下摇晃，我的眼睛不停地眨动。我完全想不起来，自己是什么时候合上双眼的。我开始做梦。我总能记住午睡时所做的梦。仆人来到办公室，拿回父亲的午餐盒。他笑着说，我们即将出发前往德里。巴诺将我的李子从鬼屋的窗户里扔向外边。远方，卡尔卡（Kalka）[1]开往西姆拉的列车在群山间穿行，那位自杀的女士坐在车里。她把手伸出火车车厢的窗户，恰好接住巴诺扔掉的李子。

当我睁开双眼的时候，巴诺早已离开。

傍晚，母亲为我端来奶茶。我问，“仆人来过了？”母亲惊讶地说，“是的，来过了，怎么了？”“他说了什么吗？”我问。母亲回答道：“没有……发生什么事了？”我什么也没有说，只是倚靠着枕头半坐半躺，细细品茶。

母亲拿来体温计，给我测量体温，之后又一把将它夺走。以前，我总会询问自己的发烧状况，但是后来发现母亲一直在说谎，所以我不再询问，转而尝试阅读她的面容。有时候，看见我满脸严肃的表情，母亲就会说：“赶紧好起来吧，等到那时，我们就去德里。”她的语气如此真挚、轻松，仿佛痊愈是我能控制的事情，仿佛我是故意执拗地要生病，而她仅仅是来哄劝我恢复健康。我对此感到愤怒，于是，侧过身，将脸转向窗户。然而，过了很久，她都不知道我生气了。我蜷缩着腿，双手握拳，紧咬牙关，用力地呼吸。母亲注视着窗外，突然惊慌不已。她望向我的脸，叹了一口气，坐在床头。不晓得，我如何知道，她在揣测我的表演。不过，她什么也没有说……只是慢慢地从柜子里拿出吉百利巧克力（Cadbury Chocolate）

---

① 卡尔卡（Kalka），印度哈里亚纳邦潘切库拉（Panchkula）地区的一个城市，位于喜马拉雅山山脚，是该邦通往相邻的喜马偕尔邦的通道。

放在我的枕头下面。“别告诉爸爸，”她一边用手指梳理我的头发，一边说。然而，转瞬之间，她就将我忘却。从她手指有规律的、半梦半醒的触碰，我了解到，她已经迷失在距离我很远的地方。她给我巧克力，不是为了取悦我，而是为了摆脱我，如此一来，她就可以毫无障碍地沉浸在自己的世界里。每逢这样的时刻，我都会默默地望着她。她不知道，我在看她。她脸上所有皱纹都舒展开来，所有忐忑的情绪都消失殆尽，唯有一片虚无的平静四处蔓延。我觉得，她的眼中似乎弥散着一丝干枯的炙烈，但是下一秒钟，我又错误地以为，迷蒙的水汽在她的眼里闪闪发光。我经常因为她关心我的病情而感到欢欣，尽管在内心深处，我清楚地知道，在那样一些时刻，我与她所关注的内容没有一点关系。

我轻轻地把自己的手放在她的手上。她大吃一惊。我感觉，自己仿佛强行将她从某个遥远的地方拖拽回来。她对我怒目而视，过了好一阵子，又突然亲吻起我的嘴唇。我赶紧用衣袖擦拭嘴唇，她微微一笑。

“孩子，我可以问你件事吗？”

“什么？”

“假如我到别的地方去，你能理解我吗？”

母亲目不转睛、全神贯注地注视着我。

“我能跟你一起去吗？”

“不行！”她摇摇头。

“您跟爸爸一起去吗？”

“不。”

“那……”我惊讶地望着她。

她笑着陪我一起躺在床上。

我把自己的脸贴近她的脸。母亲很漂亮。在家里，大家都怕她。时不时令我感到诧异的是，她身上并没有什么能够让大家产生恐惧的东西。我也对她心生畏惧——对她的眼睛，尤其当她坐在我身旁注视我的时候。

许久以前，我随父亲一同到他的一个朋友家去。回来的时候，我们必须沿着山间的水渠向上攀爬。抵达目的地之后，我们在浓密、黑暗的树丛中站着休息了片刻。我对那个地方的荒凉和寂静感到害怕。

如今，不知为何，每当我看着母亲的眼睛，都会回想起那天夜晚树林中那片浓重的黑暗。

她的手臂如同大理石一般光滑、洁白，每次触碰到它们，我都会感到害羞。她喜欢将头发绑得非常紧，所以额头显得很宽。头发中央有一条笔直的分路，我总是因为看见它而感到失落。她的耳朵很小，像洋娃娃的耳朵似的，她一直将它们隐藏在头发中间。只要她躺在我身旁，我就会把它们从头发中拨弄出来。我记起巴诺的话，一丝轻微的颤抖逐渐顺着身体扩散。“谁的耳朵小，”某一天，巴诺说，“谁就死得早。”我没有把这件事告诉母亲。我想，等到她行将就木的时候，再对她讲，正是因为有一双小小的耳朵，她才会死去。

有时候，我感觉，她并没有特别担心我的病。在我看来，她甚至已经忘记，我在生病。有一天，我明确地表达出自己想吃蛋糕的意愿，她没有像父亲和姑姑一样反对我的无理要求。她沉默地从柜子里拿出一块蛋糕，放在碟子上，端到我面前，然后自己闭着眼睛，躺在靠椅上。我有点不高兴，想吃蛋糕的愿望顿时消失殆尽。我害怕，即使只吃一点，也会导致病情拖延，那样一来，出发前往德里的日子就必须向后推迟。

我知道，母亲不想去德里。其中的缘由，我到现在也没有弄明白。不过，有一次，她对比伦叔叔讲述了这样一件事。

我时不时会偷偷潜入母亲的房间。过去的几个月中，父亲和母亲分别睡在各自的房间里。起初，我还觉得这件事情有点奇怪，然而，有些东西，我绝对不会去问别人，只是避开所有人的目光，将它们压抑在心底的一个角落里。

母亲的房间位于走廊的尽头。我从自己的房间可以看到她房间的两扇窗户，窗户中间露出一小片墙，每天傍晚上面都会映满树叶编织的网状阴影。偶尔，蓝色的布帘随风扬起，紧紧贴在墙壁上。这时，树叶编织的网就会离开墙面，笼罩在布帘上。透过敞开的窗户，母亲的头显露出来。每当她微微抬起头，阳光下，她的发髻都会变成金黄色，闪闪发亮。我知道，母亲坐在窗户旁边的椅子上读书。

好几次，我走进母亲的房间，沙发上、床上她的枕头旁边、床下都凌乱地摆放着一些书本。或许，母亲睡得很少——晚上我曾多次看见她房间里的灯光。我想，她可能一直在读这些书吧。

有一回，我翻开某本书，上面用小小的、歪歪斜斜的蓝色字符写着比伦叔叔的名字。我像中邪似地迷失在那些字符里。后来，我在母亲房中放置的许多书里都看到了那个名字。

我想起比伦叔叔的别墅，我和母亲曾在某天去过那里。一个巨大的房间中，从地面到屋顶全部摆放着精挑细选的书本。每一个架子下都立着一个小小的梯子，只有爬上去，才能把书拿下来。另一个房间里挂着一些歪歪扭扭、狰狞可怖的怪异图画，看到它们，我吓得呆呆地站在原地。父亲说，这些画是战争之前比伦叔叔从欧洲买回来的。我时而觉得比伦叔叔很奇怪，时而又对他心生怜悯——

他究竟如何在这样一座荒无人烟、孤独寂寞的房屋里度过了一年又一年？

父亲的朋友中，或许比伦叔叔的地位是最特别的。父亲只跟他在我房间里喝茶，他的其他朋友都坐在外面的客厅里。只有他来了，当天晚上才不会有人强迫我早早睡觉，因为他们一直待在我的房间里，聊天聊到深夜。对我来说，那些夜晚真是令人欢喜。

一天傍晚，比伦叔叔来到我家，但是看到他的打扮，我完全没有认出他来。他穿着及膝长靴，一边肩膀上挎着卡其色的包，另一边挂着相机，头上戴着一顶太阳帽——穿着这样一身装束，他短小的胡须显得格外突兀和虚假。裤子的两个口袋里全都塞满了书。

他走到我床边，跟我握手。他如此对待我，仿佛我压根儿没有生病，他甚至没有问过我的健康状况。

母亲坐在旁边的椅子上织毛衣……她看了看比伦叔叔，随即又把头低下去。

比伦叔叔说，他打算去库夫里[①]，预计在旅店里住一晚，第二天黄昏回来。

“据说，旅店的门卫是一个非常能干的人。他在库夫里住了三十年，或许他对库夫里了若指掌……”比伦叔叔说。

母亲的脸上漾起一丝笑意，好像在她眼里，比伦叔叔的话没有任何价值。

“从多少年前起，你就一直在参加这种面试。”母亲一边低垂着眼睛织毛衣，一边说道。

“啊，你不相信……你应该看看我的笔记。”比伦叔叔蓝色的眼

---

① 库夫里（Kufri），印度著名旅游城市，位于喜马偕尔邦南部山区，距离西姆拉不远。

睛闪闪发光。每逢他提到自己的著作——《西姆拉的历史》，母亲都会这样笑他。

“只要你经常在这套书里探索，一定能发现一些奇怪的东西。”

“什么东西，比伦叔叔？”我对比伦叔叔的著作展现出极大的好奇。我知道，这会令他非常高兴。

“一张很古老的照片……可能是某个英国人拍摄的。”

“照片里有什么？”这一次，母亲的眼睛从棒针上抬起来。

“可以看到人山人海的赛马场……许多人都消失在人群中，不过，一个英国女孩的面孔显得格外清晰……她撑着伞站在看台旁边……所有人的眼睛都聚集在飞奔的马匹上……她却用充满好奇的目光望向后方……她这样转身回望，让我觉得很奇怪。”

比伦叔叔突然不再说话，母亲手中飞舞的棒针也停顿下来。

“照片下方写着——安娜黛尔，西姆拉，1903……五十年过去了，她还是那样撑着伞转过身向后方望去……”

比伦叔叔微微一笑，似乎觉得自己的话十分荒诞。母亲安静地看着他。我感到十分诧异，比伦叔叔为什么总是在说这种没有意义的话。

“有时候，我在想，讲述城市的故事应该比写人难很多吧……我积攒了这么多有关西姆拉的图片、注释、书籍、游记，但是我觉得自己永远也写不成一本书。”

“为什么？”母亲问。

“城市……每座城市，它们永远如此沉默地独自存在。”比伦叔叔站起来，轻轻地抚摸我的额头。

“我在路上遇到医生。他说，你再有几天就可以下地行走了，”他微微弯下腰对我说。

“再坐会儿吧……给我看看，你能拍出什么样的照片！”他从肩膀上取下相机，给我拍了一张照片，随后拿起自己的手杖，准备离开。

“什么时候回来？”母亲第一次直勾勾地看着他。

“可能要到明天傍晚吧……我会过来待会儿的，”望向母亲的时候，比伦叔叔似乎感到一阵晕眩……他将自己的脸转向另一边。

“比伦叔叔……”我极其不好意思地说。

“怎么了，孩子？”他惊讶地看着我。

“我想拍张照片。”

比伦叔叔微笑着把相机递到我手上。

我望向母亲……

“不，孩子，别拍我……”母亲立刻生起气来。

“不只是你……比伦叔叔也一起。”我说。比伦叔叔的面容瞬间失去了光彩……他注视着母亲。这一次，母亲没有反对，她从椅子上站起来，“孩子，你真固执，”她说。

“比伦叔叔，你站到树林旁边吧，那边有阳光，妈妈，你站到右边去。”我爬下床，靠墙站着。虽然我依旧感到头晕，但是照片却拍得很好。至今，我依旧保存着那张照片……

不知道，黄昏的朦胧何时悄无声息地包围了整个房间。比伦叔叔早已离去。母亲坐在我床边的椅子上。自从比伦叔叔离开，她就一直那样寸步不移、沉默无言地半躺在椅子上。我没有开灯，我喜欢房间逐渐变暗的感觉。

许久之前的一个傍晚浮现在我眼前——那时我还没有生病。那天傍晚，母亲带我去了比伦叔叔的家。

看到我们，比伦叔叔有点惊讶。他打开大门，站在母亲面前。

“波诺……你……”他迷茫地站了片刻。那是他第一次在我面前呼唤母亲的名字。从他口中听到母亲的名字，我感觉非常奇怪。母亲笑了，不知为何，我十分讨厌母亲的那个笑容。一种令人窒息的恐惧占据了我的内心。

“我们出来随便逛逛，我觉得，可以来找你。”母亲说。我第一次看到母亲说谎。

比伦叔叔蓝色的眼睛被一抹淡淡的惊奇环绕。他拽着我的手指，一言不发地走进别墅。

就是在那里，我第一次看到他的藏书库。他向我展示了自己相册中西姆拉的高山、河谷以及瀑布的照片，那些都是他为自己的著作积攒下来的。桌上堆着许多书，旁边一盏套着绿色灯罩的台灯一直亮着。他递给我两块巧克力，为此，我感到有些吃惊。他笑着说：“我有许多巧克力，因为下雪的时候不想出门，所以囤积了很多。”我看了他一眼。他跟父亲多么不同！他身上没有我在父亲身上发现的那种紧张、令人疲累的严肃以及沉重。接触任何一件事物的时候，他永远怀带着一种柔和的温情。看到他短小胡须上方的那双眼睛，我总感觉，它们仿佛正在轻声地诉说着什么，仿佛只要它们停留在某样物品上，那样物品就能够自我修复、自我净化。

“你到附近的山顶上看过雪景吗？”他问我。我摇了摇头。

“从那里，雪看起来是蓝色的。我拍过一张彩色照片……”他走到另一个房间去拿那张照片。我开始翻看放置在桌子上的相册。每张照片上印都有西姆拉的某个景点：格兰[①]、贾库[②]、查德威克瀑布。

① 格兰（Galain），西姆拉附近知名旅游景区，距离西姆拉市区约四公里，适宜郊游以及野餐。

② 贾库（Jakhu），西姆拉周边知名旅游景区，其中最著名的是一座供奉哈奴曼的贾库神庙。

我很容易就能辨认出这些地方。过了好一阵子，比伦叔叔没有回来，我却已经感到厌倦。旁边的书架上，一本小小的相簿放在角落里，我把它翻开。最初的那个瞬间，我认为，我从未见过这张面孔，然而，下一秒钟，我惊愕得无法转移自己的视线。那是母亲的照片。

母亲曾经是这个样子的？一股深深的气息在我心里上下翻腾。宽宽的额头，上面点缀着一个小小的吉祥志，母亲早已不再这样装扮。两根辫子垂落在肩膀下方，身上穿着一件长袖毛衣，那对小耳朵隐藏在头发中间。忽然，我产生了一种幻觉，那张脸上的东西与我没有任何关系，与父亲也没有任何关系。

那是母亲的照片，但是照片中母亲在哪里？

我突然听到比伦叔叔的脚步声。由于害怕，我立刻将那本相册藏在书堆中，不知道，我心里究竟想要隐瞒什么。

当我们回到草坪上的时候，轻薄、浅淡的黑暗四处弥漫。母亲裹着披肩，坐在石凳上。

“在哪儿待了这么久？”她将我拽到自己身旁。比伦叔叔坐在母亲脚边的草地上。我的眼睛驻留在母亲脸上，仿佛在寻找什么，母亲的眼睛、嘴巴、额头，任何一个部分单独看起来都还是原来那般模样，可是，它们组合在一起所形成的那种感觉，与我不久前在比伦叔叔相册里看到的那张面孔完全不同。

有些秘密，无法解释，无法介入……那是怎样的一种情感，它将某样遥远的东西带到我们身边，但是自己却始终与我们保持距离。

“孩子，怎么了？”母亲轻轻地用手指梳理我的头发。

我不安地将脸转过去。

母亲没有继续追问。我们三个人就这样沉浸在各自的世界中安静地坐着。自从我们来到这里，比伦叔叔就没有跟母亲说过话。起初，我还感到有些诧异，当然，我并不是特别在意。

草地上，深蓝色的黑暗笼罩四方。灯光像小小的萤火虫一样散布在遥远的群山间。由于高山都隐匿在黑暗里，所以天空看上去就像往下挪移了一样。有时候，我们甚至无法判断，这些星星和灯光中，哪些是灯光，哪些是星星。

生病的日子里，我常常回忆起那个黄昏，尽管那天傍晚并没发生什么值得记住的事情。回家的时候，比伦叔叔陪我们走了一段。直到母亲说，我们可以自己回家，他才转身离去。我和母亲默默地走在上坡的路上。我快步走在母亲前面。经过一段路程之后，我突然停下脚步。我感觉，母亲没有跟在我身后。我掉头往回走。黑暗中，我的心脏用力地跳动。

沿着斜坡向下走了一段路，我忽然停下来。黑暗中，我瞪大双眼，不知所措。母亲站在拐弯的地方，俯身朝向路边的绳索。纱丽的末端随风飘扬，落在她的肩上。她完全迷失了自我，目不转睛地注视着下方……

位于斜坡下方的是比伦叔叔的别墅，黄昏的朦胧中，它显得格外荒芜和孤寂。昏暗的光线穿透藏书室的窗户照射出来，草坪上的青草随之忽明忽暗。

朦胧的黄昏中，我们安静地站立了很长时间。母亲突然转过身，向前走去。她的步速如此缓慢，刹那间甚至让我感觉，她好像在梦游。

她走到我身旁，抬起眼睛，用不安、无奈的目光凝望着我。许久之后，她迅速地把我拽到自己身边，一次又一次地用自己寒冷、干裂的嘴唇亲吻我。

多日之后，一个早晨，我忽然觉得自己胃口很好，甚至出现了浑身轻松、精力旺盛的幻觉。以前，为了躲避阳光，窗户一直保持关闭，我喜欢合眼躺在黑暗的房间里。如今，我打开窗户，卷起窗帘，让外面温暖、柔和的阳光环绕在我的床铺周围。我爬下床，倚靠书桌站着。头不像以前那样晕沉，于是，我朝门槛的方向迈了几步。我感觉，这就像人生中第一次学习走路一样。

我悄悄来到外面的露台。不远处，姑姑正在木栅栏上晾晒湿裤子。我避开她的目光，移步到父亲房间后面的阳台上。房间的门窗紧紧关闭，里面红色的布帘垂落下来。每当母亲去姨母家做客，父亲都会锁上他的房间，带上自己的所有物品，钻进楼顶的“书房”，并且晚上也会睡在那里。

阳台非常安静。下方，附楼（out house）的屋顶上覆盖着宽宽的蓝色锡板，板上的豆粉丸子正闪烁着光芒。那是山区厨师的妻子希拉放在那里风干的。前方，学校的小操场上，男孩们抡着书包，每四人排成一排，含糊不清地用懒散的语调祷告：“汝之所愿，化作祈求，涌至唇边。”①

听到他们尖锐、嘈杂的声音，我不禁感到厌烦。于是，我将视线转移向沟渠上方，女士那座神秘的小屋坐落在那里，我们曾经将生李子藏在屋内。离它不远的地方，在大树和灌木的层层包围下，一条羊肠小道像蛇一样弯弯曲曲地延伸至巴诺家坑坑洼洼的庭院，然后消失不见。我时常从自己房间拿来父亲的旧手杖，它的一端绑着一块碎布，那是我从母亲的红色纱丽上剪下来的。我将身体探出栏杆，在风中来回挥舞手杖，红色的丝旗随风飞舞。只要巴诺看到

① 源自乌尔都语诗人伊克巴尔（Iqbal）所写的一首儿童祈祷词，意在向神祈祷品性高尚、幸福绵长。本句原文为“吾之所愿，化作祈求，涌至唇边”，这里作家将“吾之（meri）”替换成了“汝之（teri）”。

我的红旗，就会举起手朝我喊话，虽然我什么也听不到。这是我和巴诺过去喜爱的游戏。我家和她家之间的斜坡上开着几间商店，不过，由于地势差异，我们站在阳台上就可以看到对方，尽管无论如何大声喊叫，我们也听不到对方的话。因此，为了通过各种示意来进行交流，我让爸爸的手杖发挥出信号旗的功能。

巴诺从屋内将母亲拽到露台上。母亲举起手呼唤我。虽然距离如此遥远，母亲无法看清我，但是我依旧害羞地将手杖扔在露台上，逃回自己房间。

走到房间门口，我忽然停下脚步。我听到父亲的声音。仆人跑过来告诉我，父亲叫我去他房间。

我心里涌起阵阵愉悦的波涛。父亲很少叫我到自己房里谈话，通常都是他走进我的房间里，询问近况如何。我立刻用牙齿将过长的指甲咬掉，因为父亲总会先检查我的双手。随后，我用湿毛巾擦了擦眼睛，再将双手放在嘴前，哈出一口气，仔细地闻嗅——这是用来检验口腔是否清洁的方法。接下来，我对着镜子开始梳头（从母亲去世前的一段时间开始，我就被迫自己处理这些事情）。当我看到头发随着梳子向下掉落的时候，不知道为什么，我忽然对自己生出深切的怜悯，为此，眼里盈满泪水。

走在客厅（那时候我们称之为大厅，因为那是家里最大的房间）的地板上，双脚不会发出任何声音。然而，我仍旧胆战心惊、蹑手蹑脚地朝父亲的房间走去。早上，我还感觉良好，但是现在却觉得头晕目眩，两行青烟仿佛自太阳穴升起，目前正努力尝试在头颅中央汇合，途中，一朵棉花似的、令人窒息的白云横亘在两者之间，静止不动。

我站在他房间门口，由于手的触碰，门帘上的铁环轻声作响。

他看都没有看我，直接喊我进去。我稍稍向前挪动。辨认父亲的房间是一件多么简单的事情。雪茄的烟气散发着浓郁的芳香，四周弥漫着厚重的寂静，一缕奇异而昏暗的光线，日日夜夜保持不变。一股酸涩、淡薄的味道，与我的药味混合在一起飘向远方，经过好长一段距离才相互分离。对于这种气味，我无法肯定地判断出，自己到底是喜欢它还是讨厌它……只是感觉，它不是一种气味，而是一种淡淡的色彩，浮游在父亲房间的空气里。

“干嘛站在外面？”我听得出他的声音，里面没有一丝愠怒。

“我在看巴诺……”我犹豫着，没有说下去。

“爸爸……”

他抬起眼睛。

“我今天挺好的……没有发烧。”

父亲把我的双手放进自己怀里。“你需要在床上多躺一些日子……”他将我的手相互交叠，然后将自己那双粗糙、长满皱纹的手覆盖在上面。

“爸爸……我们什么时候去德里？”每次逮到跟他说话的机会，我都会问这个问题。

他将雪茄烟从嘴里拿出来，夹在手指中间，久久地、沉默地注视着墙上的花纹纸，仿佛上面写着什么能够让他读起来引以为傲的东西。

“孩子，你不会感到害怕吗？”

“害怕？”我惊讶地望向他。他的视线离开墙面，落在我身上。

“妈妈不在家……或许因为这个……”

“但是她不是过几天就回来了吗？”我原本希望父亲能够赞同我说的话，然而，他只是一言不发地看着我。

“是的……她会回来的，”父亲的声音如此微弱，如同梦中呓语一般，仿佛这句话不是说给我听，而是说给他自己听的。

“孩子……？”

“怎么了，爸爸？”

“你想见到她吗？”

父亲的语调突然变得十分沉重。在我看来，他的这个问题十分古怪而且毫无意义。我本来想说，是的，我想去找她……但是转瞬间，我觉得，父亲并不希望我这样作答，就像他明明知道真相，却故意想让我说谎。

我摇了摇头，表示不想。他用惊讶的目光望着我，慢慢地将我的手从自己怀里抽离。

“好吧，现在回自己房间去吧……这几天别再出去玩儿啦。”

他从椅子上站起来，转过身背对我，望向窗外。

我一言不发地站在原地，久久不能离去。我心里忽然对父亲充满同情。我与母亲的关系更加自然，更加直接。我们之间没有我与父亲之间存在的那种犹疑和紧张。她总是默默地答应我的一切要求，不会进行任何争辩，尽管如此，她却离我十分遥远，一种无法消除的隔阂横亘在我们之间。在她面前，我觉得，自己变成了又小又丑、一无是处的生物。然而，在父亲面前完全是另外一回事。我害怕他，每次向他提出要求的时候，都会心跳加速。我从不敞开心扉，向他倾诉心里的话，尽管如此，我却觉得他跟我十分熟悉，十分亲近。或许有些东西将我们两人与母亲分隔开来，因此，我虽然思念母亲，却不会对她表示同情，虽然害怕父亲，但是每当看到他，内心总会产生一种想哭的冲动。

父亲转过身望向我，目不转睛地注视着我。我感觉，好长一段时间里，他似乎已经完全忘记我的存在，现在忽然看到我出现在自己面前，所以一时想不来，我是谁，为什么会站在他的房间里。

我走出房间，靠近大厅的墙壁，在父亲房间门口站了很久。我想，父亲或许会走出来跟我说说话，但那只是我的错觉。他的房间里只有一片寂静，一片浓厚、深沉的寂静，笼罩在我们整个房屋的上空。

那一刻，我觉得，我很孤独，父亲也很孤独。母亲不在家，整个屋子都显得阴森恐怖的。

我倚靠着墙壁，闭上眼睛。

有一天，母亲没有跟我打招呼就直接去了姨母家。前一天半夜，我睁开双眼。

房间里一片漆黑。窗帘随风在我的枕头上方用力挣扎。一种奇怪的错觉久久萦绕在我心里。在我看来，这个房间里，自己躺着的这个地方，所有物品都偏离了自己原先的位置，纷纷转移到新的角落里。我感觉，窗户本来应该在我左边，如今却在黑暗中悄悄溜到我的正前方。距离我的床两码[①]的地方之前有一堵墙，现在却立着一扇门。门半掩着，父亲房里的灯光从中间透射出来，在地板上画出一根线条，像温度计的水银柱一样闪闪发亮。它如此纤细，如此脆弱，仿佛只要用手稍稍触碰，它就会立刻断裂，像水一样洒向四周。

那扇门忽然打开，如同两个巨大的、不断扇动的黑色翅膀。一束微弱的光线沿着地板急速滑行，爬上面前的墙壁。门后的小走廊里，有人在大声喘气。起初，我以为，门被大风吹开，所以母亲赶来关门。然而，等了好一会儿也没有人走进来。门口的走廊里，粗

① 码，原文为gaja，英美制长度单位，一码相当于3英尺，合0.9144米。

重、混乱的呼吸声引起一阵小小的骚动，不过，很快就被强压下来。我听到一些令人害怕的话语。有时候，它们远在天边，所以，传到我耳朵里的只有模糊的声音，而非清晰的字词；有时候，它们近在咫尺，就像有人在我耳边低声细语。

“不，你不要进去。”我辨认出，那是父亲的声音。

一声微弱的呼喊如同闪亮的玻璃碎片一般将黑暗划破。母亲怎么了？她为什么以如此奇怪的方式叫唤？

“放开……放开我的手！”

“波诺……你不要进去。”

“你算什么东西，凭什么阻止我……啧，不害臊吗？”

“波诺……他在睡觉……不要这样大喊大叫。”

“我不喊，让我进去。”

“不要……现在不要。”

“你知道，我已经疯了……我要告诉他一切。”

“波诺，回自己房间去……在这里，我什么也不会听你说的。你现在不清醒。”

然而，父亲没能把话说完，中途就有人匆匆掀开门帘。光线从走廊里照射进来，我的床铺顿时变得十分明亮，床铺和窗户之间的墙壁也自黑暗中显露出来。

我看见，布帘外面的空气里伸出两只手臂，如大理石一般洁白。一道阴影紧随其后，还有一双充满渴盼、用力睁大的眼睛……纤长的手指揪扯着布帘，不停颤抖，鼻饰在电灯下熠熠生辉，点缀在反复张合的嘴唇上方，宛若星辰……顷刻之内，我看到了这一切，但是转瞬间，我却感觉，布帘被拽回原先的位置，四周只能听到一个嘶哑的声音，还没来得及向上扬起就已经被压抑下去，仿佛有人用手将它拉紧。

那一刻，我忽然无法相信自己亲耳听到的东西。我觉得，有人在布帘后面轻声浅笑。不可能，那不可能是母亲。每次生气爆发，她都只会咬牙切齿。我从来没有听过她笑得如此怪异。不过，我知道，那是母亲的声音……后来，我就什么也听不到了……我感觉，房间里的黑暗似乎脱离了房间，像一块肮脏的破布一样，在我的眼睛周围来回飘荡。

从漆黑的湖水中伸出两只大理石般洁白的手臂……焦躁地呼唤着我……一次又一次地将我拽向自己身边。

那天晚上，我颤抖着坐在床上，直到深夜。一个奇怪的声音随风涌入窗内，抚摸我的脸庞，接着莞尔一笑。

巴诺在挑选落在阳台下方的杏子。

巴诺……

我胆怯地说……巴诺……

那是西姆拉的一个午后。我躺在阳台上，病已痊愈，所以没有人理会我。大家终于安下心来，如今父亲也不会在每日黄昏来到我的房间。比伦叔叔许久没有露面。如果说，有人会因为我恢复健康而感到难过，那个人肯定是巴诺……假如我一直生病，前往德里的日期就会不断推后。

阳台后面，两座小山朝向天空昂然挺立，如同一把张开的剪刀。山间的树木排成一列，一直延伸至远方。时不时地，开往卡尔卡的列车从那里经过，扬起一阵烟尘，向天空飘去。

巴诺……我要去德里了。

德里！这个词语当中隐藏着多少回忆——西姆拉到卡尔卡之间

的铁轨像蛇一样弯弯曲曲，蜿蜒盘旋；漫长的隧道里一片漆黑；星星随风从车厢的窗外掠过……黄昏将至，我昏昏沉沉地睡去。母亲摇了摇我的肩膀，将我唤醒，“孩子，起来啦！”我急忙坐直。穿过外面黑暗的平原，遥望远方卡尔卡乍明乍暗的灯光，我感觉，星星仿佛从天而降，散落在大地各处……

我不知道，巴诺是什么爬上楼梯来到阳台的。她撩起裙角，做成一个布兜的样子，往里面塞满了杏子。裸露的肚子周围，短裤松紧带的痕迹看起来像四处环游的小鱼一样。

她放下裙摆，杏子撒了一地——生的、熟的、绿色的、黄色的、略显红色的杏子……

“拿去吃吧！”她将一个成熟的、黄色的杏子递到我面前。

我摇了摇头。父亲禁止我食用一切外面的东西。

“这不是生的，不会怎么样的！”不过，她还没有等我接受，就自己安然地把原本递给我的杏子吃掉了。

倘若想吃杏子的话，我完全可以大快朵颐，父亲只是一个借口。真正的原因另有其他，没有人知道，可怜的巴诺也被蒙在鼓里。自从开始退烧，我就感觉，我跟所有人都不一样。每当身体虚弱，头晕目眩，并且双脚不停颤抖的时候，我就会感觉良好，心里也会产生一种奇异的欣喜，我为自己感到骄傲。我认定，自己身体里发生了无与伦比的变化，我是一个非凡的人。以前——生病以前——去母亲的姨母家以前，我给自己划定了一个圆圈，巴诺、母亲、比伦叔叔和父亲都包括在内。不知道，在生病这些漫长的日子里，这个圆圈究竟是从哪个瞬间开始走向破裂的。过去一段时间以来，我总是以异于他人的方式看待周围的事物。起初，我经常透过别人的眼睛观察各种事物——无忧无虑。如今，它们背后隐藏着一个秘密、一种恐惧，它们只属于我一个人、旁人无从知晓。

阳台附近凉亭的屋顶上传来一阵敲击声，我以为，那是水珠滴滴答答地不断下落。我将手伸出栏杆，发现外面没有下雨，只有一些山间的小鸟跳跃着从屋顶一端飞向另一端。

巴诺将杏子放在嘴里像陀螺一样旋转。按照她的说法，如此一来，嘴里的所有唾液都能渗入杏子当中变成它的汁液。

“确定要去德里啦？”

“得等到妈妈回来！”

“你妈妈去哪儿啦？”

“姨母家！”

“你肯定她去姨母家了？”巴诺用神秘的目光望向我。

我惊讶地盯着巴诺，“巴诺，你什么意思？”

“没什么，随便问问，”巴诺用浸满唾液的杏子在嘴唇上来回摩擦。

“妈妈不让我讲，她说，什么都别告诉你。”

我满不在乎地、沉默地微笑。我对巴诺感到异常愤怒，但是为了不让旁人认为，我的内心如此单纯、幼稚，每次生气，我都会保持微笑。

青色的云层向下低垂。阳台背后的群山呈现出黑色、褐色的模样。偶尔，当太阳从云层中显露出来，稀薄的阴影就开始从东向西蔓延。

阳台上，四周一片寂静。多年以前，一位女士曾经住在这里。她去世之后，这里一直无人居住。一年十二个月，无论严冬酷暑，房门都紧紧关闭，露台和前面长长的走廊里空无一人。我们时常爬上客房后面的楼梯，悄悄来到凉亭，将李子和杏子贮藏在一个角落里。

巴诺向我隐瞒的究竟是什么事情，到底是她母亲确实不准她说，还是她故意逗弄我，诱引我生气？

我躺在阳台上，眯着眼睛望向自己家的屋顶。在左边走廊的尽头，母亲房间的窗户清晰可见——母亲不在家的时候，它通常保持锁闭。母亲为何至今仍未归来？她从来不会在姨母家逗留这么长时间。她是否知道，我现在可以四处走动，并且父亲准许我来到这里——那位女士闹鬼的屋子？

那天晚上，母亲叫喊着来到我门前，父亲拦着不让她进来。从那以后，我就再也没有见过她。我无法确定，这是真实发生的事情，抑或只是我做过的一个梦。

“德里是在山上还是在山下？”巴诺问。

“德里在平原上……去那里的话，需要下山，”我骄傲地将自己道听途说得来的信息告诉她。

巴诺用难以置信的目光地看着我。

“山下是安那代尔[①]的赛场，再往下有一条大沟，德里在沟的下面？”

巴诺从来没有去过德里，为此我一直对她表示同情。不过，我并没有尝试安抚她的好奇心，只是漫不经心地扭过头去。

巴诺将杏子的核扔进凉亭后方的客房里，然后靠近大门，在那里站立了一会儿。

风的吹拂下，杏树的枝丫弯向屋顶。杏子不断掉落，有些落在地上，有些落在凉亭的屋顶上，啪嗒作响……

① 安那代尔（Annandale），西姆拉附近的著名度假胜地，地处平原，距离西姆拉市区大约三公里，以板球和马球运动著称。

午后和黄昏之间，整个西姆拉都是静悄悄的，唯有杏子发出的碰撞声伴随着清风在山间久久回响……

巴诺用手示意，叫我去她身边。客房大门上有一块玻璃碎了，她从那里把头伸进去，窥探房间内部。她的头顶上方仍然留有一些空间，我生拉硬扯地将自己的头塞进那里。

房间里空无一人。墙上的花纸已经褪色。房顶的一个角落里，蜘蛛网正在逐渐向外扩散。四周弥漫着腐败的气味。迷蒙的光线照射在地板中间，时而呈现黄色，时而又变得惨白。昏暗的房间中，这片白色的光斑看起来极其诡异，令人毛骨悚然。

“那位女士大概住在这里。”巴诺低声说道。

“可能也死在这里。”我说，一阵轻微的颤抖在我的整个身体里蔓延。我感觉，前方破旧、斑驳的墙面上浮现出一张丑陋、畸形的面孔。她张开嘴巴，瞪大眼睛，看着我微笑。或许，那张脸是那位女士留下的，多年以前，不知道为什么，她在这个房间里结束了自己的生命……她一直笑着，就像母亲那天晚上在门后欢笑一样……

透过碎玻璃向屋内张望的时候，我将脸靠在巴诺头上。巴诺核桃色的头发贴在我嘴唇稍稍向下的地方，它的味道与潮湿泥土的气息极为相似。头发中间有一道小小的分路，跟母亲的分路一模一样，只不过，母亲的分路更长一些，并且看上去总是十分忧郁。

“巴诺……”我的嘴唇上铺满唾沫，像纸一样白。

“怎么了？”

“你妈妈跟你说过一些关于我妈妈的事情吗？”

“跟你有什么关系？”巴诺假装生气地说。

一阵风吹过，寂静无人的房屋中，大门砰砰作响。地板上映射的白色光斑缓缓向前挪移。

“巴诺……我生病的时候，偶尔会感觉很奇怪……”

“怎么说……宝贝？”

“我感觉，自己跟妈妈一样，仿佛她的一些事情也发生在我身上。”

“什么事？”

“大家都在隐瞒的事。”

巴诺晃了晃脑袋。

“有一个白色的阴影，巴诺，就像被冰雪紧紧缠绕一样。即使在黑暗中，它也依旧闪闪发光。它的手像大理石一样洁白，总是在风中保持张开的状态。有时候，我觉得，它从背后悄悄走过来，将我包裹在自己体内，然后，我就跟自己完全分离……真的，巴诺，我真的感觉，我跟自己完全分离……”

我能察觉到，巴诺如同树叶一般瑟瑟发抖，由于害怕，她的眼睛瞪得很大。

我笑起来。

“你害怕吗，巴诺？”

巴诺没有说话，她温暖的气息触碰着我干枯的嘴唇。

“巴诺，真的……我在骗你……我跟你说的都是假话。”巴诺什么也没有说。她冲出房门，迅速走下阳台的楼梯。

“巴诺……”我呼唤了她数次，然而，她一次也没有转过身，望向后方。

外面下起小雨，凉亭的屋顶发出滴滴答答的声音……我不知道，我脸颊上的水珠，究竟是刚刚才从云端落下，还是早已停留在那里……

家里的行李已经整理完毕。箱子、手提袋以及被褥上都贴着标签，上面用粗粗的红字写着“西姆拉—德里”，下方还写有父亲的名字。家里十分嘈杂——仆人、警卫、搬运工以及父亲办公室的随从都在四处奔忙。

母亲待在楼上的房间里。这一次，她什么事都不管。或许因为她的身体欠安，父亲禁止我去找她。自从她从姨母家回来，我就没有见过她，可能晚上睡觉的时候，她来看过我。

所有人都专注于自己的工作。只有我一个人，什么任务也没有。我时而在阳台上溜达，时而在回廊里闲逛，然而，无论走到哪里，我都能深切体会到自己的无用。空荡荡的房间、裸露的墙壁、角落里成堆的垃圾……我感觉，自己快要窒息，于是，避开父亲的视线，逃到外面。

我从一条小路走下山，然后沿着沟壑上方的水渠漫步。时不时地，沟渠中间会出现一个又大又圆的松果，我便将它拾起，放进口袋里。我经常把它们从火车的车窗里扔出去，投向那些小小的湖泊。直到两个口袋都塞得满满的，我才发现，自己离开家走了很远。太阳渐渐西沉，尽管阳光依旧慵懒、疲惫地在远方的群山上滑行。我中途转身，顺着一条羊肠小道朝家走去。

走过一段距离之后，我忽然停下脚步。比伦叔叔的别墅出现在左下方。看到树丛中被灌木环绕的那栋房子，我立刻回想起那天傍晚，我陪母亲来到这里。母亲怅然若失地注视着下方，我悄悄站在她身后。自从母亲去了姨母家，比伦叔叔就再也没有来过我家。有一次，我向父亲询问有关他的状况，但是父亲的表情变得如此严肃、如此冷漠，甚至让我丧失了继续询问的勇气。

落日的余晖中，别墅倾斜的红色屋顶闪闪发亮。我慢慢沿着路边的绳索向下走去。

大门敞开着。我蹑手蹑脚地走进去。风吹过，草坪上泛起大大小小的波纹。灌木丛沙沙作响，使周围的静谧变得愈发浓重。草坪旁边有张石凳，那天母亲曾经坐在上面。

我想回家，然而，脚像被绑在碎石路上一样，站定不动。

我敲了敲门，轻轻地。“比伦叔叔……比伦叔叔！”，我听见自己的声音在那座孤独、寂静的别墅中回响。我感觉，有一个奇怪的声音一直在追赶我的声音。

“孩子，进来吧，门是开的。”比伦叔叔的声音响起。

我的脚一跨进门槛，就在那里停顿下来。台灯微弱的光线落在桌上散乱的纸张和书本上。我像傻瓜一样在门口站了几分钟，突然意识到，房间里有人，比伦叔叔坐在角落里的安乐椅上。他坐着的地方一片漆黑，所以我走进房间的时候没有马上看到他。

他叫我坐在床上，然后把自己的椅子拖到我旁边。

“怎么一个人跑到这么远的地方来了？”他把我的手放在自己的手中，微微一笑。

我的眼睛下意识地盯着自己身边鼓胀的口袋。由于羞愧，我的脸变得通红。

“这里面装了什么？松果？”

我沉默地晃晃头。

“准备用它们来干嘛？”

“捡来坐火车的。”我犹豫地回答。

“坐火车？”比伦叔叔充满疑问的目光驻留在我身上。那时，我突然想起，比伦叔叔什么也不知道。我不禁暗自欢喜，我是第一个将这个消息告诉他的人。

“比伦叔叔！今天晚上，我们要去德里了。”

他目不转睛地凝视着我，就像没有听到我的话一样。过了许久，他从椅子上站起来，望向窗外，完全没有注意到我的存在。

很长一段时间内，房间里笼罩着令人窒息的寂静。我感觉，比伦叔叔似乎早已知道这件事情，所以那时候他才没有展现出任何惊奇的神情。

他从窗口转过身。褐色的胡须上方，一双蓝色的眼睛闪烁着光芒。

“你那天拍的照片已经洗出来了……你要看看吗？”

他从柜子里拿出一个小信封，放在我手里。

“你是个熟手啊，照片非常清晰。”

我取出照片，感觉许久之前的某个时刻，我已经完全忘记的那个时刻，好像原封不动地重新回到我眼前。

阳台背后的树林里晾着母亲的纱丽，纱丽后面可以看到群山模糊的轮廓以及电线。角落里蜷缩着一片天空。比伦叔叔靠近树林站在前方。他用一只手抚摸着母亲的纱丽，母亲……她不知道为什么闭着眼睛，嘴唇像死去的蝴蝶翅膀一样半开半合，仿佛话说到一半戛然而止。

我不知道盯着照片看了多久。

我突然想起，天色已晚，出发去车站的时间就快到了。父亲或许已经等了我很久。

我立刻从床上站起来。

“那个，比伦叔叔……”我无法继续说下去。

比伦叔叔望向我，目不转睛地望着我，然后慢慢地走到我身边，用手触摸我的头发，轻轻地亲吻我的额头，就像那天晚上，母亲亲吻我一样。

他打开门，我们走到外面的回廊上。

“我送送你吧……你会感到害怕吗？”

我赶忙摇头阻止他，我认识回家的路。

我们在走廊里沉默地站了一会儿。

“孩子……”听到比伦叔叔的声音，我大吃一惊。我望向他。

“你母亲曾经问我要一本书，但是我忘了……”他犹豫了一下，没有继续说下去。

“您给我吧，我可以给她。”

我感觉，他把书交给我的时候，想对我说些什么，然而，他一句话也没有说。我迅速朝大门的方向跑去。

别墅被远远抛在后面。我走在一条狭窄、荒凉的路上。前面，树木在高山上排成一排。树后，落日在天空中描绘出一道黄色、玫瑰色、金色混合的光影。四周弥漫着一层绿色的薄雾。我在离家不远的路灯下站定，开始翻阅那本书。

我发现，书页中夹着那个装着照片的信封。

书很旧，我至今仍然记得它那陈腐、易碎的纸页——《福楼拜[①]致乔治·桑[②]的书信》（*Flaubert's Letters to George Sand*）……那些日子，我既不知道福楼拜，也不认识乔治·桑。多年以后，当我再次读起它的时候，母亲已经不在人世，比伦叔叔也在许久前移居意大利了。

然而，那天，对我来说，那本书没有任何价值。我把它拿在手

---

① 福楼拜（Gustave Flaubert，1821~1880），法国伟大的批判现实主义小说家，代表作有《包法利夫人》《情感教育》《布瓦尔和佩库歇》《萨朗波》《三故事》《圣·安东尼的诱惑》等。

② 乔治·桑（George Sand，1804~1876），是巴尔扎克时代法国最具风情、最另类的小说家，代表作有《安蒂亚娜》《木工小史》《魔沼》《金色树林的美男子》等。

里，在黑暗中站立了很长时间，久久注视着家里楼上房间的方向。

母亲房间的窗户紧紧关闭，惨白的灯光在窗户的玻璃上若明若暗地不停闪烁。

那是我们在西姆拉度过的最后一个黄昏。

风景明信片

一看到我，他立刻把报纸挪到桌子的一个角落里。

“怎么，事办成啦？”

我在他面前的一把空椅子上坐下。“小说已经拿回来了，我还附加了书评。”我说。

喝茶的时候，我的目光停留在报纸上。希迪可能在看招聘广告的第二页，因为这一页正好摊放在他面前。在边缘的几处地方，他都用铅笔作了标记。

“能收多少钱？……一口价还是按照字词计算？”他问。

“不知道……”我说。

“评论的下面会写上你的名字？”

“不知道……”我说。

“估计不会，英语报纸上通常不显示姓名……”他说。

我们安静地喝了一会儿茶。

“尼基没有跟你一起来？”

“他去学校了。我会跟他在那里碰面……”我说。

他开始在报纸的另一页上搜寻。

“这一次准备去哪里应聘？”

他从报纸上将一个地址摘抄在笔记本里。

“你的笔记本现在还没有写满吗？”我说。

“闭嘴！”他说。

我们俩站起来。

我们站在丽格戏院（Regal）的门廊里。影厅里开着空调，每当大门敞开，一袭凉风便将我们紧紧包围。

“真的，希迪，我都在这儿站了一整天了。”我说。

希迪沉默不语，眼睛注视着门廊墙壁上张贴的电影海报。他站在那里的时候，我跑到附近的小商店里给《时报》编辑部打了一个电话。他们要求今天晚上必须收到评论。我已经写完一半，还剩一半……本来昨晚应当完成的，不过，昨晚我睡着了。

“希迪，昨晚你没有来？大家一直在等你。”我说。

希迪注视着一群女孩。她们走出门廊，转向辛迪亚大楼（Scindia House）。现在，我和希迪两人一起注视着她们。

“昨晚发生什么事啦？”希迪说。

“尼基尔·利沃尔斯（Nikhil Livers）要去布拉达斯了，所以大家跟他一起喝啤酒。”我说，“本来昨天晚上应该将评论写完的，但是我睡着了。每次喝啤酒我都会想，以后再也不喝了。整晚头晕目眩的，还一直在做奇怪的梦。”

阳光下，我们一边走向公交车站，一边解开衬衣的扣子，之后，又用水浸湿手帕，擦拭脸庞。如此一来，即使在热风下，我们也能感受片刻的舒适。然而，汗味不断从手帕中散发出来。即使在阳光炽烈的中午，康诺特广场的回廊依旧显得十分昏暗。外面烈日炎炎。初夏时节的风让人又爱又恨。我们凝望着随风摇曳的凤凰花。

“你夏天待在这儿吗？”

“姨妈叫我去穆索里（Masoorie）。”他说。

“怎么没去呢？这段时间那里比康诺特广场还热闹。我上次去的时候，整个傍晚都在图书馆前面度过。”我说。

“这次不去了，”希迪说，“我还要参加竞赛，就快超龄了，必须留在这儿准备准备。”

希迪十分严肃。

我们两人曾在同一所大学攻读硕士学位。那些日子里，希迪也像现在一样，常常跟我待在一起。然而，过去他没有这么严肃。我们现在很少谈论那段时间的事情，因为每当回首往昔，就感觉自己仿佛盗取了别人的故事。我们以自己的过往为耻。幸好如今遇见的人都对我们的那段时光一无所知。那时候，每天晚上，我们写完日记之后都会念给对方听，并且认为，我们与众不同。

不过，今天见到我们的人什么都不会知道。现在读起自己过去的日记，我们总会羞赧地微笑，随即环顾四周，观察是否有人看着自己。我们感到万分羞愧，就像孩提时代母亲坐在旁人面前夸耀我们自己一样。

所有人都能看到我们的伟大，但是我们的羞耻只有自己才能看到。

公共汽车来了，我们在第一排座位上坐下。

“你看了上周日的报纸上刊登的《星座讲述了什么》（星座预测）吗？”希迪说。

“看了，不过现在记不清了。预测了什么跟你有关的事情吗？”

“我没怎么看懂……上面说，有封信将从某个地方寄来，意味着下个月会发生新的变化。你怎么理解？”

“或许是某份工作的录取通知。”

“真理永远存在，你是否亲自检验过？”

“没有，我没有印象。”

“你是哪个月份出生的？”

我一时想不起来，“大概四月吧。”

“你是白羊座的，下周日我也帮你看看。”

我看着希迪。他面无表情地望向窗外。明拓路（Minto Road）上架着一座铁路桥，桥的另一边是政府的住宅区，住宅区前方有一条宽阔的马路，公共汽车正好从那里驶过。一排高大的灌木种植在住宅区两侧，阳光下，挂在树上晾晒的湿衣服随风飘动。在那以后，汽车发出的轰隆声逐渐变弱，我开始打盹。到达伊尔文医院站时，我睁开双眼，看见一小群人挤上车来。没过多久，汽车继续向前行驶，我又闭上眼睛，一直睡到德里亚甘吉（Daryaganj），希迪才轻轻将我摇醒。

“坐在前排左边位置的那个女孩正盯着你呢。”希迪说。

“管她呢！”我打了个哈欠，眼睛里充满泪水。我瞥了一眼那个女孩，然后再次入睡。

“尼基的事有什么进展吗？”希迪问。

“我没问他。”

“你今天不是去学校找他了吗？”

“他什么也没跟我说。或许，你应该去找找他。”我开始思索其他事情。

“希迪，你觉得我的小说怎么样？”

希迪沉默了一会儿，我感觉，他有些犹豫。

“挺好的，不过，我认为，如果没有什么重要的东西可供探讨，写作又有什么意义呢？”

我本想跟他辩论，但是一句话也没说，因为我知道，不论我说些什么，都是极其空洞、毫无价值的。尽管懂得的词语很多，然而，说话的时候，我仍会经常选错，从而导致自己情绪低落。更何况，一旦执拗劲儿上来，我的言语必然会偏离主题。因此，只要我开口说话，错失保持安静的良机，就算这段对话最终以沉默结束，我还是会觉得，自己从一开始就不应该发言。

外面的阳光透过窗户洒在我们的座位上。我不停地擦拭额头上的汗水，手帕上散发出一阵汗味。

“你总用英语写书评，为什么不写写小说？现今英语涉及的领域的确很广……”希迪说。

“我还没有想过……”我一边回答，一边向窗外望去。开伯尔山口（Khaibar Pass）与商场路（Mall Road）之间，广袤的土地绵延横陈，起伏不平。跨越土丘和山岩，叶木拿河在我们看不见的地方流淌。眼前出现的唯有西藏村（(Majnu-Ka-Tila)。在我看来，村里的尖塔仿佛一直在搔刮天空的灰土。我忍不住笑起来。

“怎么啦？”

“希迪，你可还记得，住在学校宿舍的时候，我们曾经在某天晚上翻过侧门来到这里？当时，我们吓得要命。”

希迪朝司机的方向望去，没有回答。我想，尽管中间已经过去许多年，我们也成长了许多，但是如今我们依旧会感到害怕。

公共汽车在大学的路口转弯。现在，我停止欢笑，久久地注视着坐在左前方、一直盯着我看的那个女孩。窗外的阳光落在她的发髻上。

大学的餐厅里，尼基远远地就看到了我们，跟我们打招呼。我们也向他挥手示意。虽然我们在人群中听不到他呼喊的“你好”，但是他的声音可能确实很大，因为坐在他身边的两个女孩转过身，望向我们。

“嗨，妮露！我们原本打算去图书馆找你，你却在这里！”希迪说。

“这是波罗帕，这是伯雷什。”妮露说道。

“嗨，你好！”

“你好！”波罗帕立刻吐出插在冰咖啡里的吸管，看了看我，随即又将视线转移向希迪。女孩们总是这样打量希迪，仿佛他是一个盛满甜品的盘子。

“论文进展如何？”我问妮露。

“明年可能还得来……”她没有望向任何地方。

“别犯傻！”我说。

她立刻望向我，目不转睛地盯着我，就像我是她第一次见到的陌生人。尽管她就在我身旁看着我，然而，我却感觉她的目光十分遥远。我原本想把这件事告诉妮露，不过最后还是选择保持沉默，因为虽然懂得的词语很多，但是我经常选错。

“尼基真是个怪人，”波罗帕对希迪说，“他总爱播放那张唱片。”

留声机上亮着红色的灯，像红色的星星一样。尼基伸出手，按下按钮。这是属于尼基的暗号，只有通过他本人才能发出。陈年往事开始在眼前环绕。萨特（Sartre）[①]的戏剧《禁闭》（*No Exit*）中，

---

① 萨特（Jean-Paul Sartre，1905~1980），法国20世纪最重要的哲学家之一，法国无神论存在主义的主要代表人物，同时也是优秀的文学家、戏剧家、评论家和社会活动家。

尼基也是用这种隐秘、多疑的方式在虚无的世界中向人们暗示："地狱，他人即地狱！"留声机的镜子中，唱片如同小车轮一般在半空中旋转，然后落到转台上，等待唱针的触碰。它呆滞、沮丧地停滞了片刻，突然又惊醒过来。

一首年代久远的舞曲仿佛源源不断地从基里科（Chirico）[①]的画里流淌出来。空旷、黑暗的胡同中，诡秘的房屋投射下无数裸露的阴影。那片阴影中，舞曲的旋律像一个疯狂的吉普赛人一样四处乱窜。

"尼基，拜托，关掉它！"波罗帕说。

然而，尼基不在附近。此刻，他正站在留声机旁看着波罗帕。

"我昨天去过你宿舍，但是你出去了……"我对妮露说。

"嗯，我们都去看电影了。对啦，我们昨天进行了期末考试。我只回答了两个问题就交卷了……胡乱写了一通。"妮露笑了。

我感觉，她的脸色十分苍白，不过，笑的时候双眼却很平静，就像自己跳脱于妮露的笑容之外。她语速飞快，仿佛生怕有人会在她的话里挑刺。

"考完试，我们就去看电影了，《生死恋》（*Love Is A Many-Splendored Thing*）[②]。珍妮弗·琼斯（Jennifer Jones）[③]看上去就像一个中国人。电影结束之后，我们去了咖啡店。我在留声机上播放唱片。我们原本认为，你会在那里。等到我们出来的时候，天都已经黑了。

---

① 基里科（Giorgio de Chirico，1888 ~ 1978），20世纪意大利"形而上画派"代表画家，擅于利用不合逻辑的光影以及神秘的人体模型等，造成一种神秘怪诞而又非现实的空间氛围，对后来的超现实主义产生了重大影响。

② 该电影是美国20世纪福克斯公司1955年出品的爱情片，主要讲述了一位美国记者跟一位欧亚混血的女医生的爱情悲剧故事。该电影名称字面意思为"爱情是件多么美好的事物"，但是根据其内容，目前国内通常使用《生死恋》之名。

③ 珍妮弗·琼斯（Jennifer Jones，1919~2009），20世纪四五十年代美国好莱坞当红女影星，曾先后五次获得奥斯卡提名，并于1944年凭借《圣女之歌》斩获第16届奥斯卡最佳女主角奖。

我们在黑暗中抽烟，我竟然完全没有咳嗽。真的，伯雷什，特别好玩儿。我们很晚才回到宿舍，但是由于是最后一天，宿管也没说什么。你什么时候来的？”

“见到我留给你的纸条了吗？”

“见到了。我本来想早上看的，可是又忘了。你写了什么？”

“算了吧，没什么。”

“它现在应该还在我包里。我看看呗？”

“算了吧，没什么。”

我瞥了妮露一眼，旋即将视线向下移动。我看到她锁骨旁边挂着一个小石片，稍稍靠上的位置有一个很小的窝洞。我凝视那个窝洞，脑海里反复出现一个念头，哪天我要用舌尖触碰锁骨里的那个窝洞。那个洞里存有一些汗液，我又数次幻想，自己哪天能够用嘴唇把它们吮吸干净。

“这周日伯雷什的书评会在《时报》上刊登出来。”希迪说。

我盯着希迪。那一瞬间，我对他产生了深深的恨意。

“太好啦，您还在写作呀！真是太棒了！”波罗帕说。我望向另一边，希迪让我感到无比愤怒。

“我们那里买不到《时报》，不如你剪下来寄给我读读？”妮露说。

“你什么时候离开？”我说。

“今天晚上。考试以后，就不能住在宿舍里了。”

“太荒唐了！”希迪说。

“是啊，哪里像个大学，简直就是幼儿园。”波罗帕说。

尼基付完账后，我们走出餐厅。阳光下，眼睛晃得难受。妮露把纱丽的末端盖在头上。法学院前面的草坪上，几个男孩坐在花圃中间。我们转身向后，朝另一个方向走去。他们之中有人望过来，不停地朝我们吹口哨。我们转过身，看到他们一边嬉笑，一边在风中挥动手帕。妮露也望着他们摆手示意。

“你该不会是疯了吧，明天他们会像灌木的针刺[①]一样一直跟着你、纠缠你！”波罗帕不耐烦地拽住她的手。

我惊奇地注视着妮露。

“明天我就不在这儿了，”妮露说，“挥挥手有什么关系？看着他们在风中挥舞手帕，你不觉得很美好吗？他们看起来就像水手一样。怎么了，尼基，你不这样认为吗？”

我们穿过草坪，走在红色的石子上。从那里，我们可以看到圣史蒂芬学院（Saint Stevens College）教堂上的十字架。那天中午，它显得格外孤独和迷茫。它的上方只有一片天空。走到红石子路的尽头，希迪站在物理实验室前面说，他要去图书馆待会儿。

“这个时间去图书馆干嘛？”波罗帕问。我感觉，她似乎不希望希迪离开。

尼基的脸像石头一样，没有任何表情，“希迪今年将进入印度行政局（IAS）工作。”尼基用那种事不关己的口吻说到。

希迪盯着尼基，仿佛想把他撕碎吞进肚子里。不知道为什么，我们大家为何都如此迫不及待地为自己感到羞耻？

“太棒啦！”波罗帕说。

“我只是想去图书馆翻翻《伦敦杂志》（*London Magazine*），上面刊登了弗吉尼亚·伍尔芙（Virginia Woolf）[②]的几页日记。”希迪断断

---

① 灌木的针刺，印度谚语，通常用来形容好斗、难缠的人。

② 弗吉尼亚·伍尔芙（Virginia Woolf，1882~1941），英国女作家、文学批评家和文学理论家，意识流文学代表人物，被誉为二十世纪现代主义与女性主义的先锋，代表作有《达洛维夫人》（*Mrs. Dalloway*）、《到灯塔去》（*To the Lighthouse*）等。

续续、结结巴巴地说。

“妮露，你今天傍晚准备干什么？”我问。

“整理行李……”妮露说。

“我要去车站，”我故意没有继续提问，这样的话，她就不必勉强作答。

她沉默了很长时间。我跟先前一样，久久凝望着她锁骨旁边的窝洞。

“宿舍的姑娘们应该会跟我在一起，”她说。

“那我今天傍晚再去你宿舍吧，就在门外。”我说。

她没有说话。

从学校草坪绕行至图书馆之后，波罗帕和妮露在通往自己学院的道路上转弯。

“再见！”我们挥手作别。

尼基望着波罗帕，她走在前面。放完假，她还会回来。尼基慢慢走向车站。

我依旧那样呆呆地在原地站了一会儿。就在那个地方，我与她们分道扬镳。我本以为，妮露会回头看我一眼，我还想对她挥挥手，单独告一次别。

然而，妮露与波罗帕一起慢慢向前走去。她重新用纱丽的末端盖住自己的头，再也没有转过身向后望。她和波罗帕因为某件事情哈哈大笑，甚至一度笑得停下脚步。走过一段距离之后，她们渐渐从我眼前消失。

公共汽车上，我们两人都没有说话。一大撮炙热的沙土伴随着热风涌入车内。为此，我们赶忙摇起车窗的玻璃。窗外，天空消失得无影无踪，眼前只有一层厚厚的沙土。脏污的后视镜中，太阳悬挂在沙层背后，散发着微弱的光芒，如同一盏即将熄灭的油灯。到达克什米尔门（Kashmiri Gate）附近时，尼基说道：“走吧，咱们下车透会儿气。坐在车里，我都快要窒息了。”

尽管票是买到格罗尔社区（Karol Bagh）的，不过我什么也没有说。

“咱们去喝点啤酒吧，喉咙好干……”尼基说。

我们走进卡尔顿餐厅（Carlton），坐下。

“我不要，尼基……”服务员走过来的时候，我说。

“为什么？”

“我还要写书评。喝完啤酒，我就什么也干不了了。”为了避免与尼基继续争辩，我向服务员点了一瓶威拓（Vimto）[①]。尼基沉默地喝了一会儿啤酒。每当他不说话的时候，我就觉得他特别讨厌。

“伯雷什，你觉得波罗帕怎么样？”

“我不了解她，只是见过一面而已……”我说。

“她是不是跟其他女孩儿不一样？”尼基说。

“我不清楚，尼基，就算包括我的妈妈和姐妹，我认识的女性数量还是很少，非常少。”

尼基透过啤酒杯窥视我。每当他这样看着我，我就觉得他特别讨厌。

“那么妮露呢？”尼基又倒了满满一杯，之后继续望着我。

“也许不错，也许不行！”

我们两人笑起来。这是我们之间惯用的玩笑话。只要我们对某件事情一无所知，就会求助于这样的句子。

“伯雷什，喝一点儿吧。”

---

① 英国老牌混合果汁饮料。

“不用了，这样挺好。”

“就一口！”

我把他杯子里的啤酒倒进自己的果汁饮料里。

“再多来一点儿！”

“不行，尼基，这些足够了。”

“伯雷什，你有喜欢的人吗？”

“尼基，走吧……”我轻轻地拉起他的手。

“伯雷什，我觉得，我和波罗帕之间什么也没有……”尼基说。

“你疯了，尼基……”我说。

“你是没注意到，她是怎样看希迪的……”他说。

“所有姑娘都是那样看希迪的……”我说，“尼基，走吧！”我抓住他的肩膀，试图把他扶起来。

他握着我的手，“伯雷什，你今年多大？”

“尼基，先出去吧！”我说。

“伯雷什，你现在还是处男吗？”

我强行将尼基从椅子上拽起来，然后一边请服务员帮忙叫辆出租，一边用自己的手帕把尼基的脸擦拭干净。

“要吸一吸柠檬吗？”我搂着他的肩膀。

“你真可爱，伯雷什！”尼基笑了。

我们到家的时候，天空飘起毛毛细雨。尼基已经恢复正常。整个下午，他一直躺在我的沙发上，哼唱法国歌曲的旋律。晚上，当我偶尔从睡梦中醒来，也会发现，他在黑暗中嘟哝着保尔·瓦雷里

（Paul Valery）[1]或阿波利奈尔（Apollinaire）[2]的诗歌。

“伯雷什，我在卡尔顿餐厅说了很多乱七八糟的话吧？你怎么没有阻止我？”尼基说。

“算了吧，尼基！你睡会儿吧！”我在撰写书评。

“伯雷什，”他的声音中带有一丝怪异的沉重。我放下手上的工作，望向他。他那张细长、黝黑的脸上爬满胡须，胡须的上方，两只忧郁的眼睛打量着我。

“我想，暑假的时候出趟远门。这样我就不用成天无所事事地混日子。”

“你走了的话，排练怎么办？”

“九月份以前都不会有排练的。团队昨天表决过了。”他翻了个身，趴在沙发上，然后将脸贴在手肘旁边。

“尼基，为什么不去专业的剧团呢？你要这样拖拖拉拉到什么时候？”

“在这儿待着也没什么呀。如果有一天必须离开的话，我想去百老汇或者巴黎。”

“那你为什么不尝试申请一下奖学金？你还会说法语呢！”

“对我来说，这些都行不通。或许，我本就是个一事无成的人。”他闭上眼睛，在沙发上缓缓地晃动双脚。

我重新坐在自己的打字机前。雨点洒在窗户的玻璃上，让我心里感到一阵厌烦。尼基闭着眼睛，吹着口哨。我插入新的一页，慢慢地敲打键盘。纸上翻来覆去只有一句话，有时候是开头的几个词，

---

① 保尔·瓦雷里（Paul Valery，1871~1945），法国象征派诗人，代表作品有诗集《旧诗稿》《年轻的命运女神》《幻美集》等。

② 阿波利奈尔（Apollinaire，1880~1918），法国诗人，代表作品有诗集《动物小唱》《醇酒集》《美好的文字》及小说集《异端派首领与公司》《被杀害的诗人》等。

有时候是最后几个词。我就这样一直打到页面的最后一行，傍晚，我要与妮露见面（In the evening I shall meet Nilu）……我要在傍晚与妮露见面（I shall meet Nilu in the evening）……在傍晚，在傍晚（in the evening）……打完整页之后，我把它丢在一边，站起身，将泡茶的水放在炉灶上。

“伯雷什，你为什么从来不跟我讲讲你的小说？你知道，我读不懂印地语。”尼基说。

我默默地打字。我知道，他一贯讨厌看小说。现在，他之所以会发出这样的抱怨，不过是想让我高兴罢了。

过了一会儿，我们开始喝茶。

“我有一个愿望，尼基，”我说，“我想写一部戏剧，由你来主演。到时候，我坐在前排座位上，聆听我写的那些词语从你的嘴里念出来……”

然而，尼基却在中间打断了我，“那些晚上，米高梅电影公司（Metro-Goldwyn-Mayer）[①]的某位大导演正好坐在观众席上。表演结束后，他立刻跟我们签了合同。你晋升为编剧，而我……”

“好莱坞的新詹姆斯·迪恩（James Dean）[②]！”我说。

我们笑了许久。茶放在桌上，已经凉透。写了一半的书评夹在雷明顿打字机（Remington）里，惊讶地观赏着我们两人的疯癫。

一个小时之后，书评终于完成。我转过身发现，尼基蜷缩着膝盖，像个小包裹似的躺在沙发上睡着了。

“尼基，”我呼唤道。我轻轻地吹响口哨，不过，他还是一如既

---

① 米高梅电影公司，成立于1942年，是好莱坞最负盛名的电影公司之一，其出品的影片至今共获得近200项奥斯卡奖项，在好莱坞各大影片公司中独占鳌头。

② 詹姆斯·迪恩（James Dean，1931~1955），美国知名演员，曾被美国电影学院评为“百年来二十五位最伟大的银幕传奇男星”之一。

往地睡着。我只好将他的膝盖放平，然后从椅子上拿来一个靠枕，垫在他的头下面。处理完一切，我锁好房间，将钥匙放在桌上，缓缓地把自己的脸凑到他耳边。啤酒的气味依旧不断从他嘴里散发出来。我把他散落在额间的头发向后拨了拨，随即轻声说道："詹姆斯·迪恩！"

他没有笑。我悄悄地关上门，走出房间。

下车的时候，天空中布满乌云。水汽凝结成一层稀薄的浮云，飘荡在潮湿的道路上空。教务办公楼的前方有一条大学路（University Road），它的右边延伸出一条小巷子。这条小巷上，阳光和阴影分庭抗礼。我行走在阴影中，影子却投映在阳光里。

宿舍正门的墙上，玻璃在黄昏的阳光中闪闪发光。她的房间在楼上的右侧。在楼下站着的时候，我把手伸进口袋，触碰到小说的纸页。那是许多天前写完，许多天前妮露问我要过的。我知道，她就这样随口一问，问完就忘。不过，她也许会记得，只要她开口，我拿就给她。不，不能给她，只能让她看看。等她看完，我要跟她说，不，还是什么都别说，只让她念一下标题，我再把它翻译成英语，因为英语总是听起来比较高档。不，还是什么都别做，就让它留在口袋里吧，倘若她问起，就说，不，什么也别说……

"站了多久啦？"

我惊讶地望向身后。

妮露站在距离我不远的地方。

"打哪儿来的？"我问。

"刚去图书馆还书。"

我掏出手帕，擦了擦汗。空气闷热得让人窒息。

"我拿回了图书馆的押金，正好在这儿待会儿，今天大家准备一起去看电影。”她说。

“妮露……”我对自己颤抖的声音感到憎恨，于是又擦了擦汗。

“怎么了，伯雷什？”妮露说。

“假期以后，你还会回来吗？”

“嗯，或许不得不来吧，试卷通篇都答得乱七八糟的……”她说。

“别犯傻！”我轻声说道。

“现在东西摊得到处都是，什么都还没有收拾呢。”妮露说。

我把手伸进口袋，手指触碰到小说的纸页。

“伯雷什，你一定要剪下书评寄给我。我的家乡买不到《时报》。你知道我的地址吗？”

她从包里掏出一张纸，开始书写地址。大门前的路灯亮了。小小的锁骨窝在她弯曲的脖颈下方闪闪发亮。我感觉，那个时刻宛若流动的清溪，我经历过的所有岁月都站在附近向下张望，它们的影子摇摇晃晃地飘浮在我和那个时刻之间……

“伯雷什，暑假你就准备待在这里？”她仍旧一边低头写着地址，一边问。

“怎么啦？”

“你在这儿白白浪费时间。”

我没有说话，默默地在黑暗中眺望远方的宿舍楼。

“你为什么不去应聘某份报纸的驻外代表？这样就可以到外面去啦！”

“去外面哪里？”

“哪里！整个世界都在你眼前！伦敦、纽约、巴黎……”

我忍不住笑起来。

“真的！我的表兄就去了开罗，采访苏伊士的新闻，他才刚刚回来。如果你去的话，就可以从各个城市寄回风景明信片啦！金字塔、埃菲尔铁塔、卢浮宫……”

我停止微笑，像傻瓜一样呆呆地看着妮露。我把手从口袋中抽出，任由印着小说的纸张自指间滑落。

“就这样吧，伯雷什，我要走了。所有行李都乱糟糟的，我真是太懒了，整整一天，什么都没有收拾。你要记得，一定剪下评论寄给我。”

我沉默地在黑暗中站着。妮露迈进大门，走了几步又停下来，“你现在要去哪里？”

“咖啡馆！希迪和尼基可能在那儿等我……”我说。

“你还记得上一次在咖啡馆里播放的那首曲子吗？”妮露说。

我点点头。我清楚地记得与妮露一起度过的那些黄昏，“《喷泉中的三枚硬币》(Three Coins in the Fountain)①。”我说。

“你今天还会播放那张唱片吗？”她说。

“妮露，那个时候你应该已经坐上火车了。”我说。

“那你也放一下嘛……十点钟……我会在十点钟想念你们。尼基、希迪、你以及在德里度过的两年。”

“妮露，再见！”

妮露挥挥手，在黑暗中渐渐走远。

我一直站立在黑暗里。风景明信片，妮露为什么会提到风景明信片？

雨后的夜晚依旧炎热。潮湿的道路上商店林立。走在霓虹灯下，我记起那些原本打算告诉妮露但却始终没有说过的话。之前，我一

① 美国著名电影《罗马假日》的主题曲，由弗兰克·辛纳屈（Frank Sinatra）演唱，于1954年获奥斯卡最佳原创歌曲奖。

直很庆幸，自己没有对她说。可是，如今想起来，却感到十分懊恼，因为有些话是与某个特定的年龄捆绑在一起的。等到那个年龄过去，你就再也找不到机会讲述那些当时没有说出口的话。

咖啡馆里，尼基坐在角落的一张椅子上。他挥手向我示意，让我去他身旁，随后唤来服务员，点了一杯意式浓缩咖啡。“你不喝吗？”我问。

“我已经坐了一个小时。你怎么这么慢？”尼基问。

“我去了妮露的宿舍。”

“见到波罗帕了吗？”他问。

“没有，她的论文还没写完。”我说。

“送妮露去车站了？”他说。

“没有，去完宿舍就回来了。”我说。

尼基慢慢地向我靠拢——“你在眨眼睛，说实话吧，来之前喝了点儿酒吧？”

“闭嘴，尼基！”我说。

咖啡馆里，人群逐渐散去。服务员无所事事地到处乱晃。几个学生站在唱片机附近，谈笑甚欢。

“伯雷什，我可以问一件事吗？”尼基认真地看着我。

“什么事，尼基？”

“你原来是共产党员吗？”尼基问。

“尼基，谁告诉你的？”

“希迪说的。不过，我并不相信。这是真的吗，伯雷什？”

“希迪都说了什么？”

“什么也没说，我只是好奇。你也知道，我至今都不认识共产党员。之前，虽然远远见过，但是从来没有像接触你一样近距离接触过他们。伯雷什，你真的是一个共产党员吗？”

“尼基，如果有人将你送回五年前，你打算做些什么？”

尼基大吃一惊，目不转睛地盯着我看了一会儿。唱片机开始播放爵士乐。

“我会去参军！”尼基的眼睛上蒙着一层浓烈的、奇异的光彩，“伯雷什，有件事一直让我感到很痛苦，上一次战争的时候，我还很小，不然我一定去打仗！”

过了一阵子，门被推开，我们看见希迪走进来，他面带微笑，容光焕发。他迅速拉开中间的椅子，坐在我们桌子旁边。

“嗨，希迪！怎么这么晚才来？”尼基移开他前面的椅子。

“父亲的汇票寄到了。我原来写过信告诉他，我要去穆索里看望姨妈。”希迪的笑容在脸上扩散。

“你不是要留在这里准备印度行政局的考试吗？”我的话令他有些不悦。

然而，他没有生气，“还有两个月呢，我可以在那儿准备。”

“什么时候出发？”

“明天。刚刚就是去买票了，所以才来得这么晚。”

“太棒了，希迪！”尼基笑着扳过希迪的肩膀，“希迪，今晚让我们好好庆祝！”

希迪向服务员点了三杯奶油咖啡，“要不我们一起看部电影吧！现在几点啦，尼基？”

“还差几分钟十点，现在该放新闻啦。”

十点……十点……妮露说过……

“希迪，后天这个时候你应该待在商场吧。面前，群山环绕，台拉登的灯光清晰可见。我两年前去过那里。”尼基说。

“赶紧的，就快十点啦！”希迪说。

“伯雷什，说实话，你今天喝酒了吧，你的眼睛怎么这样无精打采的？”

“尼基，你疯了！”我说。

“希迪，穆索里有什么禁忌吗？”尼基问。

“不知道。赶紧的，就快十点啦！”希迪说。

“十点钟，我会在火车上……”妮露说过。

我们站起来。我缓缓地走向唱片机，在他们两人面前站了一会儿。

“赶紧的，伯雷什！站在那里干嘛？”

我投入硬币，慢慢地摁下按键。

唱片缓缓升起。唱片机里亮起一盏红色的灯，像红色的星星一样。

九月的一个黄昏

风停了，树叶安静下来，整日颤抖的小草也慵懒地睡去。整整一天，炙热的黄色沙尘四处飞扬，熏烤着周围的空气。他透过房间的窗户，望着树叶在水渠里慢慢聚拢。那些沾满尘土、干硬残破的树叶，在空旷的道路上像疯子一样四处乱转。

他一直在等待——整整一个下午。下午过去了，黄昏渐渐来临，尽管无人期待。他从房间走向奶茶铺的时候，听到留声机在播放唱片。他停下脚步，站在马路中间——“你为什么不相信我，我这么爱你！”

暗淡的天空中，番石榴色的云朵层层堆叠。他走出餐馆，躺在政府住宅区前方的小草坪上。他感觉，他的双脚没有在身后留下任何印记，就像刚刚出生一样。他的人生没有与过往的幽灵捆绑在一起。因此，他自由自在地躺在草地上。整个世界都在期盼他，恭候他，等待他赋予自己特定的价值——屏息凝神！他却像高烧病人一样逗留在一段记忆、一个怪异且无意义的词语背后，来来回回，一次又一次地重复——惊惶、狂躁……

“他是自由的，整个世界都在期盼他……”

1955年9月的一个黄昏，四周一片安宁。一个大约27岁的青年，逃离自己的家庭，躺在别人家门前的草地上。那里谁也不认识他，不过，他知道，自己在印度斯坦一个城市角落里，躺在一片草地上，他知道，这个傍晚自己还活着，还在呼吸。之前的数个月中，他日日夜夜伴随着自己的影子，紧贴房屋、商店和人群，在那个陌生城市黑暗、盘绕的小巷中不停穿梭。然而，今天，他突然停下脚步，抬起双眼——整个世界都在他面前，他27岁。

他看见，蝴蝶在草丛中飞舞。孩子们从政府住宅区里跑到广场上玩耍。一群又一群的孩子笑着闹着、喘着气、吹着口哨在周围奔跑。

1955年9月的一个黄昏，一个27岁的青年注视着草丛中飞舞的蝴蝶。广场中央的路灯伫立在环绕四方的黑暗里，如灯塔一般闪闪发光。宁静宛若宽广而深邃的湖泊，湖面上，灯塔的光芒若隐若现。风中、天空中、城市的大街小巷中，蝴蝶翩翩飞舞。

只有他躺着，期盼着。

星星还没来得及露面，厚厚的云层早已将天空覆盖。零星迷途的雨滴坠入草丛。马路被炙烤了整整一日，此时，滚烫的路面上升腾起一阵水蒸气。

雨中，浑身湿透的他准备穿过马路。人潮拥挤，他也是其中的一分子。尽管他的脸跟其他人不同，但是他与众人并无二致。装扮、步调、睁眼、眨眼、吸气，之后忽然不由自主地吐气——他所做的这一切就像人们平常所做的一样。他的性格中没有任何特点，也没有任何闪光点。

大地多么广袤，多么辽阔，然而，那天傍晚，竟有那么多人如出一辙地走在城市的街道上——试图跨越中间的距离。那天傍晚，即使你们之中有人忽然打开房间的窗户，向外张望，或许也不会注意到走在人群当中的那个青年。就算偶尔瞥见，你的视线也会很快迷失在人群和众多脸庞之中，不会在他身上停留。

那张27岁的脸庞正是如此普通。与其他人一样，他的前方也间隔着一段距离，他在努力地跨越它。

那时，发生了一件奇怪的事情。潮湿的道路上，一张面孔正从一个小水坑里向外窥探。咖啡馆玫瑰色的灯光下，那个青年突然在浑浊的水坑中看到自己脸庞的倒影。他感觉，这张微笑的脸上露出他父亲那种尖酸、嘲讽的表情——从家里滚出去，自己独立去吧，滚！收拾好自己独立的包裹，到处流浪去吧！等你清醒以后再回来！

他忽然笑起来——如此汹涌的人潮中出现了一张微笑的脸。是否有人会在历史中记载……1955年9月的一个黄昏，路上的人群中有一张脸露出笑容。

他敲了敲门。此时此刻，她应该在厨房，那样的话，她要过很久才能听到，外面有人站在漆黑的楼梯上，不断地敲门。门没有上锁，只需要轻轻推一下，门就会打开，不过，他并不着急。他把头发向上拢了拢，又用手帕将溅落在裤子上的泥污擦拭干净。接着，他像揉捏干硬的橡皮泥一样拉开自己的腭骨——如今他在笑。只要她打开门，就能看见他这样微笑。

门慢慢敞开。他的姐姐发现，他微笑着站在门口。她什么都没说。有时候，她喜欢保持沉默。她望向他，她的眼睛……

他避开她的视线，推着她走进屋内。

“这些日子你都待在哪儿……”她安静地注视着他。

他羞赧地微笑。

“姐夫去哪儿了？”

“应该快回来了……下雨还跑出去。”

她转身打开姐夫的衣柜。他抓住她的手。

“现在先别管这些，”他一边说，一边紧紧地抓住她的手。她一直望着他。

“你怎么啦？”

“你在看什么？”

“你跟我生活在同一个城市里，但是你这么久才来一趟，而且你来的时候……”

“来的时候？”

“母亲来信了……你自从来到这里，就没有跟她联系过吧？”

“你给她写了不少……”

“我写什么……我能对你有多少了解……你这么久没有露面……”

“现在看看吧，我还是老样子！”

“你换了住处吗？”

“怎么这么问？”

“我曾经让你姐夫去找你，那时才得知，你退了房间，搬到别的地方去了。”

“一个朋友的屋子里有一个房间空着，最近住在那里。”

他发现，她早已洞悉一切，但却无法继续说些什么。她知道，自己应该有所回应，不过，她不能跟他讨论钱的事。他可能会问她借钱，想到这个，她感到毛骨悚然。

“看着我！”

他望向她。

“答应我，你会听我说。”

他面无表情地望着她。

“回家去吧！”她的声音里有一丝轻微的颤抖。

“囡囡，你什么时候变得这么婆婆妈妈？”时隔多年，他再次呼唤她的乳名。

“你才觉得自己老了吧，所以才跟大家闹翻，从家里逃出来。”

他闭着眼睛坐在椅子上，内心的沉重开始逐渐消融，像冰块一样，化为水珠滴滴落下。

他看见，囡囡的脸色变得十分苍白，嘴唇一直在颤抖。他意外地感到愉悦，原来自己也可以给别人带来痛苦。

“囡囡，你还记得吗，在我们年幼的日子里，我从来没有离开过家。那时候，你还没有结婚，我们什么也不懂，尽管我们认为自己无所不知。如今，在你看来，我可以成为和现在的我截然不同的人……然而，从那时开始，现在的我就已经存在于我的内心，只是你过去看到他，从来没有感到害怕。”

雨点滴落在屋顶上，不断发出啪嗒啪嗒的声音。房间里，浓重的静寂久久弥漫。

“怎么不说话？”她走到他身边。

“我这样，真的糟糕吗，囡囡？”

“是好是坏，你自己清楚。我只是认为，人不能一直这样活着。”

“每个人活着都要承担自己的责任，囡囡，你什么时候才能明白？”

他站起来。他感觉，他正透过囡囡的眼睛审视自我。囡囡的眼睛如同一面镜子，自己的人生片段在里面东张西望。

“如果你想弃家逃跑，为什么偏偏要来这座城市，母亲经常寄信过来。你的姐夫十分苦恼，总是责备我。你说，我该怎么办？只要你待在这儿，待在这座城市里，我就得不到解脱。”

她继续向他靠拢，来到他身旁，站在他面前。

“带着这种傲慢，你要如何生活！你……你已经长大，嗤，你一点儿也不感到害臊！看看你自己！整天无所事事地在街上东奔西跑，这就能让你变得伟大？或许可以吧，反正我是没看到！”

囡囡的眼睛几乎要将他吞没。由于激动，她的脸变了形。

他慢慢地将囡囡推向后方。他感觉，她的腿在颤抖。

“囡囡，你疯了。”他的喉咙开始哽咽。

他朝大门的方向前进。与此同时，他对自己信仰的坚持渐渐松懈。

囡囡扶着门站在原地。她感觉，他想把自己拽向一边，推向一边，然后打开大门。不过，他的双脚在地板上纹丝未动。很长一段时间内，他们两人只能怒目而视。

囡囡一直在颤抖。

“干嘛停下来？把我推开，向小偷一样逃出去吧！如今，你不再是个孩子，完全可以为所欲为！”

他缓缓地走到她身旁，将手搭在她的肩膀上。他感觉，内心一片安宁，如同把头埋进深不见底的虚空深潭一样。

“你叫我回家，我就回家。”

他微微笑起来。囡囡一言不发、冷漠地看着他。他唯有竭尽全力地保持微笑。

囡囡沉默地从衣襟里掏出两张纸币，“拿去！”

“干什么？”

“买车票……”

他安静地注视着囡囡。

“把这个拿去，我就知道，你没有说谎。”

他没有辩驳。

突然间，囡囡将手搭在他的肩膀上，开始哭泣。

“前方还有整个人生，你这样拖拖拉拉地过到什么时候？”

囡囡把头靠在他的肩膀上，轻轻抽噎。他什么也没有说。他本想用手帕为她擦拭眼泪，然而，他想起，自己的手帕沾满汗水和灰尘，并不干净，因此，他只能沉默地站着。囡囡一直在轻轻啜泣。

外面的雨停了。清新、亮洁的星星闪闪发光，从云层背后向外张望。

那张脸透过一面古老的镜子打量着他。镜子上、墙上布满槟榔膏和廉价口红的模糊印记。床前裸露的墙壁上挂着印有影星的日历，上面一把大大的钥匙摇晃不停。那个狭小的房间里只有一扇窗户，它不知从何时开始一直紧紧锁闭。他看见靠窗的床铺上躺着两个身体，其中一个属于他。

“囡囡，你有没有见过27岁青年的这张脸？瞧，瞧这儿！这个夜晚诞生于过往岁月的无数瞬间，诞生于诸多意外事件的奇妙组合。”他抚摸着囡囡给他的那两张纸币，感觉自己正在触碰另一个世界，它多年前就被抛诸脑后，因此，早已逝去。因此，他要返回何处？因此，今晚他在这里……躺在这个狭小的房间……活着。

楼下的小巷中，两个醉汉开始大声叫骂，野狗一遍又一遍地对着他们狂吠。楼上，雨水积聚，形成一股土色的湍流，顺着阁楼屋顶的沟渠流向小巷的泥地。

那些日子，只要有人轻微晃动，下陷的绷子床就会开始呻吟。带着昏睡和宿醉的疲倦，她嘟嘟囔囔地靠近他的身体……

滞留在他们中间的空气伴随着两人的呼吸不断收缩、颤抖。附近电影院招牌上硕大的字符在红色的霓虹灯下时而亮起，时而熄灭。透过紧闭的窗户，一束微弱的光线洒向黑暗的墙壁，落在悬挂的日历上。红色霓虹灯的照射下，那天晚上的日期瞬间被点亮，随后又立刻消融在黑暗里……

那是1955年9月的一个夜晚。

那天晚上，四周一片安宁，银白、柔亮的黑暗如同静止的蓝色湖泊，默然静候……是否有人知晓?

活着的时候总有某个模糊的瞬间，没有任何感知，没有任何改变。对于自由的强烈渴望，摧毁一切道德准则，跨过这些墙壁，超越这个夜晚，将整个辽阔无垠的大地收缩在这个黑暗的瞬间里，聚拢在阳光、空气、弥散的光芒、朦胧的阴影中，集合在所有大街小巷、十字路口上。在那些地方，他那双充满渴盼、惊愕的双眼不可思议地睁开了数百年。

这个夜晚……多年以后，这个夜晚也将在迷蒙的记忆深雾中消融不见。或许，剩下的只有那种模糊、朦胧的伤痛，一直激励着他去探寻无形价值的存在。那种伤痛并不源自苦难或者渴望，它与他的生存行为息息相关，从他开始呼吸的那一刻起，一直与他相依相伴……它像影子一样跟他一起奔跑，一起飞翔，一起生活。

他感觉，这一刻，他仍然活着，并且将生存的全部基石牢牢握在自己手心里。他望着草间飞舞的蝴蝶，浓郁深厚的宁静在四周蔓延。

他走出房间。黑暗中，他没有看清那张与他共度一夜的面孔。他从口袋里掏出那两张纸币，慢慢地攥在自己手里……他原地站立了一会儿，想说些什么，最终却没能说出口。

雨很早就停了。透过远方路灯下的水洼，他打量着自己脸部的倒影。他久久地、目不转睛地凝视着那张原本属于自己的面孔。

“你的前方还有整个人生！”囡囡曾经说过。

乌

面对死者，我们是否能够无所作为？很长时间以来，这个问题一直没有答案。

——凯瑟琳·曼斯菲尔德[①]

黑暗的走廊里，拉迪卡走着走着，忽然停下脚步。她倚靠墙壁，将灯伸向前方，影子在台阶上描绘出一个丑陋、畸形的图案。女孩们的话语声和欢笑声至今依旧不断地从七号房间飘出来。拉迪卡敲了敲门。喧闹戛然而止。

“谁啊？”

拉迪卡沉默地站着。女孩们在房间里低声讨论了一会儿，随后房门吱呀一声，打开了。拉迪卡迈过门槛，走进房间。油灯闪烁的光线中，女孩们的脸如同停留在电影幕布上的特写镜头一般，渐渐显现。

① 凯瑟琳·曼斯菲尔德（Katherine Manthfield，1888~1923），新西兰短篇小说家，被誉为新西兰文学的奠基人，代表作有《花园酒会》《幸福》《在海湾》等。

“干嘛把房间搞得这么暗？”拉迪卡的语气中有一丝责备的意味。

“老师，点灯的油用完了！”

这是苏塔的房间，所以她必须作答。整个宿舍里，她应该是最受欢迎的女孩，因为每逢假期或者晚饭过后，住在临近房间的女孩总爱到她房间里聚会。她们谈天说地，嬉戏欢笑，直到深夜。

“怎么不跟格里姆丁说说油的事儿呢？”

“老师，已经说过很多次啦，也要他记得呀！”

房间里，一阵细微的笑声从一个角落蔓延至另一个角落。由于拉迪卡的到来和训诫，房间里充斥着一种令人窒息的紧张气氛，如今随着笑声烟消云散。格里姆丁在学校宿舍里打杂，有关他懒散怠惰、工作时推三阻四的故事在宿舍的女孩之间代代流传。

拉迪卡突然想起一些事情。于是，她拿起油灯，环顾四周。房间里，女孩们一个挨着一个围坐在一起。所有人的面孔都是她熟悉的，然而，在油灯昏黄的光线下，它们似乎发生了一些改变，这仿佛是她第一次见到它们。

“茱莉，你还在这栋楼里干什么？”

茱莉坐在靠窗摆放的那张床上。她耷拉着眼睛，一言不发。灯光从四处汇聚过来，落在她的脸上。

“你在夜间出勤表上登记了吗？”

“登记过了，老师。”

“那么……”拉迪卡的语气变得十分严厉。茱莉羞愧地望向窗外。

自从来到这所学校，拉迪卡就意识到，无论她如何斥责、威吓，宿舍的这些规定依旧无人遵守。

“老师，明天要放假啦，所以今晚我们才聚在一起……”苏塔连话都没有说完，就望着海曼蒂笑起来。

“海曼蒂准备表演唱歌呢，您也坐会儿呗！”

拉迪卡内心十分纠结。此时此刻，她来到这里，破坏了她们的好兴致。多年以来，她一直待在这座小小的山城中，然而，她却想不起来，岁月何时冲破夏季和秋季的牢笼，投入寒假的怀抱。

她像小偷一样悄悄溜到门外，脸上紧张的神情逐渐松弛下来，慢慢露出笑容。

“没人留下来跟我一起看雪吗？”

“老师，您放假不回家吗？”所有女孩的目光都集中在她身上。

“现在还不确定……我喜欢下雪！”

拉迪卡感觉，自己去年也说过类似的话，大概前年也一样。她觉得，女孩子们正用怀疑的目光看着她，或许她们并不相信她的话。她感到一阵晕眩，仿佛某个未知的角落里涌起一大片乌云，将她吞没。她微微一笑，然后轻轻晃了晃自己的脑袋。

“茱莉，有事儿跟你说，你回宿舍之前来找我一下吧……大家晚安！”拉迪卡随手关上身后的房门。

“晚安，老师，晚安……”

拉迪卡没有顺着走廊的台阶下楼，而是倚靠栏杆原地站着。她将油灯向下放在一个角落里。外面，深蓝色的雾气变得愈发浓厚。草坪上栽种着许多松树。阵风袭来，树叶不断发出沙沙的响声，时缓时急，飘入屋内。察觉到空气中蕴含的一丝寒意，明天即将放假的念头开始在拉迪卡的脑海中盘旋。她闭上双眼，感觉自己腿上的关节渐渐松离，双腿像竹竿一样跟身体捆绑在一起。头部的眩晕仍然没有消失，只不过，如今这种眩晕已经超越身体，融入外面四处弥散的雾气之中。

听到楼梯上的谈话声，拉迪卡如梦初醒。她理了理肩膀上的披巾，随后拾起油灯。穆克尔吉医生和休伯特先生一边小声地用英语交谈，一边走上楼来。楼梯上一片漆黑，休伯特不得不反复用自己的手杖探路。拉迪卡走下几级台阶，将灯伸向下方。“晚上好，医生！晚上好，休伯特先生！”“谢谢，拉迪卡小姐！”休伯特的语气中带有一丝感激的色彩。爬楼梯的过程中，他的呼吸变得十分急促，因此他靠着墙壁，大口地喘气。油灯的照射下，他脸色发黄，看上去有点类似黄铜的颜色。

“您一个人在这里干什么呢，拉迪卡小姐？”医生吹起口哨。

“刚刚巡查完准备回去。今天怎么这个时间上楼来呀，休伯特先生？”

休伯特笑着用手杖戳了戳医生的肩膀，“问他，是他非要把我拽上来的。”

“拉迪卡小姐，我们是来邀请您的。今天晚上，我的房间里将举办一场小型音乐会。届时，休伯特先生会演奏肖邦和柴可夫斯基的奏鸣曲，然后我们一起品尝奶油咖啡。接下来，如果还有时间的话，我们可以一起总结和坦白上一年所犯的罪行。”穆克尔吉医生脸上洋溢着浓浓的笑意。

“医生，不好意思，我有点儿不舒服。”

“走吧，没事儿的！不舒服的话，您还是得来找我呀！”医生轻轻地抓住拉迪卡的肩膀，转向自己的房间。

穆克尔吉医生的房间紧挨着屋顶，位于这幢大楼的另一端。他是半个缅甸人，微微扁塌的鼻子以及小巧、灵动的眼睛清楚地标识出他的身份。日本入侵缅甸后，他来到这座小山城并在此定居。除了忙于私人诊所之外，他也在教会学校里教授卫生生理学，所以学校为他在宿舍里预留了一个房间。有人说，从缅甸过来的路途中，他的妻子去世了。不过，谁也不能确定这种说法是不是真的，因为医生从来没有谈论过自己的妻子。

聊天的时候，医生经常念叨，“死前我一定要再回一次缅甸”。每次说完，他的眼睛里都会蒙上一层水雾。拉迪卡想问问他，但却一直没能开口。在她看来，医生不希望别人向他询问有关过去的问题，也不愿意别人因为过去的遭遇对他表示同情。因此，他总会迅速收起一脸严肃的表情，开始微笑——苦涩、沮丧的笑容。

思乡是一种疾病，任何医生都无法将其治愈。

在阳台上，桌椅已经摆放妥当，房间里，咖啡壶里也注满了煮咖啡的水。

“听说，再过两三年，这里就能通电了。”医生一边点燃酒精灯，一边说道。

“十年以前就听说过这件事了。英国人制定了大大小小各种计划，也不知道它们现在进展如何。”休伯特说。他躺在安乐椅上，望着外面的草坪。

拉迪卡从房间里拿来两根蜡烛，立在桌子的两端，旋即将其点亮。屋顶上的黑暗渐渐收拢在浅淡的烛光周围。一片浓重的沉寂笼罩四方。风中，松树发出的沙沙声一直飘向远方，在群山及河谷间如哨音一般不停回响。

“这一次或许很快会下雪吧，现在空气里就能感觉到一丝干冷。”黑暗中，医生的雪茄烟闪闪发亮，宛若一个红色的吉祥符志。

“不知道伍德小姐为什么如此喜爱教堂的特别服务，它是多么令人烦恼啊！放假回家以前，学生们是否有必要聆听埃尔蒙德神父的布道？”休伯特说。

“我已经连续听了五年……埃尔蒙德神父的布道没有任何改变。”

医生非常厌恶埃尔蒙德神父。

拉迪卡坐在椅子上，身体前倾，往杯子里倒咖啡。每年放假前的最后一天，学校都会举行这两项活动——享受教堂的特殊服务，接着进行野餐。拉迪卡想起，第一年野餐后，她与医生一起去逛俱乐部。医生在酒吧里坐着。舞厅中挤满了来自库马盎兵团①的军官。观看了一会儿台球比赛之后，她决定返回酒吧，途中，还顺路参观了一下右边的俱乐部图书馆。那时，穆克尔吉医生正好从后方走来。“拉迪卡小姐，这位是吉利什·奈吉少校。”台球室爆发出阵阵欢笑，那个名字几乎淹没在笑声中。少校将手指放在某本书中间，透过图书馆的窗户望向外面。

“医生，您好！”他转过身。那一刹那……

那一刹那，不知为何，拉迪卡的手开始颤抖，数滴滚烫的咖啡溅落在她的纱丽上。黑暗中，没有人注意到，由于困倦，拉迪卡的脸上萦绕着一片空寂。

阵风吹来，烛火摇曳。通往卡特戈达姆（Kadhgodam）②的道路看起来比屋顶还高，上面北方邦公路运输公司的最后一班大巴载着邮件飞驰而过。大巴前灯的照射下，周围灌木丛的阴影在房屋的墙面上迅速移动，然后消失不见。

“拉迪卡小姐，今年假期您也留在这里吗？”医生问。

---

① 库马盎兵团（Kumaun Regiment），印度陆军最负盛名的步兵兵团之一，成立于1813年，总部位于印度北阿坎德邦（Uttarakhand）。该兵团曾在英属印度陆军和印度陆军的每一次重大战役中作战，包括两次世界大战。

② 卡特戈达姆（Kadhgodam），位于印度北阿坎德邦的一个城市。

医生的问题悬浮在空气中。那一刻，在休伯特的手指下，肖邦小夜曲的旋律轻柔地从钢琴里飘荡出来，缓缓地融入阳台四周的黑暗里，宛若水面之上，他那温润柔软、如梦似幻的手指一边编织着熠熠生辉的旋涡之网，一边伸向渺远的岸边。拉迪卡感觉，一群候鸟仿佛正从遥远的雪山顶峰飞向下面某个陌生的地方。这段日子里，她经常透过房间的窗户观望它们。它们像被线绳捆绑的、闪闪发亮的灯泡一样，歪歪扭扭地排成一条长队，穿越山间的寂静，飞向那些她或许从未去过的奇妙城市。

拉迪卡开始在安乐椅上打盹。穆克尔吉医生的雪茄烟在黑暗中静静燃烧。令他感到惊奇的是，他不知道拉迪卡在想什么。此刻，拉迪卡正在思考，自己是否会渐渐老去？校长伍德小姐的面孔盘桓在她眼前——凹陷的脸颊，垂挂的眼袋，斤斤计较、暴躁易怒的性格，刺耳的尖叫——大家都叫她“老疯子”。多年以后，她也会变得跟她一样……拉迪卡全身发抖，如同无意中触碰到某个肮脏的东西。她记起，数月之前，她忽然收到休伯特的情书——情真意切的求爱信，不知道他在里面写了什么，她完全没有看懂。虽然在她看来，休伯特的这种幼稚行为十分可笑，不过，她的内心也充满欢喜——她还没有人老珠黄，现在仍旧魅力非凡。因此，读完休伯特的信，她非但没有生气，反而觉得十分自豪。倘若她愿意，她可以立刻消除他的误解，然而，某种力量一直阻拦着她，让她相信自己，仿佛她对幸福的幻想与休伯特的误解息息相关……

为什么只有休伯特，带着那种感觉，她是否也能爱上某个人？尽管那种感觉现在已经荡然无存，但它依然像影子一样纠缠着她，既没有自行消失，也不会让她得到解脱。她觉得，一大片乌云再次笼罩在她的头顶上。她的双腿变得麻木、无力。

她迅速站起来。“不好意思，医生，我感觉很累……”她连话都没有说完就走了。

阳台上，寂静久久弥散。蜡烛即将熄灭。过了一阵子，穆克尔吉医生拿起一支新的雪茄烟，“所有女孩都一个样儿——蠢笨又多愁善感。”

休伯特的手指慢慢松开琴键，最后的旋律颤抖着在空气中不停回荡。

“医生，你可知道……从前段时间开始，拉迪卡小姐的行为就显得有些怪异。”休伯特的语气里带有一丝冷漠。他不想让医生察觉到他对拉迪卡的情感。那种细腻柔软的感觉，长久以来，他一直细心掩饰，唯恐医生的哈哈大笑让它变得荒谬滑稽。

“你相信命运吗，休伯特？”医生问。休伯特屏住呼吸等待下文。他知道，讨论任何话题之前，医生都会习惯性地进行哲学阐述。医生倚靠栏杆站着。淡淡的月光下松树的影子落在草地上。黑暗里，一只萤火虫散发着绿色的光芒，消失在风中。

“我时常在想，世人到底为什么活着……难道他们没有什么更好的事情可做吗？我来到这个距离自己国家数千英里的地方，这里有谁认识我……或许我还会死在这里。休伯特，你是不是有时候也会感觉，客死异乡是一件很可怕的事情……”

休伯特惊讶地望向医生。这是他第一次看到穆克尔吉先生的这一面，他通常对自己的隐私缄口不谈。

“现在没有人会死，这点倒是让我心中莫名地萌生出一丝安宁。不过，有些人的死自始至终都是一个解不开的谜……或许，他们为人生注入了太多希望。不过，我们也不能将之称为悲剧，因为直到咽下最后一口气，他们都没有感受到死亡……”

“医生，您在说谁？”休伯特焦虑地问。

医生沉默地抽了一会儿雪茄烟，随后转过身，凝视着蜡烛那即将熄灭的火焰。

“你可知道，曾有一段日子，拉迪卡时不时会去酒吧。她就是在那儿认识吉利什·奈吉的。动身去克什米尔前的那个晚上，他把一切都告诉了我。我到现在也不敢跟拉迪卡谈论那次见面。不过，谁会知道，他一去不返。现在……现在还有什么区别！愿死者安息……”

医生冰冷的苦笑中只有一片空洞的虚无。

“吉利什·奈吉是谁？”

“库马盎兵团的少校。”

“医生，难道拉迪卡……”休伯特无法继续说下去。他想起自己先前递给拉迪卡的那封信——多么无聊，多么可笑，仿佛里面的每一个字都深深刺痛他的内心。他把头轻轻靠在钢琴上。拉迪卡为什么没有告诉他，难道他连这个都不配吗？”

“拉迪卡……她还是个孩子，疯子！人绝对不会伴随亡者死去。”

沉默片刻之后，医生又把自己的问题重复了一遍。

“休伯特，你相信命运吗？”

一阵微风拂过，烛火瞬间变亮，旋即熄灭。阳台上一片漆黑，休伯特和医生虽然无法彼此的脸，但是他们依旧相互对望着。距离教会学校不远的房屋中传来山间清泉流动的声音。过了很久，库马盎军营的号角声响起，休伯特赶忙站起来。

“嗯，我要走啦，医生，晚安！”

“晚安，休伯特……不好意思，我抽完雪茄再走……”

清晨阴云密布。拉迪卡一打开窗户，雾气就像气球一样钻入屋内，仿佛它已经在寒风中倚靠墙壁，瑟瑟发抖地等待了整个晚上。学校上方通往教堂的路隐没在云层之间，唯有教堂上的十字架在雾气中显露出一个剪影，看上去如同两根相互交叉的铅笔。

拉迪卡将视线从窗外收回，发现格里姆丁端着茶盘站在面前。格里姆丁曾在部队担任勤务兵，因此，他把茶盘放在桌上之后，马上以“立正”的姿势站着。

拉迪卡立刻从床上爬起来。从清晨开始，她醒了无数回，不过，最终又慵懒地睡去。为了掩饰自己的窘迫，拉迪卡说：“今天好冷啊，完全不想离开被窝。”

“啊，夫人，现在算什么冷……过段时间再瞧瞧，你的牙齿如何打战！”格里姆丁把手夹在腋下，缩成一团，似乎光是想想那些日子，人就已经开始感觉寒冷。他的头顶秃了，两侧的头发被染成深棕的颜色。两人漫无主题地随意闲谈，为了能够毫无顾虑地发表自己的看法，格里姆丁总是牵强附会地把话题引入某个特定的领域。

“有一回，这里接连下了好久的大雪，从博瓦利（Bhowali）到政府招待所的路都被封住了。夫人，由于大雪，树枝都耷拉下来，几乎跟树干贴在一起——就像这样！”格里姆丁弯下腰，把自己变得像公鸡一样。

“什么时候的事儿？”拉迪卡问。

“那可得算一算才能知道，夫人……不过，我记得，那段日子，英国士兵还留在这里，兵营的楼房上也没有悬挂国旗。这些英国人十分能干，仅用两个小时就把所有道路都清理干净了。那段日子，只要哨声一响，五十名骑兵便能迅速集合。现在所有营房都空了。那些人懂得如何让别人为自己服务，不过，如今一切都荒废了。”格里姆丁忧伤地望向外面。

今天不是拉迪卡第一次听到格里姆丁说起过去的事情，那时候，英国人把这个地方变成了一个天堂。

“今年假期您也留在这里吗，夫人？”

“看起来是这样的，格里姆丁，又要麻烦你啦！”

“说什么呢，夫人！我很高兴，您能留在这里，不然的话，假期这里只剩狗在地上打滚。”

“你去跟维修工人说说，让他来修修这个屋顶。去年，雪水沿着裂缝不停往下漏。”拉迪卡想起，去年冬天下雪的时候，为了躲避滴水，她只能整晚缩在房间的一个角落里睡觉。

格里姆丁端起茶盘说道：“休伯特先生大概明天出发。昨天晚上他又感觉不舒服，半夜来把我叫醒。他说，胸口难受。他真不适合这个季节。据说，他明天会跟女孩们一起搭乘同一辆大巴离开。”

格里姆丁关上门走了。拉迪卡本想去休伯特的房间，问问他的身体状况。然而，不知道为什么，拖鞋一直挂在脚上，她望向窗外飘浮的云朵。每次看到她，休伯特脸上都会因为惊恐露出凄楚可怜的神情，她感觉，他在用沉默、温和的请求折磨她，让她既无法努力去消除他的误解，也不敢向他澄清自己的无奈。为了逃离这个网，她只能抓住线绳的一端，不料绳子自己却打了一个死结……

外面下起绵绵细雨，房间的锡铁屋顶发出滴滴答答的声音。拉迪卡从床上站起来，整理了一下床铺，然后趿拉着拖鞋走到大镜子旁边，在它前面的凳子上坐下，散开头发。很长一段时间内，她一边梳理头发，一边默默地注视着镜子中自己的脸。她忘了告诉格里姆丁，应该慢慢囤积烧火的木柴。最近，干木柴正在贱价出售。去年，房间充满烟尘，她被迫打开窗户，在天寒地冻中瑟瑟发抖地睡觉。

拉迪卡打量着镜子中自己的脸——她在微笑。去年，为了逃避自己房间的潮湿和寒冷，她时不时会偷偷溜进伍德小姐的空房间睡觉。伍德小姐的房间即使没有烧火也很温暖，只要躺在她那张柔软的沙发上，拉迪卡立刻就能睡着。放假期间，伍德小姐的房间总是空的。尽管如此，这两个月内，她也决不会把房间交给拉迪卡看管。每年，房间都紧紧锁闭。不过，去年，她忘记锁上浴室里面的门，因此，拉迪卡可以把它当作进入房间的秘密通道。

去年，一人独处时，拉迪卡常常感到害怕。假期中，学校和宿舍的所有房间都显得阴森恐怖。有时候，她甚至怕得无法入眠，只能缠着格里姆丁聊天，直到深夜。聊天的过程中，倘若她迷迷糊糊地睡着了，格里姆丁就会悄悄把灯关上，随后离开。有时候，她也会以生病为借口，让人将医生找来，并且坚持让他睡在旁边的另一个房间里。

拉迪卡从梳子上拾起一缕落发，走到窗边，将它丢出去。外面，雨水形成一股湍流，顺着倾斜的屋顶不断淌落在草坪上。天空中乌云密布，飘移的云层背后，群山时隐时现，就像人们在飞驰的列车上所看到的那样。拉迪卡将头探出窗外。一阵风吹来，她不由自主地眯起双眼。拉迪卡想起自己的工作，倦懒的感觉愈发强烈。为了预定大巴的座位，她必须先贿赂工作人员。女孩们留在宿舍的行李，她要叫人把它们收进仓库。偶尔，她还得跟低年级女孩一起分担收拾的工作。

她并不厌烦这些工作。所有问题都会慢慢解决，就算其中错漏百出，事后总能纠正、完善。就算各项任务的执行过程充满愤怒、苦闷和烦恼，不过，摆脱它们只是迟早的事情。然而，当女孩们搭乘最后一趟大巴离开时，她的心里总会觉得特别沮丧。她行走在空荡荡的走廊上，有时进入这个房间，有时进入那个。她不知道自己该干些什么，心灵无法在任何地方停驻，一直四处徘徊。

尽管如此，假如有人不经意地问起："拉迪卡小姐，您放假不回家吗？"那时……她该如何作答？

叮当叮当……因为特殊服务，学校教堂的钟声敲响。拉迪卡把头缩回窗内，迅速脱下纱丽，然后将毛巾搭在肩上，穿着衬裙钻进浴室。

左……右……左，左……

通往营地的土路上，库马盎兵团的一队士兵每四个人排成一行，正向前行进。军靴沉重而粗糙的声音不断撞击学校教堂的墙壁，在里面的祈祷大厅（Prayer Hall）中久久回响。

"温柔的人有福了……"埃尔蒙德神父带着痰音，一字一句地念诵《登山宝训》（*Sermon on the Mount*）①。耶稣雕像下方的烛台两边点着蜡烛，烛光洒在前排长凳上坐着的女孩身上。后排的座位完全浸没在黑暗之中，那些女孩们做出祈祷的姿势，低着头窃窃私语。每年学期成功结束之际，伍德小姐都会发表演讲，向学生和教职员工表示祝贺。此刻，她坐在神父后面暗自嘟囔，仿佛在轻声提醒神父。

"阿门……"神父将圣经放在桌上，拿起祈祷书（prayer book）。大厅的沉寂瞬间被打破。起身站立的时候，女孩们故意将长凳往后

①《登山宝训》，《新约·马太福音》中耶稣在山上对其门徒和众人所做的训诫，详见《马太福音》第五至第七章。

推。凳子向后滑动，摩擦地面发出尖锐的响声，大厅角落里传来阵阵笑声。伍德小姐绷着脸，眉头紧锁。忽然，寂静弥散开来。大厅令人窒息的昏暗之中，神父尖锐、沙哑的声音再次响起，“圣人耶稣，我是世界之光，跟随我的，决不在黑暗中行走，必有生命的光……”

由于困倦和厌烦，穆克尔吉医生打了个哈欠，“这玩意儿什么时候才能结束？”意识到自己询问拉迪卡的声音有点大，他羞赧地朝另一个方向望去。每逢教堂的特殊服务，穆克尔吉医生总是慢慢地捋着自己的胡子，嘴边挂着讽刺的微笑。

看到埃尔蒙德神父的装扮，拉迪卡心中一阵窃喜。小时候，她经常好奇地想，长长的白袍下面，神父们是不是什么都没有穿，假若施计将它撩起，那么？

左……右……左……军靴踏地的声音离教堂越来越远，只剩下它的回响悬浮在空气中。

“第一百一十七首颂歌……”神父一边翻开祈祷书，一边说。大厅里，所有女孩都将放在桌上的颂歌集打开。书页翻动时发出的沙沙声从教堂一端飘向另一端。

休伯特从前排座位上站起来，走到钢琴前的椅子上坐下。作为音乐教师，每年特殊服务的时候，他都要为唱诗班伴奏。他先用手帕擦了擦鼻子。为了掩饰自己的慌张，他总会做这个动作。接下来，他一边用颤抖的手翻开颂歌集，一边侧目扫视大厅。

慈光引领（Lead, Kindly Light）……

钢琴小心翼翼地奏响低沉的旋律。浓厚毛发的覆盖下，休伯特细长、苍白的手指不停伸缩。唱诗班中女孩们的歌声相互交融，编织成一股股温和、柔美的波浪。

拉迪卡觉得，她的发髻似乎已经松开，正向脖子下方滑落。避开伍德小姐的视线，拉迪卡悄悄地用夹子将头发固定。

“真是个爱管闲事的人……我早上叫休伯特别到这儿来，结果他还是来了。”医生说。

拉迪卡回想起格里姆丁的话。休伯特整夜咳嗽……时常说起明日将要离去……

拉迪卡歪了歪头，试图看看休伯特的脸，但她失败了。坐在这么靠后的座位上，除了休伯特俯向琴键的头，她什么都看不到。

慈光引领……音乐的旋律仿佛攀上高山之巅，气喘吁吁地将散乱的呼吸洒向天际无尽的虚空，随后缓缓落下。雨中，柔和的阳光照耀着教堂长方形的玻璃，闪闪发亮，其中一束纤细、明亮的光线斜斜地落在耶稣基督的雕像上。蜡烛的烟随风摇摆，在阳光下勾勒出一条青色的线。琴音短暂的停顿中，拉迪卡听见，树叶熟悉的沙沙声从远方未知的方向传来。她不禁产生一种错觉，教堂淡淡的黑暗似乎正从那个小祈祷厅的四个角落逐渐向她聚拢，就像有人用布蒙住她的双眼，将她带到这里，然后突然让她将眼睛睁开。她感觉，朦胧的烛光中，一切都不再真实，不再可靠——教堂的屋顶、墙壁、医生放在桌上那双好看的手……钢琴的旋律穿过旧日的迷雾，渐渐与它融为一体……

一个疯狂的回忆，一份荒谬的情感——教堂玻璃的另一侧，山风凛冽，垂柳的枝条在风中颤抖，脚下松树的枝叶发出微弱的、熟悉的沙沙声……吉利什一只手拿着卡其色的军帽站在那里——宽阔、挺拔、强壮的肩膀，假若你把头靠在上面，它看起来会像缩小消失了一样……查尔斯·博耶[①]，她为他取了这个名字，他害羞地笑起来。

“谁把你选进部队的？你都晋升为少校了，但却比女孩还差劲……因为一点小事，脸就红了。”这些话她并没有说出口，只是单纯地在脑海里盘旋。她本想以后找时间告诉他，但是那个“时间”再也不会到来……

红色的杜鹃花

你带了吗

没有

骗人

卡其色的衬衫，有一个口袋上别着徽章，藏在里面的杜鹃花探出脑袋。

咦，全都枯萎了

哪里开了花？

（多么笨拙）

吉利什将手指插入她的头发——花儿从不停留，他用夹子将花固定，说道：

“你瞧！”

---

① 查尔斯·博耶（Charles Boyer, 1899~1978），法国著名演员，曾获得四项奥斯卡提名，被誉为“银幕情人”。此处拉迪卡想用这个名字映射，吉利什英姿勃发，正是一位大众情人。

她转过身，还没来得及说话，吉利什就啪嗒一下将军帽盖在她头上。她呆呆地站着，如同着魔一般。她戴着吉利什的帽子，额头上点着一颗小小的吉祥志。吉祥志的上方，发丝不断飞舞。吉利什轻吻她的吉祥志，她用双手搂着他光秃秃的头……

拉迪卡

吉利什戏谑地说，库马盎男人的杀手……为了逗趣，他给她取了这个名字。她笑了。

“拉迪卡……听我说……”吉利什的声音变成什么样了！

“不，我什么也不要听。”

“拉迪卡……我过几个月就回来……”

“不，我什么也不要听……”实际上，她想听的不是吉利什正在讲述的，而是他没有说出口，并且以后都没有机会再说的那些话……

慈光引领……

女孩们的声音浸没在琴声中，上下起伏……休伯特扭过头，瞟了拉迪卡一眼。她若有所思，双目紧闭，像石雕一样一动不动地站着。这个表情是因为他吗？这样的时刻，拉迪卡会将他视作自己的同伴吗？休伯特深深吸入一口气，呼吸中充满疲惫。

“你瞧……伍德小姐坐在椅子上睡着了。”医生轻声说。这是属于医生的老笑话，伍德小姐以祈祷为借口，闭着眼睛打盹。

埃尔蒙德神父将摊在椅子上的长袍收拢，合上祈祷书，随后在伍德小姐耳边低声细语。钢琴的乐音逐渐减弱，休伯特的手指慢慢放松。服务结束以前，伍德小姐开始发布指令。由于担心下雨，今日的活动不得不做出一些调整。原定于秋千女神庙[①]的野餐无法进行，所以早餐之后，女孩们将在距离学校不远的米多斯（Meadows）集合。所有女孩都必须从宿舍厨房领取午餐，因为她们只能在米多斯准备下午茶。

山区的雨可信吗？不久前，乌云飘过，整座城市浸泡在雨水中，瑟瑟发抖。如今，蔚蓝的天空挣脱阴霾的遮蔽，沐浴在阳光下。走出教堂的时候，拉迪卡瞧见，阳光下，闪亮的雨珠从垂柳湿润的枝条上滴落……女孩们走出教堂，三五成群地聚集在走廊里。现在距离早餐时间还有四十五分钟，不过，她们之中没有人想返回宿舍。假期尚未开始，或许正因如此，她们才想在这剩余的短暂时光中，突破纪律的束缚，充分享受获得自由的喜悦。

伍德小姐非常厌恶女孩们的吵嚷，不过，在埃尔蒙德神父面前，她无法指责她们，只能强压着自己的烦躁，微笑地说："明天大家离开之后，学校又会显得空空荡荡的。"

由于教堂令人窒息的闷热，埃尔蒙德神父帅气、狭长的脸变得通红。他将手杖挂在走廊的栏杆上，说道："假期谁会留在宿舍里？"

"过去几年中，只有拉迪卡小姐留下来……"

"穆克尔吉医生呢？"神父略微收紧上嘴唇。

"寒暑假医生也会留在这里。"伍德小姐惊讶地望向神父。她不能理解，神父为何会提到医生。

"穆克尔吉医生假期里哪儿都不去吗？"

"假期只有两个月，想要返回缅甸是十分困难的，神父！"伍德小姐笑了。

---

① 秋千女神庙（Jhula Devi Mandir），位于印度北阿坎德邦阿尔莫拉县焦伯蒂亚花园（Chaubatia Garden）附近，距离拉尼凯特（Ranikhet）大约七公里，因庙内供奉一座杜尔迦女神荡秋千的雕像而闻名。

“伍德小姐，不知道您怎么想的。我是不明白，拉迪卡小姐为何要独自留守宿舍。”

“神父，”伍德小姐说，“教会学校倒是有规定，假期里，教师可以留在宿舍，不过费用需要自理。”

“我不是在跟您讨论学校的规定。拉迪卡小姐将单独与医生待在一起。说实话，伍德小姐，我对医生有些不好的看法……”

“神父，您在说什么呢……拉迪卡小姐又不是小孩子……”伍德小姐不希望埃尔蒙德神父心中存有这种保守的思想。

埃尔蒙德神父的脸色有些黯然。他立刻转移话题说道：“伍德小姐，我不是这个意思。您也知道，拉迪卡小姐和那位军官传过好一段绯闻，这给学校的名誉带来多久的伤害！”

“那个可怜人已不在人世了。神父，我认识他！愿主佑他安息。”

伍德小姐缓缓地交叉双臂抱在胸前。

埃尔蒙德神父对伍德小姐的愚蠢感到愤怒，为此，他没有继续说下去。他一贯与穆克尔吉医生合不来，这次本想在伍德小姐面前贬低他。然而，伍德小姐同情拉迪卡，所以他说再多也没有意义。他从栏杆上取下手杖，仰望上方开阔的天空说：“您轻易改变了计划，伍德小姐，现在哪里会下雨？”

走出教堂，休伯特感到一阵晕眩。他觉得，好像有人突然将满满一把闪耀、炽烈的光芒扔进他的眼睛里。钢琴上音乐的旋律如同丝丝棉絮一般，在他大脑疲惫的血管上来回游走。他精疲力竭。每次弹完钢琴，他都会心跳加速，肺部产生沉重的压迫感。他觉得，当乐曲努力地从一个音符滑向另一个音符的时候，他自己也跨越了一个黑暗的沟壑。

今天在教堂里体悟到的一切多么神秘，多么奇特，休伯特想。

钢琴上的每个音符都出自古老、寂静的黑暗山谷，它们穿破外界弥漫的蓝色烟雾，揭示出一种早已被人遗忘的意义。下行的每个停顿都是一次小小的死亡，宛若浓密的森林中，一条小路消失在斑驳、摇曳的树影里。每一次小小的死亡都把自己残余的共鸣和呼吸献给即将到来的音符……它们尽管死去，但却没有消亡，也不会消亡。它们融合在其他音符中，虽死犹生。

“医生，死亡就是这样降临的吗？”倘若我问医生，他一定会笑而不答。休伯特感觉，过去数日以来，他一直在隐瞒某件事情……他笑容中潜藏的怜悯之情令自己心生厌烦。今天他又阻止休伯特去参加特殊服务。问及原因，他却缄口不言。休伯特想，医生不愿告诉我的究竟是什么事情？或许什么事都没有，只是我自己天生多疑。

休伯特看到，女孩们排成一队，顺着学校通往宿舍的道路向下走去。灿烂的阳光下，她们五颜六色的丝带、浅蓝色的上衣和白色的裤子闪闪发亮。高级剑桥班（Senior Cambridge）的一些女孩在教堂的小花园里摘了几朵玫瑰花，别在头发上。看到她们，军营里的士兵笑着相互打趣，开起下流的玩笑，时不时地，还把头歪向某个女孩，吹响口哨。

“嗨，休伯特先生！”休伯特大吃一惊，转身回望。拉迪卡站在那里，腋下夹着一本厚厚的登记簿。

“您还在这儿呢？”休伯特的目光停留在拉迪卡身上。她穿着一件奶油色的长袖羊毛外套。与其他库马盎的女子一样，拉迪卡的面庞圆润，由于阳光的炙烤，小麦色的皮肤上透着点点淡淡的玫瑰色，如同洒红节时散落的红粉经过多次清洗之后依旧留下零星的斑点。

“我要登记一下明天准备出发的女孩的名字，所以不得不留下……您也是明天走吧，休伯特先生？”

“是这么打算的。留在这里干什么呢？您现在回学校吗？”

“走吧……”

女孩们都聚集在马路上。于是，他们两人绕向马球场，沿着小路走下坡。

风很大。阵风袭来，松树叶纷纷凋落，在小路上积聚成堆。休伯特用手杖将落叶拨向两边，为自己清理出一条道路。拉迪卡站在后面，注视着一切。来自阿尔莫拉的小云团在空中浮移，像丝帕一般，时而遮住太阳的脸，时而又随风飘走。这场游戏中，阳光有时变得淡薄而昏暗，有时又张开自己明亮的裙摆，将整座城市囊括其中。

拉迪卡走在前面。休伯特的呼吸变得十分急促，所以他只能气喘吁吁地缓缓跟在后面。走过马球场的看台之后，他们转向墓地的右边。拉迪卡站在原地等待休伯特。她记起，假期中，每当独自坐在房间里感到烦闷的时候，她就会迈着方步来到墓地，爬上附近的小山，凝望那些被雪覆盖的松树。从它们弯曲的枝丫上，棉絮般的白雪向下滑落。下方通往市场的路上，孩子们滑着雪橇。她时常站在那里，想象隐藏在大雪中的那条道路，它经过埃尔蒙德神父的家，路过部队医院和邮局，到达教堂的台阶，然后消失不见。对于拉迪卡而言，寻找雪中消失的道路就像人们解开一道复杂的谜题，能够带来极大的乐趣。

“您走得好快啊，拉迪卡小姐。”由于疲惫，休伯特面容憔悴，额头上也布满汗珠。

“昨晚您怎么感觉不舒服啦？”

“您怎么知道的？我看起来像病人吗？”休伯特的语气中带有一丝恼怒。他想，为什么所有人都开始议论我的健康问题。

“不是，我原本也不知道，早上聊天的时候，格里姆丁无意中提到了。”拉迪卡有些不知所措。

“没什么要紧的，旧病发作而已，现在已经好了。”为了证实自己所言非虚，休伯特挺起胸膛，加快脚步。

“让穆克尔吉医生瞧过吗？”

“他早上来看过了。我不太懂他的话。他总是自相矛盾。他说，这一次，我必须请半年的假，好好休养。如果我有所好转，还有什么必要请假？”

休伯特无法继续向拉迪卡隐瞒自己话语中的忧伤。拉迪卡见状赶紧转移话题，说道：“您没有必要担心，休伯特先生！最近天气多变，人们就是容易生病。”

休伯特面露喜色，神采飞扬。他专注地望着拉迪卡，想要打消自己的疑虑，让自己安心，拉迪卡不会为了安慰他在说谎吧……

“拉迪卡小姐，我也是这么想的！听完医生的建议，我感到十分害怕。如果真要休半年的假，我一个人都不知道该干些什么。在学校里跟孩子们在一起，心灵也算有所依托。说实话，在德里消耗这两个月的假期也是件挺困难的事……”

“休伯特先生……明天您要去德里？”

走着走着，拉迪卡忽然停下脚步。前方是一片马球场，从马球场的另一边，一辆军队的卡车正驶向军营。休伯特感觉，拉迪卡的眼睛一半睁开，一半闭合，眼睑上仿佛粘连着一个早已被遗忘的旧梦。

“休伯特先生……您要去德里……”这一回，拉迪卡没有重复提问。她的声音里萦绕着一种遥不可及的距离感。

“很久以前，我也去过德里，休伯特先生！当时，我还很小，中间不知道过去了多少年！我的姨妈在那里举办婚礼。我参观了许多东西，但是它们现在都模模糊糊的。不过，我还记得，我们爬上顾特卜塔（Qutub Minar）[①]，从最高一层向下俯瞰，天知道那是种什么感觉！下方行走的路人看起来就像上紧发条的玩具。我们从塔上向他们扔花生，结果却令我们大失所望，因为他们之中没有人朝我们望来。或许妈妈责骂了我，所以现在我很害怕从高处向下看。听说，德里发生了天翻地覆的变化，变得我都不再认识……”

他们两人继续前行。风力渐渐减弱。不断飘移的云团如今也慢慢停歇，云影落在杜尔迦女神和般查朱利雪山（Panchachuli）上。到达学校附近的时候，松树远远落在他们身后，杏树周围星星点点的红色杜鹃花在阳光下璀璨夺目。他们绕着马球场走进校园。

“拉迪卡小姐，假期里，您为什么哪里都不去呢？冬天这里格外荒凉吧？”

“现在我很喜欢这里，”拉迪卡说，“第一年我还有些讨厌孤独，不过，现在都习惯了。平安夜，我可以去俱乐部跳舞、玩乐透，就这样唱唱跳跳直到深夜。新年那天，库马盎军营会在操场上举办狂欢节，人们可以滑雪，军乐队在彩色的气球下奏乐，军官们纷纷装扮参加化装舞会……年年如此，休伯特先生。再过段日子，冬季运动会引来许多英国游人。每年，我都会去结识他们，临别之际，他们总会许诺，明年再来，不过，我知道，他们不会来，他们也知道，自己不会来，然而，这并不影响我们之间的友谊。接下来……接下来不久，山上的积雪开始融化，假期也进入尾声，大家从各自家中

① 顾特卜塔，位于德里以南约15公里处，号称“印度七大奇迹”之一，于1993年入选世界文化遗产。

回来……休伯特先生，我甚至还没意识到，假期从什么时候开始，到什么时候结束……”

拉迪卡发现，休伯特正用惊慌、恐惧的目光看着她。她感到有些窘迫，于是不再说话。她觉得，这么长时间以来，她一直像疯子一样胡言乱语。

“不好意思，休伯特先生，有时候，我像孩子一样说胡话。”

“拉迪卡小姐……”休伯特缓缓地说。走着走着，他忽然停下脚步。休伯特沉重的语气令拉迪卡大吃一惊。

“怎么啦，休伯特先生？”

“那封信……我感到十分羞愧。您是否能把它还给我，就当作我从来没有写过。”

拉迪卡没有听懂，只能迷惑地站着，望向休伯特苍白、不安的脸。

休伯特慢慢地将手放在拉迪卡肩膀上。

“昨天，医生把一切都告诉我了。如果我早点知道的话……”休伯特结结巴巴地说。

“休伯特先生……”拉迪卡无法继续说下去。她的脸色变得惨白。

两个人沉默地在校门外面站了许久。

米多斯……一座被小路、树叶和暗影环绕的小岛，如同一座破旧的小屋夹在两座绿色山谷之间。倘若你踏足其中，就会发现，满地遍是野炊中被火烤黑的石头、烧得半焦的树枝、用来垫坐的旧报纸。游客经常来这里野炊。弯弯曲曲的溪流被米多斯拦腰阻断，远远望去，它们在阳光下闪闪发光，犹如一条白色的丝带。

这里有一座残破的木桥，女孩们摇摇晃晃地走在上面。

“穆克尔吉医生，您会把整片树林都烧光的！”穆克尔吉医生点完雪茄烟之后将一根燃烧的火柴扔进落叶堆里，伍德小姐急忙用高跟凉鞋将它踩灭。距离小溪不远的地方，两棵松树相互交叠，编织出一片林荫，他们正好坐在下面。前方，一条小路通往山下的村落。村子中，大片阶梯状的甜菜田在群山的怀抱里一层一层向下延伸。宁静的午时，羊群颈上铃铛的声音在风中飘荡。

医生躺在草地上抽雪茄烟。

“伍德小姐，您见过森林大火吗……它像醉酒的过程一样缓缓像四处蔓延。”

“您见过吗，医生？”伍德小姐问，“我觉得挺可怕的。”

“很多年前，我见过城市里发生火灾。”医生躺着仰望天空。“一座座房屋像扑克牌一样接连倒塌。不幸的是，很少有机会能够看到这些。”

“医生，您在哪儿看到的？”

“打仗的日子里，我亲眼看着家乡仰光燃起熊熊大火。”

伍德小姐感到十分痛心，然而，这并没有消除她的好奇心。

“您家……也着火了吗？”

医生沉默地躺了一会儿。

“我们已经搬走了……不知道后来发生了什么。”只要谈到自己的私人生活，医生就会感到十分困难。

“医生，您从来没有想过返回缅甸的事吗？”医生伸伸懒腰，侧身转向另一边，脸朝下趴着。他双目紧闭，缕缕发丝在额头上来回摇摆。

“想又怎样，伍德小姐……当初在缅甸的时候，哪里想过，要来这里度过余生？”

“不过，医生，说句实在的，哪儿都不如自己的祖国好吧？无论在这儿待多久，你都永远只是一个外国人。”

医生缓缓地向空气里吐出烟圈。“事实上，我在那里也会觉得自己是个外国人，伍德小姐。过了这么多年，谁还认识我！这样一把年纪，想要重新建立人脉着实是一件令人头疼的事……至少不是我力所能及的。”

“那么医生，您准备在这座山城里待到什么时候？既然打算留在这个国家，不如试试去某个大城市开展业务。”

“我跑到哪里去开展业务，伍德小姐？不管待在哪里，都能找到病人。本来只打算在这儿暂居一段时间，可是时间慢慢过去，我也留了下来。等什么时候感到厌烦，我自然会走。一个人如果没有在任何地方扎根，那么他身后也不会留下什么。我对自己没有任何错误的认识，伍德小姐，我很幸福。”

伍德小姐没有特别在意医生的话。虽然平日里，她总是认为医生随性、冷漠又固执，但是她却相信医生的品行。不知道为什么，因为或许医生曾经有意无意地向她证明过这一点，然而，她已经想不起来了。

伍德小姐长叹了一口气。她一直认为，假如医生不是这么懒惰、冷漠的话，一定可以凭借自己的才能发光发亮。为此，对于医生，她总是哀其不幸，怒其不争。

伍德小姐先从包里掏出毛线团和棒针，接着从它下面拿出用报纸包裹的咖啡盒，里面挤塞着鸡蛋三明治和汉堡包。随后，她一边把热水壶里的咖啡倒进小杯子，一边说道：“医生，咖啡快要凉了……”

医生依旧躺着，嘴里一直在嘟囔。伍德小姐弯下腰才发现，他头枕在手肘上睡着了。他的上嘴唇微微伸展，向上弯曲，如同跟别人开玩笑之前自己先笑个不停。

他指间夹着的雪茄向下低垂，悬停在半空中。

“玛丽，玛丽，你想要什么，你想要什么……”二年级的玛丽抬起自己那双灵动、活泼的眼睛。女孩们绕着她围成一圈，时而向中心聚拢，时而向四周散开。

“我要……我要蓝色——”玛丽在风中挥舞着双手大喊道。圆圈像水一样迅速断裂。女孩们相互碰撞，一路奔跑着去触摸某件蓝色的物品。

午餐已经结束。女孩们三三两两地分散在米多斯各处。一些高年级的女孩爬到树上折取烧开水用的干树枝。

午间时分，米多斯看起来像打瞌睡一样，懒洋洋的。一阵迷离的清风吹来……松树的叶子开始沙沙作响。有时候，为了消除困倦，一只小鸟从灌木丛中飞起，停栖在小溪岸边。它把头伸进水里，待到厌倦之后，便展翅在风中随意转几圈，接着又重新躲入灌木丛中。

或许森林里从来都没有无声的寂静。各种声响宛若深埋在沉睡中的梦境，在寂静轻薄的帘幕上掀起层层褶皱……如同阵阵沉默的波浪在空气中飘浮……仿佛有人蹑手蹑脚地到处张望，然后向你发出一种看不见的暗示，“瞧瞧，我在这儿……”

拉迪卡抚摸着茱莉的“波波头”（Bob Hair），说道：“我昨晚喊你来我这儿。”

“老师，我去过找您……你不在自己房间里。”拉迪卡想起，昨天晚上，她先在医生房间的阳台上坐了很久，接着走进屋里，休伯特在钢琴上弹奏肖邦的夜曲。

“茱莉，我要问问你。”她感觉自己在逃避茱莉的眼睛。

茱莉抬起头，褐色的眼睛里充满好奇。

“你认识哪位军官吗？”

茱莉疑惑地摇摇头。

拉迪卡一直目不转睛地盯着茱莉。

“茱莉，我相信，你不会撒谎。”

茱莉眼里原本满溢的好奇逐渐变成恐惧。

拉迪卡从外套的口袋里掏出一个蓝色的信封，扔进茱莉怀里。

“这是谁写的信？”

茱莉伸手拿起信封，然而，刹那间，她的手停下来，开始颤抖。信封上写着她的名字和宿舍的地址。

“老师，谢谢您！这是我哥哥的信，他住在占西（Jhansi）。”茱莉慌慌张张地将信封藏在裙子的褶皱中。

“茱莉，把信封给我看看。”拉迪卡的声音变得尖锐、刺耳。

茱莉极不情愿地把信递给拉迪卡。

“你的哥哥住在占西？”

这一回，茱莉什么也没有说，只是惊恐、愤怒地望向拉迪卡。

“这是什么？”

茱莉的脸色变得惨白。信封上库马盎军营的印章紧紧盯着她。

“他是谁……”拉迪卡问。她以前也听到过宿舍里流传的绯闻，有人看见茱莉在俱乐部里与某位军官待在一起，不过，宿舍里时不时就会传出这样的流言，所以她并未取信。

“茱莉，你现在还小……”

茱莉的嘴唇不断颤抖，眼睛里流露出冷漠而恳切的神情。

“行了，去吧……假期之后我再跟你聊聊。”

茱莉用渴盼的眼神看着信封，想说些什么，但是最终什么也没有说，悄悄回去了。

拉迪卡久久凝望着茱莉，直到她从眼前消失。她想，我是否还不如一个愚蠢的老太婆？我这样向别人报复自己内心的空虚……

可能吧……谁知道呢……或许这是茱莉第一次了解那种感觉。所有女孩都怀着巨大的愿望将它小心翼翼地乔装打扮、隐藏保护在自己心里。那是一种难以言喻的幸福，虽然它带着伤痛，但是沉浸在伤痛与幸福中的热情却汹涌泛滥……它同时包含两种情感……一种是源自欢喜的伤痛，令人哀愁……

就在这里，就在这棵松树下，当吉利什问道，“你为什么不说话”，她也有这样的感觉。她闭上眼睛思考，哪里是在思考，无非是活在那个瞬间——那个压缩在恐惧和讶异之间的瞬间，迷失的、疯狂的瞬间。倘若她转过身，看到吉利什“紧张”的微笑，那么，从那天开始到今天中午的过去就会犹如噩梦一般全部消散。她曾用自己的发卡将吉利什的名字刻在那棵松树上。不料，树皮没有脱落，卡子却断了。后来，吉利什在自己的名字下方刻上她的名字。只要某个字母刻得歪歪斜斜的，她就忍不住哈哈大笑，如此一来，吉利什原本颤抖的手就抖动得愈发厉害……

拉迪卡以为，自己想把记忆中的一切统统忘掉。然而，当遗忘真正开始的时候，她又感到害怕，就像有人从她手里把某样东西夺走，她将永远失去它。童年时，只要丢失某样玩具，她就会一言不发地努力回想，我究竟把它放在哪里了？如果四处寻觅之后找回玩具，她又会假装，我一直在找它，可是没有找到。接下来，她故意离开搁置玩具的地方，准备在家里的其他角落搜寻。因为记得丢失的东西，她就不用害怕遗忘……

如今她为什么假装自己在玩童年的游戏？“假装”……或许应该假装，假装记住那些渐渐被遗忘的事物……日子一天天过去，她却一直在纠结，不知不觉中，吉利什的脸慢慢变得模糊。她在脑海里努力回忆，就像擦拭铺满灰尘的画框玻璃一样。现在，她已经察觉不到那种痛苦，只是尝试记住过去发生的那些事情……她厌恶那样的自己。于是，她故意撕开渐渐愈合的伤口，然而，尽管她百般努力，伤口依旧在自我愈合……

镌刻在松树上的名字早已磨花，此刻，它正安静、冷漠地凝视着拉迪卡。米多斯浓重的沉寂中，女孩们在溪边嬉闹的声音不断回响……

你想要什么？你想要什么？

蝴蝶、蟋蟀、萤火虫……米多斯渐渐降临的夜幕中，你永远无法得知，哪种声音属于谁？中午时分，它们尚能区分开来，现在全部融合在一起，形成连贯的齐唱。某种生物拖着脚步，在草丛里匍匐前行。某种生物在灌木丛中拍打翅膀，猛然向上飞去……不过，即使抬头仔细观察，你也看不到什么。米多斯的瀑布哗哗作响……如同黑暗的隧道中，列车疾驰而过，汽笛和车轮留下的余声久久回荡……

野餐本可以再继续一段时间，不过，云层已经开始堆叠。大家纷纷收拾起野餐的用品。分散在米多斯各处的女孩们带着各自采集的奇珍异宝，聚拢在伍德小姐周围。她们之中有人将小鸟掉落的羽毛夹在头发上，有人用小刀将树枝削成一根小棍。高年级的一些女孩用手帕包裹住自己在溪流中抓获的小鱼苗。此刻，她们正躲开伍德小姐的视线，互相传看。

伍德小姐带着一群女孩向前走去。从米多斯到公路，她们还需要爬过几个斜坡。拉迪卡喘起粗气。穆克尔吉医生从队伍的末尾赶来，走到拉迪卡身边，突然停下来。他弯曲双膝，低下头，用伊丽莎白式的优雅英语说道：“老师，您怎么看起来这么痛苦……”

看见医生戏剧化的表情，拉迪卡的嘴角泛起一丝疲惫、倦怠的笑意。

“因为口渴，所以喉咙感觉很干……没完没了地爬坡……”

医生取下挂在肩上的热水壶，递给拉迪卡说：“还剩一点咖啡，大概能有所帮助。”

“医生，野餐的时候您去哪儿啦，怎么到处都没看到您？”

“整个中午，我一直在睡觉，跟伍德小姐在一起。我的意思是，伍德小姐坐在旁边。”

“我觉得，伍德小姐可能喜欢我。”开玩笑的时候，医生总爱咬住胡须的末端。

“她说了什么？”拉迪卡将热水壶里的咖啡倒进嘴里。

“可能说了什么吧，但不幸的是，我中途睡着了。我这一生中多少美丽的爱情都被这该死的瞌睡搞砸了！”

两人闲聊的过程中，他们身后沿着米多斯和公路向上排列的松树和橡树逐渐淹没在黑暗中。它们像祈祷一样静静地低下头。这些树的上方，教堂的十字架周围云雾缭绕。下方，遍布在山坡上的田地看起来像一只只浑身湿透的小松鼠，一动不动地站着寻找什么。

“医生，休伯特先生没来野餐？”

穆克尔吉医生点亮手电筒，走在拉迪卡前面。

“我叫他别来。”

"为什么？"

黑暗中，四周一片寂静，只有脚踩在落叶上发出咔嚓咔嚓的声音。穆克尔吉医生轻轻地咳嗽。

"过去一段时间以来，我一直怀疑，休伯特胸口的疼痛不是真实的疼痛。"医生微微一笑，似乎觉得自己的严肃很无趣。

医生或许在期待拉迪卡说些什么。然而，拉迪卡安静地跟在他身后。

"这只是我的怀疑，可能压根儿不对。不过，他最好去拍一个肺部的X光片，这样至少不会留有任何悬念。"

"您跟休伯特先生说过这个吗？"

"还没有说。休伯特总是因为一些小事感到担忧，所以我还没敢说……"

医生感觉，跟随他身后的拉迪卡的脚步声忽然消失了。他转过身发现，黑暗中，拉迪卡一言不发，像影子一样一动不动地站在路中间。

"医生……"拉迪卡的声音有些沙哑。

"怎么啦，拉迪卡小姐……您怎么不走了？"

"医生，休伯特先生是否……"

医生将手电筒微弱的光线移至拉迪卡身上……他看见，拉迪卡面色惨白，像树叶一样不停地颤抖。

"拉迪卡小姐，怎么啦，您看起来很害怕？"

"没什么，医生……我……我……我回想起一些往事……"

他们两人继续前行。没走多远，他们向上抬起眼睛。烟色的天空中，鸟儿排列成三角的形状，自群山的后方朝他们飞来。拉迪卡和医生仰起头，注视着那些鸟。拉迪卡想起，每年寒假之前，这些鸟都会飞往平原地带。它们总是先在这座山城短暂停留，等待下雪的日子，然后才继续飞向山下那些陌生、未知的地方……

他们也在等待吗？她、穆克尔吉医生、休伯特先生……然而，要去哪里，我们应该前往何处？

她没有得到任何回答。那片黑暗中，四处悄然无声，除了米多斯的山泉发出诡异的声音以及松树的枝叶簌簌作响。

拉迪卡惊慌失措。医生拄着手杖，轻轻地吹响口哨。

“拉迪卡小姐，赶紧走吧，快要下雨啦！”

接近宿舍的时候，天空中开始出现闪电。不过，那一夜很晚都没有下雨。云层还没来得及洒下细雨，就已经被一阵疾风吹散。由于第二天清晨要搭乘大巴，晚饭过后，女孩们都各自回房间休息了。

拉迪卡回到房间时，库马盎军营的号角突然响起。格里姆丁在她房间里一边哼着山区小调，一边给煤气灯加气。拉迪卡将枕头对叠，躺在一堆衣服里。格里姆丁瞟了拉迪卡一眼，旋即又全心投入到自己的工作里。

“夫人，野餐怎么样呀？”

“你怎么没去？所有姑娘都在问你呢！”拉迪卡觉得，整日劳碌的疲惫渐渐粘附上她身体里的每一根骨头。很快，她的眼睛再也支撑不住困倦的重负，昏昏入睡。

“如果我去了，谁来照顾休伯特先生呢？我一整天都坐在他床边……现在他却不见了。”

格里姆丁取下搭在肩上的脏毛巾，开始擦拭玻璃灯罩的灰尘。

拉迪卡睁开半闭的眼睛，“休伯特先生不在自己房间里？”

“天知道，在这样的状况下，他晃悠到哪儿去了！我就出去烧了一下开水，回来的时候发现，房间里没有人。”

格里姆嘟嘟囔囔地走向外面。拉迪卡躺着将鞋子脱在床下。

这么晚了，休伯特能去哪里呢？不过，拉迪卡很快再次睡着。整日劳碌的疲惫将一切烦恼和疑问统统锁闭，就像以前玩捉迷藏的时候，她整天躲在自己房间里向“神”祈祷。如今，她十分安全。躲在房间四面围拢的墙壁中间，没有人能够抓住她。光天化日之下，她是证人，是罪犯，万事万物都在催促她，然而，现在，她独自一人，没有任何谴责和非难，所有争斗都已经结束。但凡是自己的，完全属于自己，对于不是自己的，无须感到痛苦，她也没有空闲去接纳……

拉迪卡把脸转向墙壁。微弱的灯光下，布帘在风中颤抖，它的影子也随之摇摆。外面电闪雷鸣，窗户的玻璃闪闪发光。房门嘎吱作响，仿佛有人从外面轻轻地拍打。女孩们从回廊走向各自的房间，一路撒下不少欢声笑语。之后，一切重新恢复宁静，但是久久处于浅睡状态的拉迪卡还是可以听到煤气灯发出微弱的咝咝声。至于那种声音什么时候与寂静融为一体，不再作响，她就无从得知了。

过了一会儿，她感觉，楼梯上传来些许刻意压低的声音，中间有人大声呼叫，但是声音忽然就变小了。

“拉迪卡小姐，麻烦您把灯拿来一下。”走廊的台阶上响起穆克尔吉医生的声音。

走廊上一片漆黑。她走下几级楼梯，将灯伸向下方。休伯特把头靠在紧挨楼梯的栏杆上，一只胳膊垂挂在栏杆下面，另一只搭在医生的肩膀上，医生用手将它紧紧抓住。

“拉迪卡小姐，请您把灯再往下放一点……休伯特……休伯特……”医生扶起休伯特。休伯特仰面朝天。一股浓郁的酒气将拉迪卡的身体撕裂。休伯特眼里布满红血丝，衬衫的领子翻得乱七八糟的，领带结也松散地滑到下端。拉迪卡用颤抖的双手将灯放在台阶上，然后倚靠墙壁站着。她感到一阵晕眩。

“这座城市的一个小巷子里，有一个女孩很爱我……”休伯特一边抽泣，一边哼唱起来。

“休伯特，拜托……拜托！”医生用力支撑踉踉跄跄的休伯特。

“拉迪卡小姐，麻烦您拿上灯走在前面……”拉迪卡拾起灯。他们三人的影子在墙壁上摇摆不定。

“这座城市的一个小巷子里，有一个女孩很爱我……”休伯特把头靠在穆克尔吉医生的肩膀上，跌跌撞撞地爬上黑暗的楼梯。

“医生，我们在哪儿？”休伯特突然大喊一声。寂静的黑暗中，他那抖动的声音撞击着走廊的屋顶，在空气中久久回荡。

“休伯特……”医生忽然对休伯特感到愤怒，与此同时，他也为自己的愤怒而生气。接着，他轻轻地拍了拍休伯特的背。

“没什么大不了的，亲爱的休伯特，你只是累了。”休伯特盯着医生，仿佛从医生的脸上，能够获得某个问题的答案。他的眼中闪过一丝恐惧，那是只有惊吓过度的孩子才会露出的表情。

到达休伯特的房间之后，医生让他躺在床上。休伯特毫无反抗地默默脱下鞋子。当医生解开他的领带时，休伯特用手肘支撑着坐起来，瞪大眼睛注视着医生，过了好一会儿才轻轻地握住他的手。

“医生，我是不是要死了？”

“胡说什么呢，休伯特！”医生把手抽回，缓缓地将休伯特的头放在枕头上。

“晚安，休伯特……”

“晚安，医生！”休伯特翻了个身。

“晚安，休伯特先生……”拉迪卡的声音有些颤抖。

然而，休伯特没有回答。一翻过身，他就睡着了。

返回走廊以后，穆克尔吉医生站在栏杆前面。有时候，一阵疾风吹来，天空中散布的云层立刻变得十分稀薄。藏在云后的月光洒在周围的高山上，宛若火焰即将熄灭时升起的烟雾一般。

“您是在哪儿找到休伯特先生的？”走廊的另一个角落里，拉迪卡靠在栏杆上。

“俱乐部的酒吧，如果我没去的话，不知道他准备在那里坐到什么时候。”穆克尔吉医生点燃一支雪茄烟。他本来还要去几个病人家里，不过，此刻他站在走廊上，试图找借口回绝他们。

楼下，格里姆丁坐在自己的房间里用口琴演奏某首古老的电影插曲。

“今天一整天都乌云密布的，结果云散了，雨也没下下来……”

“可能到圣诞节前，天气都是这样。”两人沉默地站了一阵子。从学校外面的草坪上传来阵阵蟋蟀的叫声，四周弥漫的寂静因此显得愈发浓重。时不时地，某只狗在上方的公路上狂吠，发出各种凄惨的声音。

“医生……您昨天跟休伯特说了一些关于我的话吗？”

“是的，无非是一些众所周知的内容……休伯特，最该知道的人却什么都不知道……”

医生望向拉迪卡，她面无表情、一动不动地靠着栏杆。

“我们都有各自的坚持，有人选择放弃，有人固守到底。”黑暗中，穆克尔吉医生微微一笑。他的笑容中充满干涩的、忧愁的情感。

“拉迪卡小姐，有时候，我会想，如果一无所知是错误的，那么故意不肯忘记，总是像水蛭一样坚持……应该也是不对的。从缅甸来这里的途中，我的妻子去世了。当时，我觉得整个人生都没有意义。现在这件事已经过去很久了，正如您所见，我还活着，还希望长命百岁。人生十分有趣，倘若不是年岁所限，或许我会毫不犹豫地开始第二段婚姻。就算这样，有谁能说，我不爱自己的妻子呢……我依旧爱她……”

“但是医生……”拉迪卡的喉咙哽咽，说不出话。

“什么，拉迪卡小姐……”

“医生，尽管如此，到底是什么东西让我们不停地向前走，即使我们自己停下来，最终它也会将我们强行拽回自己的轨道里？”拉迪卡觉得，她想说些什么，不过，始终没能说出口，就像在黑暗中丢失了某件东西，一直没有找到，或许永远也无法寻回。

“拉迪卡小姐，这个埃尔蒙德神父可以告诉你。”医生惯有的荒诞出现在空洞的笑容中。

“好吧，我要走了，拉迪卡小姐，我快迟到了。”医生点燃火柴，看了看表。

“晚安，拉迪卡小姐！”

“晚安，医生！”

医生离开之后，拉迪卡继续倚靠栏杆站了一会儿。阵风吹过，聚集在走廊里的雾气渐渐消散。傍晚，收拾行李的女孩们在各自房间门口扔了一堆用旧的笔记本、报刊和废纸，如今在黑暗的走廊中，它们被风吹得到处都是。

拉迪卡拾起灯，走向自己房间。穿过走廊的时候，她看见，一缕昏黄的光线从茱莉的房间射向门外。拉迪卡想起一些事情。于是，她屏住呼吸站在茱莉房间外面。过了一会儿，她敲了敲门。房间里悄然无声。拉迪卡小心翼翼地伸手去推门，门开了。茱莉忘记将灯火熄灭。拉迪卡蹑手蹑脚地缓缓走到茱莉床边。暗淡的灯光下，茱莉熟睡的脸显得有些苍白。拉迪卡从口袋里掏出那个蓝色的信封，轻轻地把它压在茱莉的枕头下面。

后　记

中印两国交往的历史源远流长。漫长的岁月中，语言和文学作为文化交流的重要载体和组成部分，在两大文明相互靠近、彼此了解的过程中发挥了不可替代的作用。近些年，两国政府一直在有意识地推动双方在文学、文化方面的交流。随着《“中印经典和当代作品互译出版项目”合作备忘录》的签订，“中印经典和当代作品互译出版项目”正式启动。机缘巧合，当时尚在攻读博士学位的我有幸加入其中。

尼尔莫勒·沃尔马的短篇小说是我硕士论文的主要研究对象。对于这个课题，虽然不敢妄称专家，但是也算有所了解。因此，接受任务时，我曾信心百倍，不料提笔开工后，却常常陷入词不达意的苦恼，唯恐无法将原著的优美转现出来。那一刻，我才渐渐领悟到，翻译的艺术并非一朝一夕可以练就。原文放在面前，诱惑译者听其摆布，稍不注意，便会落入陷阱，方寸大乱，真正是没有一处可以掉以轻心，没有一处不需要学问。尽管振奋精神、小心翼翼地走到结尾，如今搁笔反观自己的文字，仍然深感汗颜，只能期盼各位看官多多包涵。

这部译作的问世实非我一人之功，在此必须对那些在幕后默默奉献的人表达自己衷心的感激。首先，想要感谢的是我的恩师姜景奎教授。十多年以来，师父无微不至的关怀、醍醐灌顶的点拨、春风化雨的启发、语重心长的批评，循循善诱的教导让愚笨的我在治学和做人上都受益匪浅。此次之所以能够参加这个互译项目，也是多亏师父的保荐和鼓励，更不用说在选题、翻译和修改的过程中，师父付出的无数心血和精力。其次，想要感谢的是薛克翘、刘建和黎跃进老师。自从项目开始以来，三位师长在各次会议以及审阅稿件时对译文提出的宝贵意见，对于本书最终顺利完成多有助益。再次，想要感谢中国大百科全书出版社的大力支持，尤其是各位工作人员在组织会议、购买图书、校稿审定、排版印刷等方面的辛苦付出。最后，还要感谢我的父母和先生。正是有了家人的陪伴，我才能如此安心、踏实地完成自己喜爱的工作。

收笔之际，希望大家能够通过书中的小说，爱上这个不一样的印度小说家。

任婧

2019年10月

广州 金碧

